【作家ガイド】

アナイス・ニン

アナイス・ニン研究会──◉編

彩流社

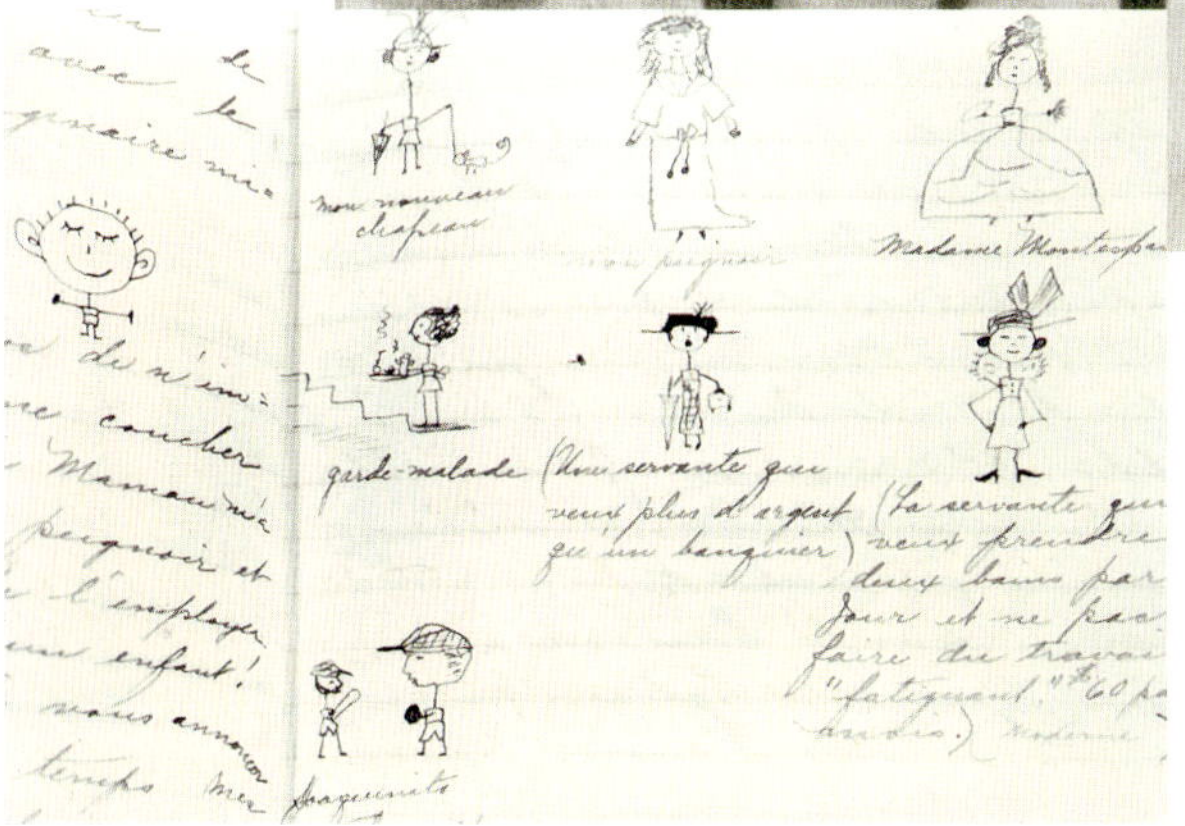

▲幼少の頃のアナイス・ニン
◀子供時代の日記から

※アナイス・ニンの写真はすべて
◉杉崎和子所蔵

ニューヨークにて（10代後半）

テレビ番組の撮影のため再訪したパリにて

▲テレビ番組の撮影のため
再訪したパリにて

▲セーヌ川のハウスボート
「ラ・ベル・オロル号」とともに

◀ルヴシエンヌの家の庭にて（20代後半）

▲ロサンゼルスのシルヴァーレイクの家にて

▶ケネス・アンガー監督『快楽殿の創造』(1954)ダンスをしている場面

▲ヘンリー・ミラーが「アナイス」というタイトルで残したリトグラフ2点のうちの1点
◉矢口裕子所蔵

◀ミラーのロサンゼルスの家にて

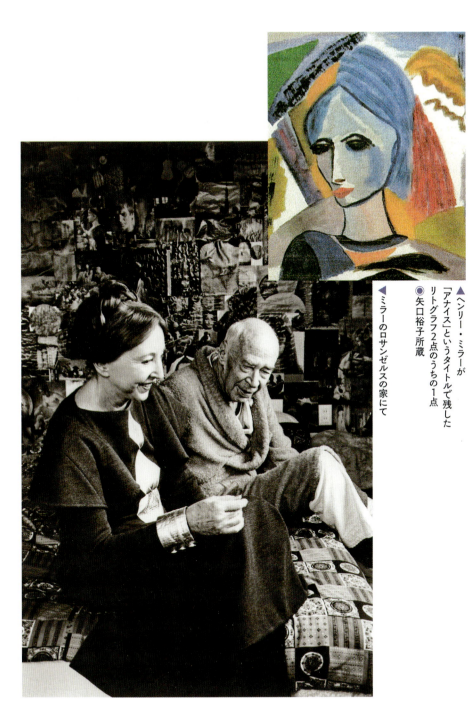

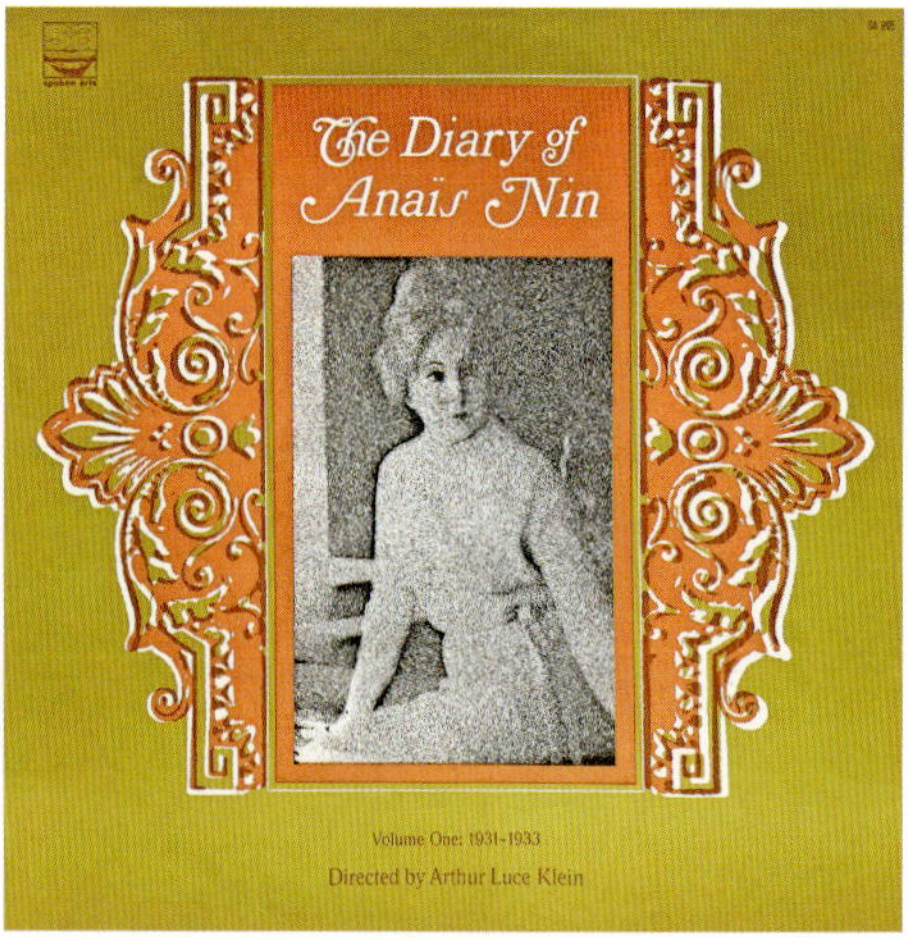

◀LPレコード『アナイス・ニンの日記』（1966）のジャケット／朗読 アナイス・ニン

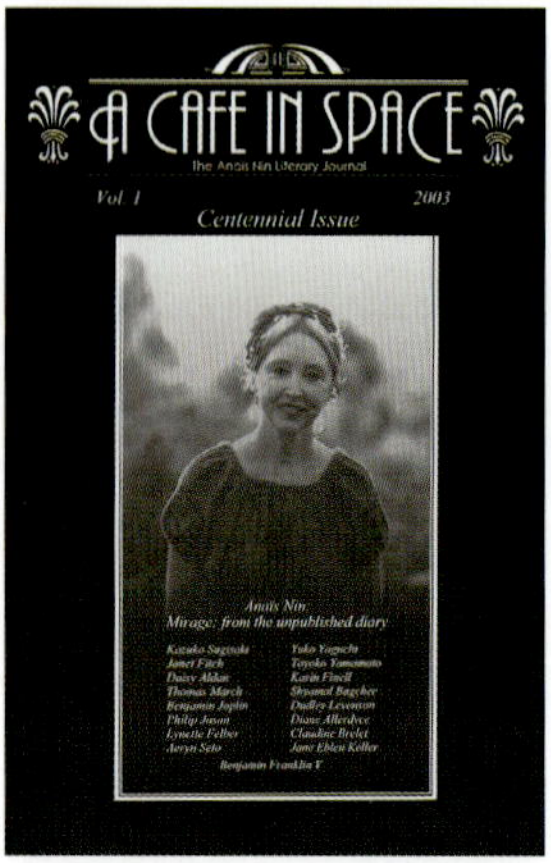

◀『頁の中のカフェ——アナイス・ニン文芸ジャーナル』（2003—18）

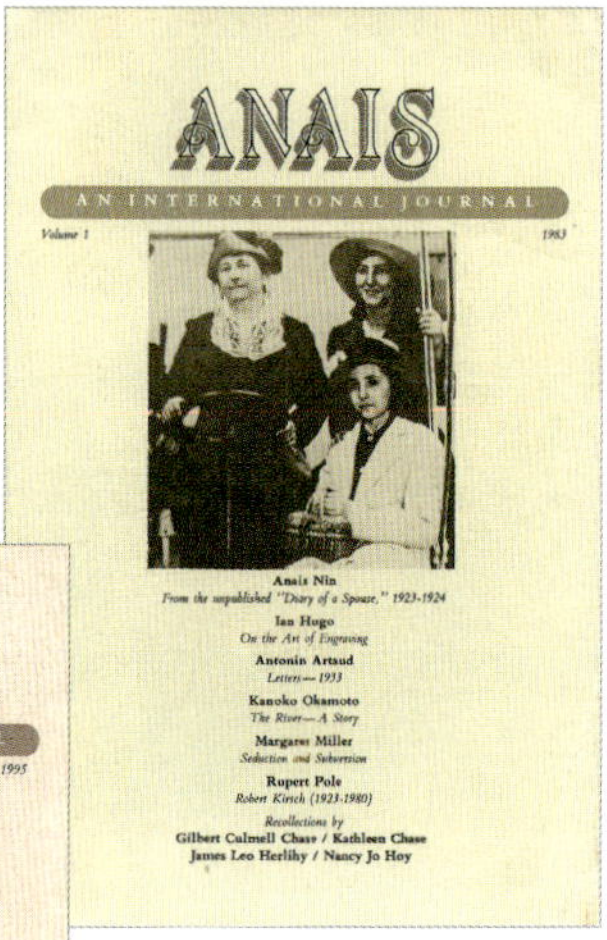

◀▲
『アナイス——国際ジャーナル』
（1983–2002）

◀（橙三角）はすべて
◉山本豊子所蔵

▶『双魚宮のもとに――アナイス・ニンと仲間たち』(1970―81)
ニンについての最初の定期刊行雑誌

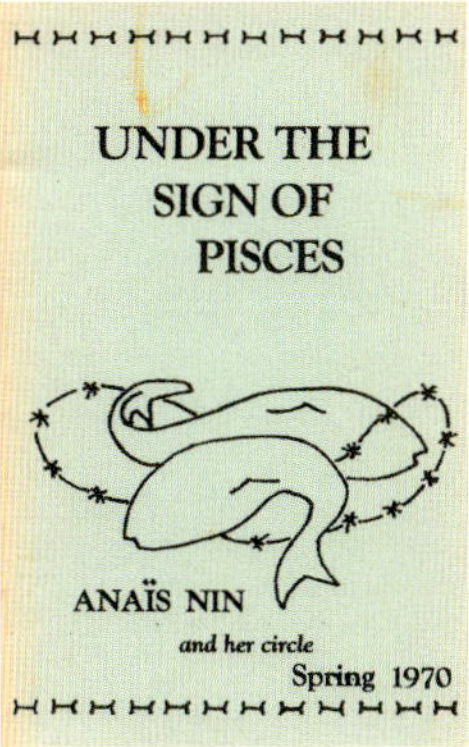

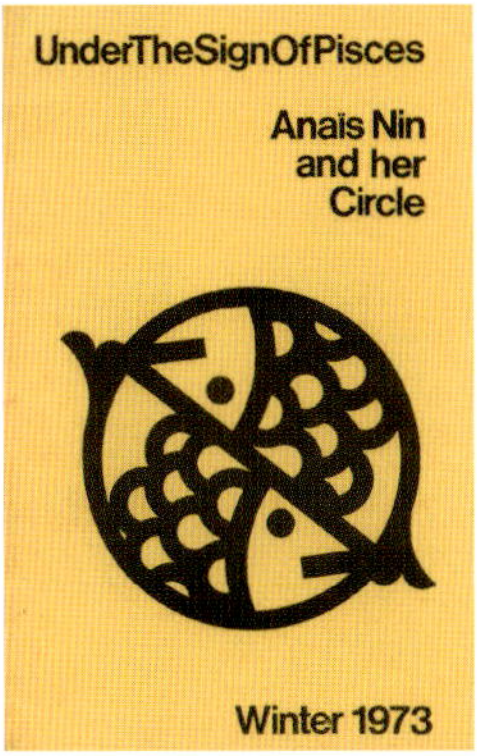

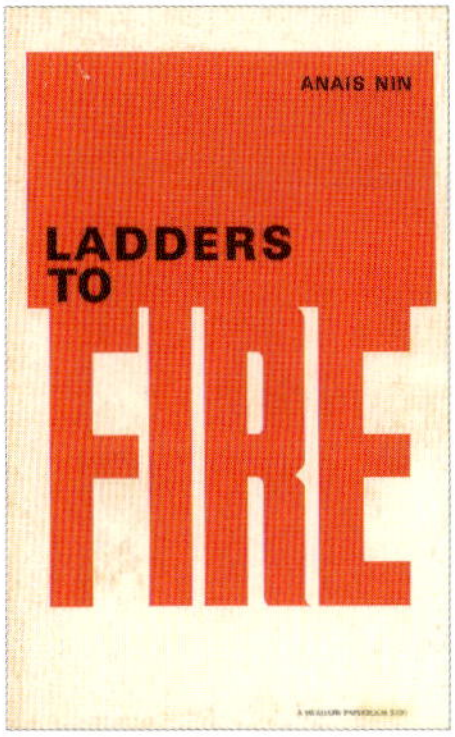

◀『火への梯子』(スワロー・プレス)

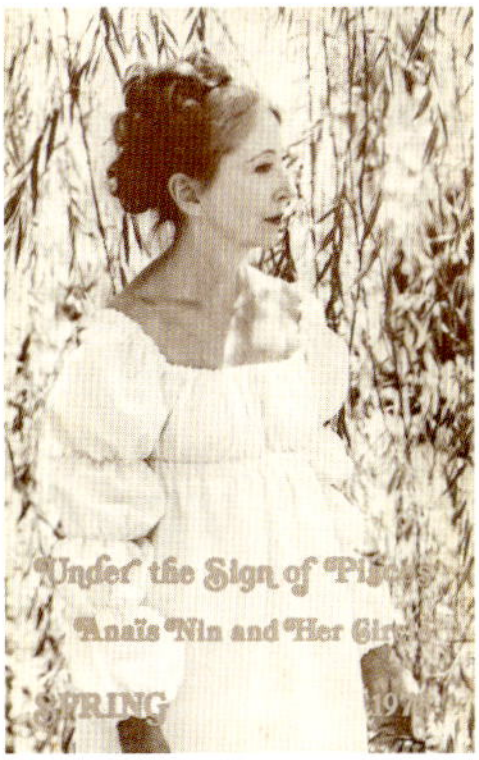

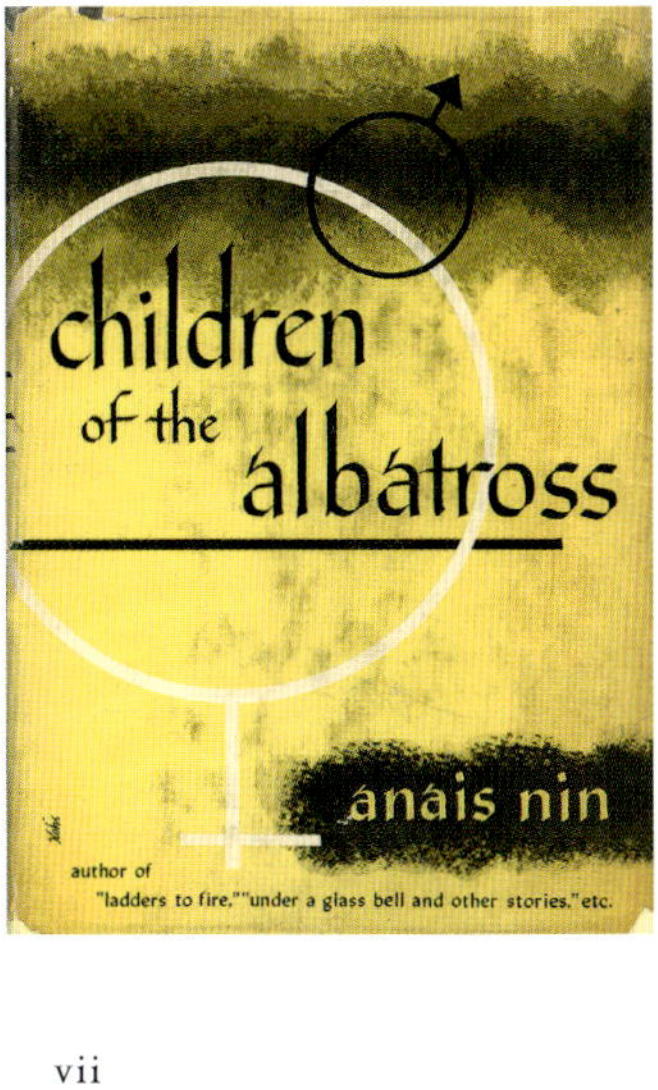

◀『信天翁の子供たち』初版本(E. P. ダットン社)
▼左『コラージュ』(スワロー・プレス)◉木村淳子所蔵
▼右『四心室の心臓』(スワロー・プレス)

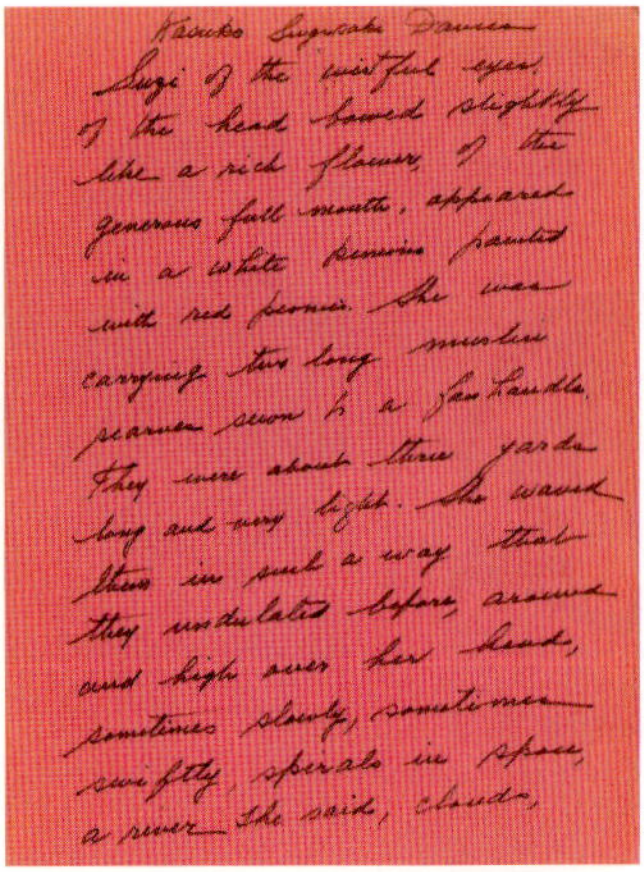

Kazuko Sugisaki Dances
Sugi of the wistful eyes,
of the head bowed slightly
like a rich flower, of the
generous full mouth, appeared
in a white kimono painted
with red peonies. She was
carrying two long muslin
scarves sewn to a fan handle.
They were about three yards
long and very light. She waved
them in such a way that
they undulated before, around
and high over her head,
sometimes slowly, sometimes
swiftly, spirals in space,
a river she said, clouds,

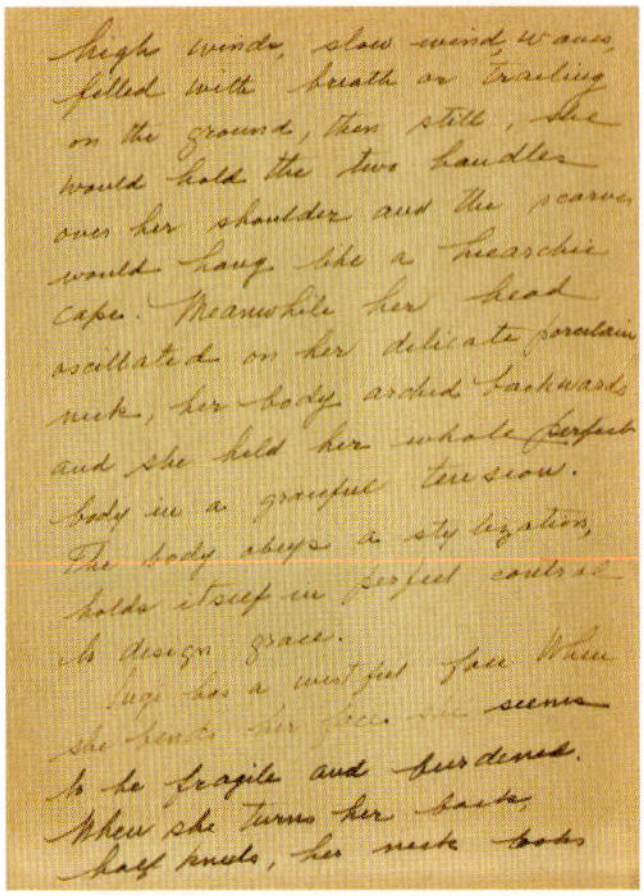

high winds, slow wind waves
filled with breath or trailing
on the ground, then still, she
would hold the two handles
over her shoulder and the scarves
would hang like a hierarchic
cape. Meanwhile her head
oscillated on her delicate porcelain
neck, her body arched backwards
and she held her whole perfect
body in a graceful tension.
The body obeys a stylization,
holds itself in perfect control
to design grace.
Sugi has a wistful face. When
she bends her face she seems
to be fragile and burdened.
When she turns her back,
half kneels, her neck looks

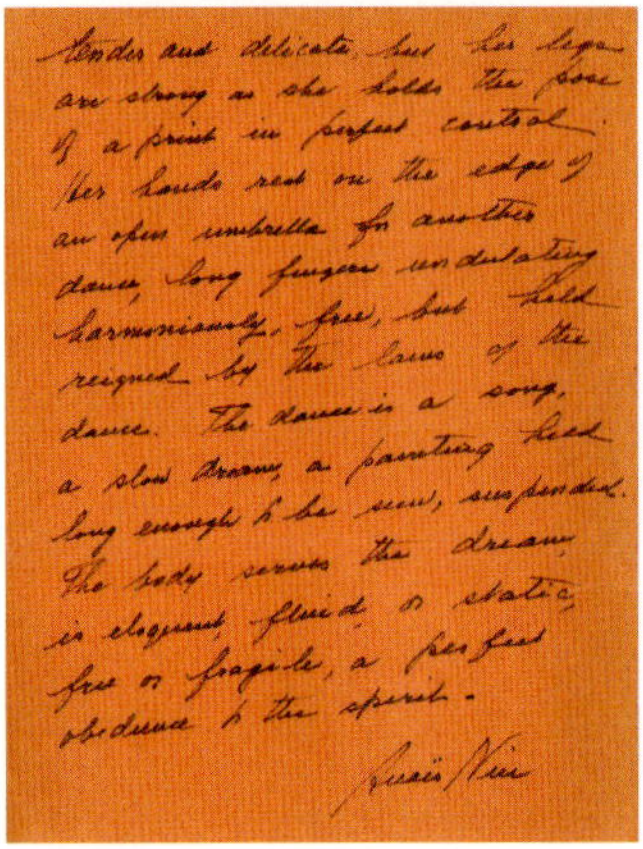

tender and delicate, but her legs
are strong as she holds the pose
of a print in perfect control.
Her hands rest on the edge of
an open umbrella for another
dance, long fingers undulating
harmoniously, free, but held
reigned by the laws of the
dance. The dance is a song,
a slow dream, a painting held
long enough to be seen, suspended.
The body serves the dream,
is eloquent, fluid or static,
free or fragile, a perfect
obedience to the spirit.

Anaïs Nin

▶『日記』第7巻にも収録されている、本書執筆者、杉崎和子の日本舞踊を見た印象を綴った手紙◉杉崎和子所蔵

▲ルヴシエンヌの家（加藤麻衣子撮影）

▶ニューヨーク西13街215番地のアパートのエントランス（山本豊子撮影）

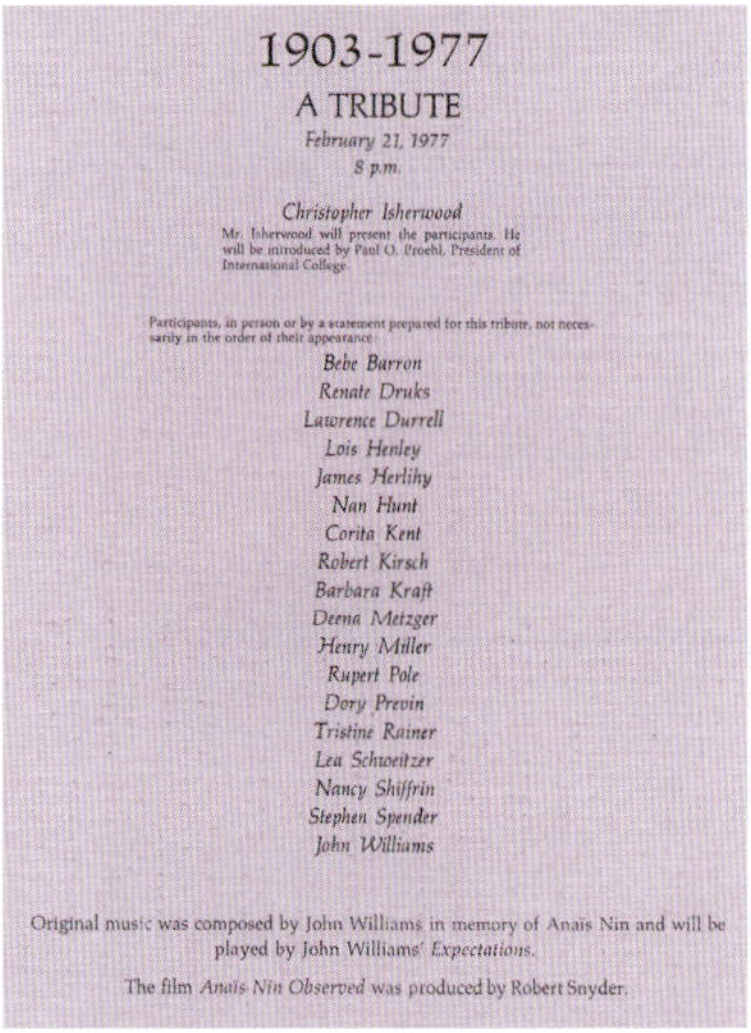

1903-1977

A TRIBUTE

February 21, 1977

8 p.m.

Christopher Isherwood

Mr. Isherwood will present the participants. He will be introduced by Paul O. Proehl, President of International College.

Participants, in person or by a statement prepared for this tribute, not necessarily in the order of their appearance:

Bebe Barron
Renate Druks
Lawrence Durrell
Lois Henley
James Herlihy
Nan Hunt
Corita Kent
Robert Kirsch
Barbara Kraft
Deena Metzger
Henry Miller
Rupert Pole
Dory Previn
Tristine Rainer
Lea Schweitzer
Nancy Shiffrin
Stephen Spender
John Williams

Original music was composed by John Williams in memory of Anais Nin and will be played by John Williams' *Expectations*.

The film *Anais Nin Observed* was produced by Robert Snyder.

▶1977年2月21日に開かれた「偲ぶ会」のプログラム◉杉崎和子所蔵

まえがき

アナイス・ニンの世界をそれぞれに探索していた日本の研究者たちは、二〇一一年九月に「アナイス・ニン研究会」を発足させ、以来年ごとに会合を持つようになった。呼びかけ人は元アナイス・ニン・トラスト理事で岐阜聖徳学園大学名誉教授の杉崎和子氏である。この集まりから、このたびの書『作家ガイドアナイス・ニン』が生まれた。アナイス・ニンという女性を知れば知るほど、彼女の世界の広がりに気づけば気づくほど、二十一世紀を生きる人々に彼女の生きた世界とそこでの体験を知ってもらいたいと願うようになったからである。

会員は名古屋、東京、大阪、新潟、仙台、札幌と、各地に散らばっているが、今回このような形でまとまり、奥行きも深みも十分なニン研究の一端を示すことができたのは幸いなことと考えている。この書が読者のニンの世界探索に、満足のいく楽しみと興味を提供し、さらなる理解を深める大きな一助となることを期待している。

一九〇三年二月二十一日、パリで生まれ、一九七七年一月十四日にロサンゼルスで亡くなったアナイス・ニンはまさに戦乱と動乱の二十世紀を生き抜いた女性であり、同時にその家庭環境においても、不和、軋轢《あつれき》を幼いころから身をもって体験し、成長した人だった。二十一世紀、世界中が戦乱と対立、軋轢、差別と貧困の中にある今、ニンの生涯を改めて見直して、私たちは彼女自身の体験がほとんどすべて、現代社会の苦しみに通じていることを知る。

今回のこの書『作家ガイド　アナイス・ニン』は彼女を有名にしている日記からはじめて、これまでに公にされた全著作に光を当て、アナイス・ニンの実像に迫ろうとする試みである。

『アナイス・ニンの日記　第一巻』が刊行されたのは一九六六年のことで、アナイス自らが編集にあたったものだった。その後、年を追って一九七六年の第六巻まで、アナイスの眼が注がれての、日記の刊行となった。著者本人も近親の者たちも存命中であったから、日記にはかなりの部分、編集の手が加えられている。その後関係者が他界してしまうと、いわゆる「削除されない日記」が刊行されて、一時世間をにぎわした。そこには成熟した女性としてのアナイスとその周辺の人々の赤裸々な交友の模様が語られていたからである。それまであからさまに語られなかった女性の性の秘密を明かしてくれるこの日記は、アナイス・ニンが早くも一九三〇年代に意図していたと思われる、女性解放の試みの一端であったと言えるだろうか。

生き生きとした生の営みの根源にあるのはセクシュアリティであるとするのは、アナイスが二十代の終わりに出会ったD・H・ロレンスの作品の影響であると思われる。彼女がロレンスの文学にいかに夢中であったかは、当時出版されていたロレンスの作品をすべて読み漁《あさ》り、まだ評価が分かれていたロレンスについての評論を書くほどであったことからも察せられる。D・H・ロレンスの影響は、ものの考え方ばかりではなく、ことばを素材とする芸術、つまり文学の、二十世紀的な方向について、アナイスにも考えさせ、実践させることになった。アナイス・ニンの小説の難解さをあげつらう声もこれまで多く聞かれているが、それはこの辺りに原因がありそうである。

彼女の興味は新しい文学ばかりではなく、二十世紀の芸術全般に見られる新しい考え方および新しい潮流の基礎をなしたと考えられるフロイトの心理学にも及んだ。パリ時代の彼女は精神分析に夢中になり、ときにはフロイトの弟子と言われるオットー・ランク博士やルネ・アランディ博士のもとで学び、ランク博士の助手的な役割を担ったりもした。正規の学校教育は受けていないアナイスの自己教育、自己啓発のすばらしさを、私たちは彼女の生き方に見ることができる。受け身ではなく、いつも積極的、能動的に生きたアナイス・ニンを、人は時にまぶしく見上げるが、内面的な悩みもまた、他のだれにも劣らず大きかっただろうことも、察するべきかもしれない。

さて、『作家ガイド　アナイス・ニン』の中では、日記のほかにも、彼女の作品のすべてについての作品論が展開されており、さらに自らを「千の顔を持つ女」と称したなぞ多きアナイス・ニン像に迫ろうと、彼女を象徴する大切なキーワードや、彼女をめぐる主要な人物にも光を当てて、アナイス・ニンという稀有《けう》な女性の本性、本質により近づこうと試みた。

彼女の交友関係の層の厚さ、深さも特記すべきものであり、アナイス・ニン自身が自らを媒体《ばいたい》にして、私たちに二十世紀の文学や絵画その他の芸術を人的な交流の面から具体的なものにしてくれている点などもこの書が目指したところである。

一九八九年夏、私は神戸を訪れたアナイスの末弟、ホアキン・ニン＝クルメル氏にお会いする機会を得た。「アナイスはどんな方でしたか」と尋ねる私に、彼は「姉は強い女性でした。鋼鉄のハチドリですよ……」と遠いまなざしで答えてくれた。アナイスが逝《い》って四十年あまり経ついま、私は姉思いのニン＝クルメル氏の温顔《おんがん》を思い出している。

この書の出版にあたって、彩流社の真鍋知子氏に一方ならぬお世話をいただきました。この場を借りて、厚くお礼申し上げます。

木村　淳子

目次　作家ガイド　アナイス・ニン

◉引用の際、邦訳書を含む日本語文献を使用している場合は、漢数字でページ数を表記し、執筆者が翻訳している場合は、算用数字で原書のページ数を表記している。
◉引用文中、執筆者による補足は〔　〕で表わし、省略は〔……〕と表記する。
◉以下の書影と、アナイス・ニンの写真（杉崎和子所蔵）を除き、各稿に掲載の図版・写真は、断りのない限り、各執筆者所蔵・撮影のものである。
『ガラスの鐘の下で』（矢口裕子所蔵）
『四心室の心臓』『恋した、書いた――アナイス・ニン、ヘンリー・ミラー往復書簡集』（山本豊子所蔵）
『愛の家のスパイ』『ヘンリー＆ジューン』『インセスト』『火』（三宅あつ子所蔵）
◉巻末の「取り巻く人々」で取り上げている人物は、各稿初出箇所に▼を付した（ただし、ニンの家族、ヘンリー・ミラー、ジューンは除く）。

I　アナイス・ニン作品ガイド

『私のD・H・ロレンス論』

D. H. Lawrence: An Unprofessional Study, 1932

◉はじめに

一九三二年アナイス・ニンは『私のD・H・ロレンス論❖』によって、作家としてのデビューを飾った。ロレンスの死の二年後のことであった。一九三〇年四月五日の日記によれば、アナイスはロレンスの作品をすべて読んだうえで、ロレンスについて書きたいと洩らし、「ロレンスが自分自身を見出したとき」(**“When D. H. Lawrence Found Himself”**) というようなタイトルにしたいと今は考えている (*Early Diary 4*, 291)、と述べている。これより先の三月三日の日記にはロレンスの死を知って落ち込んでいるという記述が見られ、ロレンスにあてた手紙は自分の引き出しの中に残ったままだと書いている。

一九二九年十二月二十四日の日記には『恋する女たち❖』(一九二〇) という奇妙ですばらしい本を読んだと記しており (*Early Diary 4*, 266-67)、彼女のロレンスに対する興味、関心はおそらく初めてその作品に触れたとき

❖原著のタイトルは *D. H. Lawrence: An Unprofessional Study* で、訳すと『素人のD・H・ロレンス論』とでもなろうか。しかし私は、アナイス・ニン自身の、私的なロレンス論という意味で『私のD・H・ロレンス論』とした。ロレンスについては、本書、二六頁注参照。

❖『恋する女たち』 *Women In Love* 『虹』(一九一五) の後編ともいえる作品。ブラングウェン家の姉妹グドルーンとアーシュラの愛と人生を追う作品。ロレンスは画家であるグドルーンと実業家ジェラルドの破滅的な愛と、アーシュラと己の意見をはっきりと口にする知的なルパートの愛を対比させる。第一次世界大戦前の英国社会全体を描き出す。物語はチロルアルプスの雪山で終わるが、アーシュラはロレンスの妻フリーダを、ルパートにはロレンス自身を想起させる要素がある。

から始まったものだろうと推測される。彼女の日記に見られるロレンスについての言及はこれが初めてであるが、それ以前にすでに他の作品を読んでいたのかどうかは、日記からは知ることができない。その後ロレンスに対する興味は強まりながら持続し、彼女を動かして、一九三一年の初頭には「私のD・H・ロレンス論」を書き上げた。出版は一九三二年、エドワード・タイタス❖によってであった。

　ロレンスの評価が定まるのは第二次世界大戦後のことで、その生前には多くの評論家がこの新しい文学に厳しい評価を下していた。それは彼らがロレンスの作品に不道徳なもの、倫理的に許されないものを感じ、人間の内面深く掘り進むロレンスの手法に、戸惑いを感じていたためだろうと思われる。一九六四年に復刻された『私のD・H・ロレンス論』❖に添えられたハリー・T・ムア❖の序文によって推察されるのは、一九三二年頃のロレンス文学を取り巻く状況は逆風の中にあった、ということである。それゆえにこそ「ニン嬢の一九三二年の本が新鮮だったのである」(『私のD・H・ロレンス論』一〇)。

　ニン自身が「素人の」と謙遜《けんそん》したこの本は、言葉どおりにまだ若い女性の、素朴で、新鮮な目によって映し出されたロレンス像である。専門的な批評に見られる知識、用語や、論文としての体裁など、形式的な面では整わない部分が多いにもかかわらず、この論文が読者を惹きつけるのは、ニン自身のロレンスに対する傾倒の度合いの強さと、彼女の作品の読み方によるものだろう。それはまたおのずとニンの文学に対するありようと、彼女の作品の質を表わしてもいる。

●D・H・ロレンスの世界への入り口に立って

　若いニンがロレンスの世界に惹かれたのには、いろいろな理由があったであろうが、まず第一に詩人としてのロレンスの目によって見通された世界像に惹かれたものと考えられる。彼女がロレンスについて語るとき、いつも口にするのは詩人ロレンスであり、その作品を深めている詩的な要素についてである。可視の、フィジカルな世界の底に潜む、時には暗く、時には熱く脈打つ血の流れる命の根源を、詩人の洞察力と詩情によって描き出すロレンスの世界、それは知性と想像力と肉体的な感覚の、三重の欲求が必要とされる世界である、とニンは言う。ロレンスの世界に入るには、知的な認識によるのではなく、本能と直感によって豊かにされる、情熱的な血の経験としての哲学を必要とする(一六)、というのがニンの考えるところであり、彼女がロレンスに惹かれるところでもあった。

詩人ロレンスは彼の故郷の自然、町並み、人々など、可視的な世界を凝視し、捉えながら、思考の層の下を流れる意識の層に気づく。それは血の中に伝えられる生命の意識であり、内奥《ないおう》の知恵である。

◉『私のD・H・ロレンス論』の構成

『私のD・H・ロレンス論』は十七の章からなっている。一章から十章までは、ロレンスの世界に入り込むために必要な解説である。それらの表題を以下に掲げてみる。

最初の章は「D・H・ロレンスの世界へのアプローチ」("The Approach to D. H. Lawrence's World")と題されている。ロレンスの世界は単純に一つの能力だけを働かせて近づくことのできる世界ではない、とニンは言う。なぜならロレンスは彼の創造する世界を、影を帯びて、入り組んだ混沌《こんとん》の世界として提示するからである。「それは詩人たちの作り出すあらゆる世界を超越した世界であり、彼の作品を解く鍵は彼の内なる詩人の優位を認めることにある」(一六)。

第二章「ロレンスの世界」("Lawrence's World")では、その世界の背景と、基軸になるものについて解説する。背景となっているのはすべて彼の経験に根ざすものであるが、彼の中で詩人が育っていく過程で、表面的な背景はより深い意識の層を写し取る象徴的な風景へと変わっていく。すなわち可視的な宇宙の層と、絶えず流動し続ける意識下の層である。こうした世界の基軸となっているのは、彼がその膨大な想像力を働かせて経験する世界であり、登場人物はすべて現実の世界に根を張っているが、その意味を捉えるには不十分な現実を、ロレンスは象徴によって補い、そこに意味を与えているのだという。

第三章は「経験」("Experiences")と題されて、一番多くの紙幅《しふく》が費やされている。おそらくこの章を読むだけでも、ニンのロレンス観がはっきりとわかるほどである。そこでこれについては後に述べることにする。次は「宗教的な男」("The Religious Man")と題された章である。

❖エドワード・タイタス　Edward Titus, 1870-1952　パリ在住のアメリカのジャーナリスト。後にブラック・マネキン・プレス社創業。ロレンスの作品を出版。一九三二年出版中止。夫人は美容、化粧品で有名なヘレナ・ルビンスタインであったが、三七年に離婚した。
❖本稿冒頭の書影が一九六四年の復刻版カバー。
❖ハリー・T・ムア　Harry T. Moore, 1908-81　南イリノイ大学教授、批評家、著述家。ロレンス研究で知られる。『愛の伝道師——D・H・ロレンスの生涯』(*The Priest of Love: The Life of D. H. Lawrence*, 1974)、そのほかアメリカ文学関連の著書多数。

続いて「死」("Death")、「原始への回帰」("The Return to the Primitive")、「女性」("Woman")と続くが、「女性」は「経験」に次ぐ長さの章である。そして「言語……文体……象徴」("Language...Style...Symbolism")、「過剰発展」("Over-Development")、「論争」("In Controversy")で十の章をなしている。

その後に「イタリアの薄明」("Twilight in Italy")、「恋する女」("Women in Love")、「無意識の幻想」("Fantasia of the Unconscious")、「カンガルー」("Kangaroo")、「詩人」("Poet")、「王女——ある物語」("The Princess: A Story")、「チャタレー夫人の恋人」("Lady Chatterley's Lover")と題された七つの作品に関する論が続く。これらの章は「経験」の中でニンが論じた事柄をバックアップするものだと言ってもよさそうである。

◉ロレンス文学における経験とは

「経験」と題して最も多くの紙幅を割いた章の冒頭でニンは次のように言う。

> ロレンスは知的な明断《めいせき》さをもってではなく、一種の本能的な理解力をもって登場人物に近づく。彼は外面的な眼によって観察するのではなく、肉体の中心に座す眼、洞察力、あるいは本能によって観察する。彼の分析は頭脳のみによるのではなく、感覚によるものである。(二四)

ロレンスにとっていちばんの関心事は生と死であるが、死は決して終わりではなく、四季のめぐりのように、大きな円環を描く運動の一部であると彼は考える。たとえば、春の甦《よみがえ》りを説明するギリシア神話のエピソードに象徴されるような、あるいは多くの古代の人間たちが考えていたような、輪廻《りんね》の死生観をロレンスは持っていた。そのようなロレンスの関心を引いたのは人間を生き生きと生かし、突き動かすもの、「くらき神々」(the dark gods)と彼が呼ぶ、生命の源となってあふれ出す不可思議な衝動であった。人間は一方では理知的な明断さ、知性の働きを求めるが、他方自己の内部にあって己を突き動かす生命の衝動に支配されてもいる。一方では知性が物事の釣り合いを保ちながら、正しい場所に落下させる力として働きながら、他方「くらき神々」と彼が呼ぶ本能の働きは、このようなバランス感覚に反抗しながら、己の生命の流れに忠実であろうとするものである。

厳格なクリスチャンとして育てられたロレンスにとって問題は、理知が保つバランスの一線をいかに超えて、この内なる「くらき神々」と向かい合うか、いかに己の人生、あるいは実存に達するかであった。ニンはブレイ❖クとロレンスを比較して次のように言う。「ウィリアム・ブレイクは彼の造り上げた世界を、彼自身の生活のなかに外在化しようとはしなかった。〔……〕一方ロレンスの哲学の特徴は、彼の側が超然とすることを禁じていたところにある」（三〇―三一）。

ロレンスの、真に生命にあふれた人生を生きるということ(**livingness**)の意味を、ニンは『虹』（一九一五）、『カンガルー』（一九二三）、『恋する女』などの作品の中に例を求めて解説する。人生とは、深く生きなければならないものであり、深く生きた人生は、たとえそれが矛盾《むじゅん》と失敗に充ちているとしても、真実はそれらを通して発現されるというのが、ロレンスの考えであった。ブレイクと異なって、ロレンスは己を厳しい批判や敵意にさらすことで犠牲を捧げた、とニンは言う。たぐいまれな感受性と洞察力に恵まれたロレンスは、彼の生きた時代を超えていたし、それゆえに孤独であった。

当時の誰も試みなかったやり方で、ロレンスは男女の性のさまざまな形を作品に描き出した。生命の根源を「くらき神々」に求めたからである。しかし、男女の合一だけが完全な人生を生きるために必要なのではない。男と女が創造されてかなりの時間がたった今、男女はそれぞれ別の経験をしながら歩み続けている。二人の人間のあいだには、完全な関係などないのだ。ロレンスの作品に登場する人物たちは、現実を生きる人間の言葉で、人間の感情を語りながら、読者である私たち自身をあらわにする。それが作品を読む者たちに、時に不快感を催させ、時に共感させるのだとニンは言う。

❖**ウィリアム・ブレイク　William Blake, 1757-1827**　イギリス・ロマン派の詩人たちの先駆けともいわれる。画家、銅版画職人、挿絵画家。若いころから銅版画家、挿絵画家として修業し、生計を立てる。一七八九年には幼年時代の自由と喜びを歌った『無垢の歌』を挿画入りで発表。翌九〇年には個人の霊的高揚を歌った『天国と地獄の結婚』を、これも幻想的な挿画をそえて発表した。これ以後彼の思考の中には理性の尊重、慣習の重視などによって抑圧され、疎外されてきた人間性の解放が問題意識としてとどまることになる。天国と地獄、理性と力、引き合うものと反発するもの、愛と憎しみなど、相反し、対立するものが人間存在には欠くことができないことを、作品の中で主張している。神話的人物、ゾアの登場する「四人のゾアたち」「ミルトン」「エルサレム」などの預言書と呼ばれる作品で、さらに独自の境地を開いた。西欧的二元論を排し、個人の自由と肉体の歓喜を重んじた点、若き日のニンもロレンスとの比較のうえで、ブレイクに関心を示した。

◉「女性」

「女性に対する時代錯誤的な考え方のためにロレンスは非難された」(七六)とニンはこの章を書き出している。考え方が時代錯誤なのではない。ロレンスは女の男に対する関係性を重視した。それはいわゆる男根信仰に基づく男女の関係であった。

男性は女性についての彼らなりのイメージを持ち、それを類型化した。女性は類型化された女性像を生きようとしてきた。彼女らは「家庭の天使」と呼ばれる女性であった。しかしここに至って、男性に伍して働く女性の芸術家が登場する。「男根信仰は創造の半分でしかないと考える女性は、創造者としての芸術家である」(七六)とニンが言う女性たちである。彼女らは女性について独自のイメージを持ち、独自の女性像を作り上げようとする。ロレンスはこれに口を挟みはしない、とニンは言う。しかしロレンスが考えるところによると、女性は女らしさを失くしてはならないのではないか、女性の創造は、女性本来の、本能的な知恵によって、何かを作り上げることではないのか。

ロレンスによれば、男は男のうちにある神によって世界の創造をまかされている。それはあくまでも男の神であり、女が神に近づくためには男との交わりが必要である。さらに男は女のために世界を創造したいと願うのだという。ここに男性芸術家の意味がある。後期の作品群に見られるこのような男根の神格化に対して、後世の批評家たち、特にフェミニズムの批評家たちは、そこに仕組まれた政治的な意図を読み取る。たとえばケイト・ミレットなどは、性の解放者として賛嘆されるロレンスに、男根崇拝の、すなわち男性原理の信奉者を見、これを痛烈に批判する。

けれどもニンはロレンスの中に、これとは違うものを発見している。本来彼自身も直感的なロレンスは、女性の直感をも信じているということ。「彼は女の感情を完全に認識していた。実際彼はしばしば女が書くように書いた」(九一)。そして『チャタレー夫人の恋人』を完璧なラヴストーリーとしているのは、男と女のふたつの視点が取られ、男と女の双方の感じ方が示されており、女の繊細な、鋭い感じ方が示されているからであるという。男性がこれほど女性に接近し、これほど完全に、はっきりと女性を表現したのはロレンスが初めてであった、と言う。このあたりにニンの独特の読みがあるのだろう。

◉詩人D・H・ロレンスを讃えて

ロレンスの文学的な出発は詩にあった。十代の終わり頃から書き始めた詩は、さまざまなアンソロジーに載り、詩人としてのロレンスを世に出した。最初はヴィクトリア朝風のロマンティックな詩であったが、やがてエズラ・パウンド❖らのイマジスト❖たちと交わり始めると、その詩風は変化していった。ロレンスの内なる詩人を高く評価するニンは、彼の詩にも注目する。彼女は「詩人」の項目で次のように言う。

> ロレンスの詩を考えるときに、説明的で教訓的な部分を脇に置く必要がある。そのような詩では、彼の中の詩人が、自然に、自発的に語ってくれる比較的数の少ない詩とは違って、散文の中でより収まりのよい思想を繰り返し語っている。ロレンス自身が、この区別は必要であることを、「詩の中の混沌❖」を書いたときに認めている。（一五九）

ニンはロレンスの詩集の中でも『鳥、獣、花』（一九二三）を高く評価し、この詩集中の「魚」を例にとって、ロレンスは自分の人間の感情を閉じて、魚の感情を生きようとしていると言う。それは音楽、たとえばドビュッシーの《金色の魚❖》のように暗示的であると言う。そして、小説の中では、彼は言葉にし難い人間の感情の動きを、

❖**エズラ・パウンド**　Ezra.Pound, 1885-1972　詩人、批評家、音楽家。T・S・エリオットと並んで二十世紀初頭の詩におけるモダニズムを追求した。モダニズムの中でも特にイマジスト・ムーヴメントと深く関わった。すなわち十九世紀的なロマンティックな、あるいは感傷的な詩、またその言葉遣いをすてて、言葉の持つ明らかなイメージの組み合わせによる詩の作法を追求した。これにはフロイトから流れ出た新しい心理学の影響も見て取れる。詩から出発したロレンスもまたこのような二十世紀の新しい文学の流れの中で、独自の文学世界を模索した。

❖**イマジスト**　imagist / imagist movement　二十世紀、一九一〇年代にパウンドを主唱者として、英米の詩人を中心にして始まった新しい詩の運動。前世紀的な大仰ではあるが空虚な言葉や伝統的な韻律によるのではなく、人間の内奥の真実を映すイメージを喚起する言葉を用いて、簡潔な詩を書こうと主張した。これにはフランスの象徴派や日本の短詩形、とくに俳句の影響がある。詩は説明ではなく、研ぎ澄まされた感性の表現、意識下の真実の表白であると彼らは考えた。パウンドのもとに集まった詩人の中にはアメリカの女性詩人、H．D．(Hilda Doolittle, 1886-1961) やエイミー・ローウェル (Amy Lowell, 1874-1925) などがいる。その後の英米詩に与えた影響は大きい。

❖**「詩の中の混沌」**　Chaos in Poetry　一九二九年十二月号の『エクスチェンジ』(*Exchange*) 誌に掲載された、ロレンスの詩論である。ニンは『私のD・H・ロレンス論』「詩人」の項でこれに言及し、引用している。

> 漲りあふれる詩句が最高である。感覚によってのみ捉えられるもの、触覚と音のヴィジョンを伴って入り込み、再び触覚とイメージの爆発となるような詩句が最高である。（一五九）

詩的な象徴によって表現することに成功していると言う。

◉おわりに

ニンがその文学的経歴のはじめにロレンスと出会ったことは非常に意味深いことであった。彼女はその生涯にわたって出会いの初めのころのロレンスに私淑し、その影響をうけ続けた。ロレンスがいなかったら、と考えると作家と作家の出会いの妙を思わずにはいられない。晩年に至るまで、彼女は講演やエッセイの中でしばしばロレンスに言及しており、彼女の文学の源流を私たちに知らせてくれる。

ニンのロレンス論の後、数多くのロレンス論が書かれた。一九四〇年代あたりまではさほど評価が高くなかったロレンスに、英国の伝統を受け継ぐ偉大な作家として光が当てられるのは、一九五〇年代以降であり、その旗頭としてF・R・リーヴィス❖が上げられるだろう。しかし七〇年代に入り、フェミニズムの批評家が現われるようになると、非常に攻撃的な批評が行なわれるようになった。ケイト・ミレット❖の『性の政治学』（一九七〇）はその筆頭に来るものである。

これらさまざまの、後世の批評に比べるとニンのロレンス論はきわめて穏やかなものに見えるが、しかしその一方で、彼女は後輩たちが論点として選ぶような部分をすでに先取りしている。たとえば「言語……文体……象徴」の項はロレンスのエクリチュールについての考察であるが、それはやがてリディア・ブランチャードの「ロレンスとフーコー、セクシュアリティの言語❖」に発展するものを予感させる。そのあたりに若いアナイス・ニンの慧眼《けいがん》が感じられる。

（木村淳子）

▽引用

「知能の働きは一にも二にも、知りそして理解することの純粋な喜びであり、意識の喜びである。」

D・H・ロレンスが創造した世界は、一つの能力だけを働かせて入りこむ事のできる世界ではない。知性と想像力と肉体的感覚の、三重の欲求が必要とされる世界である。なぜなら彼は、その世界を、細分化ではなくて、魂と肉体の両方すなわちさまざまな概念を融合させて、全体でありたいとする願望のうえに作り上げているからである。彼が私たちを引き込もうとする世界は、翳を帯び入りくんで複雑な世界であるからである。〔……〕

それは詩人たちの作り出すあらゆる世界を超越した

世界であり、彼の作品を解く鍵は彼のうちなる詩人の優位を認めることにある。（一七）

【解説】 この書の冒頭部分「D・H・ロレンスの世界へのアプローチ」より引用。ニンのロレンス論の根底にあるものを示唆する部分である。人間の本質に迫ろうとするときに必要なのは内面の真実に達しようとすること。それ故に詩が得意とする象徴、アレゴリー、隠喩などによって人間の真実に迫ろうとするロレンスの世界を、ニンは高く評価する。

▼引用テクスト

Nin, Anaïs. *The Early Diary of Anaïs Nin Volume 4: 1927-1931*. Harcourt Brace Jovanovich, 1985.

ニン、アナイス『アナイス・ニンコレクション（I）私のD・H・ロレンス論』木村淳子訳、鳥影社、一九九七年。

❖**《金色の魚》** **Poisson d'Or** ドビュッシー作曲のピアノ曲。水中を跳ねるように泳ぎ回る魚の姿を印象主義的な手法で描き出す。ニンはロレンスの『鳥、獣、花』と題された詩集の中の詩篇「魚」とこの曲を重ね合わせて、二つの芸術作品の新しさを語っている。

❖**F・R・リーヴィス** **Frank Raymond Leavis, 1895-1978** 英国の文学批評家。二十世紀文学評論界に非常に大きな影響力を持った。十年先輩の世代にはT・S・エリオット、ジェイムズ・ジョイス、ロレンス、パウンドなどの詩人、小説家がおり、これらの文人たちの紹介、批評によって知られた。また十九世紀末の詩人ジェラード・マンリー・ホプキンズ（Gerard Manley Hopkins, 1844-89）を再評価し、光を当てた。ロレンスに関しては、それまであまり関心を持たれなかった作家詩人の再評価を試み、五〇年代以降のロレンスの再評価に寄与した。

❖**ケイト・ミレット** 本書、九一頁注参照。

❖**リディア・ブランチャード** **Lydia Blanchard** テキサス・ステート大学名誉教授。ロレンスに関する優れた論文「ロレンスとフーコー、セクシュアリティの言語」（"Lawrence, Foucault and the Language of Sexuality"）によって知られる。フェミニズム的な立場、また精神分析の視点からロレンスの作品を深く読み込み、読み解こうとした。この論文はピーター・ウィドーソン編著『ポスト・モダンのD・H・ロレンス』吉村宏一・杉山泰訳（松柏社、一九九七）に収録されている。

『近親相姦の家』

House of Incest, 1936

一九三六年、シアナ版（シアナ[Siana]とはアナイス[Anaïs]の逆綴《つづ》り）より出版された、アナイス・ニンの第一創作集。詩から出発して小説や戯曲に向かう作家は多いが、ニンが「散文詩」と呼ぶこの作品も、「わたしのすべての作品の種」と認識されている。ニンの作品中もっとも前衛的・実験的であると同時に、フィクションとしてのニンの傑作と評価する声も高い。

揺籃《ようらん》期の作家として創作の方法を模索していたニンは、一九三三年にヘンリー・ミラーに宛てた手紙で、ある習作を「ファンタジー」と「人間的な本」のふたつに分けることにした、と報告している。その「ファンタジー」こそ『近親相姦《そうかん》の家』であり、「人間的な本」は三九年にパリで出版された第一小説集『人工の冬』として結実した。つまり、「習作」の種のなかにふたつの種があったことになる。

父と娘の愛を描いた作品（「リリス」）は『人工の冬』（パリ版）に収められたにもかかわらず、この「ファンタジー」が別個に『近親相姦の家』と名づけられたのは、愛しあう姉と弟や、聖書のインセスト（近親相姦）物語❖に基づく絵画《ロトと娘たち》への言及があるためもあるが、ニンから父への暗号めいた意地悪／からかい／告発の身ぶりでもあったようだ。無削除版日記第三巻『火』（一九九五）には、娘が書いたという作品のタイトルを聞いて（英語が読めないぶん一層）取り乱す父の様子が描かれている。

ほんとうにおかしくて仕方がない。「近親相姦」とタイトルに掲《かか》げたのは、父が怖気《おじけ》をふるうだろうとわかっていたからだし、父の数々の欺瞞《ぎまん》への挑戦であり、父の閉鎖性への秘かな懲罰《ちょうばつ》だった。〔……〕父は自分自身に対してすらみずからを曝《さら》け出そうとしない。

　だから大文字で、表紙に書いてあげたのだ、『近親相姦の家』と。そうして、わたしは笑う。(*Fire*, 406)

　まさに近親相姦の家の恐るべき娘の面目躍如《めんもくやくじょ》といったところだ。本作を読んだロレンス・ダレル▼は「タイトルはばかばかしい」としながら、「この種のスタイルで書かれていて、こんなにいきいきしたのは読んだことがない。現実と無縁の夢の世界。ほんとうにいきいきしていて、奇妙《クィア》な毒気がある」(*The Durrell-Miller Letters, 1935-80*, 38)とやや興奮気味にミラーに書き送り、一方ミラーは、シュルレアリスムの名に値する作品があるとしたらこれをおいてない、といったんは述べながら、いやシュルレアリスムではない、分類しようのない作品だ、と語ったという(『アナイス・ニンの日記』二一六)。

　いかに分類するかは措《お》くとしても、この奇妙《クィア》な作品の影響関係や素材を探ることは、楽しい作業である。

　ニンは本作を「女の『地獄の季節』」と呼んだ。アルチュール・ランボー❖がいわゆる「見者の手紙」で述べた「あらゆる感覚の、長期にわたる秩序だった錯乱《さくらん》」とは、本作執筆時のニンが、人生においても創作においても、「魂の実験室」(a laboratory of the soul)(『アナイス・ニンの日記』二一三)で繰り広げた過酷な生成の過程と重なる。夢の記録／記憶がもとになっている、という作家の言にも、「現実と無縁の夢の世界」というダレルの評にもかかわ

作者不詳《ロトと娘たち》
(ルーヴル美術館所蔵)

❖**聖書のインセスト物語**　旧約聖書の創世記第十九章によると、頽廃したソドムとゴモラの街を神が滅ぼすと伝え聞いたロトは、妻とふたりの娘を連れソドムを逃れるが、妻は途中「振り向いてはならない」という掟を破り、塩の柱に変えられる。ふたりの娘たちは洞窟で父に酒を飲ませ、父が寝ている間に父の子を孕んだ。

らず、実は本作のそここには、日記と照合可能な現実のできごとや人物が散りばめられている。ただ、それらは日記とも小説とも異なる形で化学変化を起こし、あるいは溶解しあるいは結晶化して、確かに「シュルレアリスム的」としか言いようのない世界を現前させる。夢と現実、昼と夜、意識と無意識、液体と鉱物……といったふたつの世界が混ざりあってできた、いびつな真珠《バロックパール》のような作品が『近親相姦の家』なのかもしれない。

　習作段階の本作をニンがアントナン・アルトー▼に贈り、これはあなたの作品への「返答」であり、「響きあい」です、と書き添えたことは、本書「分身」の項でも述べたが、それに応《こた》えてアルトーも「あそこに描かれた魂の緊張、厳密な語の選択と表現は、私の考え方と相通じるものを感じます」（『アナイス・ニンの日記』二四〇）と書き、自分にとっては信じがたい苦悩の果てにようやく到達できる知を、あなたはいったいどのように獲得しているのか、と訝《いぶか》る。また、ともにルーヴル美術館で《ロトと娘たち》を見たときのニンの反応について「芸術への反応がひとつの存在を動かし、愛のように振動させるのを見たのは、初めてのことでした」（『アナイス・ニンの日記』二七三）と記す。このときのエピソードと、アルトーを思わせる「現代のキリスト」も、その後、本作に書き加えられたものと考えられる。のみならず、「器官なき身体」と響きあう異和に満ちた身体感覚、異様な輝きを放つ鉱物的宇宙感覚等、本作はニンとアルトーの芸術的近親性を鮮やかに指し示す。

　そして、やはりミラーの名を挙げないわけにはいかないだろう。本作執筆時のニンとミラーは、作家としても人間としても強く深い影響関係にあり、習作段階からミラーはさまざまな助言を与えている。あるときは厳格な教師のように語法の誤りを指摘し、またあるときは、きみの書いたものに手を入れようとするなんて傲慢《ごうまん》だったと、謙虚な友人のように反省する。結果としてできあがったものは、ふたりの影響関係のなかでこそ生まれた作品であると同時に、まぎれもなくニンにしか書きえない作品であり、それは、ジューンをめぐるニンの洞察がミラーに計り知れない啓示を与えたとしても、「翼の生えた、セックスをもった、歩くアメリカ」である女性を造形したのはミラーその人であったのと同じことだ。なお、『近親相姦の家』にインスパイアされたミラーの「シナリオ」❖については、ニンは失望し、「傷ついた」と書いている。

　最後に、「シュルレアリスムのもっとも成功した表現」とニンが考えていた映画からの影響も一瞥《いちべつ》しておこう。

シュルレアリスム映画の傑作、ルイス・ブニュエル▼の『アンダルシアの犬』（一九二八）は、ぎゅうぎゅう詰めのシネマテークで見て衝撃を受けた、と日記に記されている（*Diary 3*, 109）。路上にころがる腕、剃刀《かみそり》で切り取られる眼球……といった映像が脈絡《みゃくらく》も説明もなく繰り出されるさまは、「イメージの群れが音もなく動いていく、さながら夢のなかのように」と綴《つづ》られる（*Diary 1*, 306）。映画を観るという行為が夢見に似ていることは言うまでもないが、強力な映像喚起力をもつ本作は、さながら「読むシュルレアリスム映画」と言えるかもしれない。直接的な影響を指摘しうる映画としては、『アンダルシアの犬』と同年に作られたドイツ映画『アルラウネ❖』があげられる。先に触れた、『近親相姦の家』と『人工の冬』が生まれる「種」となった習作は一時『アルラウネ』と呼ばれていたし、心なしかジューンに似た主演女優ブリジット・ヘルム❖（フリッツ・ラング『メトロポリス』（一九二七）のマリア／アンドロイドを演じた）は、サビーナ（Sabina）の造形に霊感を与えたとされる。また、ニンの夫ヒュー・ガイラーは、イアン・ヒューゴーの名で『アトランティスの鐘』（一九五二）（本作冒頭にある言葉❖）という短編映画を制作したが、ニンはそのなかで本作を朗読し、パフォーマーとしても登場する。

❖**アルチュール・ランボー** Arthur Rimbaud, 1854-91　フランスの象徴主義の詩人。代表作に『酔いどれ船』（*Le Bateau Ivre*, 1871）、『地獄の季節』（*Une Saison en Enfer*, 1873）等。十七歳のとき先輩詩人ポール・ヴェルレーヌと愛人関係になり、痴話喧嘩のもつれから銃で撃たれる。早熟の天才と謳われながら二十代前半で筆を折り、アビシニア（現エチオピア）で武器商人となるが、骨肉腫により右足を切断する。一八七一年に書かれた「見者の手紙」で、「詩人とは、あらゆる感覚の、長期にわたる秩序だった錯乱を通して見者になる」とも、「私とは一個の他者である」とも述べている。

❖**ミラーの「シナリオ」** *Scenario*　パリのオベリスク出版より一九三七年に二百部限定で刊行、その後同出版『マックスと白い食菌細胞』（*Max and the White Phagocytes*, 1938）に、英語圏では *The Cosmological Eye* (1939) に収録。タイトルの下に（音のある映画）と書かれ、「このシナリオはアナイス・ニンによるファンタジー『近親相姦の家』から直接インスパイアされたものである」との但し書きがある。三四年二月のニンからミラーへの手紙「映画がシュルレアリスムのもっとも成功した表現だとしたら、シナリオこそ、シュルレアリスムの物語や夢の表現にふさわしい」（*Anaïs: An International Journal, Vol. 5*, 1987, p.121）を受け、ミラーは十二月の手紙で「きみへのクリスマスプレゼントとして書いた」（*A Literate Passion*, 262）と述べている。

❖**アルラウネ** *Alraune*　一九二八年制作のドイツ映画。ヘンリク・ガリーン監督、ブリジット・ヘルム主演による無声・SF・ホラー映画。無実の男が絞首刑になり、死に際に精液をたらすとそこからアルラウネ（別名マンドレイク）という植物が生えるという伝説に基づき、絞首刑になった男の精液により娼婦が人工授精させられるという物語。

❖**ブリジット・ヘルム** Brigitte Helm, 1906-66　ドイツの女優。

❖**本作冒頭にある言葉**　「わたしは鐘の響きを持つアトランティスの潮の記憶を持って生まれてきた」（一四―一五）。

さて、そろそろ作品の内部に目を向けることにしよう。冒頭は以下のとおりである。

朝起きてこの本を書きはじめようとしたときわたしは咳をした。なにかが喉から飛び出した。わたしは絡みついていた糸を引っ張りだした。ベッドに戻ってわたしは言った……心臓を吐き出したのだわ。（五）

続けて、愛する女が死んだその骨からインディオが作ったケーナという笛は、胸に突き刺さるような音色を響かせる、という伝説とともに、「ものを書く人間ならそのプロセスを知っている」と語られる。ここからわかるのは、語り手が作家であること、読者がいままさに読もうとしている作品がいかに生まれたか、あるいは創作一般に関わる秘密が吐き出されようとしている、ということだ。

作品の誕生に続いて、人間と世界の誕生が描かれるが、それは羊水の海にたゆたうような、前エディプス的想像界を思わせる。生まれたとき語り手はすでに「アトランティスの鐘」の記憶をもち、失われた音や色を追い求める。昼と夜は引き剥《は》がされ、自分がどちらの側に落ちていくのかもわからない。

次いで登場するサビーナは、『日記』のジューンや『人工の冬』（パリ版）所収「ジューナ」のジョハンナ (Johanna) を連想させる。サビーナのイメージを「男たちの眼に刺青《いれずみ》した」と言い、ふたりがいだきあう崇拝の念は欲情に変わった、と言う語り手は、女を描く作家であり、女を愛する女であるとわかる。

「ランヴァン❖の鏡に映る自分を見つめるナルシス」と呼ばれるジャンヌ (Jeanne) は弟を愛し、椅子の背に映る弟の影にくちづける。ジャンヌが語り手を招き入れるのが「近親相姦の家」である。そこには決して見つからない部屋や、ロトの絵が飾られた部屋、枯れ木と鉱物の庭があり、精液も渇いて石化する。それは運動性を欠いた、限りなく死に近い世界だ。

分身のような姉妹のような三人の女たち（語り手、サビーナ、ジャンヌ）は「現代のキリスト」に逢う。書くものにおいて語り手の兄であるという彼は、全身の皮膚を剥《む》かれて責め苦の生を生きていると言い、他者のなかの自己しか愛せない近親相姦の家から抜け出すことを願う。

最後に登場する踊り手は、腕のない女の舞踊を踊る。握りしめること、しがみつくことに汲々《きゅうきゅう》として、手放すこと、開くこと、流れに身を任せることを知らなかったため、罰として腕をもがれた女の踊りだという。くるくる回り、光と闇に均等に顔を向けながら、なお光の方へ踊りだしていく彼女の姿が描かれる。

詩《ポエジー》と映像《イメジャリー》の氾濫《はんらん》が読む者を圧倒し、解釈を拒むかに見える本作は、ニンがしばしば言及する「夢のなかから外へ歩み出る」というC・G・ユング❖の言葉を、作品を書くことによって実践してみせた記録と捉えることもできる。アルトーがそうだったように、インセストに取り憑《つ》かれた作家であったニンが、インセストという夢から書くことによって目覚め、作家としての自己出産を果たしたのである。

（矢口裕子）

❖ランヴァン　Lanvin　服飾、香水、化粧品、アクセサリー等を手がけるフランスのブランド。一八八九年、ジャンヌ・ランヴァンにより創業された。

❖C・G・ユング　C. G. Jung, 1875-1961　スイスの心理学者、精神分析家。精神分析の創始者ジークムント・フロイトと親交を結ぶが、のちに袂を分かち、集合無意識や元型等独自の理論を展開、分析心理学を創始。神話・オカルト研究によっても知られる。

▽引用

わたしは水のなかに生まれでたときのことを憶えている。あたりのすべては燐光《りんこう》を発していた。〔……〕わたしは揺れて漂い、骨のない爪先で立って遠くの物音を聴く。人間の耳には聞こえない物音。それから、人間の眼には見えない物を見る。わたしは鐘の響きを持つアトランティスの潮の記憶を持って生まれてきた。なくした音を求めて耳をそばだて、なくした色を探して〔……〕泳ぐような足取りで歩きまわる。〔……〕音のない楽園から閉め出されて。からだの動きにつれて、カテドラルは音のない音楽のように揺らぐ。（一四―一五）

【解説】冒頭に近い場面。世界の創成と自己の誕生、そして作品の創造が三《み》つ巴《どもえ》に連動し、水と鉱物の世界が同時に現前し、視覚・聴覚・触覚がひとしなみに刺激される。「シュルレアリスム的」な「散文詩」の名にふさわしい部分である。

▽引用

鏡の前に座ってわたしは自分を笑いながら、髪をとかす。眼があるわ。三つ編みにした髪、足があるわ。わたしは箱のなかのサイコロを見るように、それらを見る。

もしもそれらを振ったとして、それらはわたしとなって出てくるのだろうか。〔……〕わたしは存在しない、わたしはひとつのからだではない。握手をするとき、わたしは相手が遠い別の部屋にいて、わたしの手も別の部屋に居るような気がする。鼻をかむときは、鼻がハンカチにくっついたままになるのではないかと思う。（五四）

【解説】誕生したはずの自己は、箱のなかで振られるサイコロのような、福笑いのパーツのような、いまにもばらばらにくだけ、ほどけてしまいそうな、幽《かそけ》きものでしかない。あまつさえ、「わたしは存在しない、わたしはひとつのからだではない」と断言される。存在と非在、「器官なき身体」または身体の断片化・複数化について、読者に思いを馳せさせる。

▼引用テクスト

Durrell, Lawrence and Henry Miller. *The Durrell-Miller Letters, 1935-80*. New Directions, 1988.

Nin, Anaïs. *The Diary of Anaïs Nin Volume 1: 1931-1934*. Harcourt, 1966.

——. *The Diary of Anaïs Nin Volume 3: 1939-1944*. Harcourt, 1969.

——. *Fire: From "A Journal of Love": The Unexpurgated Diary, 1934-37*. Harcourt Brace, 1995.

——. *House of Incest*. Swallow P / Ohio UP, 1979.

Stuhlmann, Gunther, ed. *A Literate Passion: Letters of Anaïs Nin and Henry Miller, 1932-1953*. Harcourt Brace and Company, 1987.

ニン、アナイス『アナイス・ニンコレクション（Ⅱ）近親相姦の家』木村淳子訳、鳥影社、一九九五年。

——『アナイス・ニンの日記』矢口裕子編訳、水声社、二〇一七年。

『人工の冬』

The Winter of Artifice, 1939 (Paris) / Winter of Artifice, 1942 (New York)

『人工の冬』の出版史は複雑を極める。一九三九年、パリのオベリスク出版から出たいわゆるパリ版は、「ジューナ」「リリス」「声」の三編からなる連作小説集であり、アナイス・ニンにとっての第一小説集でもあった。だが不幸なことに、第二次世界大戦の勃発《ぼっぱつ》と出版社代表ジャック・カヘイン▼の死により、ほとんど市場に流通することもなく、さらにアメリカでは発売禁止処分を受けたため、スカイ・ブルー・プレスがファクシミリ版を復刻する二〇〇七年まで、ほとんど埋もれた作品だった。パリ時代「三銃士」を自称した文学的同士であるヘンリー・ミラーの『北回帰線』（一九三四）、ロレンス・ダレル▼の『黒い本』❖（一九三八）も同様の処分を受けており、それはジェイムズ・ジョイス❖の『ユリシーズ』（一九二二）、D・H・ロレンス❖の『チャタレー夫人の恋人』（一九二八）、ラドクリフ・ホール❖の『孤独の井戸』（一九二八）等がたどったのと同じ運命だった。それらの作品の大半が発禁を解かれる二十世紀後半に至るまで、性表現をめぐる抑圧が

❖『黒い本』*The Black Book*　ロレンス・ダレル(Lawrence Durrell)による自伝的第一小説。ミラー『マックスと白い食菌細胞』、ニン『人工の冬』とともに、パリのオベリスク出版からヴィラ・スーラ・シリーズとして出版された。

❖**ジェイムズ・ジョイス**　James Joyce, 1882-1941　アイルランドの小説家、詩人。『ユリシーズ』(*Ulysses*)、『フィネガンズ・ウェイク』(*Finnegans Wake*, 1939)等により、二十世紀を代表する作家の一人と評価される。『フィネガンズ・ウェイク』はその一部がオベリスク出版から刊行されている。

英語圏に強くあったことの歴史的証左とも言えるし、それらの作品が共有する前衛性・攪乱《かくらん》性を文学的真実として抽出することもできよう。

アメリカに戻ったニンは、主に自分の作品を印刷・出版するための事業としてジーモア・プレスを興《おこ》すが、その第一作に選んだのが『人工の冬』（一九四二）だった。ただし、表紙を夫イアン・ヒューゴーの銅版画が飾るジーモア版から失われたものは少なくない。本のタイトルから定冠詞（The）が落ちたことは措《お》くとしても、パリ版の冒頭を飾っていた「ジューナ」が忽然《こつぜん》と姿を消し、「リリス」と「声」は約半分の長さに削られ、奇妙なことに「リリス」はタイトルを奪われ、無題の小説として提出されている。『人工の冬』が現在広く流通している形――「ステラ」「人工の冬」「声」の三編を収めたもの――になったのは、六一年のアラン・スワロー版に端を発する。「ステラ」はもともと別の作品集に収められていた作品であり、「人工の冬」は「リリス」の改題である。そしてジーモア版とスワロー版の間にもさまざまなヴァリエーションが存在し、研究者を混乱させる。ここではオリジナルのパリ版に収められた三編と、スワロー版に加えられた「ステラ」について述べることにしたい。

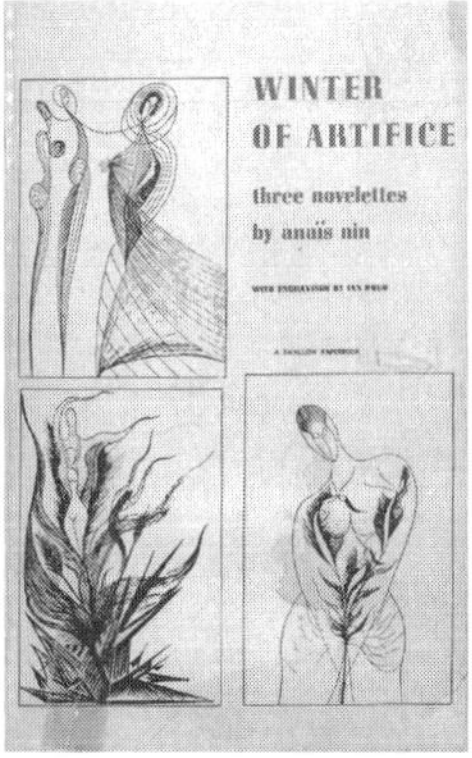

（上）ジーモア版（1942）
（下）アラン・スワロー版（1961）
ともにイアン・ヒューゴーの銅版画が表紙を飾る

❖D・H・ロレンス　D. H. Lawrence, 1885-1930　イギリスの小説家、詩人。『チャタレー夫人の恋人』(*Lady Chatterley's Lover*)をはじめ赤裸々な性愛表現を含む作品群は二十世紀文学の「事件」と呼びうるとともに、ニンに深い影響を与え、フィクションに先立ち『私のD・H・ロレンス論』（一九三二）を書かせた。英語圏で発売禁止処分を受けた『チャタレー夫人』は、フランスでオベリスク出版から刊行された。

❖ラドクリフ・ホール　Radcliffe Hall, 1886-1943　イギリスの女性作家。『孤独の井戸』(*The Well of Loneliness*)は女性同性愛を扱った先駆的作品として強い影響力を持つが（やはり発売禁止によりオベリスク出版から刊行）、ニンは「ジューナ」の性愛描写について「ロレンスが同性愛を扱ったよりも、ラドクリフ・ホールがレズビアニズムを扱ったよりも率直に描く」(*Incest*, 52)と述べている。

『人工の冬』成立過程

【1】『人工の冬』パリ版（1939） *The Winter of Artifice*. Paris: Obelisk Press (1939)

▼ロレンス・ダレル夫妻の出資により出版されるが、第二次世界大戦の勃発と出版社主の急死により、流通せず。

「ジューナ」……『ヘンリー＆ジューン』(1986) の原型

「リリス」……父娘物語

「声」……精神分析医と患者たちの物語

【2】『人工の冬』ジーモア版（1942） *Winter of Artifice*. New York: Gemor Press (1942)

▼ニンがゴンザロ・モレとともに興したジーモア・プレスより刊行。組版・印字等すべて手作業。

無題……内容はパリ版「リリス」

「声」　＊無題、「声」ともに量は半減

▼【2】と【3】の間にもさまざまなヴァージョンが存在。

【3】『人工の冬』アラン・スワロー版（1961） *Winter of Artifice*. Denver: Alan Swallow / Swallow Press (1961)

「ステラ」……女優の物語

「人工の冬」……パリ版の「リリス」を改編

「声」

【4】『人工の冬』スカイ・ブルー・プレス版（2007） *The Winter of Artifice*. Troy, Michigan: Sky Blue Press (2007)

パリ版 (1939) のファクシミリ復刻版。英語圏でのオリジナル出版は初めて。

【パリ版、一九三九】

▼「ジューナ」 *Djuna*

無削除版日記第一巻『ヘンリー&ジューン』（一九八六）が出版される約半世紀前に書かれた、『ヘンリー&ジューン』の原型といえる小説である。ヘンリー、ジューン、アナイスにあたるのが、本作でハンス (Hans)、ジョハンナ (Johanna)、ジューナ (Djuna) と名づけられた人物である。日記と小説というジャンルの異なる二作品のタイトルを重ねあわせると、三角形が完成する。まさに合わせ鏡だ。

冒頭、パリに暮らしながら作家をめざすハンスとジューナは、ここにはいないハンスの妻ジョハンナの魅力と魔力について語りあう。この時点でジューナとジョハンナはまだ出逢っていない。ジラールの「欲望の三角形❖」的状況を予想させるが、作品はその予想を裏書きすると同時に裏切り、超えていく。ふたりの愛する者とひとりの愛される者によって構成されるジラールの三角形

❖「欲望の三角形」　ルネ・ジラール (René Girard, 1923-2015) が『欲望の現象学』(*Mensonge Romantique et Verité Romanesque*, 1961) で展開した理論。主体・対象・媒体からなる「欲望の三角形」において、主体がめざすのは対象ではなく媒体であり、そこで発動されるのは他者になりたいという欲望である、とされる。

は、ある意味で静的《スタティック》だが、三人が三様に愛しあい愛されあう「ジューナ」の三角形は徹頭徹尾動的《ダイナミック》であり、それだけに不安定なあやうさも抱えている。正三角形のように見えるこの関係の当事者である三者は、均質な役割を与えられているわけではない。作家である男と、作家のミューズにしてファム・ファタールである女をともに愛する女――女性作家ジューナこそが、ふたつの液体を混ぜあわせて毒／薬《ファルマコン》にも似た愛を練り上げる媒介《ばいかい》にして二重スパイという、もっとも危険で重要な役割を果たすことになる。私見では、ジューナとハンスの愛を語る部分にも、ジューナとジョハンナの愛を語る部分にも、アナイス・ニンが作家として書きえたもっとも美しく官能的な、あるいは戦慄《せんりつ》的な描写が含まれている。

▼「リリス」 *Lilith*

「ジューナ」と同様の「種明かし」をすれば、「リリス」(スワロー版では「人工の冬」と改題、語りは「リリス」では一人称、「人工の冬」では三人称に移行し、女性主人公に名は与えられていない）は無削除版日記第二巻『インセスト』（一九九二）に対応する小説である。このように書くと、虚構である小説を伝記的事実によって解説しようとする姿勢への批判が聞こえてきそうだが、ニンにおいて注意すべきは、日記も小説もともに作品として提出されているということだ。日記は小説を分析するための伝記的資料にとどまらない。一定の素材をフーガのように変奏することを好んだニンが殊に偏愛した、父と娘をめぐる物語群の差異と反復に留意しつつ、透かし読み／重ね読みをすることも、ニンを読む楽しみのひとつである。

物語は、イヴに先だつアダムの妻の名をいだく語り手リリス（Lilith）が、二十年間生き別れになっていた父との再会を果たそうとする場面から始まる。この『ペリクリーズ』❖の変奏のような物語のなかで、リリスは二十年前、バルセロナからアメリカへ向かう船の上で、父への手紙として日記をつけ始めたこと、少女がバスケットに入れてどこにでも持ち歩いた日記は、彼女の分身であり、世界に対して開かれた窓であると同時に、彼女を閉じ込める牢獄ともなったこと、そして、いまひとつの分身である父に対しても、神の似姿としてまた決して癒しえぬ傷を与えた男として、リリスが二律背反的に取り憑《つ》かれてきたことが明かされる。父という呪いからみずからを解放するため、リリスは『ペリクリーズ』が描かなかった先へ物語の歩を進め、「わが父の奇《く》しき花嫁」となる。それは父との和解であり愛であると同時に復讐の成就《じょうじゅ》でもあるような、かつて語られたことのない物語である。

▼「声」 *The Voice*

これは、ある都市で一番背の高いビルの一室にオフィスを構える、「声」と呼ばれる精神分析医（オットー・ランク▼がモデルと思われる）と、彼のもとを訪れるさまざまな人間たちの物語である。患者のなかにはジューナやリリスも含まれ、三編の小説が連作として書かれていることがわかる。自由な女としてハンスを愛しているように見えたジューナが、実は「娼婦のように」誰にでもみずからを与えるハンスへの深い嫉妬《しっと》に苛《さいな》まれていたことを読者は知る——本来、医師と患者のあいだでだけ共有される秘密を盗み聞きするかのように。「声」とは第一義的には、「神の代理」である分析医が患者の背後から語りかける声のことだが、同時にこの「いにしえの聴罪師」にみずからの闇と病を告白する患者たちの声とも捉えうる。西洋的音声中心主義❖をめぐる議論を裏書きするようなタイトルの背後から、さまざまにトーンの異なる無数の声（voices）が響いてきて、その奇妙でシュールで時にグロテスクなポリフォニー（多声）の前で、分析医の「声」（The Voice）はむしろかき消されてしまう。事実、「声」は「アームチェアに縛りつけられ」たも同然、できることといえば「見せ物を見物するのみ」の、不自由で不幸な存在として描かれる（患者の人生を見物する「声」がいて、さらにそれを見物する「読者」がいるという二重に窃視《せっし》症的な構造である）。

「リリス」の父と同様に「声」も、女への愛と欲望に捉えられると神の玉座から転げ落ち、嫉妬深い恋人、臆病な子どもになり果てる。そのときリリスもジューナも深い失望を覚えるが、一方で、偶像を破壊しようとして破壊したのも彼女たちなのだ。リリスは「分析医の背後に本当のあなたを感じる」と言って分析医と患者の位置を交換し、「声」の内面を探ろうとする。そこでは分析医の声は裁断を下す声でなく、みずからの弱さを告白する声となる。そして「二十五年間、振り向いてわたしのことを尋ねてくれた人など誰ひとりいなかった」と涙を流す。それは、語り、聞く行為が一方向的なものでなく、ダイ

❖『ペリクリーズ』 *Periclise*, 1608 ウィリアム・シェイクスピア（William Shakespeare, 1564-1616）による後期ロマンス劇のひとつ。亡命者ペリクリーズが旅の途上、妻、娘と生き別れになるが、最後には再会し幸福な結末を迎える。

❖西洋的音声中心主義 プラトン著『パイドロス』においてソクラテスは、声に出して話される言葉こそ真の言葉であり、書かれた言葉はその影に過ぎないと述べている。ジャック・デリダは書き言葉（エクリチュール）を話し言葉（パロール）に従属させる音声中心主義を批判する。ロゴスとは話される「言葉」を意味するギリシア語を語源とするため、ロゴス中心主義とも呼ばれる。

アローグとなりえた瞬間だろう。だがそれが果たして彼と彼女たちにとって「幸福な堕落」と呼びうるものかどうか、作品は裁断の声を発してはいないように思える。

【アラン・スワロー版、一九六二】

▼「ステラ」 *Stella*

六一年にアラン・スワローが『人工の冬』を出版した際、「ジューナ」の欠落を埋めるものとして選ばれた作品。四五年に『この飢え』というニンの作品集に収められたものの再録である。ドイツ生まれの女優ルイーゼ・ライナーとアメリカの劇作家クリフォード・オデッツをモデルにした作品といわれる。ライナーとニンは四〇年頃に知り合い、一時かなり親しくしていたようだ。『日記』第三巻（一九六九）にはライナーについての記述が多く見られ、そのなかでニンはライナーに「わたしたち、姉妹みたいじゃないの」（『アナイス・ニンの日記』三七九）、「わたしはあなたの鏡になりましょう」（三八〇）と書いている。『日記』のライナーにステラの面影があることは確かだが、一方、ステラには『日記』のニン自身をめぐる描写や他の作品と重なる部分もあり、ニンがしばしば語ったように、小説の登場人物は複数の要素を混ぜあわせて創られるものだということがわかる。いずれにせよ、強い自我と過敏な神経をもち、ハリウッドのスターシステムになじめなかったライナーに「姉妹」のような近しさを感じたからこそニンは魅かれたのだろうし、女優という職業および演劇性というものがニンの人／生と親和性が高いことも明らかである。「星」を意味するステラという名は無論「映画スター」を暗示するが、ニン自身も「星に憑かれた人」（ミラー）と呼ばれた女だった。もうひとつ影響関係が気になるのは、テネシー・ウィリアムズ『欲望という名の電車』（一九四七）のヒロインの妹の名との一致である。ニンのステラが最後につぶやくのは「死者のための花だわ」という言葉だが、『欲望』第九場ではメキシコ人の花売り女が同じことをスペイン語で口にする。

物語としては、ステラとふたりの既婚男性、ブルーノとフィリップの三角関係を描く本作は、ヨーロッパ文学の一大潮流ともいえる「姦通《かんつう》小説」のアナイス・ニン的展開と言えるだろうか。ステラはブルーノとともに生き

『この飢え』（1945）

たいと思うのに対し、ブルーノはステラとともに夢みることを望む。「家なき子」であるステラに対し、ブルーノは妻と子どもがいる家庭という基地を確保したうえでステラを愛そうとする。その妻はブルーノにとって「母」と同義になっている。美しく陽気なドン・ジュアンであるフィリップの磨き込まれた洗面道具を見たステラは、かつて家族を棄《す》て、彼女の人生から光を奪った父、だが妻の前でも愛人の前でも娘の前でも「子ども」でしかありえなかった父を思い出す。そして、人は女優であるわたしに花を贈るけれど、そんなものは死者に手向《たむ》ける花と同じだわ、と先の言葉をつぶやくのである。そうして「ステラ」は終わり、父娘物語である「人工の冬」が始まることから、スワロー版にもパリ版同様、連作小説集としての有機性は確保されていると言える。

（矢口裕子）

❖クリフォード・オデッツ　Clifford Odets, 1906-63　アメリカの劇作家。『レフティを待ちつつ』等左翼的作風で知られる。

❖女優という職業　本書で金澤智が解説するように、ニンはいくつかの実験映画に女優またはパフォーマーとして出演しており、『愛の家のスパイ』（一九五四）でも女優（的女性）を主人公にしている。

▽引用（「ジューナ」より）

あの日の温度、あの温度のなかで血は花開き、皮膚は極小の孔《あな》を、最も秘かに折りたたまれた花弁のように広げた。あの日の温度は、わたしの人生で何度でもくり返されるだろう。だが温度は再生されても、わたしの着替えをソファに横になって見ていたハンスと過ごした時は、二度と戻らない。彼の言葉も、わたしの応えも、もう二度と。（六七―六八）

【解説】　パーティに出かけようとするジューナの着替えを、ハンスがソファに横になって見つめる。恋の絶頂において、その喪失が悼まれる。現在・過去・未来がないまぜになり、強烈なノスタルジーの感覚を呼び覚ます。

▽引用（「ジューナ」より）

彼がわたしを愛撫するとき、ジョハンナとわたしが渾然一体となった混合物で、わたしは彼に毒を盛る。かつて男に仕掛けられた、最も深い裏切り。（一一六）

【解説】　三者が三様に愛しあう三角形のなかで、ジューナは内なるジョハンナとともに、異性愛への毒としての「レズビアン連続体」（アドリエンヌ・リッチ）を紡ぐ。

より正確に言えば、それは愛であって毒でもあるようなものだろう。女性作家による先駆的性愛文学にしてバイセクシュアル小説としての本作の、面目躍如たるところ。

▽引用（「リリス」より）

言葉を語るのでなく、音楽を聴くように、わたしたちは見つめあった。〔……〕ふたりの頭のなかではコンサートが開かれていた。ふたつの箱はオーケストラの共鳴音ではちきれんばかり。百の楽器がいっせいに鳴り響く。フルートの音色はふた巻きの長い糸のように彼とわたしの過去を紡ぎ、ヴァイオリンの弦は体内の泉のように震えやまず、神経も動きをやめず、セックスの強打のごときドラムの強打、どくどくと流れる血、あらゆる脈動を呑み込む欲望のビート〔……〕。（一六二―六四）

【解説】リリスと二十年間生き別れになっていた音楽家の父とが再会し、南仏のホテルで過ごす場面。音楽的比喩によって描かれる、父と娘の驚くべき官能表現。

▼引用テクスト

Nin, Anaïs. *Incest: From "A Journal of Love": The Unexpurgated Diary of Anaïs Nin, 1932-1934*. Harcourt Brace Jovanovich, 1992.

——. *Winter of Artifice*. Swallow P, 1961.

——. *The Winter of Artifice* (A Facsimile of the Original 1939 Paris Edition). Sky Blue P, 2007.

ニン、アナイス『アナイス・ニンの日記』矢口裕子編訳、水声社、二〇一七年。

——『人工の冬』（パリ版オリジナル）矢口裕子訳、水声社、二〇〇九年。

『ガラスの鐘の下で』

Under a Glass Bell, 1944

アナイス・ニンが一九四四年に自ら印刷を手がけ、友人のゴンザロ・モレとともにジーモア・プレス（"Gemor"はゴンザロの名前から付けられた）から出版した短編集。初期の段階では八つの作品が収められていた❖。

ガンサー・ストゥールマン❖によると、ニンは一九三〇年代には、書き溜めた物語を発表するため、H・L・メンケン❖やマクスウェル・パーキンス❖など、アメリカ人編集者たちにアプローチを試みていたが、努力は実を結ばなかった。『人工の冬』（パリ版、一九三九）出版を手がけた、貴重な理解者のジャック・カヘイン▼の急死も、大きな打撃を与え、ニンはアメリカの文学界に幻滅し、希望を失っていた。

そこで思いついた手段は、印刷機を手に入れて、活字を組み、紙をセットして自分で出版する、というものだった。誰でも簡単にワープロ・ソフトを使って印刷できる現代のわれわれから見ると、気の遠くなるような作業である。出版界から無視され、傷ついたニンは、勇気を奮《ふる》い起こしてマンハッタンのマクドゥーガル通り一四四番地にあるアトリエに小さな中古の印刷機を入れた。ジーモア・プレスの最初の仕事は『人工の冬』の新しいエディ

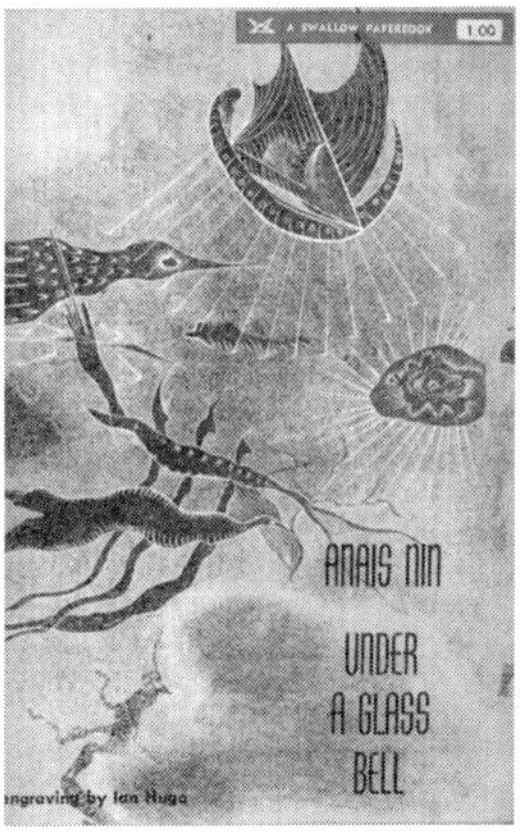

❖八つの作品　「ハウスボート」、「ねずみ」、「ガラスの鐘の下で」、「モヒカン」、「あるシュルレアリストの肖像」、「ラグタイム」、「迷路」、「誕生」。

❖ガンサー・ストゥールマン　Gunther Stuhlmann, 1927-2002　一九五九年にニンの文学活動のエージェントになった編集者。

❖H・L・メンケン　H. L. Mencken, 1880-1956　ジャーナリスト、評論家。

❖マクスウェル・パーキンス　Maxwell Perkins, 1884-1947 出版社「スクリブナーズ」の編集長として有名。

ションの発行で、『ガラスの鐘の下で』は二番目に手がけられた。このとき販売に力を貸してくれたのが、フランシス・ステロフの経営する伝説の書店、ゴッサム書店❖である。このニューヨーク・ミッドタウンにある書店は一九二〇年にフランシス・ステロフが始めたもので、ステロフは前衛芸術家の理解者であり、ヘンリー・ミラーやD・H・ロレンスの発禁本を扱ったことで有名である。表紙と、挿絵はニンの夫がイアン・ヒューゴーの名前で手がけた銅版画が使われた。一九四四年二月に三百部限定で販売されたこの短編集は、たちまち在庫がなくなり、六月には八百部が追加で印刷されたという。

この売り上げには、一九四四年四月に『ニューヨーカー』誌に載ったエドマンド・ウィルソンの好意的な批評が少なからず貢献した。スワロー・プレス版のガンサー・ストゥールマンの序文によると、ウィルソンは「この短編集に収められた作品は後期のヴァージニア・ウルフ❖が開拓した特殊なジャンルに属するものだ」と指摘したあと、次のように述べたという。

> この短編群は半分が物語で、半分が夢で出来ている。時おりみられる卓越した詩の表現と、素朴で現実的な観察が混ざり合っている。物語は特殊な世界を舞台としているようだ。その世界は女性特有の感受性や空想の産物で、無邪気な国際感覚を帯びた不思議な魅力があり、興味をそそられる。(*Under A Glass Bell*, xv)

このようにウィルソンに絶賛された短編集を、作者自身はどのように考えていたのであろうか。同じく、ストゥールマンの序文から引用されているが、英国版『ガラスの鐘の下で』の序文で、ニンは以下のように記したという。

> ここに収められた物語は既成概念の枠を取り払い、詩がもつ蒸留の力を使って書かれたものです。日記をつけていたので、神話的な人物を想像するときにヒントを得ることができましたし、純粋な想像の産物にみえるような内容にも、リアリティを与えることができました。このような幻想と現実の混合、もしくは現実を知るためのヒントとしての幻想は、実に現代的なテーマと言えるでしょう。(xvii)

以下、短編の内容を紹介していくが、一九九五年にスワロー・プレスから出版された、十三編の物語を含んだエディションが現在もっとも入手しやすい版となっているので、ここではスワロー版を用いることにする。

▼「ガラスの鐘の下で」　*Under A Glassbell*

▽主人公はジャンヌ(Jeanne)という名で、パリの裕福な家庭の主婦。現実と夢の間を彷徨っている。ルイーズ・ヴィルモラン▼（サン＝テグジュペリ❖の元恋人）がモデルだと言われている。

まず、表題作「ガラスの鐘の下で」だが、タイトルがイメージしにくいので、念のために確認しておきたい。「ガラスの鐘」は、ガーデニングに用いられる、ガラスでできた釣り鐘型の植物保護カバーを指している（ハンドベルの演奏に用いられるガラスのベルではない）。この短編には「鏡の間」のイメージも多用されている。光の反射を受けてきらきらと輝く一方で、ほんの少し触れただけで、すぐに壊れてしまいそうな儚《はかな》さ、危うさを孕《はら》むガラスという素材は、主人公の傷つきやすさを示す絶好のモチーフである。

巨大なガラスのドームに包まれるかのように、ひっそりとたたずむパリの豪邸が舞台で、そこに暮らす若い女性、ジャンヌのモデルはニンと当時交流のあった作家、ルイーズ・ド・ヴィルモランである（タイトルとのつながりから紹介すると、もともとヴィルモラン家は園芸用の種の販売で財を成した一族である）。ヴィルモランはサン＝テグジュペリやジャン・コクトー❖、オーソン・ウェルズ❖などの著名人を魅了した社交界の花形で、『星の王子さま』（一九四三）に登場する、わがままで気位の高いバラのモデルになったと言われている。

この短編は、現実と想像の見分けのつかない不思議な世界を出入りするジャンヌのポートレイトで、長い心情

❖**ゴッサム書店**　Gotham Book Mart　このニューヨーク・ミッドタウンにある書店は一九二〇年にフランシス・ステロフ(Frances Steloff)が始めたもので、ステロフは前衛芸術家の理解者であり、ヘンリー・ミラーやD・H・ロレンスの発禁本を扱ったことで有名である。

❖**ヴァージニア・ウルフ**　Virginia Woolf, 1882-1941　二十世紀モダニズム文学を築いた英国の作家。イギリス文化の知的良心、と称されたブルームズベリー・グループの一員。代表作は『ダロウェイ夫人』(*Mrs Dalloway*, 1925)、『灯台へ』(*To the Lighthouse*, 1927)、『波』(*The Waves*, 1931)など。

❖**サン＝テグジュペリ**　Antoine de Saint-Exupéry, 1900-44　フランスの作家、操縦士。サハラ砂漠に不時着した体験をもとにした『星の王子さま』(*Le Petit Prince*, 1943)ほか、『夜間飛行』(*Vol de Nuit*, 1931)、『人間の土地』(*Terre des Hommes*, 1939)を代表作とする。

❖**ジャン・コクトー**　Jean Cocteau, 1889-1963　フランスの芸術家。詩人、小説家、劇作家、画家など、多岐にわたって活躍した。代表作は『恐るべき子供たち』(*Les Enfants Terribles*, 1929)、『コクトー詩集』など。日本では三島由紀夫、澁澤龍彦、寺山修司等に影響を与えた。

❖**オーソン・ウェルズ**　Orson Welles, 1915-85　米国の映画監督、脚本家、俳優。主な監督作品は『市民ケーン』(*Citizen Kane*, 1941)、主な出演作品には『第三の男』(*The Third Man*, 1949)がある。彼がH・G・ウェルズの小説をもとに企画した「火星人襲来」のラジオドラマが本物と間違われ、パニックを引き起こしたことは有名である。

の告白が挟まれている。ジャンヌは結婚し、夫と子どもたちと暮らしているが、現在の家族よりも二人の弟との絆が強く、心は常に子ども時代の思い出のなかにある。ジャンヌは自分がガラスの鐘に閉じ込められ、現実の世界から切り離されていることに気がつかず、弟の影をもとめて彷徨《さまよ》っている。

ジャン・ボトレルの伝記❖によると、実際のヴィルモランは、文学サロンの主催者で機知に富んだ語り手であり、文才に恵まれた優雅で魅力的な女性で、数々の男性遍歴で有名だった。パリ社交界を賑わせ、一時期は流行作家としてもてはやされたほか、アンドレ・マルロー▼との結婚でも知られている。ヴィルモランには弟が四人いて、母親不在の家庭において、強い絆で結ばれていたようだ。近親者との精神的な強いつながりは、ニンが固執したテーマのひとつであり、最適なモデルとなったようだ。

▼「あるシュルレアリストの肖像」 *Je suis le plus malade des Surréalistes*

▽主人公ピエール (Pierre) は語り手の「わたし」の友人で、「残酷劇場」という演劇活動を始めようとしている。狂気にとりつかれていて、最後には拘束服を着せられ、病院に入れられる。

この短編の原題はフランス語の "Je suis le plus malade des Surréalistes" で、主人公ピエールは、パリ滞在時に交流のあった、フランスの詩人、小説家、俳優、劇作家のアントナン・アルトー▼（一八九六―一九四八）をモデルにしている。『近親相姦の家』（一九三六）などのニンの作品はシュルレアリスムからの影響を強く受けているが、アルトーもシュルレアリスムと深く関わっていた。そもそも彼は初期シュルレアリスム運動の中心的な存在だったが、アンドレ・ブルトン▼と衝突して、途中で脱退している。戯曲中心主義を否定し、言語を超えた身体性の奪回を唱えたアルトーはアルフレッド・ジャリ劇場❖を立ち上げ、「残酷演劇」という新しいスタイルを作り、現在も演劇界に影響を与え続けている。俳優としても有名で、アルトーはデンマークの映画監督カール・ドライヤー❖の『裁かる、ジャンヌ』（一九二七）では修道士役を演じた。この映画にみるアルトーは深い憂いをたたえた瞳をもち、観る者に強い印象を残す。苦悩の多い人生を歩んだアルトーならではの繊細な演技が光っている。この短編で、ピエールは中世の僧侶のイメージを伴って登場するが、映画のなかの修道士としてのアルトー像が影を落としていると思われる。

ニンは精神分析医のルネ・アランディ▼を通して一九三三年にアルトーと知り合い、演劇活動のために経済的援助をするようになる。日記によれば、アルトーとニンは一時期お互いに恋愛感情を抱いていたが、アルトーのアヘン中毒とエキセントリックな態度はニンを疲れさせ、二人は次第に離れて行った。この短編で、ピエールは会話の相手である「わたし」を、有名な中世イタリア貴族の娘で、父殺しで有名なベアトリーチェ・チェンチ❖にたとえている。

短編のなかでピエールは「わたし」を唯一の理解者とみなし、苦しい心中を告白するが、「わたし」はピエールに体を触れられることを拒否する。ピエールは「わたし」を死の世界、そして狂気の世界へと引きずり込もうとしているからである。物語の後半で、ピエールは拘束服を着せられ、精神病院に閉じ込められている。自由を奪われ、病人扱いされる痛々しいピエールの肖像は、その後アルトーが実際に辿ることになった厳しい体験（精神病院への収容）を暗示している。

▼「モヒカン」 *The Mohican*

▽主人公は自分がモヒカン族の最後の人間と信じている。「モヒカン」はパリの小さな屋根裏部屋に一人で住んでいて、職業は占い師。

「モヒカン」の主人公はパリのサクレ・クール寺院の近くにあるホテルの小さな部屋に引きこもり、ホロスコープ（占星術用の天体の配置図）を描いて生きている。モヒカン族の最後の生き残りだと言い張るこの謎の人物は、自分以外の人間の運命を占うことはできても、肝心な本人の未来を予言することができずに苦悩している。主人公のモデルはパリ時代のニンの友人、コンラッド・モリカン❖である。一九五四年にパリを再訪した際、ニンはモリカンを探したが、すでに他界していたことが判明

❖ジャン・ボトレル『ルイーズ・ド・ヴィルモランの生涯』北代美和子訳、東京創元社、一九九七年。

❖**アルフレッド・ジャリ劇場** Théâtre Alfred Jarry　アルトーが『超男性』(*Le Surmâle*, 1901)、『ユビュ王』(*Ubu Roi*, 1896)で有名な、不条理文学の先駆者、ジャリ（一八七三―一九〇七）の名を冠して一九二六年に創設。前衛劇の先駆と言われた。

❖**カール・ドライヤー** Carl Theodor Dreyer, 1889-1968　デンマークの映画監督。ジャーナリストとして出発したのち、映画について学んだ。代表作の『裁かるゝジャンヌ』はクローズアップによる心理描写を特徴とする白黒のサイレント映画。監督が偶然見出したパリの大衆演劇の舞台女優、ルネ・ファルコネッティがジャンヌを熱演している。

❖**ベアトリーチェ・チェンチ** Beatrice Cenci, 1557-99　貴族のフランチェスコ・チェンチの娘で、十四歳の時から父親に性暴力を受けていた。のちに義母、兄弟と共謀して父を殺害。尊属殺人の罪で処刑された。ベアトリーチェは多くの文学、絵画の題材となっており、日本ではドイツ文学者、中野京子の『怖い絵3』（朝日出版社、二〇〇九）でも紹介されている。

し、ショックを受けている(*Diary 5*, 184)。

▼「すべてを見るもの」 *The All-Seeing*

▽主人公のジャン(Jean)は冒険家で、彼の部屋のなかは世界各地の辺境の地から持ち込んだ珍しい品物であふれかえっている。

「すべてを見るもの」は、北極の光のように明るい眼をもつ謎の文化人類学者の物語である。彼のアパルトマンはトナカイの毛皮や橇《そり》のほか、異国からもちこんだ摩訶《まか》不思議な小物で溢れていて、まるで魔法使いの洞穴《ほらあな》のようだ。彼と「わたし」は、夢うつつの世界のなかで、人を愛する苦しみについてともに語り合う。この人物にもまた明確なモデルが存在するが、それは日記にもしばしば登場するジャン・カルトレ▼である。

▼「眼の旅」 *The Eye's Journey*

▽主人公のハンス(Hans)はアルコール中毒の画家で、最後は精神病院に入れられる。

「眼の旅」の主人公、ハンスは小さなキャンバスの上に蜘蛛《くも》の巣の網《あみ》のように軽い筆づかいで絵を描き、蜃気《しんき》楼《ろう》のような色を塗る画家である。ハンスは自分だけの世界に引きこもり、飲酒に溺れ、最後は精神病院に収容されるが、あらゆるものをしっかりと自分の眼で観察し、絵を描くことだけは絶対に諦めようとしない。ハンスはドイツからの避難民でイマジストの画家ハンス・ライケル❖がモデルだと言われている。

▼「ヘジャ」 *Hedja*

▽主人公のヘジャ(Hwjda)はアラブ系の活発な若い女性で絵の勉強仲間であるルーマニア人と結婚するが、夫とはそりが合わず、結婚後はますます奔放な生活を送るようになる。

「ヘジャ」では、「オリエント」生まれの女性、ヘジャが留学先のパリの美術学校のデッサンの授業で、ルーマニア人のモルナール(Molnar)と出会う物語である。二人は結婚するが、自由奔放な気質のヘジャはモルナールの拘束《こうそく》に辟易《へきえき》し、最後は祖国で培《つちか》った奥ゆかしさや神秘的な態度を手放し、欲望のままに生きる女性へと変化する。ニンは新婚時代にパリでヘジャのようにデッサンの授業を受けていた。ヘジャの造形においては、ニン自身の異国の女性への憧れと、憐憫《れんびん》の情が複雑に混じり合っている。異人種カップルの悲劇というテーマは「霧の中から生まれた子ども」にもみられる。

▼「霧の中から生まれた子ども」 *The Child Born Out of the Fog*

▽主な登場人物はドン(Don)とサラ(Sarah)夫婦とその幼い娘、ポ

ニー(Pony)。ドンは中南米の出身でヨーロッパ人のサラと結婚したが、夫婦の仲は冷え切っている。

「霧の中から生まれた子ども」の主人公サラは、「金髪の国」から「黒髪の国」へ旅して、長い航海のあとに黒い髪と肌をもつナイトクラブのギター奏者、ドンと知り合った。ふたりにはポニーという名前の子どもがいる。ポニーは両親に置き去りにされるのではないかという恐怖から泣いてばかりいるが、そこには両親の不和に悩まされ、不安な日々を送っていた作者自身の体験が反映されている。

▼「迷路」 *The Labyrinth*

▽主人公の「わたし」は、十一歳で初めて日記を書き始めたときのことを回想している。まるで迷路のような日記の中の世界を旅する作品。

「迷路」は、日記を書く行為を、迷路に紛れ込む体験になぞらえた幻想的な作品。なにかに取り憑《つ》かれたように、どこへ行くか分からないまま手探りで進んで行く様子は、より適切な表現手段を求めて試行錯誤を繰り返す、ニンの創作過程を垣間《かいま》見せる。

▼「わたし自身の迷路を通って」 *Through the Streets of My Own Labyrinth*

▽主人公は語り手の「わたし」。モロッコのフェズ❖の迷路を、自分の心の中の迷路と重ねている。迷路を歩いてアラブ人の生活に引き込まれ、精神的な解放感を得ている。

「わたし自身の迷路を通って」は、物語というよりは、作者が異国の地への旅で得た不思議な解放感が綴《つづ》られた、ごく短いエッセイである。一九三六年四月の日記にはモロッコへの旅行のことが記されているが、そこでニンは「わたしはフェズに恋をしてしまった。そこには平和、威厳、謙遜がある」と述べている。

▼「ラグタイム」 *Ragtime*

▽主人公の「わたし」は屑《くず》拾いの「彼」を目で追いかけているが、そのうち自分が過去に失ったものに出会う。やがて屑拾いはグループになって歌い始める。

「ラグタイム」はパリの貧民街に住み、廃品回収をして生計をたてる者たちをユーモアを交えつつ、幻想的

❖コンラッド・モリカン　Conrad Moricand, 1887-1954　フランスの占星術師。ヘンリー・ミラーの短編「楽園の悪魔」に登場する。

❖ハンス・ライケル　Hans Reichel, 1892-1958　ドイツ生まれの画家で、ヘンリー・ミラーの友人。ミラーに水彩画を教えた。

❖フェズ　Fez　モロッコ王国の都市。複雑な構造で有名。

に描いた物語で、ニンの短編のなかでは珍しく軽快な調子で語られている。タイトルのラグタイムはジャズの一種であるが、「屑拾い」を意味する英語「ラグピッカー」(Ragpicker) のラグと語呂を合わせてつけられた。

▼「ねずみ」 *The Mouse*

▽主人公は語り手「わたし」のメイドで、「ねずみ」(mouse) と呼ばれている。わたしとねずみはセーヌ川に浮かぶハウスボートに住んでいる。めぐまれない境遇の娘で、不幸な結末を迎える。

「ねずみ」は住み込みで働くフランス北西部、ブルターニュ出身のメイドの話である。フランスではブルジョワ家庭に仕えるブルトン人のメイドが主人公の絵本『ベカシーヌ』❖が百年以上も読み継がれている。そういう意味では、この短編は「アメリカ人による異文化体験」の趣向をもっているが、内容は『ベカシーヌ』と対極をなす現実的なものだ。メイドの生活に焦点を当てたときに初めて見えてくる、階級の壁、望まない妊娠などの社会問題が扱われている。

❖『ベカシーヌ』 *Bécassine* 一九〇四年にフランスの少女雑誌に掲載された作品で、著者はエミーユ＝ジョゼフ・パンション (Emile-Joseph Pinchon)。

▼「ハウスボート」 *Houseboat*

▽主人公の「わたし」はセーヌ川にハウスボートを所有している。この短編はハウスボートがつながれた川辺の風景と住民たちのスケッチになっている。

「ハウスボート」は、パリの裏町でたくましく生きる、階級のピラミッドの底辺の人々の生活を細かく描いた作品である。浮浪者、掃除夫、孤児などに対する温かいまなざしが見られるが、これはパリ時代にヘンリー・ミラーと裏町を散歩した成果であろう。ニンはパリ時代にアトリエとしてノートルダム寺院の近くにハウスボートを所有していた。豊富な水をたたえ、街を分断するように曲がりくねりながら進む大きな河と、河に浮かんだ頼りないボートは、ニンが好んで用いたモチーフのひとつである。詩的で幻想的な文章が綴られているが、最後は現実的な「オチ」がついている。

▼「誕生」 *Birth*

▽語り手の「わたし」は病院の分娩台の上にいて、六ヵ月の子供を胎内から押し出そうとしている。小さな女の子を死産する体験が語られる。

「誕生」はある女性の死産の体験を「これでもか」とばかりにリアリスティックに描いたショッキングな短編

である。『日記』第一巻を紐《ひも》解くと、一九三四年八月の部分にこの短編とほぼ同じ内容の記載があるので、作者自らの体験が反映されていることがわかる。その体験について、ニンは日記に「わたしは一度死んで、また生まれ変わった」(347)と書いているが、この驚異的な冷静さは、一生涯のうちに人間が精神的、肉体的に経験できることをすべて把握し、記録したい、という、小説家ならではの貪欲《どんよく》さの現われである。

（大野朝子）

▽引用（「迷路」より）

わたしは裸足のまま、ことばの妄想の上を歩いた。樹々がだんだん迫ってきて、息が苦しくなる。いまはいったい何年の、何月なの？　そして何時なの？　わたしは知りたかった。もとの場所に帰るために。目の前には真っ暗なトンネルがあり、暗闇がすさまじい力でわたしを吸い込もうとする。すると今度は苦しみが襲いかかり、わたしを引き戻そうとする。ことばのエスカレーターが、小川のようにさらさらと、わたしの足元を流れて行く。ふと反抗心が湧き起こり、わたしはその上を歩いてみることにした。すると足の下で石が破裂していくのがわかった。いちばん大きな破片の方に向かって歩いて行けば、元の場所へ戻れるんじゃないかしら……。けれど、しょせんは同じことの繰り返し。わたしにはよくわかっている。たとえ行ってみても、そこには野ざらしの白い骨、砂、灰、地面に溶けていく笑い顔、そして冷えた溶岩のように無数の穴が開いた眼がゴロゴロ転がっているだけなのだ。("The Labyrinth," 4)

【解説】「迷路」という作品の二頁目からの引用。日記を書くことを「ことばの妄想の上を歩く」ことに喩え、思いをことばに託すことの難しさを表現している。「わたし」が暗闇に吸い込まれたり、苦しみに襲われたりする描写のなかに、心の闇を奥深くまで覗きこむ様子がみられ、創作の苦しみが巧みに表現されている。

▼引用テクスト

Nin, Anaïs. *The Diary of Anaïs Nin Volume 1: 1931-1934*. Harcourt, 1966.

——. *The Diary of Anaïs Nin Volume 5: 1947-1955*. Harcourt, 1974.

——. *Under a Glass Bell*. Swallow P / Ohio UP, 1995.

『火への梯子《はしご》』

Ladders to Fire, 1946

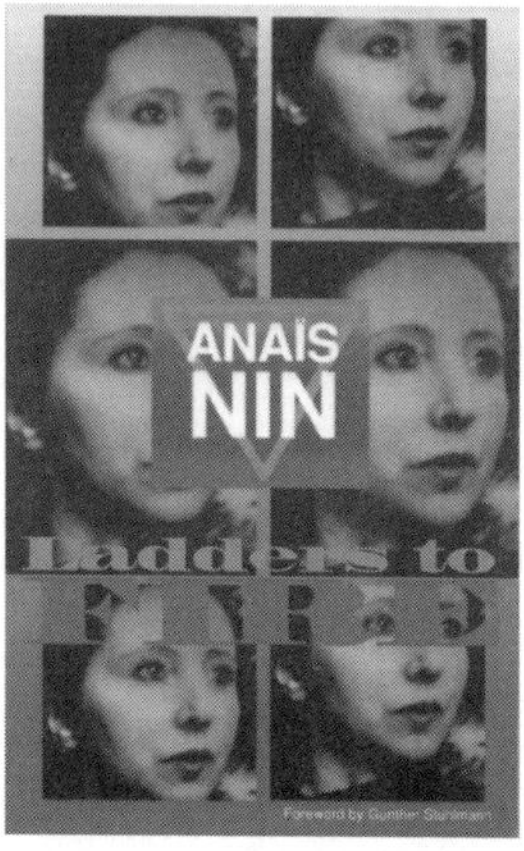

『火への梯子❖』は、アナイス・ニンが大河小説、連作小説というジャンルで構想した第一作目として、一九四六年に世に出した作品である。アメリカではそのようなジャンルは受け入れられないと出版社に断られ、『火への梯子』に続けて、別々に次々と『信天翁《あほうどり》の子供たち』、『四心室の心臓』、『愛の家のスパイ』、『太陽の帆船』（のち『ミノタウロスの誘惑』）と出版していった。その後、これらの五作をまとめて、『内面の都市』(*Cities of the Interior*) というひとつのタイトルのもとに一九五九年に出版された。ニンが、特に計画して五作を書いたわけではない、即興、自由連想を重視したと言っているように、繰り返されているシーンがあったり、前後関係が明確ではなかったり、はっきりと連続している連作小説とは言えない。あくまでゆるくつながっている小説群である。

『火への梯子』には、各作品の主要人物が全員登場している。それぞれファーストネームかニックネームのみで人種も国籍も素性もわからない。クローズアップされているのは、三人のヒロインたち、リリアン (Lillian)、ジューナ (Djuna)、サビーナ (Sabina) とヘンリー・ミラーをモデルとしたジェイ (Jay) である。その中でも、この第一作はリリアンを主人公としている。他の登場人物の創作と同様、リリアンは、ニンの友人、サリーマ・ソコル❖から連想し、変化させていったヒロインである。この主人公は自分のエネルギーをもてあましているような女性で、料理をする様子も激しく、最初の章のタイトル、「この飢え」("This Hunger")を体現している。このタイトルは、人間との絆、自己実現、自己解放への渇望を表わしていると思われる。

小説の冒頭では、ジェラード (Gerard) という大人しくロマンティックな男性に出会う。逆巻く波のようなリリアンのエネルギーに彼は圧倒され恐れを抱くようになる。ジェンダー役割を果たしていけないリリアンは、強い女性の悲しさを経験し大きく傷つき、男性や世の中に勝っても敗北感を感じるものなのだと悟る。そして、リリアンは、ジューナと出会い、同等の力、熱情、スピードを持つ人間だと感じる。ジューナはデリケートで壊れやすく見えて、実際は弱くない女性であった。ジューナは、ニン本人をモデルにしていると言われている。孤独なジューナは、リリアンの強く共感力のあるところを気に入り、二人は意気投合する。服やアクセサリー、本を交換し、お互いを理解し合う存在となり、二人とも相手が男性だったらよかったのにと思う。

リリアンは、家に居場所がない。献身的な子守の女性が家族の守護天使であり、夫ラリー (Larry) も子どももリリアンには遠い存在だ。ラリーは、昔のリリアンしか見ておらず、現在の彼女の悩みや焦りを理解してくれない。唯一理解しているジューナは、リリアンのことを、深く傷ついているがそれを克服する方法も、なぜそういう状態なのかもわかっていない人なのだと思う。ジューナは、子ども時代の貧困や苦労のトラウマから抜け出せていないという苦しみを持っている。ジューナとリリアンはお互いの「飢え」の状態を話して心の平安は得るが解決はしない。この二人の苦しみは、一九三〇年代、四〇年代にニンが抱えていた悩みを反映している。ニンは、常に自分が欠落しているところを埋めたいと考えており、また、作家になりたいのに道がうまく見つからない、才能と情熱に駆り立てられている、という毎日であった。

リリアンは、ジューナの「あなたは、どんなのかはわからないけど情熱的な人生を送るべき人ね」(44) ということばどおり、家を出てパリに向かう。リリアンは、「外

❖『火への梯子』　最初は『この飢え』(*This Hunger*) というタイトルで、ジーモア・プレスから「ヘジャ」と「ステラ」という短編と共にその後、『火への梯子』の第一章となる「リリアンとジューナ」が自費出版された。一九四六年ダットン社から、「パンとウエハース」「リリアンとジューナ」「ステラ」を収録し、改題された『火への梯子』を出版する。一九五九年に五作をまとめた時、「ステラ」は除かれ、今の形になった。

❖サリーマ・ソコル　Thurema Sokol　生没年不詳。ハープ奏者。一九三六年、ニンが精神分析の実習としてカウンセリングをした、ニューヨークのオーケストラ女性団員の一人だった。親密な友人。

で戦争が行なわれているのに、女性だからということで家で待っているべきだ」(52)とは考えられないと思う。パリでジェイと出会い一緒に暮らすようになる。ジェイは背が高くコートを着て帽子をかぶり、軽さと南風のような明るさを持っていた。ジェイは画家で、ニューヨークのニンの知り合いの画家たちも参考にしているかもしれないが、明らかにモデルはヘンリー・ミラーである。

　リリアンは、ジェイの世話をし、破れたポケットやボタンを縫いながら、ジェイの過去や思い出、きれぎれになっている夢、絵のためのアイデアをつくろって、彼に尽くす。今を楽しむ才能はあるが刹那《せつな》的で、ファム・ファタールならぬ、オム・ファタールであるジェイからリリアンは離れがたくなり、ピアニストの夢を捨てて彼のために働く。しかし、彼は娼婦や他の女性と関係を持ち、それをリリアンにすべて告白し、母あるいは守護天使の役割を強《し》いる。ジェイは、モンマルトル界隈《かいわい》では人気者で気前がよく、話も面白い。描くのはいい。描かないのもいい。食べるのと愛し合うのはもっといい。そんな気楽で子どものようなジェイを、リリアンは愛さずにはいられなかった。

　いつのまにか、ジェイとジューナも親しくなっている。ジェイは、ジューナに女性以上のものを感じていて心からの親愛の情を持つ。ある日彼は、君が気に入りそうな女性を連れてきたと言って、ヘレン(Helen)をリリアンに紹介する。大柄でぴったりとしたスーツを着て、動物的な目をしたヘレンにリリアンは興味を持つ。ヘレンは夫と二人の娘をおいて家出しており、逃亡はなんの解放ももたらさないと嘆き、リリアンと境遇が酷似しているのがわかる。リリアンは、「友達になったのは、ジェイをあなたに盗られるんじゃないかと思って怖かったから」(83)と告白するが、ヘレンは、親切なリリアンに頼るようになる。このあたりのリリアン、ヘレン、ジェイのやりとりは、『ヘンリー&ジューン』や日記のミラー夫妻とニンの関係を彷彿《ほうふつ》とさせる。しかし、この三人の関係をモデルにしたくだりは、次の第二章でサビーナが登場するところで本格的に展開する。

　リリアンは妊娠するが、ジェイは自分の計画や楽しみが中断されることを嫌い、中絶するように言う。お腹の子どもに生まれることはできないと語りかけるシーンは、日記や短編小説「誕生」(『ガラスの鐘の下で』(一九四四)に収録)にも登場するが、「その後六ヵ月で流産した」と締めくくられ、短く終わっている。最初に「この飢え」の部分だけを出版しようとしていた時には、この妊娠のエピソードは長かったようだが、一九四五年に『火への梯子』としてまとめた際に、かなり削ったようである。

この第一章の最後のシーンは、リリアンのホームコンサートである。リリアンは、熱情をこめすぎて、そのタッチの強さから思うような音楽が立ち上ってこない。客席から庭を見たジューナは、三枚の等身大の鏡があるのに気づく。ニンが、『未来の小説』（一九六八）で、「現実の庭園はのびのびとした充足した自然を表わしていた。鏡の方は、神経症、影、人工性、幻想を表わした」（一六四）と言っているように、リリアン、ジューナを含むそこにいる人々すべてが、庭園のあからさまな自然に目が耐えられなくて、鏡に写った自然を見ている。そこには、不安、罪悪感、自己を表現できない焦りなどが読み取れる。ニンは、友人の家で見た庭園の三面鏡に強烈な印象を与えられてこのイメージを大切にしていたようであるが、シュルレアリスムの絵のようである。

第二章は、飢えの物理的充足を表わす「パンとウエハース」（"Bread and Wafer"）というタイトルがつけられている。ジェイは、リリアンを生きて創造するための食べ物のように見ている。リリアンもサン・ラザール駅の向かいのレストランでいつものように食事をしても、屈託《くったく》なく執着しないモットーでみんなに人気のあるジェイがいないと、ワインや食べ物の味がしない。彼の食欲、気分に影響されている。自由なジェイと一緒にいると自己を解放できるかもしれないと期待したが、それは幻想だと悟っていく。ニンは、「一人の人間が他の人間を解放できるかどうか、わたしたちは、愛の結合をとおして、偽りの価値や偽りの役割からの解放を学ぶことができるかどうか、また、愛によって互いを創造し合うことができるかどうか」（『未来の小説』一一二）を考える小説にしたかったと言っているが、ここでのジェイとリリアンは成功していない。

ジェイは破壊と暴力に満ちた自分の絵を、世の中への爆弾と考えている。リリアンは、その作風と周りの人をカリカチュアすることに段々耐えられなくなる。ジェイは三〇年代、四〇年代を思わせるパリの下町や路地を歩き回って、知り合いを作ったり、作品の題材を探したりしているが、ある日サビーナを拾う。サビーナは、ジューン・ミラーがモデルだと思われるが、ニンが面倒を見る、美しく刹那的で孤独で貧しい女性すべての総合かもしれない。サビーナの登場は、ニンが最初にジューンを見た瞬間と似ている。サビーナは赤と銀色の服を着ていて警報のサイレンを鳴らす消防車を連想させる。彼女を見た人はまず、「すべてが燃えてしまう」と感じる。町の真ん中に梯子を投げかけ登りなさいと命令する。その梯子は空に屹立《きつりつ》しているが、その先は燃えている火へと続いている。これがサビーナの第一印象で、この小説のタイトル『火への梯子』の由来となっている。

リリアンはすぐにサビーナの美しさ、多重人格的な魅力に溺《おぼ》れてしまう。ドレスに穴を見つけても、サビーナは穴のない完璧な服を着る必要がないのだ、自分もサビーナの貧しさ、すりへった靴を真似したいと思う。サビーナは、ジェイの気を引きたいと思いつつ、娼婦として自分を描いたジェイを憎いとも思っている。つまり、リリアンに対して嫉妬《しっと》心があるのだが、「あなたになりたい」と訴えるリリアンと親密な関係になっていく。サビーナは、「そのつもりがなくても人を破壊しちゃうから。行くところ全部で混乱と恐怖を作ってしまう」(135)と本人が言うとおり、危険な女性である。

リリアンとサビーナはどこへ行くにも一緒で、「同一化」したいと望む。しかし、お互いに触れ合うことが、お互いになりたい、一体になりたいという欲望を満たせないとわかってしまう。ジェイは、偽りの神秘性とわかっていながら、やはり神秘的なサビーナに惑《まど》わされている。奇妙な三角関係は、決着がつかないまま、小説の最後の場面に突入する。

最後は、ニンが日記やエッセイで何度も言及している、「出席者のいないパーティ」がリリアンの家で開かれている。人であふれているのに出席者がいないパーティとは、ニンによると、「他のことに気をとられているとき、いかに彼らは表面は出席していても情緒的、心理的にはそこに存在しないか」(『未来の小説』一六〇)を描いたものだということである。「チェス・プレイヤー」という人物がすべての出席者を監督している。ジューナ、サビーナ、ステラなどたくさんの登場人物が、チェス盤のマスの中にはまっている。リリアンは、ひとつのマスの中に自己嫌悪、自責の念で閉じこもっている。ジューナは、チェス・プレイヤーの言うとおりにしているが、実は内面の都市とランゴー(Rango)のギターに思いを馳せている。ジェイは、酔って五人の陽気な芸術家と勝手に振る舞っている。サビーナは、チェス・プレイヤーの制止を振り切りケープを羽織ってチェス盤の外、バルコニーに出るが、逃げるべき行き先を見失っている。パーティは収拾がつかなくなり、チェス・プレイヤーは苛々《いらいら》している。最後にジューナがマスの中の椅子に座ると、彼女の思春期の思い出に連れ去られる、として作品は終わっている。

ニンのお気に入りのコーランの一節、「すべてのものは終わりがない」のとおり、小説は連作で、はっきりとした始まりも終わりもなく、どこまでも続く様相を呈している。

▽引用

「ジューナ、男性は、女性に言い寄って振られても傷つかないのかなって思ったことある？　女性は傷つくでしょ。もし女性がドン・ファンのまねをしてくどいた男性が引いちゃったら、彼女はある意味バラバラになってしまう」

「そうね。それはわかる。それってある種の罪悪感だと思う。男性にとっては、攻撃を仕掛ける方になるのは自然なことで、敗北もうまく受け入れている。女性にはそれは違反行為で、負けたら攻撃をしたせいだと考えてしまうんじゃない？　いつまで女性は自分の力を恥ずかしいと思っていかなくちゃいけないんだろうね」(20-21)

【解説】 女性の積極性、恋におけるジェンダーのダブルスタンダードについてリリアンとジューナが語っている場面。ニンは、人生を謳歌したくさんの恋を経験するドン・ファンの女性版、ドンナ・ファーナになることについて、実生活でも小説上でも追求している。これにつきまとう責任、罪悪感について日記にも小説の登場人物にも語らせている。

（三宅あつ子）

▼引用テクスト

Nin, Anaïs. *Ladders to Fire*. Swallow P / Ohio UP, 1995.

ニン、アナイス『未来の小説』柄谷真佐子訳、晶文社、一九七〇年。

『信天翁《あほうどり》の子供たち』

Children of the Albatross, 1947

『信天翁の子供たち』は、アナイス・ニンの連作小説、『内面の都市』の第二作目の作品である。最初、一九四七年に単独で出版された。メインの登場人物、三人のヒロインの女性のうち、ジューナ(Djuna)が主人公であり、「密閉された部屋」("The Sealed Room")と「カフェ」("The Café")と題された二つの章に分かれている。

このタイトルは、あほうどりの内臓が燐光《りんこう》を放つという言い伝えから、思春期の青年の危うさ、美しさなどを、まばゆい光や蛍光色に喩《たと》えるために思いついたということである。ニンは、『未来の小説』(一九六八)に次のように書いている。

青春のかがやかしさ、子どもや青年に見受ける燐光はあほうどりを思わせた。わたしはすでに科学雑誌であほうどりについて読んでいた。水夫たちは彼らを殺したがらず、もし殺すとすればそれは飢えの極限においてだけであった。あほうどりは船についてきた。彼らが超自然的であるという伝説は、水夫たちが彼らを殺したあとその内臓が燐光をはなっているのを発見したという事実から生まれたものであろう。(一八四)

そして、「子どもたち」とは、『内面の都市』の最初の二作執筆当時、ニンが恋愛関係にあった何人かの年下の男性をモデルに描いた、傷つきやすくもろい登場人物の青年たちを表わした言葉である。それと同時に、ニン自

身を投影したジューナの持つ、幼少時代のトラウマから逃れられない、いつまでもつきまとう自分の昔の「子ども」のイメージも含んでいる。

小説の冒頭は、孤児院で育ったジューナが、引き取られた養父母の家を出て、女中をしながら画家のモデルとして働いていた貧しかった頃の日々を思い出しているものである。今は奨学金でバレエダンサーとしての輝かしい人生を踏み出している。バレエ教師の一人が彼女を偏愛するが、彼は暴君で強引な男である。ジューナは、父に傷つけられたトラウマがあり、権威と力を持つ男は受け入れられない。この圧倒的な存在のイメージは、アナイス・ニンが父親代わりに求めた年上の男性、フロイト❖の弟子のオットー・ランク▼や、エドマンド・ウィルソン▼であろうと想像がつく。

ジューナは、『火への梯子』のリリアン (Lilian) とは大きく異なり、受動的だが温かく情が深い人物である。付き合い始めたマイケル (Michael) は、繊細で冷たい青年で、ジューナを細すぎる、頭が良すぎる、衝動的すぎると非難する。彼女は彼の好みに合わせようとするが、彼はどんどん冷たくなり、ジューナには理解できない。しかし、次第に謎が解け、ゲイであるとわかったマイケルは、その後ドナルド (Donald) とパートナーになって現われる。ドナルドは、マイケルの自分に対する態度に不満があり、常に気を引こうとしている。世の中に怒りすねている、バイセクシュアルの人物である。

アナイス・ニンの周りには親交を深めたゲイの男性がたくさんいた。パリ時代は、アントナン・アルトー▼、従弟のエデュアルドが日記や短編小説に登場したし、『内面の都市』執筆当時は、ゴア・ヴィダル▼、ロバート・ダンカン▼などのニューヨークの作家たちがいた。その後、ニンの作品はゲイ男性に人気があると評判になり、アメリカ各地から届いたファンレターの中には、熱心なゲイの読者たちが何人もいた。

この小説のゲイたちは、そういう中の何人かをニンが取り混ぜて創作した人物であるが、マイケルは特に、精神的に深いつながりを持ったがセクシュアリティの壁を超えられず複雑な恋愛関係となった、当時ダットン社の編集者であったゴア・ヴィダルを彷彿《ほうふつ》とさせる。繊細で美に敏感で傷つきやすく、力強いマッチョな男とはほど遠い、ゲイのイメージをニンは気に入っていたようであ

❖ジークムント・フロイト　Sigmund Freud, 1856-1939　後の精神医学、臨床心理学の基礎となる数々の理論を提唱した、精神分析学者。一時はオットー・ランクを息子のように可愛がっていた。

る。

「密閉された部屋」の主要なストーリーは、十七歳のポール(Paul)と二十七歳になったジューナの恋愛である。純粋で厳格な家庭に育ったポールにとって、自由に暮らすローレンス(Lawrence)やジューナとのつきあいは、自分を解放し大人の世界へのイニシエーションとなっていく。ポールは、アナイス・ニンの熱狂的ファンで、家出してニューヨークまで会いに来てしまったイェール大学生がモデルである。ポールはジューナの家で暮らし始めるが、両親が連れ戻しに来て、また逃げてくる、という繰り返しをしている。ジューナは、ポールの不安感、傷つくことへの恐れ、痛いほどの純粋さを感じていくと同時に、自分のもともと持っていた不安、トラウマを思い出し、向き合わされることになる。

二人は、ジューナの恐怖のもとである、抑圧を強いる暴力とポールの無限の可能性をシャットアウトしている大人たちの身勝手で無知な押し付けから逃れ、密閉された部屋で、セザール・フランク❖の優しさのある交響曲ニ短調を聞いている。

この「密閉された部屋」という章で語られるジューナをめぐる、家の装飾、バレエ、さまざまな男性（バレエ教師、ゲイ男性、十七歳の若者）を通して響いてくるもっとも強いテーマは、十六歳の時、ジューナが父に捨てられたという経験へのトラウマである。もちろん、作者ニン自身の体験でもあるわけだが、この決して克服できない心の闇をできる限り表現しようとしている。二十年間、同じベンチに一日中座って恋人を待つ女、マチルダ(Matilda)の短いエピソードも、「戻ってくるから」という抑圧的なひと言がいつまでも人間の中に生き続ける様子をジューナが共感を持ち、見つめることにつながる。父の影響がいつまでも続いている状態を、「体の細胞の一部は壁に囲まれた部屋のように閉じられている」(69)という表現を使っている。力、権力を持つ「父」である男より、「息子」である男がフランクの交響曲のように心地良いと思っている。

また、大きく用いられるモチーフである、バレエやダンスは、ニンの小説全般に頻繁に現われる。ジューナは、プロのバレリーナなので、当然ながらこの小説にもっとも多くダンスのイメージが使われている。ニンの小説において、ダンスは、自由、解放、自立などを表わすことが多い。ニン自身かなり気を入れてスパニッシュ・ダンスを習っており、その経験から、自己の解放のイメージをつかんだと思われる。ジューナのバレエも自由や希望を表わすが、「密閉された部屋」の最後にジューナがポールと踊っているのは、軽やかなジャンプの前の、穏やかに揺れるような踊りである。ジューナは、他のヒロインたちが見せるような、誰かと融けてひとつになるような熱いダンスはまだ踊れない、ということも露呈している。

小説の後半三分の一の章である「カフェ」では、場面がニューヨークから移ったのか、時空を超えたのか、パリのカフェで、『内面の都市』の登場人物たちが一堂に会して話している。流れているジャズが、即興的で伝統的形式にとらわれないこの小説のスタイルと呼応している。誰とでも友達になれる、ジェイ(Jay)が、陽気に喋っていて、彼を中心に三人のヒロイン、リリアン、ジューナ、サビーナ(Sabina)がそれぞれ、会話をしながらも自己の内部(内面の都市)を見つめている。

サビーナは、国籍、IDなどに縛られることを嫌っていて、ひとところに留まることもできない女性である。自己イメージというものも確立できなくて、出会う男性の夢を押しつけられるとおりのイメージに任せている。彼女は、平和な家庭、静かな町にとっての脅威となる、火のような女性である。燃え盛る火の中の梯子を上って愛を求めに行くが、愛を得られない。

リリアンは、ジェイとの関係について思いを巡らしている。サビーナは、ジェイによって豊かなイメージの女性として何度も絵に描かれており、ジューナは、仕事場に現われるとジェイに芸術の力を与えるという存在になっている。リリアンは、妻でありながら、ジェイの芸術に関与できない。リリアンは、理解し合えない結婚生活には欠けている一体感を音楽に求めて、ピアノをひたすら演奏するが、音楽も彼女を満足させない。この生活から逃げることを、今は考えている。自由になるためにジェイとの生活をスタートさせたのだが、解放されていない自分のことを、リリアンは、よく理解できていない。彼女の解放が見られるのは、五部作の最後の小説『ミノタウロスの誘惑』においてである。ジェイの女性遍歴にも、友人たちにもうんざりしているのだが、果たしてジェイから旅立つことはできるのか思案中である。サビーナの黒いケープを羽織り、名前もサビーナと名乗り、なにものにも囚われないサビーナの真似をするが、まったくうまくいかなかった。

ジューナは、ジェイにとって女性以上の女性であり、誠実で男性のことばをしっかり理解してくれる人であ

❖セザール・フランク　Cesar Franck, 1822-90　ベルギー出身、フランスで活躍した作曲家。交響曲ニ短調は、十九世紀後半のフランス交響曲の代表曲と言われている。

る。毎日新しく生まれ変わるということができ、解毒剤のように絶望を希望に、憎しみを信頼に、重さを軽さに変える力を持っている。秘密めいた女性であり、実は、誰も踏み込めない内面の都市を抱えている。内面の都市は、「フェズの町のようで、入り組んでいて、終わりがなく、人目につかず、地図に表わせない」(94)。しかし、夢と幻想と迷路のような内面の都市への沈潜《ちんせん》から救ってくれるのは、ジェイだと思っている。彼は、人々の中に生き、普通にシンプルに生きることを知っているから。だからこそ、ジューナも皆と語るためにカフェに来るのだ。

陽気に飲んで喋っているジェイを見て、そのエネルギーはどこから来るのか、リリアンが考えている。ボヘミアンで、アナーキーなジェイだが、彼が生きていることの責任を取ってくれる人が次々と現われる。なぜこのように生きられるのか。リリアンは理解できないが、とにかく、ジェイの幸福の秘訣は、気にしないこと、気にかけないことだと考える。第一作『火への梯子』に続き、ジェイのモデルであるヘンリー・ミラーのパリでの生活を彷彿とさせる場面である。

小説の最後は、また、ジューナが内面の都市に入って行き、知らない町を彷徨《ほうこう》し、アイデンティティのない人々を見て、秘密の悲しみ、名前のない音楽を聴いている、心象風景で終わっている。

このジューナが一番アナイス・ニン本人に近いと感じる読者が多いようであるが、作者ニンは、それぞれモデルがあるけれども、自分の中にもこの三人がいると言っている(*Mirages*, 285)。また、三人とも「あらゆる女性の中に潜在している」とし、「彼女たちの中に潜在的なジューナ(内省的)、サビーナ(女ドン・ファン)、リリアン(盲目的行動)をひそませている」(『未来の小説』一〇四)と解説している。

(三宅あつ子)

▽引用

子ども時代という魔法の世界から生じる燐光がある。この光はその後どこへ行ってしまうのか? あほう鳥からの燐光のように、彼らの体から光る一途さの実体なのか? そして、何がそれを殺してしまうのだろう。(43)

【解説】 タイトルにあるあほう鳥の伝説を比喩として、思春期の若者のまばゆいが捉えがたい、あやうさ、美しさを語っている箇所である。

▽引用

ジェイは、移っていった。「私はあなたを暖めるためにここにいる」と語っているリリアンの目、献身的愛情の目から、

「あなたを奪うためにここにいる」と言っているサビーナの目に。

そして、「あなたの画家としての夢を水晶玉のように映し出すためにここにいる」と話しているジューナの目へ。(80)


【解説】ジェイと関わっている三人の主人公たちがわかりやすく比較されている表現である。

▼引用テクスト

Nin, Anaïs. *Children of the Albatross*. Swallow P / Ohio UP, 1987.
——. *Mirages: The Unexpurgated Diary of Anaïs Nin 1939-1947*. Swallow P / Ohio UP, 2013.
ニン、アナイス『未来の小説』柄谷真佐子訳、晶文社、一九七〇年。

『四心室の心臓』

The Four-Chambered Heart, 1950

『内面の都市』で三番目のこの作品は一九五〇年に出版され、『アナイス・ニンの日記』で描かれるニンとペルー出身の男性ゴンザロ・モレおよびその妻エルバとの関係をもとに書かれた。物語の主人公はニンの分身であるジューナ（Djuna）であり、ゴンザロをモデルにしたと思われるのはグアテマラ出身のランゴ（Rango）という男、その妻はゾラ（Zora）という名前で登場する。

　主人公のジューナが初めてランゴに出会ったのはナイトクラブだった。ランゴは美男子でギターが得意なクラブの人気者で、ジューナは彼にひかれてクラブに通うようになる。

　ランゴはグアテマラの高山の山頂で生まれ、牧場で育ったとジューナに語る。十七歳の時に家出をしたが、家族は私の今の姿をきっと恥と思うであろう。パリにやってくる前は、フランス南部でロマ族（作中ではジプシーと表記）と一緒に住んでいた。男たちは働かずギターを弾き歌い、女たちは食べ物を盗んで幅広いスカートの中にそれを隠して皆に与えるという生活を送っていた。ゾラはかつてはダンサーとして活躍していたが、病気で寝たきりになり、私が世話をしている。ランゴの身の上話にジューナは大いに興味を抱く。

　ジューナはランゴとセーヌ川に停泊したままのハウスボートで会うようになる。彼は非常に嫉妬《しっと》深く、ジューナの以前からの恋人であるジェイ（Jay）と彼の作品に対しても敵対心をむき出しにするので、ジューナはジェイの作品を燃やしてしまう。「君が不誠実になったら、閉

じ込めるよ」とランゴはジューナに言い、常に二人きりで人目につかないところで会いたがるようになる。ランゴは暴力を好み、革命が毎日あればいいと言い、身の回りの整理整頓はおろか、身だしなみもだらしなく、周囲の物品の管理もできない。気分の浮き沈みも激しく、規則正しく社会生活を送ることができない。

ランゴはゾラとジューナが仲良くできて、三人の間に新しい絆が生まれるのを期待するが、まったくの誤算だった。ゾラは自分が病気であり、常に憐みを受け世話をされるべきだと思っており、常に「将来私が死んだら……」といったことばで間接的に相手を脅《おど》す。ぼろきれをつぎはぎしたホームレスのような服装で、髪も梳《と》かさずだらしない言動でランゴや自分や世間の人々、医者、自分以外のあらゆる人たちに攻撃的な言葉を吐きかける。ゾラのランゴへの束縛はひどくなり、ジューナに対する憎悪もエスカレートして、ゾラはついにジューナをハットピン（帽子を髪にとめる長いピン）で刺そうとする。ジューナはゾラが死ねばいいと願っていたこと、彼女を刺す夢を見たからきっとそれが彼女にわかってしまったのかもしれない、とランゴに告白する。

男性に献身的に尽くすジューナは、何ひとつ報《むく》われないばかりかランゴとゾラとの蟻地獄のような三角関係に堕ちていく。ありったけの献身と束縛を求めるゾラとそこから逃れられないランゴ。その日暮らしの社交や享楽《きょうらく》ばかりで一人前の大人としての社会規範が守れない彼は、ジューナの助けなしには生計を立てることもできない。

『人工の冬』（一九四五）ほど登場人物やプロットには魅力が感じられないが、ニンの抽象画のような描写はきわめて興味深い。中でもマルセル・デュシャン▼の《階段を降りる裸体》のようにジューナの多様な自我が重なるように描かれている場面がある。

　ひとつではない多くのジューナがはしけの階段を下りていく。両親によって形づけられた子供時代のジューナが、彼女の仕事や友達によって形づけられたジューナが、生まれ出た歴史、地理、風土、人種、経済で形づけられた、すべての背景、事情――すなわち空や土の性質で、まさに生まれたところの、木の影響、不注意に落ちたひとつの言葉、見える映像、すでに朽ち果てた根源のこと――たとえば本、芸術、信条、損なわれた友情、そして人が銃で負傷した、敗れた、障害を負って朽ちた場所――によって形づけられたジューナが層のように重なって。**(343)**

ジューナがジェイやランゴに出会うことで変貌していく自我、さらに彼女の内面の層の下部をなす少女時代の経験、環境など人の自我の多様な層が、デュシャンの《階段を降りる裸体》にたとえられている(343)。ランゴやゾラと出会ったことで形づけられるのは彼女をつくりあげたほんの一部に過ぎない。彼女がランゴとゾラに献身し続けて心身ともに摩耗《まもう》してしまい、関係がついに破綻《はたん》を迎えても彼女自身を構成する自我の奥深くにある層は揺るがない堅固なものなのである。

◉日記におけるゴンザロという存在

一九三六年五月にニンは知人のパーティでゴンザロと知り合う。以前パリ市内で観に行ったダンスの出演者の一人だったエルバの夫ということで招いた。彼女が初めてゴンザロについて聞かされたのは、一九三一年にヘンリー・ミラーがルヴシエンヌでニンに自分が観に行ったダンスについて語った時だ。彼はエルバのダンスに心惹かれ、彼女の夫も面白い男だと言う。とはいえ、初めてニンがエルバの踊りを見た時の感想は芳《かんば》しいものではなく、「彼女の踊りがグロテスクなまでに大袈裟《おおげさ》なのにうんざりし、劇場から出てきた」(*Diary* 2, 83)というものだった。ニンがエルバの踊りに心酔するようになるのは何年もあとのことである。

一九三〇年代後半、『日記』第二巻から第六巻に登場するペルー系のこの男性にニンがひかれたのは、エキゾティックで端正な容姿とマッチョな雰囲気からであることを自ら明かしており、「夢見る虎」(le tigre qui reve)と形容している。それまで彼女の交友関係にあるヘンリー・ミラーやアントナン・アルトー▼、オットー・ランク▼といった作家や医者――そして現在でもその著作によって名を残している人たち――と違って、ゴンザロ・モレはまったく無名のボヘミアンであり、異質の存在である。

ニンが小説の中で描くランゴ、もしくは日記に登場するゴンザロを「革命」的なイメージで描こうとしているのはきわめて興味深い。「暴力を愛する」「毎日革命を求める」と言うランゴは、自分の肉体をもって革命思想に仕えたいと言う。だがジューナとランゴ、もしくはニンとゴンザロ、エルバの関係性だけで描かれる物語中に象徴的に表される「革命」は単に暴力を伴うカオスにすぎない。過去の記憶をもたず未来への展望ももたず常にその日暮らしで生きるゴンザロは、自らの活動をミラーやニンのように創造的なものにすることができない。

サルトル❖が第三世界の自治独立を支持し、チェ・ゲバラ❖と手紙をやりとりしたのは一九五〇年代以降であり、そのころからラテンアメリカの政治活動家や作家の多くが名を知られるようになった。舞踊家だったエルバがゴンザロとともにヨーロッパにやってきたのは一九三〇年代であり、亡命ではなく移民としてであると思われる。二人がきわめて貧しい生活を送っていたことは、二人の住むおんぼろアパートまでニンがやってきた時の描写から推測できる❖。

また、『日記』第二巻一九三六年八月の記述では(189)、パリ外れの廃品回収業者ばかりが住む村にゴンザロがニンを案内している場面がある。ニンはカートを買おうとするが、障害を持った住民の男性が生活の足として使っていることを知って、買うのをやめる。恵まれない階層の人たちをニンが描くのはきわめて珍しいことである。底辺の生活を送る人たちに優しい視線を感じる描写ではあるが、これはあくまでゴンザロの行き来する世界を知ろうとする一頁にすぎない。

ゴンザロの出身であるラテンアメリカでの革命は、マルクス❖やトロツキー❖による社会主義思想がイデオロギーとなっており、一九三〇年代に脚光を浴びたペルーのマリアテギ❖やグアテマラのアストゥリアス❖といった作家たちも自らの出身民族に対する意識や、一部の支配階層を

❖**ジャン＝ポール・サルトル**　Jean-Paul Sartre, 1905-80　フランスの作家、思想家。パリ生まれ。高等師範学校で哲学を学び、ボーヴォワール（生涯の伴侶となる）、レヴィ・ストロースらを知る。のちにベルリンでフッサール、ハイデッカーにも学ぶ。代表作は小説『嘔吐』(*La Nausée*, 1938)、『自由への道』(*Les chemins de la liberté*, 1945-49)、戯曲『墓場なき死者』(*Morts sans sépulture*, 一九四六年初演)、『汚れた手』(*Les Mains sales*, 一九四八年初演)。「実存は本質に先立つ」という命題から出発した、神なき世界における人間の自由を追求した「実存主義哲学」、すなわち人間を本質存在ではなく個別具体的かつ主体的な存在としてとらえる立場を提唱した。社会的、政治的問題にも積極的に発言し、共産主義に接近。アルジェリア戦争、ヴェトナム戦争をめぐっては第三世界を擁護、チェ・ゲバラとも一九六〇年、ボーヴォワールとともにキューバで対談した。一九六四年ノーベル文学賞を拒否。

❖**チェ・ゲバラ**　Ernesto Rafael Guevara de la Serna, 1928-67　キューバの革命指導者、アルゼンチン生まれ。グアテマラ革命に参加、のちカストロとともにキューバ革命を指導。一九六七年にボリビアでラテン・アメリカ革命を目指してゲリラ活動中殺害された。

❖『日記』第二巻、一九三六年六月の記述。

❖**カール・マルクス**　Karl Marx, 1818-83　ドイツの共産主義思想家、ユダヤ系。ヘーゲルの影響を受け、エンゲルスとともに共産主義を目指す革命組織活動を行なった。代表作『資本論』（一八六七）。

❖**レフ・トロツキー**　Lev Trotsky, 1879-1940　ロシアの革命家。ソ連共産党の指導者。レーニンの盟友となり、ロシア革命、十月革命を指導した。のちスターリンと対立して国外追放され、メキシコで暗殺された。

❖**ホセ・カルロス・マリアテギ**　José Carlos Mariátegui, 1894-1930　ペルーの作家。ジャーナリスト出身、ロシア革命後のヨーロッパに滞在し、マルクス思想の影響を受ける。代表作『ペルーの現実解釈のための七つの試論』(*7 ensayos de Interpretación de la Realidad Peruana*, 1928)。ペルー社会党、ペルー労働総同盟を創設、社会主義革命を目指した。

のぞけば貧困と犯罪のはびこる社会を告発したいという思いが、書く動機となっているようだ。ニンはゴンザロに印刷所を提供し、彼が文筆活動を行なえるように計らったが結局、彼女自身が印刷所の運営をすることになる。富める階級を敵視するマルクス主義者たちにとって、ニンに夫婦ともども依存するゴンザロは自分たちの同志であるとは認めがたい存在であったようだ。ゴンザロに嫉妬する友人の一人に「貴族の娘から金と印刷機をもらっているファシストのスパイ」とスペイン大使館に告発された。疑いが晴れた後もニンはゴンザロを支援することを禁じられる。❖

ヘンリーとジューンの関係と同じく、ゴンザロとエルバはお互いを破壊しあう関係となる。かつてはニジンスキー❖に師事した優れたダンサーであったエルバは、足を悪くしてから病気、障害を理由に家に引きこもっており、夫に献身的な愛を容赦なく求める。エルバの精神的崩壊は著《いちじる》しく、ニンに対しての攻撃もひどくなり、ついに三人の関係は破綻する。

◉「得るところのない愛」を描くことは価値があるか

ニンの日記は一九三〇年代にあっても、当時ヨーロッパだけでなく世界全体に広がっていたファシズムの影もなく、戦争についての言及も比較的少ない。これはすべての年代の日記についても言えることなのだが、ニンは一見すると（政治も含めて）社会に対する関心が薄いように見える。個人の内面の価値をなにより重んじた彼女は、日記でも明かしているように「歴史」と「戦争」の二つを何より嫌う。強者の論理によって操られ、個人が抗うことのできないこの二つの怪物が、人類の争いを解決したことはない。人を動かすのは思想より美への愛であることを信じたニンは、戦時中であっても個人の物語を追求する姿勢をやめなかったのである。

とはいえ、この物語についての評価はニン研究者の間でも芳しくないようだ。それは物語の展開だけでなくランゴとゾラが読者の共感を呼ばないばかりか、不快感を強く残す人物像であること、主人公ジューナと彼らの関係の描かれ方も理由に挙げられると考えられる。日記に描かれるゴンザロとエルバに援助をするニンも経済的に夫のヒューに依存しており、いわばヒューはいい「金づる」である。妻として経済的に十分な生活を営めており、自分自身も収入を得ずにヘンリー・ミラーをはじめとする作家たちに経済支援をしている。夫を裏切る不倫行為を続けながら、そのうえで夫の稼ぐ金を持ち出して作家でもない、政治活動もしないゴンザロとエルバを養おうとするニンに、筆者はまったく共感できない。

『日記』第五巻でニンは、一九四八年夏、すでに過去の恋人であり幻滅させられた相手であるゴンザロを「私にとっては死んだようなもの」(*Diary 5*, 33) と形容しているが、小説においてランゴという人物を創造するためのモデルにしていることを述べている。

女性が自らの性体験を赤裸々に語るのは、伝統的な女性像が尊《たっと》ばれた時代には望ましくないことであり、ニンが生前、日記を出版する際にも登場人物のプライバシーに関する部分と自らの性に関する記述を削除したのもこの意味では「賢明な」やり方であった。彼女の死後公表された「無削除版日記」四巻によってようやく、彼女に夫がいたこと、そのほか彼女の赤裸々な性の遍歴が明らかになる。彼女の性的な冒険が知的冒険と同じく価値があるかどうかは、読者によって大きく意見が異なることだろう。

不倫を含めた性愛をテーマに扱う作家は、とかく自身のプライバシーへの興味を読者によって煽《あお》られるか、嫌悪感をもって語られることが多く、作品そのものの芸術的評価がなかなか正当になされない。性に対して貪欲《どんよく》でなくなったと言われる現代の読者がこの物語に共感するのは難しいことかもしれない。ニンが日記で実現しようとした「生きること」への強い肯定、世間的な倫理観にとらわれずに「愛する」という行為へ執着することは、ニンに対する共感が薄らぐことにもなりかねない。しかし彼女の無削除版日記が刊行される以前に、こうした破滅的な恋愛を扱った作品を発表した果敢さは大いに評価されるべきだろう。《階段を降りる裸体》のように自分自身も多重な顔をもつニンは、自画像を単なるナルシシズムではなく、不道徳で愚かしい姿として描き出したのだから。

(加藤麻衣子)

❖ミゲル・アンヘル・アストゥリアス　Miguel Ángel Asturias, 1899-1974　グアテマラの作家。学生時代から政治運動に参加。フランスに亡命してソルボンヌでコロンブス以前のラテン・アメリカの文化を研究。『グアテマラ伝説集』(*Leyendas de Guatemala*, 1930)、『大統領閣下』(*El Señor Presidente*, 1946)、『緑の法王』(*El Papa verde*, 1954) などが代表作。一九六七年ノーベル文学賞受賞。

❖Fitch, Noel Riley. "Gonzalo More: Nostalgie de la Boue." *Anaïs: The Erotic Life of Anaïs Nin*. Little Brown, 1993. p.197.

❖ヴァーツラフ・フォミッチ・ニジンスキー　Vaslav Fomich Nijinsky, 1890-1950　ロシアの舞踊家。ポーランド系。サンクトペテルブルクのマリインスキー劇場でダンサーとしてデビュー、のち世界各地で舞台を踏み、「レ・シルフィード」「シェエラザード」「ペトルーシュカ」などで名声を博したが、若くして精神を病み引退、長い療養生活を送った。

▽引用

今や四心室の心臓は裏切りでもなんでもなくて、生活にとって欠かせない領分でしかもランゴが決して近づけない場所があることは、ジューナにとって明らかだった。ジューナが一つの心室にはポールの姿を住まわせ、ランゴには別の心室に住まわせたいというのではなかった。そしてランゴを愛するのにはポールの住む心室を破壊させなければならないというのでもない。ジューナの中ではランゴが絶対に与えてくれない、あるいは彼女と一緒に得ることのできない港が欲しくてたまらない気持ちがあったということなのだ。（322）

【解説】『愛の家のスパイ』のサビーナのように、男性に求められる女性像を演じ分けようとした女性ではなく、男性との関係において自分の世界を構築して住み分けようとする女性ジューナの奔放さが表われた箇所である。ニン自身も夫ヒューの目の届かないところでヘンリー・ミラー、ゴンザロ・モレ、オットー・ランク博士など多くの男性との交友と恋愛を通して創作活動をした。ジューナのように男性の母親的役割を演じながらも、その役割に自分を埋没させるのではない、いくつもの顔をもつ自分を演じ分けたニンの自画像をうかがい知ることができる。

▼引用テクスト

Nin, Anaïs. *Cities of the Interior.* Swallow Press, 1980.
——. *The Diary of Anaïs Nin Volume 2: 1934-1939*. Harcourt, 1967.
——. *The Diary of Anaïs Nin Volume 5: 1947-1955*. Harcourt, 1974.

『愛の家のスパイ』

A Spy in the House of Love, 1954

夜中にニューヨークのバーにいるサビーナ(Sabina)は、「嘘発見器」(the lie detector)と称される人物を電話で呼び出す。不特定の男性との行きずりの逢瀬《おうせ》や、自分の職業が女優だというのも含めて、これまで夫のアラン(Alan)についてきたさまざまの嘘について告白したくなった彼女だが、「嘘発見器」を目の前にすると、誰かに聞かれているかもしれないという恐怖から逃れることができない。サビーナは自分が体験したことを断片的に話すものの、突如話題を変えたり、それ以上詳細に語るのをやめたりしてしまい、客観的な事実は何も見えない。彼女は熱に浮かされてとりとめのない独白を続けるだけなのだ。

あちこちの地方を公演してまわった、こんな仕事をした、夫のアランの前でサビーナはさまざまな話をして聞かせる。自らのつく嘘に怯《おび》えながらも、本当のことを語ることができない彼女は、アランの望む貞淑《ていしゅく》でかよわい女性を演じてしまう。そんな妻をアランはいつも、保護者のように迎えてくれる。

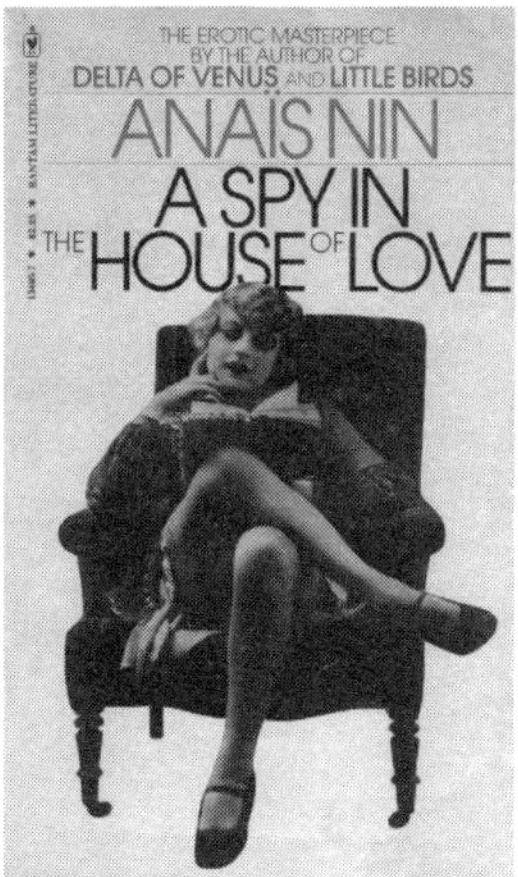

だがサビーナが自分を解放しようとして常に苛《さいな》まれたのは、罪の意識だった。数時間前に別の男のキスを受けた、愛撫《あいぶ》を受けた自分がアランからの愛を受けるために嘘をつき、何ごともなかったかのように振る舞いながらも自己嫌悪に苦しんでいる。「ときどきわたしはすばやい場面転換やすばやい切り替えに耐えられない、転換をなめらかにこなせない、ある関係から別の関係へというようには。わたしのなかの部分部分が断片のようにはが

れ、あちこちへ飛んでいく。わたしは自分の大切な部分をなくしてしまう。一部はあのホテルの部屋にとどまり、一部はこの避難の場所をあとにしようとしていて、また一部はもうひとりの男を追っている〔……〕」（三〇）。いたたまれなくなったサビーナは、アランを愛しながらも家を出てしまう。

ロングアイランドの海辺に《トリスタンとイゾルデ❖》を歌いながら現われたフィリップ(**Philip**)の屈強なからだつきと美声に魅せられるサビーナ。サビーナはフィリップとの関係が深くなる前に家に戻るが、夫のアランと《喜びの島❖》を聞くうちに、曲の官能的な雰囲気に再び危険な火遊びへと本能はかきたてられる。

アフリカ系で数学者兼ミュージシャンのマンボ(**Mambo**)がナイトクラブでドラムを叩いているところにサビーナは出会い、ひかれていく。「俺の黒い赤ん坊を産んで、一緒に住んでくれるつもりもないだろう」と、サビーナが単なる火遊びの対象としてしか自分を見ていないと知りながらも、マンボは彼女と何度かの逢瀬を重ねる。だが、サビーナは彼と会うときには外出せずアパートで何時間かを過ごすだけで真夜中にはアランの待つ家に戻る。常にアランが自分を迎えに来るのではないか、または急に予期せぬ場所で出くわすのではないかという緊張した精神状態から抜け出すことができない。

マンボと映画を観に行った帰り、ロングアイランドの浜辺でサビーナは青年パイロットのジョン(**John**)に出会う。「ぼくと同じ歩幅で歩く女の人を見つけられて嬉しい」というジョンは、インドや北アフリカに従軍していたころの話を始める。世馴れない美少年のジョンにひかれたサビーナはもっと彼に会おうとするが、夫のアランと出かけている時にジョンに目撃されてしまい、それっきりになってしまう。

ジョンに似た少年のような容姿をもち、自分の周囲にいる人たちの物まねをしながら諷刺《ふうし》的な態度をとり続けるドナルド(**Donald**)は、強い母の影に怯《おび》える青年である。サビーナは自分の中に今まではなかった母性的な感情が芽生えるのを感じる。ドナルドはさまざまな自分を演じ分けるサビーナの多面性にひかれながらも、彼女を独占することができないこともわかっていた。多様な自分という断片をつなぎ合わせることができず、不安定な精神状態に陥ったサビーナは、ドナルドのもとを去る。

マンボが演奏するナイトクラブで個展を開いている画家のジェイ(**Jay**)とサビーナとは、七年前にパリで出会ったのだった。ドナルドと同様に諷刺や皮肉を好むジェイに、サビーナは次々と過去の出来事の記憶の断片を話し始めるが、客観的な事実が見えかけるとお茶を濁して別な話を始め、ジェイが真相をつきとめようとすればするほど煙《けむ》に巻く発言を続ける。アランを愛しながらもひとつの場所に、ひとつの関係に定住することが彼女を心身ともに息苦しくさせるので、多くの愛人たちとの情事に生き、多くの顔をもつことが自分自身を解放すると自分でも信じていたのだった。

　ばらばらになった自己のかけらをつなぎとめられず、神経衰弱状態におちいるサビーナを救ったのは、友人ジューナ(Djuna)の言葉だった。あなたの前でみんなは王子様の顔を演じ続けるだけで本当の自分の顔を表わすことができない、実在しない理想的な父親のような男性を探すのはやめた方がいい、と。サビーナは「嘘発見器」とともにベートーヴェンの《四重奏曲》❖を聴いて涙を流し、バラバラな自己の姿のままではなく、永続する時間のために一貫性を保ちながら生きる存在——としての自分の姿を感じ取り、精神の平衡《へいこう》を取り戻していく。

◉サビーナが象徴する「現代女性のひとつの姿」

　『内面の都市』の四作目の作品であるこの小説では、自称女優のサビーナが主人公であるが、それと並行して彼女を尾行し続ける「嘘発見機」(the lie detector)が物語の終始を見届ける傍観者の役割を果たしながら、同時にサビーナの罪の意識の産物として影のようにつきまとう。

　パリでの一九三〇年代の生活で得たシュルレアリスム的世界と、ランク▼博士との許で素人カウンセラーとして働いた経験とが、この小説に代表されるニンの前衛性を作り上げたと言えるが、「嘘発見器」に見られるサビーナの精神の副産物とともに描写の視覚性、作品の端々に登場する音楽のもつ心理的効果も作品の魅力である。

❖**《トリスタンとイゾルデ》** *Tristan und Isolde*　ヨーロッパの伝説物語。もとはケルト人の民間伝承で十二〜十三世紀にフランスやドイツで叙事詩となり、『アーサー王伝説』の一部となった。騎士のトリスタンと恋人イゾルデの悲恋を描いたもの。のちにワーグナーが三幕物の楽劇を一八六五年に発表。

❖**《喜びの島》** *L'Isle joyeuse*, 1904　ピアノ曲。管弦楽に編曲されたものもある。フランスの画家ワトーの《シテール島への巡礼》(一七一七)の影響からインスピレーションを受けて書かれたという。愛の神ヴィーナスの島とされた、エーゲ海に浮かぶシテール島での愛の歓びが、教会旋法を交えながらも伝統的な和声理論にとらわれない自由な色彩感をもった音で描かれている。

❖**《四重奏曲》**　カルテット。第一ヴァイオリン、第二ヴァイオリン、ヴィオラ、チェロの弦楽器による合奏曲。ソナタと同じ三楽章(急—緩—急)で構成されている。ベートーヴェンは全部で十六曲の弦楽四重奏曲を残しているので、ニンがどの曲を意図して言及しているのかは不明。

『日記』第一巻でのアナイスはジューンと出会い、自分自身と彼女を重ね合わせることで、女性のもつ複雑さ、矛盾《むじゅん》、魔性を強く意識した。ジューンの虚言癖や現実逃避、つかみどころのなさは、アナイス自身にも潜在する性質だったのである。

「嘘発見器」に常に追われるサビーナは「日記」のジューンを彷彿《ほうふつ》とさせるが、同時にアナイス自身がおそらく常に遭遇していたであろう不倫を隠蔽《いんぺい》する場面も思わせる。自らの「女」としての生を自由に生きたいという願望は、保護者のように常に優しく自分を見守り、いつも受け止めてくれる夫のアランが望むような静かな家庭に生きる「妻」の役割とは相いれない。しかし、社会の厳しい現実に耐えられず、（そしておそらく自活できる経済力もないと思われる）サビーナは夫の存在なしには生きられず、同時に自由な生活を望むゆえに男性たちとの愛の遍歴を繰り返す。

自己を解放しようとしながらも、同時に良心の呵責《かしゃく》に苦しむ。自由になろうとして、かえって不自由さに苦しむ。きわめて古くから直面する女性の問題に、皮肉にも何度となく立ち返ってしまうサビーナは、自己の解放を求めながらも真の意味では解放を得られない現代女性の象徴でもある。男性の前で演じる役割が苦痛である一方で、その役割から完全に解放された自分というものが自分でもわからない。むしろ演じないで一人きりで取り残されることに不安と恐怖を覚えるのである。

サビーナの自己矛盾は幼少時の父との関係がもたらしたトラウマがもたらしたものである。ドン・ファン的女たらしの父は、献身的な母を裏切り続けて多くの愛人たちとの情事にふけり、幼かったサビーナは母よりも愛人たちの立場になりたいとひそかに望んだのだ。ドン・ファンのもつ自由な愛に憧れる彼女は、父を模倣しようと愛の冒険を重ねようとするが不安が募《つの》っていくばかりなのに気づいていた。薬物やアルコール、ギャンブル依存症患者のように、抑えがたい性の衝動と緊張、情事が終わった後の憂鬱《ゆううつ》、嫌悪感、後悔を繰り返しながらも、そこから抜け出すことができない。解放を求めながらも、自己の作りだした神の幻影に支配され、呪縛に苦しむ。

「嘘発見器」と同様に、物語の後半に登場するジューナもサビーナの心と向き合い語りかける存在であるが、身元は一切明らかにされない。サビーナはジューナに語る。「境界を越えたいの。身元がわかるようなものをすべて消したいのよ。ひとつの型に永遠に縛られたり、変わる望みもなくひとところにとどまるのはいやなの」「嘘をつく以外には、欲しいものを手に入れる手段がなかったのよ、ってね」（一五四―五五）。だが彼女のスパイのようなこの生活に、客観的な事実が見えないような曖昧《あいまい》な語りを続けるサビーナは、いくつもの顔をもち、自己の統一性が時に崩れて分裂する危機に苦しむ現代人の象徴でもある。

嘘を重ねて苦しみながら分裂した自我が新しい連続体としての自己発見につながっていっても、結局はアランという保護者から逃れることができないという点では、『目覚め』❖や『ボヴァリー夫人』❖のような十九世紀的女性像から脱していない。だが、死を選ばないで、音楽で精神の平静を取り戻すサビーナは弱さや病的不安定さを抱えたまま生きる女性で、精神分析医が患者に望む健康で平凡な女性像とは違う。サビーナはこの意味で複雑であり多様な自己をもっているのである。

◉登場する音楽の役割

『内面の都市』の他の作品に比べて、この『愛の家のスパイ』には具体的な楽曲名が多く出てくる。オペラの一場面のようにフィリップが登場する時に歌う《トリスタンとイゾルデ》以外は、サビーナの心情を描写するために用いられている。自らの「音楽的自伝」と呼ぶストラヴィンスキーの《火の鳥》❖をはじめとして、呼び覚まされる官能の象徴としてドビュッシーの《月の光》❖や《喜びの島》が流れるが、彼女の心の中で自分自身に問いかける音楽である。それらはサビーナが思いをはせる異国の地の人々や祭り、シュールレアリスティックに心象風景を映し出す媒体《ばいたい》でもある。登場人物に関する客観的情報をあまり取り入れないニンがこうした具体的な楽曲を

❖『目覚め』 *The Awakening*, 1899　アメリカの作家、ケイト・ショパン(Kate Chopin, 1851-1904)の代表作。ニューオーリンズの裕福な株ブローカー、ポンテリエ氏の妻エドナは、当時の女性のあるべき姿とされた「家庭の天使」的な生き方を拒否し、画家としての自己表現、女性としての性的な解放にめざめていく。女性の自由な生き方を認めなかった当時の社会と闘い、完全な自立を獲得することのできなかったエドナは、結局死を選んでしまう。

❖『ボヴァリー夫人』 *Madame Bovary*, 1857　フランスの作家、フローベールの代表作。田舎の医者ボヴァリーの妻エンマは、平凡で退屈な生活から抜け出そうと愚かな恋に走り、借金を重ねて自殺する。

❖《火の鳥》　ストラヴィンスキー（一八八二―一九七一）の出世作であるバレエ音楽。東スラブ民話の火の鳥伝説に基づいて、「バレエ・リュッス」主宰者ディアギレフの依頼で作曲。独特の色彩感にあふれたオーケストレーションとリズムで観客に衝撃を与えた。一九一〇年初演。

❖ドビュッシー《月の光》　ピアノ曲「ベルガマスク組曲」全四曲中の三曲目で、最も有名な曲。一八九〇年発表。『喜びの島』と同じく、曲の中間部では教会旋法を交えながらも自由な和声で構成され、夢幻的、親しみやすい曲想で人気がある。テレビや映画で使用される機会も多い。

登場させたのは（読者が必ずしもクラシック音楽に詳しいとは限らないのだが）、十二音音楽❖の先駆者的立場にあるドビュッシーやストラヴィンスキーのもつ自由な形式、調性と視覚的要素がサビーナの複雑な心情を描き出すに適していると考えたからだろう。

（加藤麻衣子）

▽引用

彼女が彼に捧げる、彼のためにつくった新たな自己は、あくまでも無邪気で、どんな若い娘よりも新鮮そうに見える。なぜなら、それはほんとうの彼女から生まれたものではなく、彼の望みや彼女の望みから生まれた、いわば純粋に抽象化された女、理想化された姿だったから。彼のためなら、彼女は自分のリズムさえ変え、大げさで落ち着きのない動作をやめ、大きなものや大きな部屋を好む趣味も、時間にとらわれず気まぐれに唐突な行動に走ることもあきらめた。彼のためなら、彼女の大ぶりの手まで、身の回りの物の上には優しく添えられたのだった。（三一）

【解説】サビーナが夫のアランを裏切り続けていることへの良心の呵責から、彼にとって好ましい女性像を演じ続けている自分の、きわめて不安定な精神状態と自己分裂が表われている。ニン自身も生涯、夫のヒューと離婚することはなく、多くの男性たちと不倫を続けた。男性の望む女性を演じ続けた結果、きわめて不安定な精神状態に陥りながらも、女性として作家としての自由な精神を男性たちとの出会いの中に求めたニンの姿が投影されている。

❖十二音音楽　ドイツ語「ドデカフォニー（Dodekaphonie）」の訳語。一オクターヴ内のすべての音、すなわち十二の音を同等に扱い、これを並べた音列を基本として作曲された音楽。一九二〇年代前半にシェーンベルクによって確立され、ウェーベルン、ベルク、ストラヴィンスキーらに引き継がれて現代音楽の大きな要素となった。

▼引用テクスト

ニン、アナイス『愛の家のスパイ』西山けい子訳、本の友社、二〇〇〇年。

『ミノタウロスの誘惑』

Seduction of the Minotaur, 1961

『ミノタウロスの誘惑』は一九五八年にアナイス・ニンが『太陽の帆船《はんせん》』(*Solar Barque*)のタイトルで発表した小説に加筆したものであり、一九六一年にアラン・スワローより出版された。もともとニンは一九四〇年代に大河小説を仕上げるべく準備を進めていたが、出版社の理解を得られず、一九五九年にやっと五つの長編からなる『内面の都市』を発表することができた。『内面の都市』の最後を飾る小説が『太陽の帆船』であるが、ニンは一九七四年に再度『内面の都市』を出版し、その際、『太陽の帆船』の代わりに『ミノタウロスの誘惑』を収録した。現在、ペーパーバックで『内面の都市』として入手可能なのは後者の版である。さらに、『内面の都市』は単行本としても入手可能で、それらのタイトルは発表順に『火への梯子』、『信天翁《あほうどり》の子供たち』、『四心室の心臓』、『愛の家のスパイ』、『ミノタウロスの誘惑』である。このうち、日本語で読むことができるのは現在、『愛の家のスパイ』(西山けい子訳、本の友社)と『ミノタウロスの誘惑』(大野朝子訳、水声社)、『信天翁の子供たち』(山本豊子訳、水声社)である。

『ミノタウロスの誘惑』執筆の背景は、ハーコート・ブレイス社から出版された『日記』第四巻から第六巻に記録されている。『日記』第四巻で「一九四七年、夏」としてまとめられた部分には、ニューヨークからロサンゼルスまでの五ヵ月にわたるルーパート・ポールとの自動車旅行の様子が綴《つづ》られている(198-222)。当時、ニンはポールと知り合ったばかりで、毎日が新しい発見に満

ちていた。アメリカ横断旅行の後、ニンはメキシコのリゾート地で、『ミノタウロスの誘惑』の舞台となったアカプルコを初めて訪れた（作中の舞台「ゴルコンダ」は本来インド北西部ラジャスターン地方に栄え、滅亡した要塞都市の名前だが、ニンは語感の点でゴルコンダを使ったと思われる。さらに、「ゴルコンダ」には「豊富な資源」の意味もあり、一九五三年発表のルネ・マグリットのシュルレアリスム絵画も同名である）。

> メキシコ・シティに着いたとき、私は急に気分が変わり、チケットを交換したくなった。三〇分以内にアカプルコ行きの飛行機が出発するという。十人乗りの小さな飛行機。山の合間を飛ぶので、揺れがひどかったが、一番はじめにアカプルコの山や海や森を見たとき、太陽の光にどっぷりつかっているその姿に、私は心を揺さぶられた。(222)

ニンは当初芸術家のコロニーのあるレイク・チャパラ (Lake Chappala) を訪れる予定だったが、突然心変わりし、アカプルコに行くことになった。以来、彼女はすっかりアカプルコが気に入り、夫やポールとともに何度も訪れ、別荘購入まで考えている。

アナイス・ニン関連のニュースを発信するスカイ・ブルー・プレスのブログ❖によれば、一九四〇年代のアカプルコはまだリゾート開発が進んでおらず、のんびりした漁村のままであった。『日記』第五巻冒頭の「一九四七年―一九四八年、冬」の部分は、以下のように始まる。

> アカプルコ、メキシコ
>
> 私は今、ホテル・ミラドールのテラスでハンモックに揺られている。膝の上に置いた日記帳も、ふりそそぐ太陽の光を吸い込んでいるようだ。ペンを執る気がまったく起きない。太陽は輝き、植え込みの葉がつくる日陰のおかげで、ほんのりと暖かい。まわりにあるものすべてが生き生きとして見える。ここにいると胸の中のわだかまりが消え、頭がぼうっとしてくる。世の中にこんなに完璧な場所があったなんて。この雰囲気を無理矢理ありきたりなことばで表現し、自分だけのためにとっておきたいとは思わない。この心地よさは永遠のもの。私をすっぽり包み込む。ここはなんて素晴らしいのだろう。(*Diary* 5, 3)

日記に何度も登場するこのホテルは、「ホテル・エル・ミラドール❖」として現在も営業中である。リリアンが演奏したナイトクラブ「ブラック・パール」は真珠を意味する「ラ・ペルラ」(La Perla) の名で実在する。ウェブサイトには断崖絶壁の上にそびえ立つホテルの写真があり、ダイバーが三〇メートル近くある断崖から海に飛び込む様子も見ることができる。写真のなかの海は、ニンが作品で描写したように波が荒く、真っ白な波が岩壁にぶつかって水しぶきをあげる音が今にも聞こえるようだ。真っ青な海と純白に泡立つ波のコントラストが涼しげで美しい。ガイドブックによると、メキシコシティから飛行機で一時間のアカプルコは年間三〇〇万人近い観光客が訪れる、メキシコを代表するビーチ・リゾートで、内陸には庶民的な町が広がり、ビーチ沿いには高級ホテルや観光スポットが並んでいる。アカプルコとは古代ナトワル語で「葦《あし》の地」を意味するそうだ。

日記によれば、ニンはメキシコが気に入り、一九五〇年代にはアカプルコのほかにもメキシコ全土を巡る旅に何度か出かけている。

一九五四年の春、ニンはメキシコを背景とし、リリアン・ベイ (Lillian Baye) という名の女性が主人公の長編執筆を思い立つ。同年秋、エジプト発掘の報道により、古代エジプトの君主、ファラオの墓に埋められていた帆船のことを知る。体調不良や母の突然の死などを乗り越え、ニンは『ミノタウロスの誘惑』の原本、『太陽の帆船』を完成させたが、出版社が見つからず、結局は自費出版することになった（『日記』第六巻、一九五八年夏の日記）。一九五九年春の日記には、『太陽の帆船』の執筆を続行中だが、精神分析を受けている影響で、気持ちが安定せず、難航している、と書いている (*Diary 6*, 190)。五〇年代はニンにとって不遇の時代で、作品が認められないストレスと、ニューヨークとカリフォルニアの二重生活❖の辛さが日記に綴られている。

一方で、同年秋には『火への梯子』と『ガラスの鐘の下で』がオランダ語に訳されるなど、小説家としての認知度は次第に高まっていった。一九五九年の『内面の都市』出版を機に、ニンはマスコミの取材を受けるようになり、大学や高校で講演をする機会も増えた。一九六一年にはオハイオ州在住の詩人で大学教員のアラン・スワ

❖スカイ・ブルー・プレスのブログ　http://www.skybluepress.com/

❖ホテル・エル・ミラドール　Hotel Mirador Acapulco　http://www.miradoracapulco.com/

❖**二重生活**　当時、ニンは夫ヒュー・ガイラーとの生活の拠点の東海岸と、年下の愛人ルーパート・ポールの住む西海岸を定期的に往復していた。

ロー❖と知り合い、彼が経営する出版社より作品を次々世に出す話が進む。同年秋はポールの念願の家が完成し、ニンの「新しい人生」が始まった。スワローの理解を得て、ニンは『太陽の帆船』を『ミノタウロスの誘惑』として書き直した。

　登場人物について、大まかに紹介したい。ニンは『ミノタウロスの誘惑』はそれまでの作品と比べて創作の部分が多く、日記から独立した小説である、と語っている(*The Novel of the Future*, 140)。しかし、「日記」を紐《ひも》解けば、登場するのはほとんどが実在の人物であることがわかる。日記を含むニンの作品はすべて相互に連結し合い、登場人物は「変名」で再登場し、同じ主題を繰り返す。一般的にニンの小説は抽象的で難解だと言われるが、日記やほかの小説と比較して読み進めていけばいくほど、その変奏のテクニックの鮮やかさがよくわかり、独特の世界に吸い込まれていくように思われる。ニンの作品の登場人物は全員「俳優」のような位置づけで、監督（＝ニン）からさまざまな役を毎回違う背景で演じるように命じられているとも言えよう。

　そのような意味で、本作の主人公リリアン(Lillian)は一九四六年に発表した『火への梯子』の「主演女優」でもある。彼女はピアニストで、ラリー(Rally)という夫がいるが、夫婦関係は冷えきっている。リリアンにはジェイ(Jay)という画家の恋人がいて、二人はパリのモンパルナスで一緒に暮らすが、やがてジェイの元恋人であるサビーナ(Sabina)が登場し、リリアンたちの関係を脅かす。後半部分で端役《はやく》として登場する「ジューナ」(Juna)は、『火への梯子』でもリリアンの親友で、よき理解者になっている。ちなみに、ジューナは一九四七年発表の『信天翁の子供たち』の主人公で、バレエのレッスンのためにパリに来ている。本作中盤に登場するマイケル(Michael)はここではジューナの年下の恋人になっている。

　リリアンの、ゴルコンダでの初めての友人、ドクター・エルナンデス❖は実在の人物で、日記にまったく同じ名前で登場している。ホテルに駐在し、観光客のために診療を行なっていた医師で、詩人でもあり、ニンのよき友人であったようだ。作品と同じで、日記にはニンとドクターがカヌーに乗る場面が描かれている。

　ダイアナは、日記にはアネット・ナンカロウ❖の名前でたびたび登場している。彼女は壁画制作のためにディエゴ・リヴェラ❖たちにメキシコに呼ばれてやってきたが、現地で現代音楽家のコンロン・ナンカロウ❖と知り合い、結婚している。

　フレッドはニンの友人のポール・マシーセン❖がモデル

であると思われる。ポールはニンの親友でエキセントリックな画家のレナーテ・ドルックス❖の恋人だった。レナーテは一九六四年出版の『コラージュ』の主人公のモデルでもある。

後半に登場するジェイは、先に触れたように『火への梯子』、『愛の家のスパイ』の登場人物でもある。ジェイとリリアンの仲を引き裂こうとするサビーナは、『愛の家のスパイ』の主人公で、ジェイは元恋人という設定で登場する。ジェイとサビーナとリリアンをめぐる挿話は一九八六年に出版されたニンのパリ時代の「無削除版」日記『ヘンリー&ジューン』における三角関係を想起させる。ジェイはニンと親交の深い作家ヘンリー・ミラー、サビーナはミラー夫人のジューンをモデルにしている。

（大野朝子）

▽引用

「ゴルコンダ」はリリアンがその町につけた自分だけの呼び名だった。ありきたりな旅行会社のポスターや、宣伝文句から町の雰囲気を救いたかったのだ。わたしたちは誰しも、特別で、遠くにあって、とびきりユニークな町のイメージをこころに抱いて生きている。ひとりの人間がいろんな側面を内に秘めて生きているのと同じように。彼女〔リリアン〕は、自分の愛する町が、何千もの人々が親しんでいる場所と同一だということに耐えられなかった。たしかに、その町は最初は真珠づくりで有名な場所だった。そう、あるとき日本の舟がここに座礁《ざしょう》し、そこに奴隷船が来てアフリカ人を運んできた。他の船はスパイスをもたらし、スペインの船は金銭細工やレース細工をもってきた。難破したスペインのガレー船❖が洗礼

❖アラン・スワロー　Alan Swallow, 1915-66　大学で英文学を教える傍ら、一九四〇年にスワロー・プレス (Swallow Press) を立ち上げた。

❖ドクター・エルナンデス　Doctor Hernandez　*Diary* 4, 224-25 参照。

❖アネット・ナンカロウ　Annette Nancarrow, 1907-92　ニューヨーク生まれの画家で、生涯にわたりメキシコとアメリカを行き来した。

❖ディエゴ・リヴェラ　Diego Rivera, 1886-1957　壁画運動を牽引したメキシコの画家。ヨーロッパでキュビスムを学び、ピカソらと交流。帰国後は社会の動向に目を向け、芸術と政治思想を結びつけようとした。妻は同じく著名な画家のフリーダ・カーロ (Frida Kahlo y Calderón, 1907-54)。

❖コンロン・ナンカロウ　Conlon Nancarrow, 1912-97　自動ピアノの作品で有名な現代音楽の作曲家。

❖ポール・マシーセン　Paul Mathisen　一九四〇年代以降、ニンがニューヨーク在住中に作ったホモセクシュアルの友人たちの一人。

❖レナーテ・ドルックス　Renate Drucks 1921-2007　オーストリア生まれの画家、映像作家、女優。

式のときのドレスを砂浜にまき散らしたので、南メキシコの女性たちはそれを被り物として使うことにしたのだった。（一一）

【解説】リリアンが米国からアカプルコの空港に降り立った場面の直後。この部分からは、リリアンがアカプルコの町の雰囲気を気に入って、独特の魅力を感じとり、自分だけの特別な場所だと思っていることがわかる。日本やアフリカ、スペインとの交易について語られていて、多文化の入り混じるカラフルな町であると察せられる。

▼引用テクスト

Nin, Anaïs. *The Diary of Anaïs Nin Volume 4: 1944-1947*. Harcourt, 1971.

——. *The Diary of Anaïs Nin Volume 5: 1947-1955*. Harcourt, 1974.

——. *The Diary of Anaïs Nin Volume 6: 1955-1966*. Harcourt, 1976.

——. *The Novel of the Future*. Swallow P / Ohio UP, 1968.

——. *Seduction of the Minotaur*. Swallow P / Ohio UP, 1961.

ニン、アナイス『ミノタウロスの誘惑』大野朝子訳、水声社、二〇一〇年。

❖**ガレー船**　おもに地中海において古代から近代初期まで使われた櫂（オール）推進の船。

『コラージュ』

Collages, 1964

◉はじめに

『コラージュ』は、一九六四年にスワロー・プレスから出版されたアナイス・ニンの最後の創作作品である。ジャン・ヴァルダ❖のコラージュがその表紙を飾った。二十のそれぞれ独立した掌編《しょうへん》からなる作品である。これら二十のエピソードをつないでいるのはレナーテ(**Renate**)という名のヒロインであるが、全体がきっちりと構成されているのでもなく、話のつながりもごく緩やかである。そのタイトルどおりコラージュと呼ばれるのにふさわしい。エッセイ集『未来の小説』（一九六八）のなかで、ニンは『コラージュ』について次のように述べている。

「コラージュ」を書きながら、私は一つの気分を持続させて、それが何を作り上げるか見てみようと思った。ひとたびその気分が受け入れられるとそれが選択し、断片に統一を与え、触媒となる。それでこの本は小説か短編小説集になるところが、別のもの、コラージュとなったのである。(*The Novel of the Future*, 128)

❖ジャン・ヴァルダ　Jean Varda, 1893-1971　画家を目指して、十九歳でパリに出る。そこでピカソ、ブラックらと知り合う。一九三〇年代には鏡を使ったモザイク画を試みる。三九年、ニューヨークに渡り、四〇年カリフォルニアに移る。友人のヘンリー・ミラーを通じてニンと知り合う。布を用いたコラージュの作品で有名である。五〇年代のニンの日記には彼との交友の模様が明らかである。

「詩は一度座ったきりで読み終えられるほどの長さが好ましい」と言ったのはエドガー・アラン・ポーだが、ニンの言葉には、ポーの声の響きが感じられるような気がする。

『日記』第六巻、「一九六二年の春」と大まかな時期を示している日記にはオリヴァー・エヴァンス❖にあてた書簡がある。そこには、彼女の作品はどの程度自伝的かという問いに答えて、次のように答えている。

> 小説を書くという行為は即座に自分の位置を換えて、個人的な経験とは何の関係もないものを組み立て、創りあげることです。作家は皆そのように思っています。〔……〕もしも私が自叙伝を書きたいと思ったなら、私は日記をそのまま出版したでしょう。私は自分の人生をフィクションから切り離さなければと思いました。そして完全に切り離して評価されるべき、芸術作品を作りました。(*Diary 6*, 299)

人間の言葉では、いちばん表現し難い部分を表現することに心を砕いたD・H・ロレンスと同じように、ニンも、人間の意識の深部を小説という形で示してくれた。内面世界の探検、あるいは人間の深層に潜む真理の探究、これが『コラージュ』という作品の意図しているところだろう。

◉旅の始まり

> ウィーンは彫像の都市だった。彫像は街を歩く人の数ほどもあった。それらは一番高い塔の上に立っていた、墓石の上に横になっていた、馬に跨《またが》っていた、動物と格闘していた、戦っていた、踊っていた、葡萄《ぶどう》酒を飲んでいた、石で造られた本を読んでいた。昔の船の船首像のように、軒蛇腹《のきじゃばら》を飾っていた。（七）

と、『コラージュ』は始まる。ヒロインはレナーテという若い女性である。レナーテは子どものころからこれらの彫像を見て育った。彼女は、これらの彫像が魔法をかけられた人間で、夜になると生き返るのだと思っていた。彼女は彼らの唇の発するメッセージを読むことを覚えた。

この作品はヒロインの旅の模様を語るのだが、その旅は空間の移動であると同時に、人から人への旅であり、内面の世界の旅でもある。話はレナーテの空想から始まる。夜になって寝室のカーテンが風でふくらむと、レナーテには人の数ほどもある彫像たちのささやきが聞こえ、彼らが今どのように暮らしているかを、教えてくれるように思われた。

　彼女の寝室の窓から見える像の一つにマーキュリー❖の像があった。彼女はマーキュリーが夜中に旅をするのだと信じていた。空想は現実となって、彼女はこの像に生き写しの青年ブルース（Bruce）に出会う。ブルースが彫像に似ているところは姿、形ばかりではなかった。彼はほとんど話さなかった。言葉は彼のからだの奥深くに隠されていて、さいころのように転がり出てくるのだが、言葉に窮《きゅう》すると彼はジャズダンスを踊るようにからだを揺する。彫像の動かない唇を読むことを知っていたから、レナーテはブルースの唇を読んで、その心の中を知ることができた。

　二人はメキシコへの旅に出ることにする。旅の間の二人の関係はある意味で奇妙なものだった。あらゆる束縛を嫌うブルースは時々、不意にいなくなる。レナーテはただ待つしかない。男女の関係に完全なものはない、とD・H・ロレンスは言うが、この二人の関係もまた完全ではなかった。ブルースがメキシコの少年と関係を持つ場を、レナーテは目撃する。二人はそれぞれに深い孤独を抱えたままなのだ。孤独なレナーテの旅はこうして、場所から場所、人から人への旅となる。

◉さまざまな人との出会い

　旅の途中でレナーテはいろいろな人に出会う。彼らはみな、人間関係において何らかの問題を抱え、それゆえに孤独な人たちだった。自分よりも誰よりも車が大事なロスの男。ウィーンから来た貴族の出である洗濯屋の主人。仕上がった洗濯物をまるでレースのペチコートのように丁寧に扱う彼に、レナーテは洗濯伯爵〔ローンドロマット伯（Count Laundromat）〕とあだ名をつける。彼には古い箪笥《たんす》のバラの花びらや、サンダルウッドの香りが思

❖**オリヴァー・エヴァンス** Oliver Evans　批評家、詩人、翻訳家。おそらくハリー・T・ムアに私淑していたのではと推測する。一九四五年に『ガラスの鐘の下で』をゴッサム書店で手にしてからニンに興味を抱き、六二年頃から交流を深める。六八年にクロスカレント・現代批評叢書の一冊として評論集『アナイス・ニン』を出版。サン・フェルナンド・ステート・カレッジで教鞭を執る。プライバシーを守る人とのニンの言葉どおり、生年・没年は明かされていない。

❖**マーキュリー**　ギリシア神話のヘルメスにあたるローマの神。ゼウス（ジュピター）の子で、キュレネ山中の岩屋で生まれ、生まれたその日に牛を盗んだという。翼のついたサンダルに牧杖のいでたちで、オリュンポスの神々の伝令役をはたす。

い出させる郷愁の香りが纏《まと》わりついていた。彼の心には、故郷を失くした者だけが抱える深く、暗い穴がある。ローンドロマット伯が、人間の涙や汗やそのほか諸々がしみ込んだリネン類を、優雅な身ごなしで受け取り、仕上がった洗濯物を最上のレースを扱うように扱い、顧客に返すのは、心に空いた深淵を埋めるための演技だろうか。

太平洋岸をドライヴしていたとき、レナーテはひとりの老人と知り合った。彼は若いころ海岸で救助隊の仕事をしていた。陸の仕事は彼には向いていなかった。人気のない浜が彼には一番のお気に入りの場所だった。やがて老人は格好の岩の洞穴《ほらあな》を見つけて、そこをねぐらにするようになる。高齢の彼を心配して子どもたちは家に連れ戻したが、彼はまた洞穴に戻った。あざらしたちとともに暮らし、そこで死にたかった。「ある夜、彼はかすかな揺れを心臓のあたりに感じた。死が近いと悟って、彼はあざらしたちのそばへ這って行こうとした。あざらしたちが眠っているクレバスの方へ。しかしあざらしたちは静かに、やさしく、彼を鼻で押し出した」(『コラージュ』七二)。

レナーテは非常に個性的なニーナ (Nina) という女性に出会う。自分の中に十四人の女がいると言うニーナは、一瞬ごとに変化しながら、彼女の夢を言葉にしていく。「わたしの名前はニーナ・ギターナ・デ・ラ・プリマヴェッラ (Nina Gitana de la Primavera)」〔……〕「でもこれはわたしの冬の名前。わたしは季節ごとに名前を変えるの。春になったらもうプリマヴェッラである必要はないわ。わたしは名前を季節にくれてやるの。遙か向こうにいるから」。劇場に行くときニーナはランチを持って行き、舞台の人物たちが食事をする場面でともに食事をする。「観客は俳優が食べるのを観ているだけじゃ駄目よ。一緒に食べなくちゃ。そうすれば寂しさが少しは減るのよ」(一一九)。

旅の終わり近く、レナーテはマン博士 (Doctor Mann) を介して、ジュディス・サンズ (Judith Sands) という女性作家と知り合う。マン博士は年に一度、秘密の使命を帯びてイスラエルからやってくるが、仕事の合間に女性作家たちを訪問するのを喜びとしていた。今回の彼の目的は、会うのがもっとも難しい女性作家とされるジュディス・サンズに会うことだった。

ジュディス・サンズはニューヨークのヴィレッジで隠遁《いんとん》生活を送っていた。男のような身なりをしたこの女性作家と話をした人は、ほとんどいなかった。マン博士はサンズのアパートを訪ねる。ノックに応答はなかった。しかしマン博士はドアの外から熱心に彼女に語りかける。ついにサンズは心を動かされて、ドアを開ける。人間は絶対的な孤独に陥ることができる、と言うサンズに、マン博士は「孤独はスペイン苔《ごけ》みたいなもので、ついにはそれが寄生している木そのものを枯らしてしまいます」（一八四）と諭す。

雪のニューヨーク近代美術館の中庭では、ガラクタの山のような自殺機械の展示実演が行なわれていた。マン博士とジュディス・サンズ、そしてレナーテとブルースもそこにいた。自殺機械が音立てて燃え上がり、待機していた消防隊が消火してすべてが終わったとき、サンズは、見せたいものがあると言って、皆を自分の家に招く。彼女が引っ張り出した原稿は次のように始まっていた。

ウィーンは彫像の都市だった。彫像は街を歩く人の数ほどもあった。それらは一番高い塔の上に立っていた、墓石の上に横になっていた、馬に跨っていた、動物と格闘していた、戦っていた、踊っていた、葡萄酒を飲んでいた、石で造られた本を読んでいた……（一二二）

◉結ばれた円環

『コラージュ』を評して新しいアラビアンナイトだと言った人もいたという。登場人物の夢想や情念を結晶させて、さらにそれらをコラージュしてつくりあげた世界は、可視の経験の世界を超えて、さらに深い内面の世界を形象化する。登場人物の中には、自分の空想を外の世界に持ち込むことで混乱を招く者もいる。空想は誰しもの心の中に秘められているが、それをフィクションの世界に映し出すことで、内面世界のさまざまな姿を私たちに共有させることになる。読者は、『コラージュ』を読みながら、複雑な自分の内面と相対し、さらに深く掘り進むことができる。ニン自身は次のように言う。

『コラージュ』は、それぞれの人は豊かな内面を持っているが、私たちがそこをわざわざ探検しようとしないために、分かち合うことができないのだ、という真理を表現している。(*The Novel of the Future*, 132)

人間にとっていちばん恐ろしいことは孤独の状態に陥ることである、ということを、アナイス・ニンは経験から十分すぎるほど知っていた。ロレンスと同じように、あるいはロレンスに倣《なら》って、彼女は生命力にあふれた生き方を経験をとおして追及し、そこから多くを学んだ。孤独についてのマン博士の言葉に読者がうなずくのは、ニン自身の言葉でもあるからだろう。

人間嫌いのジュディス・サンズが蟄居《ちっきょ》していた孤独の部屋から現われ出て、外で待ち受けていた人々に姿を見せるときに、世界は変わる。彼女がそれまで誰にも見せなかった原稿は、『コラージュ』の始まりとまったく同じ言葉で始まっていた。話はまたもとの位置に戻る。はじめと終わりが手をつなぎあうとき、世界は一つの円環として完成し、まためぐり始める。ジュディス・サンズの孤独の終わりは、レナーテの探索の旅の終わりでもあり、始まりでもあるのだ。これはまた、アナイス・ニン自身の世界の完成、和解と赦《ゆる》しと調和の世界の表出でもあろう。

ロスト・ジェネレーション❖に属するアメリカの作家、ソーントン・ワイルダー❖は『セオフィラス・ノース』（一九七三）という小説の中で、登場人物に人間が人間の間で受けた傷は、人間の間で癒されると言わせているが、同じことをニンは『コラージュ』の詩的な風景の中に映し出してくれるのだ。

人はなぜ書くか、といういわば月並みな質問に答えて、ニンは自分の生きる場所を造るためだと答える。与えられた世界では生きていけない、だから書くのだと言う。『コラージュ』で最後に登場する作家ジュディス・サンズを借りて、ニンは与えられた世界との和解と赦しを明らかにする。『コラージュ』の、軽やかに見える世界の重みである。

（木村淳子）

❖**ロスト・ジェネレーション**　「失われた世代」。第一次世界大戦中に青春期を迎え、二〇年代に作家としての地位を確立した、一群のアメリカ作家たちを呼ぶ。戦後のアメリカ社会に幻滅し、既成の道徳観への反発、伝統への断絶を感じて、国を捨ててヨーロッパ、特にパリなどに住んで享楽的な生活にふけっていたアメリカの青年たちを評して、当時パリに住んでいたアメリカ女性、ガートルード・スタインが言った言葉、「あなたたちはみな失われた世代ね」（You are all a lost generation.）に由来する。

❖**ソーントン・ワイルダー**　Thornton Wilder, 1897-1975　ウィスコンシン州マディソンで生まれる。父は新聞の編集者であったが、後に外交官となり中国に赴任。少年ワイルダーは一時期中国で過ごした。第一次世界大戦中の三ヵ月を兵役に服し、ロードアイランド州フォートアダムズで過ごした。この時の経験をおり混ぜて書かれたのが最後の作品『セオフィラス・ノース』(*Theophilus North*)である。忙しい人間の世の中で疲れ切った青年ノースは、青春の一時期を過ごした海辺の町で人々と交わることで自分をよみがえらせていく。一九二八年『サン・ルイス・レイ橋』(*The Bridge of San Louis Rey*)で、三八年には戯曲『わが町』(*Our Town*)でもピューリッツァ賞を受賞した。人間存在の根底にある不思議、生死、愛などについて考え続けた作家である。

▽引用

彼は愛情深い言葉や、約束の言葉や、誉め言葉など、人を縛りつけるものすべてを嫌った。彼は何も言わずに出かけて行った。「行ってくるよ」も言わなかった。

レナーテは服を脱ぐのも忘れて、オレンジ色のショールにくるまって眠った。眠る、それから目覚めて待つ。真夜中の砂漠の中のホテルで犬の遠吠えを聴きながら、蠟燭の灯りに揺れる棕櫚の葉陰におびえて待つのは、気持ちの良いものではなかった。ある夜、彼女はブルースを探しに出かけた。〔……〕

暗い道を戻ってくると、樹の下に人影が見えた。車が通り過ぎた。ヘッドライトが道端を照らし、樹の下の二人の影を照らし出した。メキシコ人の少年が幹にもたれかかり、ブルースがその前にひざまづいていた。〔……〕レナーテは泣きながら部屋に駆け戻ると、カバンを詰め、車で去った。（一六―一七）

【解説】レナーテはウィーンでマーキュリーの彫像によく似た青年に出会う。互いに心を惹かれた彼ら。レナーテは「僕と一緒にメキシコに行かないか」というブルースの誘いに、孤独を逃れる自分探しの旅に出かける。肉親の愛を知らずに育ったブルース、愛とは何かを知らないブルース。体の欲求に従って行動する彼に幻滅してレナーテは彼をおいて車で逃げだす。やがてブルースは彼女の元に戻り、二人はまた自分探しの、そして人間存在の不思議を知るための旅を続ける。

▼引用テクスト

Nin, Anaïs. *The Diary of Anaïs Nin Volume 6: 1955-1966*. Harcourt, 1976.

——. *The Novel of the Future*. Collier Books, 1968.

ニン、アナイス『アナイス・ニンコレクション（V）コラージュ』木村淳子訳、鳥影社、一九九三年。

『未来の小説』

The Novel of the Future, 1968

●未来の小説という構想

『未来の小説』は、『日記』第一巻が世に出た二年後、一九六八年に出版されたニンによる文学論大成である。❖アナイス・ニンが当時、日記作家として一世を風靡《ふうび》していた頃に、ニンの考える小説創作の視点として重要な要素を説明している。また、ニンが書いてきた小説の起源や主題を自ら解説しながらも、その時、ニンにとって、日記が小説を作り上げていく過程といかに連動し、双方に不可欠な関係を築いているかを論じている。作家による文学論としての本作は、ニンが一九四六年に小冊子としてニューヨークで出版した『リアリズムと現実』(*Realism and Reality*)という論考に端を発し、ニンなりの理論を纏《まと》めている。また、本作の題目、『未来の小説』の原題であるThe Novel of the Futureという表現自体も『リアリズムと現実』の文中から引用されている。

本作でニンは、再三フランス文学の成熟度の高さに触れ、とりわけ、言語による妙技を創作した作家たち、ジャン・ジロドゥ、❖マルセル・プルースト、❖ブレーズ・サンドラール、❖アンリ・ミショー▼らの偉業を記している。一九三〇年代のパリで、実験的、斬新《ざんしん》な文学を志して作家活動を始めていたニン曰《いわ》く、フランス文学から見れば、自分の文学論は革新的なものではまったくない。しかし、大衆や主流派になびく、売らんかなのコマーシャリズムが蔓延するアメリカにおいては、なお、その伝統を貫かねばならないため、変わり種の論点とされたという。ニンの見解がいかに無用の長物として軽んじられたか、ニンのフランスとアメリカでの文化的かつ文学的な葛藤は、本作執筆の動機となる。一九二〇年代から、「パリのアメリカ人」作家たちが、確かに本国に見切りを付け、国外離脱者となった文学的動向がみられた。ニン自身も、その一人であった故、この歴史は自らも承知のうえではあるが、四〇年代になっても、依然、時代遅れのアメリカ文壇に、ニンは作家としての、革新的な創作への試みを目指した信条について提言し続けたのである。

アンドレ・ブルトン▼の『ナジャ』❖（一九二八）が英訳もされていなかった頃、ニンのシュルレアリスム的イメージャシンボルによる表現は批判にさらされたという。まさに、「オストラシズム」❖（陶片追放）のやり方に似た攻撃を受けたと記している（"Introduction," 2)。「未来の小説」とは、シュルレアリスムに通じる写実主義《リアリズム》を放棄してこそ、初めて探し当てられる現実《リアリティ》を表現する言語を使用した小説を意味している。それは「詩的小説《ポエティックノヴェル》」を根幹としている。ニンの本作の目的は、詩と散文を合体して「詩的小説」を創作していく、その展開と方法を検討することにあると位置づけている。詩的小説は別称、「拡張し、広がりのある意識」とも、または、精神、心に強調を置いた「サイケデリック」（サイキ＝psych）とも呼ばれて、六〇年代後半には、一つの文化的傾向を示し始めていたとニンは理解している。現に、本作において、無意識の領域に根付いた詩的散文を書く、アメリカの若手作家たちを紹介もしている。マルグリット・ヤング❖、モード・ハッチンスン❖、ジョン・ホークス❖、アンナ・

❖「夢から外界へ」("Proceed from the Dream Outward")、「抽象概念」("Abstraction")、「フィクションを書く」("Writing Fiction")、「起源」("Genesis")、「日記の起源」("Genesis of the Diary")、「日記対小説」("Diary Versus Fiction")、「結び」("Conclusion")で構成されている。

❖**ジャン・ジロドゥ**　Jean Giraudou, 1882-1944　フランスの外交官、小説家、劇作家。小説『ジークフリートとリムーザン人』(*Siegfried et le Limousin*, 1922)でバルザック賞を受賞。戯曲、『オンディーヌ』(*Ondine*)は一九三九年に初演された。

❖**マルセル・プルースト**　Marcel Proust, 1871-1922　フランスの小説家。『失われた時を求めて』(*A La recherché du temps perdu*, 1913)全七巻が代表作。

❖**ブレーズ・サンドラール**　Blaise Cendrars, 1887-1961　スイス生まれのフランスの詩人、小説家。長編詩『ニューヨークの復活祭』(*Les Pâques à New York*, 1912)は前衛芸術の先駆けとなる。画家のシャガールやモディリアーニと親交があった。

❖**『ナジャ』**　*Nadja*　アンドレ・ブルトンが一九二八年に、自動記述の手法に従って書き綴った自伝小説。六八年に自ら書き直し、『ナジャ／著者による全面改訂版』が出版されている。

❖**オストラシズム**　ostracism　古代ギリシアの追放制度、締め出したい人物名を陶片に書いた投票でもって、十年間（後に五年間）、国外追放にした。危険人物を裁判によらず排斥する方法だった。

カヴァン、▼メアリアン・ハウザー、❖ジャージー・コジンスキー、❖初期のトルーマン・カポーティ、▼初期のジャック・ケルアック、❖ナサニエル・ウェスト、ジューナ・バーンズ、▼ウィリアム・ゴイエン、❖イザベル・ボルトン、❖ダニエル・スターン❖らである。

題目の「未来」とは、人間の生き様の意味を探求する文学にとっての、時代性に鑑《かんが》みた近い将来の可能性を示唆している。ニンは、この目的を担い、果たすのに適するのが、「詩的小説」であると論じている。近い将来というのは、過去、現在、未来という固定化された時間の物差し上に留まらない。『未来の小説』の未来は、「今」（モーメント）をも取り込み、含めたところの近い将来であり、動く時間の物差し上に在る観念に基づいた時代性を意図している。一九四六年に『リアリズムと現実』でニンが表現したところのフレーズ、「未来の小説」（"the novel of the future"）と、約二十年後のニンの文学論の著書のタイトル、『未来の小説』も、ともに、その同時代の現在、今とともに在る未来であり、動的な時間の尺度の上で常に進化している概念なのである。

◉詩的小説《ポエティックノヴェル》を創る要素

【夢】

ニンは、夢のような小説を書いているのではなくて、夢そのものを表象する小説を書いていると明言している。この夢とは、睡眠中の夢、目覚めている時の夢想、そして空想や追憶をも包括していて、ニンが小説に書く夢とは、人間の潜在意識、無意識の領域である。意識と無意識の関係を解明したのが「精神分析」であり、「夢」こそ、人間の潜在意識を説明できる唯一の鍵であることを証明したという。精神分析もさることながら、そもそも詩人は、この意識と無意識、身体的現実と心理的現実の間を、自由自在に行き来できることを熟知している。夢と現実は相互依存関係にあるのだとニンは強調する。

❖マルグリット・ヤング　Marguerite Young, 1908-95　インディアナ州出身のアメリカの小説家。『愛しのマッキントッシュ嬢』(*Miss McIntosh, My Darling*)は一九四七年に書き始められ、六二年に完成した長編で、ニンは、ジェイムズ・ジョイスの作品がアイルランドの民間伝承のために尽くしたように、ヤングのこの作品は、アメリカの民間伝承に寄与した小説だという。『森の中の天使』(*Angel in the Forest*, 1945)の初期の作品とあわせて、ニンは、『心やさしき男性を讃えて』に書評を載せている。また、『未来の小説』においても、ヤングの無意識の世界を描く手法を絶賛している。

❖モード・ハッチンスン　Maude Hutchins, 1899-1991　ニューヨーク市出身のアメリカの小説家、画家。『サンヴィクトル修道会』(*Victorine*, 1959)は、実験的小説で、ニンは、フランスでいうヌーヴォーロマン(nouveau roman)（一九五〇年代の新傾向の小説）が、英語で書かれた小説を書く作家と称している。

❖ジョン・ホークス　John Hawkes, 1925-98　コネティカット州出身のアメリカの小説家。ハーヴァード大学（一九五五―五八）、ブラウン大学（一九五八―八八）で英文学と創作の教鞭を執る。深層心理を描き実験的小説を書く。幻想小説『人食い』(*The Cannibal*, 1948)、シュルレアリスム的なウエスタン、開拓時代の西部の生活を描く小説と言われた『かぶと虫の足』(*The Beetle Leg*, 1951)、他に『ライムの小枝』(*The Lime Twig*)（邦訳『罠ライム・トゥイッグ』）などがある。

❖メアリアン・ハウザー　Marianne Hauser, 1910-2006　フランス生まれのアメリカの小説家。『ニューヨーク・タイムズ』紙の文芸評論を担当、ニューヨーク、クゥーインズ大学で教鞭を執る（一九六六―七八）。フェミニスト的視点から女性のアイデンティティを描く、ポストモダンな作風を持つ。代表作に、ドイツの伝説、カスパー・ハウザーにちなんだ歴史小説、『イシュマエル王子』(*Prince Ishmael*, 1963)がある。

❖ジャージー・コジンスキー　Jerzy Kosinski, 1933-91　ポーランドからの移民一世（一九六五）のアメリカの小説家。『ペンキを塗られた鳥』(*The Painted Bird*, 1965)は、ホロコーストを背景にした、反共産主義、自伝的小説、後に盗作の物議をかもす。『そこにいながら』(*Being There*, 1971)はアメリカのメディアを諷刺した不条理小説。

❖ジャック・ケルアック　Jack Kerouac (Jean-Louis Kerouac), 1922-69　マサチューセッツ州出身のアメリカの小説家。『路上』(*On the Road*, 1957)はビート・ジェネレーションの聖典とまでいわれた作品で、メキシコまで車で大陸横断をする二人の若者の交流を描く。ビート文化のパイオニアとして、反順応、反物質主義、ジャズ、乱交などを描く。

❖ナサニエル・ウェスト　Nathanael West, 1903-40　アメリカのユダヤ系作家。『バルソー・スネルの夢の生活』(*The Dream life of Balso Snell*, 1931)はシュルレアリスム的手法で書かれた自己風刺の小説。『孤独な娘』(*Miss Lonelyhearts*, 1933)、『クール・ミリオン』(*A Cool Million: The Dismantling of Lemuel Pitkin*, 1934)、『いなごの日』(*The Day of the Locust*, 1939)は、すべてグロテスクなブラックユーモアを用い、不条理な人間社会を描いている。

❖ウィリアム・ゴイエン　William Goyen, 1915-83　テキサス州出身のアメリカの小説家。コロンビア大学、プリンストン大学、ブラウン大学で英文学の教鞭を執る。モダニスト、南部ゴシックの文体で、家族の中の孤独を描く。『ささやきの家』(*The House of Breath*, 1950)は、後、一九五六年に本人が同タイトルで戯曲にしている。他に、『はるかな国で』(*In a Further Country*, 1952)、『色白の姉妹』(*The Fair Sisters*, 1963)、短編に『白い雄鶏』("The White Rooster," 1947)がある。

❖イザベル・ボルトン　Isabel Bolton, 1883-1975　コネティカット州出身のアメリカの小説家。ニューヨーク、グリニッジ・ヴィレッジの芸術家として在住した。『幼子の歌、そして詩』(*Songs of Infancy and Other Poems*, 1928)、『たくさんの御屋敷』(*Many Mansions*, 1952)、『双子座のさだめ』(*Under Gemini: A Memoir*, 1966)などの作品がある。

❖ダニエル・スターン　Daniel Stern, 1928-2007　ニューヨーク市出身のアメリカの小説家。ユダヤ系作家で、一九九二年から二〇〇六年までヒューストン大学の英文学と創作科で教鞭を執る。インディアナ交響楽団のチェロ奏者でもある。シュルレアリスム的、モダニストの作風を描く。『心臓を持つ少女』(*The Girl With the Glass Heart*, 1953)を処女作とし、『自殺アカデミア』(*The Suicide Academy*, 1968)には、ニンが序文を添え、また、『ヴィレッジ・ヴォイス』一九六八年十月十日に書評を載せている、同批評は、ニンの『心やさしき男性を讃えて』にも記載されている。

この夢は、ロマンティックな非現実と誤解されることがあるが、夢、無意識は、むしろ現実の欠くことのできない、本質的な一部分を成している構成であることを認識すべきである。詩人、作家は、意識と無意識を錬金術のように溶解して融合する。その際に、象徴を言語に適用することによって、現実がさまざまに変化した型を統合(synthesize)してみせる。詩的小説《ポエティックノヴェル》の言語による象徴性が無意識―潜在意識―夢―現実の一部を復権させなくてはならない。象徴性は、その夢の意味を示してくれる――つまり、人間のとる行動について、人間の情緒的、精神的な理由、動機を歴然と示してくれるもっとも重要な表現形態である。この目的を果たす夢は、現実からの逃避ではなく、拡張された現実の外界へと展開する効力を発揮する。この時、詩的小説の創作が可能になるというのがニンの理論である。

【抽象概念】

「私が抽象概念と言う際、非人間化を即すような簡素化ではなくて、かつて古き日本人や西洋の画家たちが大切な細部《ディテール》の描写を厳選する時の感覚に伴う抽象性を意味している」("Abstraction," 24)。ニンの小説の登場人物や場所が、一部語らずに、曖昧《あいまい》さを伴って描写されるのは、決まり決まった陳腐《クリシェ》な表現や、分かりきった明白さを切り捨てるためだと言う。小説――novelはラテン語のnew――新しい――という意味を語源としていて、ノヴェルはこの新しい視点、新しい意味、新しい側面、新しい形成、今まで見たことも聞いたこともなかった斬新な内容を言語に表わすのが、小説の目的なのだからと、ニンは力説する。どこにでもある、当たり前の室内装飾品を列挙するのは、この小説の機能にとって弊害であると。この抽象性と小説の定義がニンの詩的小説の構築を創り上げていく。

【フィクションを書く】

詩的小説における、ノヴェル(小説)、それはニンにとってフィクションを書くことであり、「隠された自己」、「もう一つの自己」を追求することを遂行《すいこう》することである。この探求の継続は、意識的と無意識的なそれぞれの自我との間で生じる矛盾《むじゅん》をドラマ化していく際の自然な結果として、自分の小説は、本当らしくなかったり、作り話のように見えるのかもしれないという。無意識の領域でのこの「もう一人、別な自分」を発見する話を書くにあたって、ニンは、直感、つまり、見かけ、外見の表面化に隠れている自我への精神分析的な直感を働かせる。この直感の正確性を最大限、働かせるために、ニンの人間科学、つまり、心理学に関する興味以上の追求心と研鑽《けんさん》が不可欠となる。よって、表面的な、一見現実的に見える事柄の下に横たわる「情緒的時間観念」が、ニンのフィクションの基調をなしている。人の無意識の時の観念は理性を超えた、常に、過去、現在、未来を行きつ戻りつする情感に着目している。ニンのこの論理はオットー・ランク▼との精神分析療法から影響を受けたものである。つまり、ニンの詩的小説は、無意識の時間の超越が、理性と不合理を融合したところに在る現実《リアリティ》、ニン曰く心理学的リアリティを描いている。たとえば、「もう一つの自己」を喚起して言語に表わす。「小説とは、主題であったり、また、解明され、展開、発展されるべき謎、問題とかによって発奮するとともに、私がよく言及する言い方を用いれば、それは『流動(flow)』していくべきものである」("Writing Fiction," 60)。ニンは、早くから強く影響を受けてきた作家、D・H・ロレンスの提唱する「流動(flow)」を自らも主軸に据えた小説を書く。直感、本能的感覚を信じた状況から生じる洞察を、ロレンスがしたように、ニンも同様に、言語に創り出して表現を試みる。

【日記を書く】

ニンは本作で、自らを「日記作家」と称している。彼女の「日記」は(小説を書く)作家の創作への覚書であり、なくてはならない存在であるからして、日記作家アナイス・ニンは、日記からフィクションとしての小説を書くのである。日記を欠いては、詩的散文とフィクションの関係を達成できなかったとし、このダイナミックな結合――「詩的小説」は、日記から生まれ出て、創られた、ニンの伝達表現の形成であったと言う。ニンは、日記と小説の矛盾に紆余曲折した道程を顧みながらも、両者の二項対立を否定する結論に至っている。詩的小説を書くための要素と成るものが、常に探求され、定義化され、より確かな客観性に達するための無意識――理性では分かり切れない――の領域を包含させたのは、日記という「実験室」であったと言う。「日記の中で、私はいろいろな自分の周りの現実や幻想を今一度調べ上げ、私なりの試行錯誤の実験を繰り返し、進展と後退という両者の結果を導いていた。日記は実験室であったのだ! そして、そこから、私は小説を書くことへ乗り出して進み行けたのだった――そこでは、小説に心理的な真正性を伴なうことが可能だったので、外界の事実であるさまざまな状況や場所などに関してのみ、小説の設定上の物語化とすることが出来たのだ」("Diary Versus Fiction," 157)。心理的現実(psychological reality)と情緒的時間観念(emotional chronology)は、「詩的小説」の創作の中で死守されてきたのも、「日記」の効力あってこそということとなる。

本作が出版されてから、五十年近く経とうとする現在においては、ニンが言及している『日記』は、無削除版であろうがなかろうが、取り立てた差異を及ぼしはしない。なぜならば、『未来の小説』でニンが言う『日記』は、「編集(edit)された」その事実を、彼女が「何一つ書き変えていない」と言う、正当化といった意図と解釈するからである。と同時に、当時の削除等の「編集」(ガンサー・ストゥールマン氏と共同での)を「私は、『小説家』として、『日記』を、その人物像や筋の構成の本質的に不可欠な選択に、その技量を発揮できたのだ」("Genesis of the Diary," 153-54)とニン自らが指摘している。

ニンは本作の結びに、未来の小説に関する自分の論考が独断的でも絶対的でもないと明言して、未来の作家たちに将来を託している。「私はあらゆる可能性を残すことなく探求し、自分たちの内なる潜在的能力や発展性を、怯《ひる》まず実験していく創作魂を新しい作家たちに委ねたい」("Conclusion," 191)と記している。「詩的散文は、読者の感受性の柔軟性や想像力が求められる。その詩的小説における言語が魔術的に用いられるのは、読者が作品の中へ、より自由に参加できるようにとの誘いなのである。〔……〕小説の機能は、読者に情緒的体験の空間と時間を与えることなのだ」("Diary Versus Fiction," 168)。これは、ポストモダニズムの文学に通底する概念で、ニンの未来の小説の概念は、今、まさに「流動」を続けている。

（山本豊子）

▽引用

この書籍を、情緒的に感受性の豊かなアメリカ人に捧げます。情緒纏綿《てんめん》なアメリカを創り出していかれますように。

【解説】見開きの頁に記されている序文の言葉である。アメリカ文壇から、なかなか受け入れられなかった、作家ニンの切実な洞察と願いであろう。邦訳本（『未来の小説』柄谷真佐子訳、晶文社、一九七〇）には、原本のこれらの、はしがきの日本語訳がまったくない。その代わりに、次のように記されている。「日本の感受性すぐれた読者および作家にわたしは日本の文学に深い関心をいだいており、私の作品が日本で出版されることを誇りに思っている。わたしはいまでも、日本の小説は源氏物語から現代文学まで、英語で手にはいるかぎりのものを読んでいるが、小説を書くようになるまでは接したことがなかった。もし接していたら、きっと深い影響を受けていただろう。というのは、わたしは日本の文学に、そのきめ細かな心理観察、審美感、情緒、そして直接的、劇的な行動よりは内面への旅を重んじる心に、非常な親近感をいだいているのだから」(邦訳『未来の小説』見開き頁)。日本的感性への賛辞は、親日家である好意を差し引いても、ニン文学の核心との類似性を伝える本心であろう。

▽引用(「フィクションを書く」より)

詩人が用いる言語は、六角形、あるいは万華鏡と共通した表象である。イメージや、感覚が持つ象徴的で神話的な特質を放棄せずに、たくさんの局面や見地を融合することができるということだ。さまざまな情緒の襞《ひだ》や、精神的な反応を余儀なくする経験や、心理的な影響を受ける現実を、主題として取り組みたいと思ったなら、すぐに、詩人の言語に言い換えねばならない。(“Writing Fiction,” 96)

【解説】ニンの小説の文体が、詩人の言語を基軸としている所以《ゆえん》を端的に表わした、本人による解説である。

▼引用テクスト

Nin, Anaïs. *The Novel of the Future*. Macmillan, 1968.

ニン、アナイス『未来の小説』柄谷真佐子訳、晶文社、一九七〇年。

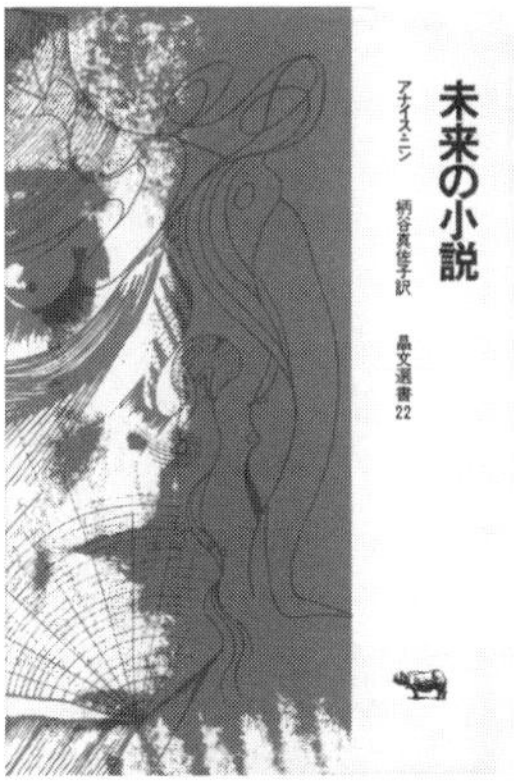

『未来の小説』
1970年、早くも邦訳が出版された。装幀に、夫ヒュー・ガイラーによる銅版画を使用している

『女は語る』

A Woman Speaks, 1975

　アナイス・ニンが他界する二年前の一九七五年、生前の著書としては最後となる、『女は語る』が出版された。一九六六年から七三年までのニンによる講演、大学卒業式の演説、インタヴューから、エヴリン・ヒンズ❖が、三十六編を選び、さらにテーマ別に抜粋して編集をしている。ニンが実際に壇上に立ち、「語った《スピーク》」年月日とアメリカ国内の場所が演目とともに明記された、各々のテープの目録を記載している。これらのテープの符号は、西暦下二桁と、テーマ別に分類されたAからZまでのアルファベットを付随した記号から成り、文中にも提示されている。ニンの生の声を記録したこれらのテープは、UCLA（カリフォルニア大学ロサンゼルス校）の特別図書館に現存している。❖本作は、ニンのヴォイス（声）が伝えた「話し言葉」を文字に記し、共通した主題に沿って纏め上げられたヒンズの編集に負うことは言うまでもなく、貴重な記録本である。

　人と話をするのが苦手な恥ずかしがり屋の少女アナイスのシャイな一面を、自身の幼少の頃の逸話として引き合いに出し、集まった聴衆は、微笑ましいエピソードとして受け止めたという。事実、六十代に年を重ねたニンの英語は、なおもフランス語のアクセントを残していた。講演の際、スピーカーとしての配慮から、「私の声が皆さん全員に聞こえていますか?」という確認を毎回欠かさなかったという。

　ニンが話をするのを聴きに来る人たちは、生身の本人を間近に観ることができる。当初、なぜ自分と会う必要

があるのか、大半はあの『日記』に「書いた」ではないかと、観衆の意図が解せないでいるニンの本音をヒンズは記している。人々は、『日記』を書いた人物が本物として、実在することを視覚的、聴覚的に再確認することが必要なのだと、『日記』を「読む側」の要望に、ニン自身が気づいてこそ、ニンが「語る《スピーク》」動機が明確になっていったのだ。

本作の編者ヒンズの意図は、ニンの発声する話し言葉を単に記録するのではなく、ニンがいること、その「現存」を文字に写し、書き直す(transcribe)ことにある。『女は語る』という本のタイトルは、ニンが生身で取った能動的行為——声を出して話す——を明確に提示している。そして、ニンは何について話をしたのかという関心に、ヒンズの題した合計八章の演題が即座に答えてくれる。「人間関係の重力を支える新しい核心」、「諦めるのはお断り」、「世界を再建する女性たち」、「ヴェールを外した女」、「夢から外界へ」、「私らしい人生を深く生きる」、「芸術家は魔術師」、「フラン——親身な話し合い❖」——これらの各章を題目分けしたのはヒンズだが、まさにニン自身が頻繁に使用したフレーズの列挙である。つまり、ニンの信条とする生き方を彼女が書き言葉で表現する際に、繰り返されたキャッチフレーズである。ニンの信じて動じない、信念を話したい、話さねばと、発声する手段を選択したのである。

『日記』出版後に、その作者を公の場に招喚するリクエストに、人前で喋るのは苦手なニンが、気がつけば、女性として語り、話したいと、積極的なスピーチトークをやってのけた経緯には、その時代背景が関係しているだろう。本作の背景にある六〇年代後半から七〇年代初期のアメリカは、ヴェトナム戦争の泥沼化と女性解放運

❖エヴリン・ヒンズ　Evelyn Hinz, ?-2002　カナダ出身で主にアメリカに住む。アナイス・ニンに関して『鏡と庭——アナイス・ニンにおけるリアリズムと現実』(*The Mirror and the Garden: Realism and Reality in Writings of Anaïs Nin*, 1971)、『女は語る』の二冊の著書がある。『日記』第七巻には好意的に描かれている。ニンの伝記を書くことを公言していたが、執筆の形跡はない。

❖UCLA特別図書館またはオンライン上にてニンの資料を閲覧の場合には、Aeonシステムからの登録を完了してのみ可能である。目的、掲載先等の開示が必要とされる。所蔵されているテープはすべてカセットテープで、デジタル録音化の検討を用途によっては行なう。

❖「人間関係の重力を支える新しい核心」("A New Center of Gravity")、「諦めるのはお断り」("Refusal to Despair")、「世界を再建する女性たち」("Women Reconstructing the World")、「ヴェールを外した女」("The Unveiling of Woman")、「夢から外界へ」("Proceed from the Dream")、「私らしい人生を深く生きる」("The Personal Life Deeply Lived")、「芸術家は魔術師」("The Artist as Magician")、「フラン——親身な話し合い」("Furrawn")。

動が社会的影響力を増大させていた。本作に収録された講演等のニンの「声」の体現は、顕著にこの時代のニーズに呼応しており、ニンは単なる作家によるトークには収まらず、メッセージ性の濃密な主唱者からの主張を聴衆に伝達している。

この時代性を背景に、ニンは、伝染性の「時の病」といえる、個人の信念の喪失を指摘している。社会の体制、制度という権力に屈せず、個人としての自分に核心を保つよう、特に若者を鼓舞《こぶ》している。マスメディアによる情報の氾濫に、個人は「精神的硬直状態」を許してしまっている。さらに、アルヴィン・トフラー❖の著書『未来の衝撃』（一九七〇）を例に上げ、科学技術の進展に、個人の心や東洋的精神性を蔑《ないがし》ろにする同書を批判している（"Rufusal to Despair," 10）。ニンは、ロサンゼルスの自宅の窓辺に置いていた、タイから持ち帰った、御堂《みどう》の複製の木製の小さな家について幾度か話しているように、精神性こそが、自己の強さと核心の源であると力説する。ウォルター・リップマン❖が掲げている、俄《にわ》かな政治的装置に頼るのではなく、個人生活を中心に据えてこそ、社会不満に対する復興への手立てがあるという思想に、ニンは自らの講演の主眼を置く。

本作のタイトル、『女は語る』の示すとおり、時は女性解放運動や女性学の始まった六〇年代のことである。ニンのヴォイスは、時の女性たちにそれらの新しい社会運動や学問に関わっても、やはり個人としてのアイデンティティを明確にせよと言う。ニンが声を大にして強調するのは、革命《レヴォリューション》ではなく、進展《イヴォリューション》であるべきだということで、男性や社会に反抗するのではなく、ともに理解へと進化するスタンスの必要性である。『性の政治学』（一九七〇）の著者、ケイト・ミレット❖の男性社会を批判するやり方は、ニンにとっては、敵を増やすだけで、生産性がないと言う。「我々女性たちは、多くの女性作家たちのことを知っているだろうか。我々はすべての女性芸術家のことを解っているのだろうか。今やっと、我々女性自身が、自分たちは女性である認識に気がついたにすぎないのだ」（"Women Reconstructing the World," 77）。女性たちは、自分たち自身が本当になすべき事柄で忙しいはずだ、だがそもそも、女性作家とわざわざ限定すること自体、妙な話だとも指摘するニンは、両性具有が本来人間らしいと言う。男性的かつ女性的要素の両方を皆、人間は持っているはずだと。

女性が、自身を包む「ヴェール」を自ら取り払うことは、ニンにとっては特に、言語に関わる姿勢を示している。つまり、無意識下の、直観的な言葉を、女性が感じるままの言葉を、心の内のたけを語り明かせる言葉を、示唆するものである。ニンは話す（スピークする）。「私たち女性は、今、ヴェールを脱ぎ捨てて、自分たちの考えや気持ちを語っている。その時熟して、今だからこそ、女性として自分は誰なのかが分かる女性、他の男性や女性に、何を伝えようとしているのかを知っている女性が必要なのだ。少なくとも、女性として自分らしさを表現できる、明確に言葉にして話せる女性たちがきわめて求められてくる時なのだ」("The Unveiling of Woman," 79) と。ジョルジュ・サンド❖もジョージ・エリオット❖も男性名をペンネームにして書き、男装をしていた歴史を指摘し、ニンは、男性の模倣や「偽りの役割」に屈服する現代の女性たちに警鐘を鳴らしている。

本物の女性としての自己、自分らしさ、自分探しを成就させるには、夢と心理学が有効だと、ニンは話す。フロイト、ユング、R・D・レイン❖らの心理学者たちを並べるが、ニンは決して独断的な主義によらず、「心理学といえばフロイト」などといった大御所は不必要なのだと言う。オットー・ランク▼の提示するところの、むしろ心理学を超えた、広義な意図をニンは聴衆に語る。ラン

❖**アルヴィン・トフラー**　Alvin Toffler, 1928-　ニューヨーク市出身のアメリカの批評家、作家、未来学者。『未来の衝撃』(*Future Shock*)は、情報過多の時代が到来し、個人のストレスに対処不可能な予期せぬ事態が、置き去りにされていく社会機構を説いている。他に『第三の波』(*The Third Wave*, 1980)、『未来適応企業』(*The Adaptive Corporation*, 1985)などの著書がある。

❖**ウォルター・リップマン**　Walter Lippmann, 1889-1974　ニューヨーク市出身のアメリカの作家、ジャーナリスト。『世論』(*Public Opinion*, 1922)は、大衆社会でのメディアの意義を論じ、ジャーナリズムの古典とされる。『ニューヨーク・ヘラルド・トリビューン』紙の「今日と明日」("Today and Tomorrow")のコラムニストとして（一九三一—六七）、ヴェトナム戦争に関して論争を展開する。

❖**ケイト・ミレット**　Kate Millet, 1934-　アメリカの男女同権論者、批評家、画家。一九六一年から二年在日。コロンビア大学博士論文が『性の政治学』(*Sexual Politics*)として出版される。

❖**ジョルジュ・サンド**　George Sand, 1804-76　フランスの小説家。本名はルーシー・オーロラ・デュパン・ダッドヴァン。詩人アルフレッド・ド・ミュッセ、音楽家フランツ・リスト、フレデリック・ショパンらと恋愛関係を持つ。作家ヴィクトル・ユーゴ、ギュスターヴ・フロベールと親交を持つ。『魔の沼』(*La mare au diable*, 1846)、『彼女と彼』(*Elle et Lui*, 1859)などの作品がある。

❖**ジョージ・エリオット**　George Eliot, 1819-80　イギリスの小説家。本名はメアリー・アン・エヴァンズ。ヴィクトリア時代を代表する作家で、心理的洞察と写実性をもって描く。『サイラス・マーナー』(*Silas Marner*, 1861)、『ミドル・マーチ』(*Middlemarch*, 1871-72)が代表作。

クの指摘する、個人が「創り出していく意志」(creative will) により、個人の「夢」を生かす、つまり無意識な世界に喚起する真の自分を汲み取る方法だ。ニンは聴衆に言う。「夢は、わたしの自我の一部として息づいていながら、今まで気づかれ仕舞いとなっていた自分を明らかにしてみせるのです」("Proceed from the Dream," 115)。だから、夢は「象徴的言語」を明瞭に表現する手立てとなる故に、「自分探し」ができるのだと。「あなたの作品は、『夢のような』書き物に思えるが、現実を幻想として表現しようとしているのか?」という聴衆の質問に、ニンはきっぱりと答えている。「違います。私たちの現実の生活の一部自体が夢であるのです」("Proceed from the Dream," 138)。ニンによる作品は、常に「夢のように」読めるかもしれないが、その夢から、夢の発信する「象徴的言語」を書き綴《つづ》り、現存の自分の一部を書き言葉に翻訳しているのである。

ニンは、アイラ・プロゴフ❖の「深く掘った井戸の底」のメタファーに鑑みて、自分の内面の深淵なる自己に到達することは、他者たちとの繋がりに結び着くという現象をぜひ会得してほしいと言う。プロゴフは通底器のイメージを通して、共同の無意識の領域をともにして語り合うことを示唆しているのだと、解釈を添える。次いで、『日記』は出版されたことによって、「個人的」な日記がもっとも深淵な情感の部分で、多くの他者と共有、通底している、「多人的」な日記となった事実を知ってほしいとニンは言う。「私が『日記』を出版した後、皆さんは『私』を知るようになったというのはよく承知していますが、実は、私が『皆さん(you)』を見出したのです」("The Personal Life Deeply Lived," 148) とニンが言う話は説得力をもつ。私の『日記』は、多くの女性たちの日記でも有り得た手応えを会得したニンの道程は、奥深いさまざまな自己と関わる私的な人生は、公的な領域に到達できる証となることを、ニンは繰り返し語った。

さらに、フランスの思想家、ガストン・バシュラール❖が示す、人間関係を営む中や、我々が行動する際などに、人としての言葉を発しない、言わない、言えない沈黙に我々はいかに苦しんでいるかという指摘を、ニンは重要視している。まさに、このバシュラールの指し示す、この沈黙の状態の中で、ニンは彼女の出版できた『日記』が「言葉を発した(speak)」のであり、その声に呼応して皆さんが「言葉で話をして(speak)」くれたのだと説明している。ここに「会話」が生まれ出て、互いに話す(スピーク)ことができる関係になると言う("The Artist as Magician," 189-90)。

ニンは、芸術家とは、この人の世に信頼を寄せることを継続可能にする人たちであるというバシュラールの言及に賛同して、それだからこそ、芸術家は魔術師なのだと話す。芸術家は、個人的な自分の夢、無意識下の自我の反映を、公に、他者の夢と共有できるか、同等のものにまで創り変えるマジックを成功してみせるのだと強調して止まない。常に、個とマス（集団）とを結ぶ統合の関係を目指している。その関係は、芸術家、アナイス・ニンが「語る」時、特にその『日記』から派生したことを生身を示して表わす。ニンが講演でも繰り返したフレーズ「フラン (**furrawn**)」は、ジェイムズ・ジョイスが用いたアイルランド語であり、「親身な話し合い」という意味であることを説明している❖ (**"Furrawn," 226**)。ニンの公的な場でのヴォイスは、聴衆との間に芸術家としてのマジックを披露する機会であると同時に、親身な話し合いの時空間となった。各講演の際に、ニンは、聴衆との質疑応答の時間をしっかり確保したとのことで、本作の編者、エヴリン・ヒンズも、その問答に十分な頁を割いている。『日記』には、当該者のプライバシーから、削除されている箇所があることについての質問に、ニンは、将来、無削除版の『日記』が出版されるでしょうから、その時、すべてを読んでいただけるでしょう、と答

❖R・D・レイン　Ronald David Laing, 1927-89　イギリスの精神科医、精神分析家。反精神医学の代表的提唱者、病的行動のための隔離よりも、患者の存在への理解に寄り添う実践を導く。『分裂した自己』(*The Divided Self*, 1960)、『経験の政治学』(*Politics of Experiences*, 1967)、『結ぼれ』(*Knots*, 1970) がある。

❖アイラ・プロゴフ　Ira Progoff, 1921-98　アメリカの心理学者。カール・ユングに師事。『心理学の死と再生』(*The Death and Reality of Psychology*, 1956) が代表作。人間性の意味の把握に、日記や自伝を「書く」行為 (Intensive journal method) により、自己喪失からの脱却を提唱する。

❖ガストン・バシュラール　Gaston Bachelard, 1884-1962　フランスの哲学者、科学哲学者。科学的知識の蓄積の方法や詩的想像力の研究をする。『瞬間の直観』(*L'Intuition de l'instant*, 1932)、『水と夢――物質的想像力試論』(*L'Eau et les reves*, 1942)、『夢想の詩学』(*La Poetique de la reverie*, 1960) が主著である。

❖フラン　furrawn　アナイス・ニンがこの書の二二六頁に載せている、ベブ・ヘリング（エリザベス・ボールマン・ヘリング）(Bebe Herring, Elizabeth Boleman-Herring) が見つけた語彙で、ジェイムズ・ジョイスが心にとどめた言葉であると説明している。七〇年代のニンのカリフォルニアにおける講演のすべては "Furrawn"（フラン）という題目がつけられていたという。このゲール語の語彙、意味および発音については ("Furrawn (pronounciation: furan)—Welcome; salutation.") 次の書物の巻末に記載された「語彙用語解」を参照した。*The Donagh; or, The horse-stealers. Phil Purcell, the pig driver. Geography of an Irish oath. The Lianhan Shee. Going to Maynooth* by William Carleton Publisher: F. A. Niccolls, 1911- Ireland. この語彙の出典に関して、ニン文学を授業に取り入れ指導されてきた、神戸女学院大学名誉教授キャサリン・ヴリーランド・ブロデリック先生にご教示いただいた。ここに記して謝意を申し上げる。

えている。現在、全巻の無削除版出版にはまだ至らないものの、今後の完成に望みを託したい。『女は語る』の本作は、今読む人に、アナイス・ニンの現存を、現存したことを、実感させる書物であり、女性アーティストのヴォイス（声）の語り話は、その継続するメッセージからなる生の響きを伝達しているのだ。

（山本豊子）

▽引用

芸術家というのは、あえて、身を孤独にさらさねばならない人たちに属していますね。私自身も、そういう一人だったのです。私は、その時々の一般的傾向とか流行に沿って書いていたわけではなかったからです。自分自身と、時代の意識や感じ方や価値観との共時性を持てるようになるには、何年もかかりました。このタイミングを待つことは容易ではないのです。でも、この待機の期間をやり抜くことを、大抵の作家は経験しなければなりません。作家は、自分自身を分離させて自分独自の方向を確保すると同時に、時の文化の傾向や最新のはやりをも認識しながら、時代の先端を見据えていなければならないのです。この現代の瞬間に、芸術家は未来を形創りはじめているからです。この時点が難しい時なのです。まだよく実感がわかない未来のものを、我々は拒んだり軽視したり無関心を露わにするからなおさらですね。それでも、芸術家はやり続けていくのです。芸術は創造する意志力をもっているからです。そして、この力こそ魔法の力なのです。ものを変形させ、移し変えていくのです。そして究極的には、周りの人たちに伝え、行き渡らせていく力なのです。（"The Artist as Magician," 192）

【解説】一九七三年六月一日、フィラデルフィア芸術大学の卒業式の講演からである。芸術家として、ニンは自分自身の苦労話を紹介しながら、将来ある、これからの芸術家たちに、必ずや、ぶち当たる障害といかに向き合うべきか知恵を授けている。ニン、七十歳にあって、二十歳ごろの若者への語りは溌剌としたヴォイスであり、『女は語る』という書物の読者もまた共有できるのではないだろうか。

▼引用テクスト

Nin, Anaïs. *A Woman Speaks: The Lectures, Seminars and Interviews of Anaïs Nin*. Ed. Evelyn J. Hinz. The Swallow Press, 1975.

『心やさしき男性を讃えて』

In Favor of the Sensitive Man and Other Essays, 1976

本作は、テーマ別に三項目、「女性と男性」、「書き物、音楽、そして映画」、「魅惑の場所」に分け、主に七〇年代に掲載された雑誌の記事や書評、エッセイ、旅行記、講演記録、日記からの抜粋などを集約したものである。

▼第一部「女性と男性」❖(Women and Men)

ニンの提唱する男女関係は両性的(androgynous)関係と双子的つながり(twinship)を基本とするジェンダーを打ち出した男女のパートナーシップである。「両性性」、アンドロギュノスな関係は、伝統的な男女の役割に固執せず、女性には男性らしいところ、男性には女性らしいところの存在を認めた、一人の人間の内にある男女両方の性別的要素をそのままに生活する関係をいう。「双子的つながり」、トゥインシップは、男女の優劣や義務の強要をする以前に、男女が最大限可能な助け合い、協力を交わし、相互に力を結集させて生活する関係を提案している。

この関係を実現する際に、ニンが指摘するのは、男性のやさしさである。本作のタイトルでもある(同題のエッ

❖第一部「女性と男性」「女性におけるエロチシズム」("Eroticism in Women")、「新しい女性」("The New Woman")、「インタヴュー　アナイス・ニンが語る女であるということ」("Anaïs Nin Talks About Being a Woman")、「フェミニズムに関する小論」("Notes on Feminism")、「わが妹、わが花嫁よ」("My Sister, My Spouse")、「私と人生の間《はざま》に」("Between Me and Life")、「日本の女性と子供たち」("Women and Children in Japan")、「心やさしき男性を讃えて」("In Favor of the Sensitive Man")。

セイも含めている）、『心やさしき男性を讃えて』のやさしさは、この男女関係を選択できる聡明さと男性性に媚《こ》びない両性的認識を持つ、感受性の豊かさを意味している。この豊かな感性は、個人の人格を重要視する。男性として、社会規範の中で、男性だから強く、こうでなくてはならないという因習や評価から解放されるべきであり、涙を流す、泣ける男性を肯定している。そして、規範に合わさない罪悪感、恐怖心を排除する勇気が必要であるという。娘、母、祖母、友人という女性が、一般的な伝統的女性以外の生き方をする女性を非難する傾向にある現実を指摘している。

　ニンは一九七〇年代のアメリカで、理想の女性像のモデルとして、二人の女性を挙げている。一人は、ルー・アンドレアス・ザロメ❖で、H・F・ペータース❖が書いた伝記『ルー・サロメ　愛と生涯』の再販本❖に、ニンが書いた序文が本作に掲載されている。ザロメが象徴しているのは、「雑多なしきたりや伝統を超えるための奮闘」（「わが妹、わが花嫁よ❖」六四）であり、彼女は年齢に関係なく、年下、年上、両方の男性を愛した、十九世紀後半から二十世紀初頭の現代的女性の一番手であったとニンは敬意を表している。ニーチェ❖、リルケ❖と親交を持ちつつ、恋仲にあっても自分自身の個人の生き方を守り抜き、また、五十歳にしてフロイトの元で学び、最初の女性精神分析医となる女性について、ニンはこう書いている――「私は、彼女のことを一人の〝ヒロイン〟として捉え始めていた。つまり、最も、肯定的な見方をしたときの〝ヒーロー〟崇拝を受けるに値する人物、としてである。今日女性は、アイデンティフィケーションと英雄的な女性像の欠落に、途方もなく苦しんでいる」（六七）。

　もう一人のヒロインは、ロメイン・ゴーダード・ブルックス❖で、ニンが執筆したメリル・セクレスト❖による伝記『私と人生の間《はざま》に――ロメイン・ブルックスの生涯』（一九七四）の書評（『ニューヨーク・タイムズ』紙（一九七四年十一月二十四日付）に掲載）を本作に載せている。ブルックスは正気をなくした母親との悪夢のような幼児期を耐え忍んだトラウマを背負いつつ、芸術家になる意志を貫き通し、画家となり、自由な性愛と私生活で、一九二〇年代以降の「パリのアメリカ人」――フランスに移って創作活動を鼓舞し合った芸術家たちの間でも顕著な存在となる。ナタリー・バーニー❖、ロベール・ド・モンテスキュー❖、ジャン・コクトー、サマセット・モーム❖、ガートルード・スタイン❖、エズラ・パウンド、アンドレ・ジッド❖などなど、圧倒的な御歴々《おれきれき》である。「ロメイン・ブルックスの話が私の興味を一層高めるのは、彼女の著名な仲

❖ルー・アンドレアス・ザロメ　Lou Andreas-Salomé, 1861-1937　ロシア帝国の首都、サントペテルブルクに生まれる。五十歳の時、フロイトに師事し、最初の女性精神分析医となる。ニーチェ、リルケ、フロイトらと親交をもつ。

❖H・F・ペータース　Heinz Frederick Peters, 1910-　ドレスデン生まれ、ロンドンのキングス・カレッジやミュンヘン大学に学び、後、アメリカに渡り、オレゴン州ポートランド州立大学でドイツ文学および比較文学で教鞭を執る。

❖H. F. Peters, *My Sister, My Spouse. A Biography of Lou Andreas-Salomé* (New York: W. W. Norton, 1974) のペーパーバック版を指す。初版は、*My Sister, My Spouse. A Biography of Lou Andreas-Salomé* (Victor Gollancz Ltd., London, 1963)。

❖「わが妹、わが花嫁よ」 "My Sister, My Spouse"　旧約聖書（新共同訳）、雅歌 (Song of Songs) 第四章九節、十節、および第五章一節。リルケが愛する女性への自分の感情を表わす聖句として、この節をルーのために読んだという。

❖ニーチェ　Friedrich Wilhelm Nietzsche, 1844-1900　ドイツの哲学者。『ツァラトゥストラはかく語りき』(*Also sprach Zarathustra*, 1883-85)、『道徳の系譜』(*Zur Genealogie der Moral*, 1887) などが主著。

❖リルケ　Rainer Maria Rilke, 1875-1926　ドイツの詩人。『新詩集』(*Neue Gedichte*, 1907-08)、『ドゥイノの悲劇』(*Duineser Elegien*, 1923)、『オルフェウスによせるソネット』(*Sonette an Orpheus*, 1923) などが主著。

❖ロメイン・ゴーダード・ブルックス　Romain Goddard Brooks, 1874-1970　イタリア出身のアメリカの画家。一九二〇年からパリに在住し、ペギー・グッゲンハイムやナタリー・クリフォード・バーニーらと親交を持つ。シュルレアリスム、キュービニストの画法を使い、グレー、黒、白の色調を特色とし、肖像画を多く手がける。異性の服装（クロスドレッシング）や自己の性と反対の性で生活する（トランスジェンダー）を表象する絵画を出す。

❖メリル・セクレスト　Merle Secrest, 1930-　イギリス生まれ、カナダへ移住後、アメリカに定住。一九六四年からワシントン・ポストに勤めた後、伝記作家となる。『バーナード・ベレンソンの生涯』(*Being Bernard Berenson*, 1979) でピューリッツァ賞受賞。『レオナード・バーンスタインの一生』(*Leonard Bernstein: A Life*, 1994)、『モディリアニの一生』(*Modigliani: A Life*, 2011) などが主著。

❖ナタリー・バーニー　Nataile Clifford Barney, 1876-1972　アメリカの詩人、小説家。一九〇二年以降、パリで生活をし、サロンを開き、フランス、アメリカの芸術家、文芸の著名人らを集めた。

❖ロベール・ド・モンテスキュー　Robert de Montesquieu-Fezensac, 1855-1921　フランスの貴族、作家、詩人。耽美的作品が特徴、詩集『青いあじさい』(*Les Hortensias Blueus*, 1896)、回想録『消えた足跡』(*Les Pas effaces*, 1927) がある。プルーストの親友で、『失われた時を求めて』のシャルリュス男爵、またユイスマンスの『さかしま』(*À Rebours*, 1884) のデ・ゼサントのモデルとして知られる。

❖ウィリアム・サマセット・モーム　William Somerset Maugham, 1874-1965　イギリスの小説家、劇作家。代表作は自伝的小説『人間の絆』(*Of Human Bondage*, 1915)、ほかに『月と六ペンス』(*The Moon and Sixpence*, 1919)、戯曲『ひとめぐり』(*The Circle*, 1921) などがある。

❖ガートルード・スタイン　Gertrude Stein, 1874-1946　アメリカの詩人、小説家。一九〇三年にパリに渡り、「国籍離脱作家」(expatiate writers) として、ヘミングウェイ、シャーウッド・アンダーソン、ダリ、ピカソ等々、多くの若い芸術家たちを集めサロンを開き、庇護者となる。モダニズムを表象する、言語実験の試みをする。短編集『三人の女性』(*Three Lives*, 1909)、詩集『もろいボタン』(*Tender Buttons*, 1914)、自伝『アリス・B・トクラス自伝』(*The Autobiography of Alice B. Toklas*, 1933) などがある。

間たちから、私たちは、緻密で奥深い考え方を知らされるからである。つまり、彼らの時代に生きていくことの見込み違いと、それらの幻想を達成しようと参加してゆく姿と、そして、最後に彼らが経験するに至る絶望感についての洞察が述べられているからである」(「私と人生の間《はざま》に」七二)というニン自身の見解も鋭い。さらに、「この伝記の主要なテーマは、一芸術家による愛と充足感の探求である」(七三)というブルックスの女性像とニン自身の人生が見事に合致している。この伝記本出版の少し前まで、ブルックスの絵画も人物像も世に知られていなかった事実を、ニンは重く捉え、女性の歴史の書き直しが必要とされる当時の動向にも共通した起因を見出している――「一般の我々の審美眼、識別力、含蓄が芸術家のそれにやっと追い着くまで芸術作品は人目につくこともなく、数々の失墜の周期を物語るかと思えば、長い間、葬られていた一芸術が、勢い、我々の、今の意識の中で重要な領分をになうようになる。そんな周期を明白にしてみせる、何とも不可思議な根拠に基づいているのかもしれない」(七五)。

一九六〇年代から七〇年代にかけて、アメリカ西海岸、サンフランシスコを中心に、時の文芸雑誌として刊行されていた『ランパーツ』❖(一九七四年六月号)に掲載されたエッセイ、「新しい女性❖」が本作にも収録されている。ニンは改めて、現代一般の女性に「新しい女性」を定義し、自己成長と自己発見への、質の高い意識を持つ女性、その個人の信念や自信の源泉を、心掻き乱されることのない精神力と生活や人間関係の中で養い育てる必要性を説く。そのため、「日常生活に常に活用できる錬金術の秘訣をお教えしたいのだ。それには練習を重ねなくてはならない。それは、真鍮《しんちゅう》を金に、憎しみを愛に、破壊を創造に変えるためのものである。粗野な雑多な日ごとのニュースもよい着想へと、失望も希望へと変えるのである」とニンは記す(「新しい女性」三三)。

また、ニンは『プレイガール』❖誌(一九七四年四月号)に、女性によるエロチシズムに関するエッセイを寄稿している。エロチシズムと猥褻《わいせつ》は異なることを明言し、猥褻は官能性をグロテスクに扱い堕落したものとなり、エロチシズムは、個人の私的な個性を打ち出すもので、特定の人への感情と愛情が融合した性愛の官能性を高めるものであると説明する。エロチシズムの解放は、それに伴なう無限の対象、形式、状態、雰囲気、変化、変形という多様な側面がある事実を受容することが鍵となるという。このエロチシズムの表象が適切に書かれた文学的作品として、ヴィオレット・ルデュック❖の『私生児』

（一九六四）における女性同士の性愛（「女性におけるエロチシズム」九）やD・H・ロレンスの『チャタレー夫人の恋人』❖（一九二八）における女性の官能性の表現（一六）、紫式部の『源氏物語』❖における女性のエロチシズムの微妙さと詩による語りに言及している（一五）。ニン自身の小説も同様な観点から、エロチシズムを表現することに切磋琢磨したことは言うに及ばない。

この項目に、日本の女性について、『日記』第七巻からの抜粋（*Diary 7*, 7-9）として、一九六六年に来日した記録から載せている理由は、ニンの、次の見解からうかがい知れるのではないか――「私が見知っている国の人たちの中でも、日本の女性ほど存在感があると同時に、目立たず、捉え所の無い人々を私は他に知らない」（「日本の女性と子供たち」七九）。現在から約半世紀前の日本の女性ではあるが、ニンが出会った範囲の旅館の仲居、地方のバスガイド、工場や農家で働く女性たち、東京の街行く女性たちから、日本女性の謎が、その圧倒的な気配りと優しさの裏に秘められているのではないかと、強い印象を受けている。さらに、彼女たちの思いやりが見せかけでできるわけはない、他者との一体化や共感から生じてくるとしか思えないと結論づけている（八二―八三）。

❖**アンドレ・ジッド**　André Gide, 1869-1951　フランスの小説家、批評家。一九四七年ノーベル文学賞受賞。『狭き門』(*La Porte Étroite*, 1909)、『田園交響楽』(*La Symphonie Pastorale*, 1919) などが主著。

❖**『ランパーツ』**　*Ramparts*　カリフォルニア州サンフランシスコを中心にした月刊文芸雑誌。一九六二年に、ジェイムズ・コレアーニ (James Colaianni, 1922-) によって創刊、一九七五年まで継続する。小説、詩、批評などを主として掲載した。

❖**「新しい女性」**　一九七四年四月にサンフランシスコにおいて、「芸術に携わる女性たちを祝福する会」にて、ニンは、同題の講演をしたと記されている (*In Favor of the Sensitive Man and Other Essays*, 12)。『性の魔術師その他のエッセイ』には、同講演が一九七一年四月と記されている (*The Mystic of Sex*, 104)。『日記』第七巻の七一年および七四年の記載箇所には同講演の記録がされていない。

❖**『プレイガール』**　*Playgirl*　アメリカの雑誌。ダグラス・ランバート (Douglas Lambert) によって一九七三年創刊された女性向け月刊誌で、現在に至る。話題性のある記事、論評、ライフスタイルなど多様な内容を掲載する。

❖**ヴィオレット・ルデュック**　Violette Leduc, 1907-72　フランスの作家。代表作、自伝小説『私生児』(*La Bâtarde*) の序文はシモーヌ・ド・ボーヴォワールが書き、ルデュックの才能を認め支援している。男女両性の関係など性と向き合う作品を描く。コクトーやジャン・ジュネらも賞賛する。一九四〇年代のパリ文学界とルデュックの伝記をテーマにした映画『ヴィオレット　ある作家の肖像』(*Violette*, 2013) がある。

❖**『チャタレー夫人の恋人』**　*Lady Chatterley's Lovers*　ロレンスの長編小説。性行為の描写が物議を醸し出し、一九二八年にフィレンツェで限定出版され、五九年に公刊される。

❖**『源氏物語』**　*Tales of Genji*　イギリスの東洋学者、アーサー・ウェイリー (Arthur Waley, 1889-1966) が一九二五～二六年に英語に翻訳した版。

▼第二部「書き物、音楽、そして映画❖」(Writing, Music, and Films)

『自分で本を出版する手引書❖』(プッシュカート❖、一九七三年版)に、ニンが寄稿した「私の印刷機物語」がこの項目に収められている。ニンが、ニューヨークで立ち上げたジーモア・プレスでの実際の印刷作業過程と苦労話が述べられているのはもちろんであるが、小出版社の書籍限定の年鑑を、毎年、現在に至るまで継続してきたプッシュカート・プレスに、率先して協力したニン自身らしく、無名作家らにとって、出版自体がいかに閉鎖的で困難なことかという現実を語っている。「この話の中で私が言いたかったのは――商業ベースにのった出版社は、大きな法人組織の企業なのだから、可能性を探ろうとする、実験的に試みようとする、そんな作家達を支援するべきである――ちょうど法人が研究者たちを支援するように、そして、すぐに多額の利益を期待するな――という事実である。未知の可能性や実験的試みに懸ける作家達というのは、人々の感覚や気持ちに現れる新しい傾向、新しい意識、新しい展開を予告してくれる」(一二五)。加えて、ニンは、新考案や開拓魂を受け入れる度量の広い包容力がなければ、出版の実現は難しいという説明を忘れてはいない。

『ヴィレッジ・ヴォイス❖』紙(一九六八年十月十日付)にニンが執筆した、ダニエル・スターン『自殺アカデミア』の書評を本項目に加え、本来、「書き物」とは何かを説明している。スターンは、「さまざまな感情を大切にし、書き物は人々を楽しませるものであり、また、人々を驚かせ、人々の心を揺さぶり動かし、興奮させ、気力も回復させるものであるとする、新しい世代に属する人である」(『自殺アカデミア』一四八)。この書評を通して、生か死かという選択よりも、誰の人生にも付き物である逆境的経験の意図を自らが解釈していけるように導かれる筋書きを、作者の斬新《ざんしん》な技巧と詩人の感性によるものと評価している。

一九七二年十月、アメリカ、ペンシルベニア州にて、オットー・ランク協会❖による講演でのニンの講演「真実と現実について」("On Truth and Reality")が翌年、同協会誌❖に記載され、本項目に収録されている。ニンが一九三〇年代に読んだ書物の中で、女性芸術家としての自分の全人生が、いかに影響を受けてきたかを再発見させてくれる本の一冊が、ランクの▼『真実と現実❖』(一九二九)であると述べている。このランクの著書は、「創り出していく意志」(一〇四)を一貫した主旨としていて、ニンの、諦めるのは不本意という主義に合致しているという。人が日常、抱える否定的な側面の数々や問題からの逃避ではなく、心の内面にこそ、失意、失望に屈しない行動に起因させる動機や解決策を見い出す書き物である。ニンの芸術観が芸術作品そのものだけではなく、「私たち自身の努力で人生を変えていく才能をも意図した」(一〇五)と記し、ランクの「創り出していく意志」を説く、彼の書を讃えている。

　音楽では、エドガー・ヴァレーズ▼の電子音楽への飽くなき好奇心と本来の音を模索する才能と独創性に賛辞を贈るエッセイを、一九六六年、プリンストン大学出版の『ニューミュージックに関する洞察』❖に載せている。現代音楽家ヴァレーズは、新しい鐘の音や、微妙な音の違いを生み出せる物から引き出す音色で、新しい効果を考案し、今までにない音調を創り出す実験を自由闊達《かったつ》に試み、その豊かな創意をさまざまな楽器や機械に注ぎ込んだ作曲家であると、仕事場兼自宅を訪問する仲であったニンは述べている。「彼が、かって、穏やかにこう言ったことがあった。『アヴァンギャルド（前衛）なんて、実際はないんだよ。ちょっと遅れて後からやって来る人がいるだけなんだよ』。光は音よりも速く旅をする。しかし、ヴァレーズに関しては、音の方が遥かに速い旅をしていたのだった」(「エドガー・ヴァレーズ」一七四)。ヴァ

❖**第二部「書き物、音楽、そして映画」**「真実と現実について」("On Truth and Reality")、「私の印刷機物語」("The Story of My Printing Press")、「舞台に立った小説家」("Novelist on Stage")、「インタヴュー迷宮を抜けて」("Out of the Labyrinth: An Interview")、「自殺アカデミア」("The Suicide Academy")、「愛しのマッキントッシュ嬢」("Miss MacIntosh, My Darling")、「森の中の天使」("Angel in the Forest")、「エドガー・ヴァレーズ」("Edgar Varèse")、「日記セミナーにて」("At a Journal Workshop")、「ヘンリー・ジャグロム——映画を操る魔術師」("Henry Jaglom: Magician of the Film")、「愛の唄」("Un Chant d'Amour")、「イングマール・ベルイマン」("Ingmar Bergman")。

❖*The Publish-It-Yourself Handbook* (Pushcart, 1973)

❖**プッシュカート** Pushcart　アメリカの作家、ビル・ヘンダーソン(Bill Henderson, 1941-)が一九七三年に創設した出版社で（「プッシュカート」は、「手押し車」という意味）、七六年には、短編小説年鑑である『プッシュカート賞——小出版のベスト』(*The Pushcart Prize: Best of the Small Presses*, 1996)を創刊し、現在に至る。七三年当初から、ニンがいかに協力したかは、青山南『短編小説のアメリカ52講——こんなにおもしろいアメリカン・ショート・ストーリーズ秘史』（平凡社、二〇〇六）一六七—七六頁および二七五頁に詳細に記されている。

❖**『ヴィレッジ・ヴォイス』** *The Village Voice*　アメリカ最初の都市タブロイド版隔週刊新聞。ノーマン・メイラー等、グリニッジ・ヴィレッジ在住の作家たちによって一九五五年に創刊、現在に至る。ニューヨークの地域と国内のイベント、政治、批評などの情報を発信する。

❖**オットー・ランク協会** Otto Rank Association　一九六五年に創立され、八三年に解散。コロンビア大学図書館が、この協会についての資料を所蔵する。

❖*Truth and Reality*（仏語タイトルは*La Volonté du Bonheur* (*The Will to Happiness*)）。フランスで一九二九年に出版された。

レーズの創造性を貫き通す、芸術家としての時制の測り方は、確かに、ニンの芸術観と呼応しているだろう。

映画に関しては、やはり個性派のヘンリー・ジャグロム❖、ジャン・ジュネ❖とイングマール・ベルイマン❖に対して論評している。ジャグロムの『ある安全地帯❖』（一九七一）は、映画作品を私たちの内面世界を捉える、最高の媒体とすることを試みる、独創的な、詩人の領域にも匹敵する離れ業を成し遂げていると称している（「ヘンリー・ジャグロム──映画を操る魔術師」一八八）。ジュネによる、『愛の唄❖』（一九五〇）は、「真実の倫理感は経験した事柄の種類や特質ではなく、審美感のある、感性による価値観の中にこそ存在することを証明してみせている」（「愛の唄」一九三）とし、「良質で精妙な表現方法を駆使して初めて、官能性に恋愛詩を作用できる技巧を指摘している」（一九五）。「ベルイマンへのオマージュ」と題して、UCLA（カリフォルニア大学ロサンゼルス校）での、一九七三年の講演を本項目に載せ、「ベルイマンは、不合理な領域へ、強い感情を伴う経験の極地の世界へ、いかなる恐れをもいとわず、踏み入る冒険家の一人なのです」（「イングマール・ベルイマン」一九六─九七）と述べている。さらに、ニンは、ベルイマンの映画の意図は、精神分析の目的に通じるとする。つまり、知的分析によるのではなく、心の奥底で起こる気力の浸食を救済するために、内面の感情に基づいた探求である。心的、無意識的世界が、映像を通して視覚で捉えることができるようになると、分身の世界だと分かるようになると、ニンは説く。「ベルイマンは、私たちが決して認めたくないと願っている、たくさんの自己の、その影の部分、分身の自己の部分を、皆に発表してくれている」（二〇五）と、『仮面／ペルソナ❖』（一九六六）の作品を特に評価している。

▼第三部「魅惑の場所❖」(Enchanted Places)

ニンはよく旅に出かけ、「日記」や雑誌に、紀行文を残している。いわゆる団体観光ツアーではない、個人旅行を好んだ。この項目に寄せられた旅先は、北米という国内ではなく、ニンにとって、エキゾチックな旅情が満喫できる外国、異国の旅路を特徴としている。

一九七三年十月号、十一月号の『旅とレジャー❖』誌に掲載された、北アフリカの国、モロッコのフェズの紀行文では、「この町の迷宮の美しさは、美術工芸の世界に誘われ、どんな細やかなことからも、あなたの五感は刺激を受ける」（「迷宮の町、フェズ」二〇九）と記し、ニン文学の重要な用語であるラビリンス（迷路、迷宮）は、人間心理の内面の表象となり、このフェズの旅の経験は、その影響の基盤となったと考えられる。異国情緒が満載されたオリエント（東洋）のフェズに、色彩が人々の意識に染む込む所だとして、こう記している――「空色、澄んだ青――長い間忘れられていた、しかし多くの詩人がこよなく愛した言葉を呼び起こす。唯一の青色は紺碧《こんぺき》という色だろう。フェズこそ紺碧なのだ」（二一〇―一一）と。詩心はニンの旅には欠かせない。アラビア語の手稿を保存しているカラウィーン大学❖の図書館を訪れたニンに、案内人の青年が、オマル・カイヤーム❖の詩を暗唱してくれたのは、当然、ニンの詩情とフェズの印

❖『ニューミュージックに関する洞察』 *Perspectives of New Music* アメリカで一九二六年に創刊され、現在に至る、音楽理論と分析に関する学術誌。

❖ヘンリー・ジャグロム Henry Jaglom, 1943- イギリス生まれのアメリカの映画監督、俳優。

❖ジャン・ジュネ Jean Genêt, 1910-86 フランスの小説家、劇作家。悪を美の根源とする背徳の世界を主題とする大胆な作品を描く。小説『泥棒日記』(*Journal du voleur*, 1949)、戯曲『黒んぼたち』(*Les Nègres*, 1958) などがある。

❖イングマール・ベルイマン Ingmar Bergman, 1918-2007 スウェーデンの映画監督、舞台演出家。『第七の封印』(*The Seventh Seal*, 1957)、『仮面／ペルソナ』(*Persona*, 1966)、『叫びとささやき』(*Cries and Wispers*, 1972) などが代表的映画作品。形而上学的なテーマが難解とされる。一九九〇年、東京グローブ座において、三島由紀夫の『サド侯爵夫人』がベルイマンの監督、演出によって上演される。

❖『ある安全地帯』 *A Safe Place* ヘンリー・ジャグロムの一九七一年の映画作品。ジャック・ニコルソン、オーソン・ウェルズらが出演。

❖『愛の唄』 *Un Chant d'Amour* ジャン・ジュネによる二六分間の映画。ジュネ自身が監督、フランスの俳優アンドレ・レイバズ (André Reybaz) が主演。

❖『仮面／ペルソナ』 *Persona* ベルイマンの映画作品。スウェーデンの女優、リブ・ウルマン (Liv Ulmann)、ビビ・アンダーソン (Bibi Anderson) らが出演。

❖第三部「魅惑の場所」 「迷宮の町、フェズ」("The Labyrinthine City of Fez")、「モロッコ」("Morocco")、「バリの心」("The Spirit of Bali")、「ポート・ヴィラ、ニューヘブリディーズ諸島」("Port Vila, New Hebrides")、「燕はヌーメアから渡り旅立つことはない」("The Swallows Never Leave Noumea")、「私のトルコのおばあちゃん」("My Turkish Grandmother")。

❖『旅とレジャー』 *Travel & Leisure*（現在は *Travel+Leisure*）アメリカの旅行雑誌、ニューヨークを中心にした月刊誌。一九三七年に創刊、現在に至る。小説家、詩人、芸術家たちによる旅行記を掲載する。

❖カラウィーン大学 Karaovine University フェズのカラウィーンモスク内にある世界最古の大学としてギネスに登録されている。イスラム世界の高等教育機関として、八五九年に創設され、一九六三年にモロッコの大学システムに改組された。

❖オマル・カイヤーム Omar Khayyam, 1048-1131 十一世紀のペルシア（イラン）の学者（数学、天文学、史学）、詩人。ペルシア語によるルバーイイ（四行詩）を集めた作品集『ルバイヤート』として出版される。十九世紀、エドワード・フィッツジェラルド (Edward FitzGerald) による英語訳で世界に知られるようになる。

象を最高に濃厚なものにした。ニン自身、『千一夜物語』❖を想起して、作家として語り継いでいく芸術観を、毎夜物語るシャハラザードに重ね、また、その傍らに付き添う妹のドニアザードとの姉妹愛に、フェズの人たちの友愛にみちた優しさを、この旅路に見出している。

一九七四年夏に、東南アジアの国、インドネシアのバリ島に旅をし、一九七五年一月六日付け『ヴィレッジ・ヴォイス』に寄稿した。ニンは、「作曲家、コリン・マックフィ❖が、表現したように、銀の雨が降るごとく、あるいは、黄金色の金属性の音を奏でるガムラン合奏❖が、昼も夜も、絶え間なく空気を震わせ、その調べを響かせている」（「バリの心」二四四）インドネシアの民族音楽であるガムランと共に、バリダンス❖の舞踏やワヤン❖（影絵芝居）など、土地の人々によって、あちこちで稽古と本番が繰り広げられる環境に、エキゾチックな芸術が生活のただ中に存在する、唯美的かつ精神的なバリ島の心意気に深く感銘している。ワヤンは、「象徴に表される現実を信じる、バリの人々の考えの一番最初の表現でもあり、また、象徴が表す現実性を子供たちに教える最初のレッスンでもある。それは、われわれの人生舞台が影絵芝居であり、人間そのものが、神の似て非なるもの、幻影なのだということを表明している」（二四六）と記している。

ニンの旅は、その土地の土着の人々との同行なり、食事を共にしたりの触れ合いが欠かせない。本項目での「魅惑」(enchanted) なる所は、外国であり、西洋という地理から、広義においての東洋という範疇の異国に限定されており、その土地に根ざした人々の文化や自然との審美感溢れる生き様を、旅人にも共有させてくれる、束の間にして永く心に残る居場所をニンは紀行文にしたためている。

（山本豊子）

ニンが宿泊したバリ島のホテル、
タンジュン・サリのバンガロー
（同ホテルのパンフレットより）
（Tandjung Sari ／インドネシア語で「花の岬」という意味）
『日記』第７巻にニンがこの場所を描写している箇所が、
同ホテルのパンフレットに記載されている。
リンゴ・スター (Ringo Starr) などの隠れ家宿としても人気が高い

❖『千一夜物語』　*A Thousand and One Nights*　八世紀半ばに、ペルシア語からアラビア語に訳された、インド説話からの影響を受けた、伝説、寓話、逸話、ロマンスなど数多く集成された説話集。英語に翻訳したのは、イギリスの探検家、東洋学者、リチャード・フランシス・バートン卿（Sir Richard Francis Burton, 1821-90）で、十六巻が一八八五年から八八年に出版された。

❖コリン・マックフィ　Colin McPhee, 1900-64　カナダ出身のアメリカの作曲家、音楽家。一九三一―三九年、バリ島に居住し、ガムラン音楽、民族音楽を紹介する。一九五八年から、UCLAで教鞭を執る。ニューヨークでは、エドガー・ヴァリーズに師事、レナード・バーンスタインは友人。著書に『熱帯の旅人――バリ島音楽紀行』（*A House in Bali,* 1947）がある。

❖ガムラン　gamelan　インドネシアに十六世紀以前からあったとされる、五音音階を用いて、青銅の打楽器や銅鑼、竹笛など、多種多様な楽器と演奏形態をもつ合奏音楽。本来は、宗教儀式や舞踏の際の伴奏音楽として継承されてきた。一八八九年のパリ万博で、ガムランが披露され、ドビュッシーやラヴェルら、近代フランス作曲家に影響を与えた。

❖バリダンス　Bali dance　インドネシア、バリ島で、ヒンドゥー教の儀式の際や観光のためにも演じられる舞踏。ガムラン音楽に合わせて、特に頭、首、目の動きで表情を出し、動と静の反復構造と多様な形式を持つ。

❖ワヤン（影絵芝居）　shadow-play　インドネシアのジャワ島やバリ島などで、水牛の皮などから作った操り人形を、石油ランプを白いスクリーンにあてて、影絵をもとに、語りと効果音、ガムラン奏をして、物語が演じられる。十世紀からある、インドの古代叙事詩の『マハーバーラタ』や『ラーマーヤナ』などを演目とする。

▽引用（「女性におけるエロチシズム」より）――

「私の個人的見解から言わせていただくと、女性は、男性がすでにしてしまったような、愛情と官能性の区別は未だもってしていない。愛情と官能性という二つの感覚は、女性の中で、大抵一つに結びついている。女性は、自分が身も心も捧げた男性を愛するか、彼に愛されるか、どちらかの状況が不可欠だ。性交をした後、これは愛の証ですよという確信を、女性は必要としているように思える。そしてその性的な独占を意味する行為は、愛によって決定される、取り交わしの一端であるわけだ。女性方は、やれ愛の再確認やら愛の表現とかを要求してくると、殿方は文句をおっしゃる。女性達のこの必要性に、とっくに気付いていたのは日本人である。そして、遥かその昔、日本では、男女の仲を交した一夜の後、男性が一首、歌をしたため、彼女が朝目覚める前に女のもとへ届けなくてはならないというのが、純然たる掟であった。このしきたりが、性交が愛を伴う行為だという、性交と愛の二つの関係そのものを示すものでないとするなら、一体何なのだろうか」（七）

【解説】　これは、一九七四年四月『プレイガール』に投稿されたエッセイからの抜粋である。ここでは、男女に限っているものの、人間の官能性というものは、個人的な愛情と情熱の融合が根幹に存在していなくては始まらない、というニンの確信を述べている。

▽引用（「インタヴュー　アナイス・ニンが語る女であるということ」より）――――

愛は複雑です。いろいろな障害やペルソナ（外的人格）や虚構の問題が山積みし、人と人の付き合いは、こつこつと、根気よく創り上げられなくてはならない関係なのです。人は人間関係の迷路を張り巡らせるのです。私たちが内なる自己の数々を、全て実際に生き表す時、それは途轍もなく込み入った、複雑な絵模様を繰り広げることになるわけです。ここで私たちは、何もかもというわけにはいかないわけで、絶えず、この自己実現には、均等を保つ必要があります。まさに、この絶えまない心の迷い、この次から次への選択と躊躇《ためら》いの心境こそ、私が言葉で表現しようと努めていることなのです。（四九）

【解説】一九七一年十月十五日、『ヴォーグ』誌上で、ニンが小説と日記のどちらにおいても、愛が重要な問題であり、絡み合う人間模様を主題にしている指摘を受けて、説明をしている。心理的移動性を言葉で表現する、作家としての匠の技を、ニンは常に練磨してきたのである。

▼引用テクスト

Nin, Anaïs. *The Diary of Anaïs Nin Volume 7: 1966-1974*. Harcourt, 1980.

――. *In Favor of the Sensitive Man and Other Essays*. Harcourt Brace and Company, 1976.

――. *The Mystic of Sex and Other Writings*. Capra Press, 1995.

ニン、アナイス『アナイス・ニンコレクション 別巻 心やさしき男性を讃えて』山本豊子訳、鳥影社、一九九七年〔引用にあたり、一部、漢字をひらがなに修正している〕。

『無時間の浪費・その他初期作品』

Waste of Timelessness and Other Early Stories, 1977

『無時間の浪費・その他初期作品』は、一九二九年から三〇年にかけてアナイス・ニンによって書かれた十六の習作や初期の短編が収められている短編集である。夫とパリに移り住み、芸術家たちと交流するようになった若い銀行家の妻であるニンは、『初期の日記』にも明らかなように、作家になる道を模索していた。

『ガラスの鐘の下で』（一九四四）の短編群が、自信を持ってアメリカで出版したものであるとしたら、これらの小説は試作品的なものである。この中のいくつかの作品は、『ニューヨーカー』をはじめ、さまざまな欧米の雑誌社に送られたが、掲載されたものはなかった。一九三〇年にパリから郊外のルヴシエンヌに引っ越した後、ニンは、ますます静かな環境でエッセイや小説を執筆した。『初期の日記』第四巻にあるとおり、夫や従弟のエデュアルド、周りの友人たちは、彼女の作品を読んで励ましてくれ、この頃、小説の題材、ヒントは次々湧いてくるようだった。ニン自身は題材のほとんどは日記から取っていると書いている。

一九七七年一月、他界する数日前に、この初期作品群はもう世に出すつもりはないと言うニンを友人のヴァレリー・ハームズ❖が説得し、マジック・サークル・プレスから出版するために短編集としてまとめた。『アナイス・

❖ヴァレリー・ハームズ　Valerie Harms, 1940-　作家・編集者。マジック・サークル・プレス (Magic Circle Press) という出版社を立ち上げ、ニンの作品をいくつか出版した。

ニンの日記』などを編集したガンサー・ストゥールマンが序文を付し、十六年後の一九九三年にスワロー・プレスから再版された。

すべてニンの初期の作品であるが、その後の作品のモチーフ（芸術家の肖像、錬金術、ハウスボート）がすでに現われており、登場人物のモデルについても想像する楽しみがある。

次にあげるのは十六の作品の紹介とあらすじである。

▼「無時間の浪費」 *Waste of Timelessness*

ファリノール夫人（Mrs. Farinole）は、良き妻としての自分の役割に飽き飽きしている。どこか、広い世界に飛び出していき、いろいろなことを知りたいという願望のため、現実とも空想ともしれない、ボートの旅に出てしまう。

常識的な夫より、ちょっとナルシストで、会話を楽しめる、大作家アラン・ルーセル（Alain Roussel）の方に興味を持っている。ボートで川を下って、ルーセルに会うが、どうも自分の求めている答えは得られない。それどころか、どこまで行っても、輝けるすばらしい世界など、どこにも見つからない。ぐるぐる円を描いて旅をしているような気がする。

結局最後は、岸辺に来た夫に、「もう帰りたい」と叫ぶと、家に戻っている。答えはまったく見つからなかったものの、彼女には、こぎ出すことができたという小さな満足感があった。

短編集のタイトルともなっているこの作品は、小説と呼ぶには、プロット、登場人物、設定ともに希薄であるが、自分の夢に以前登場したボート（小さくて屋根のある屋形船のような小舟）のイメージを追求している。このイメージに彼女は長く固執し、何度か短編小説に登場させたばかりでなく（『ガラスの鐘の下で』収録の「ハウスボート」など）、現実にセーヌ川に寝泊まりできるハウスボートを借りてしまった。

「無時間」という概念について、ニンがどのくらい興味があったかは、日記ではわからない。シュルレアリスムやプルーストにすでに影響を受けていたニンは、単に、この単語を「永遠の」「時間を超越した」という辞書的な意味で使ったのではない。主人公、ファリノール夫人は、「時間」を無駄にしたのではなく、「無時間」というものを無駄にしたのだという落ちがついている。「無時間」は、夢、夢想、空想、無意識下の時間といった意味で、ニンはとらえていたようである。

ファリノール夫人が憧れている、アラン・ルーセルは、作家、レーモン・ルーセル❖をもじっている可能性もあるが、おそらく、モデルは、当時交流のあった夫の師であり、作家であるジョン・アースキン▼だと思われる。

▼「庭に流れる歌」　*The Song in the Garden*

主人公は名前のない十二歳の少女であり、庭に流れてくる歌が、母の歌だったので、思い出して泣くという話である。ニンの母は、元歌手であり、この主人公は、寂しい少女時代を送った作家自身の分身かもしれない。

▼「ニースを恐れて」　*The Fear of Nice*

南仏の光の中、ヴァカンスを楽しんでいる若い妻であるリンドール(Lyndall)が、余暇と贅沢《ぜいたく》を愛するヨーロッパの有閑《ゆうかん》階級の文化に慣れていない、ゴム印会社社長の男と知り合う。間もなく、男はそこのホテルを発つと言い、リンドールが、「ニースが怖いのね?」と聞くと、彼は、「いや、あなたが怖いのです」と答える。

▼「ジプシーの感情」　*The Gypsy Feeling*

ニンには、時に自然主義的リアリズムの小説があり、これは、その一つ。ジプシーの感情を表現するスパニッシュダンサー、ロリータ(Lolita)の過酷な生活、彼女のファンの若者、取材に来たライターのマリエット(Mariette)の物語。三人のうち、誰が誰を愛しているのか、という恋愛模様が描かれて終わる。

▼「奇跡を信じないロシア人の理由」　*The Russian Who Did Not Believe in Miracles and Why*

モーパッサン風のリアリスティックな短編。モンパルナスのカフェで、男女が飲んでいる。男は、貧しいロシア人で、この後セーヌ川に身を投げると言う。女は「人間は変われるわ、その気になれば」と励ますが、男に「じゃあ、自分がダンサーになって、変わればいい」と言われる。女は間もなく舞台の仕事につき、また二人は再会する。男は、羽振りがよくなった女を見て、女は男を変えたがる。男ががんばって成功すると振り向きもしない。だめな男でセーヌに飛び込むと言った方がかまってくれる。女は奇跡を信じるが、男は憐れみで生きていると言う。女が、「奇跡を信じないの?」と聞くと、彼は、「信じないよ。なぜって、俺は、クリシー広場生まれで、ロ

❖レーモン・ルーセル　Raymond Roussel, 1877-1933　フランスの作家・詩人。実験的小説、難解な文章で知られるが、シュルレアリストたちに評価された。

シア人じゃないから」と答えた。

▼「踊られることのない踊り」 *The Dance Which Could Not be Danced*

二頁だけの、短い詩のような心象風景を描いた文章。一頁は、頭の中で絶え間なく流れ、押し寄せる水のイメージと音の洪水を、男が「ダンス」と呼ぼうと呟く。二頁では、ダンサーの女が震えといった程度のある踊りに到達する。それは、彼女の内面でのみ発生するもので、踊られることがなかった。

▼「危険な香水」 *A Dangerous Perfume*

リンドールは、引っ越した後にその住んでいた部屋を借りた女性に呼び出され、彼女の香水がしみ付いている、ご主人以外の男性との怪しい空気が残っていると、おかしなことを言われ、そんな男性がいたのかと、問い詰められる。最後には、リンドールが、確かに情熱的な男性が訪ねてきて、すばらしいキスをしたが、彼が彼女を愛していないことがわかり、帰らせたのだと告白する。その女性は納得し、「これでこの家に落ち着けるわ」と言うが、リンドールが、「私はできない」と答えるところで終わる。

▼「赤いバラ」 *Red Roses*

詩と散文の中間のような作品。自分自身に送るために花屋で赤いバラを買う女性。家で待っているとバラが届く。誰から送られたものだろう。赤いバラはどんな情熱を引き起こすだろうと思いを馳せ、赤いバラの印象が綴《つづ》られる。赤いバラとは、作家にとっての創作の情熱を象徴しているかのようにも読める。

▼「心は一つ」 *Our Minds Are Engaged*

名前のない三十歳の男性と女性が八年ぶりに再会し、強い絆があっても結ばれないお互いの心情について話している。現代の知的な女性によって、男性的な資質を奪われたのだと主張する繊細なその男性は、明らかに今までの何人かの恋人とは、その女性は自分にとって異なる存在だと話す。女性は、男性の弱さ、悩み、欠けているところを補って愛したいと思ったのだが、彼にはそれは通じない。

▼「錬金術」 *Alchemy*

「偉大な作家」の家に記者が何人も詰めかけると、本人は現われず妻が応対する。小説の登場人物のモデルは、ほとんどが妻が演じ分けていたものであること、多彩な小説のねたは身近なもので、子どもへの愛情の描写も犬に対してのものであることなど、妻が話してしまう。その小説作法は、錬金術のようだと記者たちが感じる。

文学の創作とは、なんでもないことから金を生み出すこと、つまり錬金術であるという意味で、ニンは錬金術という単語をキーワードのように日記やエッセイの中で頻繁に使った。この短編小説では、作家の登場人物に関する造形術が皮肉られているが、『日記』の中のさまざまな人間を錬金術のように取り混ぜて小説に新しい人物像を造形している、ニン自身の小説作法に似ている。

▼「ティシュナール」 *Tishnar*

エズラ・パウンドのイマジズムの詩のように、霧の濃いパリの街に人々の顔が浮かんでいる。帰る所もなく歩いている女性は、どこか一人になれる違う世界に行きたいと思っている。彼女がオペラ座からバスに乗ると雨が降ってくる。バスは町を滑るように進むが誰も降りようとしない。彼女が降ろしてと言うと、車掌が、このバスは止まらない、「別世界」行きだと言う。彼女は、そんな所に行きたくない、ただ、願いごとみたいに言っただけなのにと思う。バスのステップに一人の男が飛び乗る。その顔は彼女が長い間頭に思い描いていて、一生愛したいと思う人だった。しかし、車掌が彼を振り落としてしまう。

ティシュナールとはどこなのか、日記には書かれていないが、おそらく、ウォルター・デ・ラ・メア❖の『ムルガーのはるかな旅❖』（一九一〇）の遠い国、ティシュナー(Tishnar)から取ったのではと思われる。ニンの『初期の日記』第四巻によると、「不可思議な物語」("Mystical Story")というタイトルから改題したとあり(*Early Diary* 4, 243)、確かに不可思議で幻想的なパリの素描である。

▼「理想主義者」 *The Idealist*

シャンタル(Chantal)はデッサンのクラスで、現実を見ずに「女性を理想化する人」であるエドワード(Edward)と知り合い、愛し合うようになる。彼女はクラスの男たちがモデルに冷たく、人間ではなく物体のように見ているのを哀れに思い、泣き出したモデルにコーヒーを渡したり話しかけたりする。それを見ていてエドワードはそ

❖ウォルター・デ・ラ・メア Walter De La Mare, 1873-1956 イギリスの小説家、詩人。児童文学・幻想・怪奇文学で有名。

❖『ムルガーのはるかな旅』 *The Three Mulla Mulgars* 王族の血を引く三匹の兄弟猿がティシュナーという父の故郷まで旅をする話。

のモデルに心を奪われる。彼は、理屈なしにそのモデルは喜びをくれると言う。その喜びはシャンタルのように彼が尊敬できる女性からは得られないものだと決め付ける。シャンタルは、エドワードの言いたいことはすべて理解していたが、彼は彼女のことを理解できなかった。

結婚前、家計を助けるため、画家や写真のモデルをしたことがあったニンにとって、見られる方ではなく、見る側に立ちたい、あるいは、表現する主体としての女性の芸術家像を描きたいという夢は、小説を書き始めた頃から確固たるものとして存在した。この短編は、一九二七年に短期間だが通った美術学校でのモデルに共感しすぎた経験から生まれた小説である。登場人物の学校、「グランド・ショーミエール」(Grande Chaumière) は、ニンが実際に通ったモンパルナスの美術学校の名前である。

▼「孔雀の羽根」 *The Peacock Feathers*

ニンが若い時滞在したキューバを思わせる南国の海沿いの白い家に住んでいる女性はさまざまな鳥を飼っている。有名な歌手が呼ばれたにぎやかなパーティで一羽の孔雀《くじゃく》が入ってくるが、次の日死んだ。女主人は死んだ孔雀の羽根を歌手に送る。彼女は縁起が悪いと思いながらもそれを花瓶にさしておく。その日夫が去り、その後若い作曲家の恋人が自殺すると、孔雀の羽根のせいだと思う。成功した歌手としての半生を本に書いたら批判や非難が相次ぎ、孔雀の羽根から作ったペンで書いたせいだと考える。

麻薬中毒になり、歌手としてのエネルギーを失くしていくと、それも羽根のせいだと思う。今や、落ちぶれた彼女を見に来た人に説明するため、今までよりずっと丁寧に飾っている羽根について言うのだった。「みんな、この孔雀の羽根のせいなのよ」

▼「貞淑な妻」 *Faithfulness*

小説を書いても夫をはじめ誰にもほめられないアリーヌ (Aline) は、劇作家のアルバン (Alban) に、夫に気を遣いすぎ自分を表現しきれていないから不幸なのだ、友人が必要だと言われる。芸術の静かな高みに到達できているピアニストのベロウズ (Bellows) には、君はその高みには行けない、夫を愛していないと言われ、彼女は、帰ってきた夫にそのようなことを言われ憤慨していると話す。夫は、「正直で貞淑な奥さんだ」と言うのだった。

この話は、芸術家が集まるパーティに行き、自分もなりたいと夢見るが、良き妻の座も捨てられないパリ時代のニンの生活のスケッチそのものだろう。

▼「パーティはだいなし」 *A Spoiled Party*

ステラム家(The Stellams)のパーティに誰も知らない女性が来ている。その場にふさわしいドレスを着て微笑みを湛《たた》えているが、周りにぎこちない空気を作っている。だんだんパーティ全体が暗くなってしまい、お客は早めに帰って行ってしまう。ステラム夫人は、その女性の目の中に、自分の人生と精力すべてをつぎこんだ、洋服、家庭、人間関係の喜劇性を見る。「また会えるかしら?」と聞くと、彼女は、「私は一度しか来ません」と言い、帰っていった。

パーティ・プーパー(パーティをだいなしにする人)のモチーフは、ニンの後の小説、『火への梯子』(一九四六)にも登場する。

▼「すべりそうな床」 *A Slippery Floor*

この短編集でもっとも長い(二二頁)メロドラマティックな小説。主人公アニタ(Anita)は、プロのダンサー。最初は小さな舞踊団に入り、楽屋にドアがないような小さい劇場で踊っていた。パートナーのボリス(Boris)とラーサ(Lasa)が、彼女はいつまでも真面目で舞台人らしくなってこないと言うと、アニタは、母親がきまぐれな女優で四歳の時家を出て行ってしまったので、絶対そのような浮《うわ》ついた女性になりたくないと言う。しかし、舞台のエネルギーが彼女をとらえ、新しい自分が生まれ、彼女は大変な評判になる。

ある日、同じ道を選んだことを喜んでいる母が楽屋に訪ねてくる。ヴィヴィアン・フォレーヌ(Vivian Foraine)というその女優は成功していて美しかった。七年前に父が死に、孤独だったアニタにとって、母と一緒に美しい家に住むようになったことは、奇妙でもあり感動的でもあった。母の恋人、ノーマン(Norman)がアニタに母は浮気者で嘘つきであると告げ、その後アニタはノーマンの絵のモデルになる。アニタとノーマンは、愛し合うようになるが、人を傷つけても自分の情に素直に行動しなさいという母の考えに同意できず、ノーマンを母から奪う気になれなくて、アニタは一人、家を出る。最後にノーマンがヴィヴィアンに、君たち親子は、二人とも自分を傷つけているが、アニタのやり方の方がまだましだと言って、アニタを追いかけて行く。

華やかな舞台の裏側を描いたといえるような作品である。タイトルの「すべりそうな床」とは、慎重でないとすべって転んでしまうように、名声のうちに転落してしまう可能性のある舞台人の人生を暗示しているのであろう。アニタが舞台ですべらないように靴の裏を変えたり、粉（マツヤニか?）をつけているシーンがあるが、注意深く、華やかな人生の落とし穴に転落しないようにしている彼女の堅実さを象徴している。また、前半と後半で設定と登場人物が異なるが、それは、二つの短編を合体させたからだとニンが『初期の日記』第四巻に書いている (*Early Diary 4*, 317)。

ニンは、夫とともに新婚時代、スパニッシュ・ダンスを習っており、父のスペインの遺伝子のせいで、自分はプロダンサーになれるかもしれないと思うくらい、稽古に打ちこんでいた。リサイタルで舞台に立ったこともあり、フラメンコの衣装の写真はお気に入りだったようである。小説にはしばしばフラメンコのダンサーやギタリストが登場する。この短編でもつけまつげを忙《せわ》しなくつけたり、衣装が破れたり、緊張感のある楽屋の様子などが詳しくコミカルに描かれているのは、ニン自身の経験が生かされていると言える。

（三宅あつ子）

▽引用（「奇跡を信じないロシア人の理由」より）

「あっちこっち。私の血は混じってるんだよね。いつもだいたい、本ばっかり読んでて。だから、頭の方が重くて、ちょっとくらくらしてるの」("The Russian Who Did Not Believe in Miracles and Why," 32)

【解説】 名前のない女性は、どこから来たの？ と聞かれ、このように答える。

これは、まさに一九三〇年頃、パリで独学で文学修行を始めていた若き日のニンの、未来に対しての夢と不安が入り混じっている姿ではないだろうか。

▽引用（「心は一つ」より）

男：D・H・ロレンスは、厳密なことばで言えば、芸術家とはいえないよね。彼の小説は詩にするべきだったと思う。

女：違うわ、彼は詩の激しさをこめて、新しい、叙情的な小説を作ったのよ。

男：でも、そんなに芸術的じゃないよ。

女：完璧に詩的な小説になっているところもあるわ。詩のように完璧にね。

男：詩的小説なんて信じないな。詩は信じるけど。

女：私は詩的小説を信じてる。私が実践してるし。("Our Minds Are Engaged," 47)

【解説】 ニンは、この後、D・H・ロレンスに関する評論、『私のD・H・ロレンス論』(一九三二)を出版するが、もっとも影響された作家だと言えるだろう。彼女は、十九世紀までのリアリズムの散文小説とはまったく異なった自分の文章を、「詩的小説」(poetic prose)と呼んでいた。

▶引用テクスト

Nin, Anaïs. *The Early Diary of Anaïs Nin Volume 4: 1927-1931*. Harcourt Brace Jovanovich, 1985.

——. *Waste of Timelessness and Other Early Stories*. Swallow P/ Ohio UP, 1993.

『性の魔術師その他のエッセイ』

The Mystic of Sex and Other Writings, 1995

◉はじめに

アナイス・ニンが亡くなって十八年後の一九九五年、日記の編集者であるガンサー・ストゥールマンは、一九三一年から七四年にかけての未収録のエッセイを一冊にまとめて出版した。タイトルの『性の魔術師』は一九三〇年秋にアナイスがメリサンドラ(Melisendra)の筆名で『カナディアン・フォーラム』誌に発表したエッセイから来ている。

最初にこの本の構成を見てみよう。まずガンサー・ストゥールマンの序文がある。この中で彼は、『性の魔術師』について、メリサンドラという匿名《とくめい》ではあったが、アナイスが初めて世に出るきっかけを作った作品として紹介し、このエッセイ集は、いくつかの短い日記の引用を除けば、著名な作家としてのニンの考えが示されていること、さらに、ニンが自分の文学の方法を擁護するばかりでなく、文学に対する新しいアプローチのしかたや、彼女の中にあった芸術的な葛藤などが語られている、と述べ、最終的にはこれらのエッセイは一九六八年に発表された『未来の小説』に行き着くものであると述べている。そして、自分の考え方の正当性に確信を持つほかの多くの作家たちとは異なり、ニンは常に彼女の最初の文学的な実りである『私のD・H・ロレンス論』(一九三二)に立ち返るように見られる、と述べている。

十六編のエッセイ集であるが、それらのエッセイのうちの重要なものについて短い説明をつけながら紹介していこう。

▼「性の魔術師」 *The Mystic of Sex*

一九三〇年十月号の『カナディアン・フォーラム』誌に載ったエッセイである。サブタイトルとして、「はじめてD・H・ロレンスに出会って」(**A First Look at D. H. Lawrence**)とある。一九三〇年八月二十三日の日記には、自分の書いたロレンスに関する記事が『カナディアン・フォーラム』に載ることになった(*Early Diary* 4, 326)、とあり、十月二十九日の日記には体調不良だが、唯一の喜びは、自分の書いた記事の載っている『カナディアン・フォーラム』が届いたこと(353)、とある。

ロレンスに対する二十七歳のニンの眼は確かである。「ロレンスは推し量るのが難しい作家である。なぜなら彼は熱狂的に好きになるか、または嫌いになるようなたぐいの作家であり、中立的な意見を持つことのできない作家だからである。彼は極端な個性の持ち主であり、彼の作り出す世界は、見過ごすにはあまりにも激しくユニークな世界である」(*The Mystic of Sex*, 13)と述べる。そしてそのようなロレンスの中に彼女は詩人を見る。ロレンスは衝動、直感を目覚めさせようとした。それらは詩人のものであり、詩人の感受性によらなければ理解できないものである。すなわち、彼にとっては生き生きとした生命力が何よりも大切なのであり、その表出としての性という、デリケートで扱いの難しいものを、彼の詩人としての洞察力と率直さで取り扱うことができた人であり、彼は肉体を通して感じ、考えることのできた人であり、抽象的な思考には頼らなかった。ロレンスの中には「詩と赤裸々な真実があい並んで存在している。〔……〕ロレンスは最終的に行き着くところなどないこと、最終的な解決などないことを、知っていた。人がそこから動きたがらない場所などないのだ。もしあなたが真に真実を求める人間であれば、足場は絶えずあなたの足元で動いていくだろう。あなたは絶えず移ろう真実とともに移ろっていくのだ」(21)。こうして二十七歳のニンはロレンスの内なる詩人に注目し、彼の求める真実に注目する。

▼「リアリズムとリアリティ」 *Realism and Reality*

一九四六年の作である。四〇年代から五〇年代にかけてニンには、詩のような作品を書きながら、小説家としての権利を要求しているように見える、という非難があがっていた。アメリカ文学はどの時代を取ってみても、基本的にはリアリズムが主流の文学であり、一種の構築物としての文学である。そのような文学の伝統に根ざす人々には、ニンの作品は水の流れに従って動いていく川辺の風景のようなものにしか映らないだろう。こうした批判に対して彼女は言う。「私の作品を読むときには、現代絵画を見るように近づいてもらえれば、その意味に達する鍵を手に入れるだろうし、また性格小説によく見られる多くのものを、なぜ私が取り除いてしまったかが理解できるだろう」(23)。ニンの小説は性格小説ではなく、無意識の領域を探索する小説であるために、心の水面に映る影を象徴によって語らなければならない。と同時に、小説の中で象徴が使われるときには、その象徴は説明される必要がある。この点が詩と違うのだとニンは言う。詩人は、その作品が人にはよく理解できないこと、明らかにされないことで賞賛されるが、小説家は、創りあげた人物の言葉や外面をリポートするだけではなく、その行動の象徴的な意味合いを説明することで、内面の真実を写し取らなければならないのである。彼女は人物の外面を描くのではなく、内面を描く作家としての自分の使命を強調する。

　ニンはミロ❖の絵画を例にとって、現代文学のありようを説明する。「ミロの絵ではサーカスは一本の線、一個の赤いボールと空間で表現される。これは私の現代文学についての考えと一致する。文学も私たちの時代のリズムを取らなければならない。飛行機が速く飛ぶために積荷を軽くするように、文学も身軽でなければならないのだ。私たちは気持ちのうえでも科学的にも、もっと軽やかに旅をすることになるのだから、文学も音より早く旅することを覚えなければ、それは私たちの時代のものとはならなくなってしまうと私は考えている」(25)。

▼「書くこと」 *On Writing*

ニンは彼女の文学が神経症の文学であるという批評を受けたことがあった。その反論として出てきたのがこのエッセイである。発表は一九四七年である。

その冒頭でニンは次のように言う。

> 私の作品を神経症の記述に過ぎないものであり、それゆえに一般的なテーマよりもむしろ例外的なテーマを扱うものとして分類しようとする試みがあった。しかしそれはちがう。私たちは集団的神経症にかかっており、現代小説にとってはこの問題はもっとも急を要する問題のひとつであると私は考える。(32)

さらになぜ神経症の女性を選んで書くのかという質問に対しては、男性よりも女性の方が自然に近く、抑圧に対してはより強いプロテストを行なってきたからであると言う。男性は女性のうちに象徴としての自然を認めてきたが、今日女性は男性を模倣し、男性原理によって打ち立てられたゴールを目指そうとしている。これが男女の自然な関係を壊している。われわれのうちにある混乱を正すことなくしては、外界で起こっている事柄を正しく理解することはできず、それゆえに正しく行動することもできない。小説家が心理的な内面の歪みに執着するのは、神経症に対する偏執からではなく、これこそが現実味のある新しいテーマであるからである、とニンは言う。神経症という現代病に、ニンは急いで解決をしなければならない現代的な問題の一つを見ている。

さらに、フレデリック・ホフマン❖のロレンスの言葉を次のように引用する。

> ロレンスはこれまでの小説 (The novel) には人間の五感の働きを弱めてしまう危険があることを、そして小説は、生命力をなくした世界に行き渡っている生命のない（無味乾燥な）事柄を単に提示しているに過ぎないのだとはっきり感じ取っていた。
>
> しかし、もし小説が生命に溢れるポートレートとして読まれるなら、それは作家にとって非常に柔軟性のある手段、彼が世界に向かって、世界が意味するところを発進するための最良の機会を与えてくれるものとなるだろう。(35)

人間の情動の世界に真実を見出すニンの、現代社会の抱える問題への警告を、「書くこと」と題するこのエッセイに読み取れるように思う。

▼「作家と象徴」 *The Writer and the Symbols*

最初に発表されたのは一九八六年発行の『アナイス・インターナショナル・ジャーナル』(*Anaïs: An International Journal, vol. 4*) 誌上であった。これより先、一九五九年には『二都』(*Two Cities*, Paris, April 15) 誌上に、少し違いのある形で発表されている。この中でニンは「物語の創作はすなわち意味の探求である」と言う。外界の事物

❖ホアン・ミロ　Joan Miro, 1893-1983　二十世紀スペインの画家。バルセロナに生まれ、幼いころから画才を表わし、美術学校で絵を学ぶ。十九歳でパリに出て、ピカソやシュルレアリストのブルトンの影響を受ける。当時の画壇の新しい動きを体験しながら、原色と曲線による表現で独自の画風を作り上げた。ミロの生命力にあふれる、時にはユーモラスな表現をニンは好んだ。

❖フレデリック・ホフマン　Frederick Hoffman, 1909-67　アメリカの批評家、ウィスコンシン大学教授。英米の文学研究に功績があった。ことに新批評 (New Criticism) と呼ばれる、四〇年代から五〇年代にかけてアメリカで興った批評方法を用いた評論で知られる。

が作家の内面のドラマと触れ合うときに、外面的な事物は象徴化され、作品として結晶する。

作家は画家の眼と、音楽家の耳、そしてダンサーの身体リズムを持って作品を書く。また生命のリズムと気分によって書く。けれども書くことを阻害しようとする働きを感じることもある。それは慣習、伝統、社会的慣行によって押し付けられるものであるし、作家自身の中にセンサーとして働くものでもある。象徴はそれらの障害となるものを防御する働きを持つ。「芸術は、真実に対して刃向かおうとする人間の傾向を打ち破る、きわめて効果的な手段である」(49)。

現代生活はますます機械的に、機能的になり、そこに意味を求めることは難しくなっているが、そのような表面の下深くに流れる、識域下の流れに気づくことが、現代の文学に求められることである。象徴は無意識の意識を形象化させるために必要な手段であるとニンは言う。

▼「最初の現代女性——ルー・アンドレアス・ザロメ」 *The First Modern Woman—Lou Andreas Salome*

一九七四年に出版されたH・F・ペータースによる『ルー・サロメ　愛と生涯』に寄せた序文である。この中でニンは、ルー・アンドレアス・ザロメは因習的な考え方や伝統的な暮らしぶりを超越しようとして苦闘した女性である、と言う。知的で創造的で、しかも愛にあふれた女性が、愛する男性とともにありながら、自己の存在を確立し全うすることの難しさを、ルー・アンドレアス・ザロメは教えてくれる。フェミニストではなかったが、彼女こそは時代を遥か超えて生きた女性であり、ニンは一人の女性として完全であることを目指したルーの生き方に感嘆し、共鳴する。

▼「新しい女性」 *The New Woman*

一九七一年四月にサンフランシスコにおいて、芸術に携わる女性を祝賀する催しがあった。このエッセイはそのときに行なった講演を基にしたものである。

この中で彼女は、創造的な意思を持った女性を讃えて、ユトリロ❖の母、スザンヌ・ヴァラドン❖、ゴッサム書店のフランシス・ステロフ▼、そして若き日の彼女自身などを例に引く。これらの女性たちは自らの意思とその創造性で、自分自身の世界を切り開いた人たちであった。ニンが賞賛するのは創造的な精神である。その際に必要なのは自分自身に対する確信と信頼である。創造的な仕事に従事する女性には、往々にして非難や批判が付きまとうが、現代を生きる女性には、芸術に携わることで自分を咎《とが》めることなく、自分を高め啓発するように、とニンは求める。新しい女性とは、子どもや男性といかに向き合い、語り合うかを知っている女性である。周囲と調和し、分かち合いながら生きることのできる女性である。

女性は勇敢で、冒険心に富むものでありうる。これから現われてくる新しい女性は人を励ますことができる、すばらしい女性である。そのような女性を私は好む。(104)

全体を通して読むと『性の魔術師』中のいくつかのエッセイは、やがて『未来の小説』として一冊にまとめられるニンの文学論として、またそのほかのエッセイは、後輩の女性たちに送る励ましとして読むことができる。ただし、円熟期に入ったニンの論調、論旨は人生の真っ盛りで、さまざまな意味合いで闘いの日々を送っている女性たちには、その穏やかさに物足りないものを感じるかもしれない。いわゆるフェミニズムとは少々離れて立つニンへの風当たりの強弱は、このあたりに原因を見出すことができそうである。

(木村淳子)

▽引用(「性の魔術師」より)

ロレンスの気取りのなさはラテン系の人間には誇張されたものには見えない。実際、ラテン系の人間には彼は本質的に神秘家である。これはパラドックスではない。なるほどロレンスの肉体に根差した哲学が彼の神秘主義的な思考を不明瞭なものにしている。この神秘主義的な思考は、彼の作品の中でも最も肉体的な作品である『チャタレー夫人の恋人』に見いだされるものである。この本の中では描かれているのは、ほとんど男女の性的

❖モーリス・ユトリロ　Maurice Utrillo, 1883-1955　フランスの画家。スザンヌ・ヴァラドンの私生児。七歳の時、カタルーニャ人でスザンヌの元恋人ミゲル・ウトリリョの息子として認知され、ユトリロ(フランス語読み)の姓を名乗るようになった。厳しい境遇の中、アルコール依存症治療の一環として始めた絵画の道がその後の彼の人生を決めた。依存症と闘っていたころに描かれた「白の時代」と呼ばれる、白を多用した静謐な雰囲気を醸す作品が現在も高く評価されている。

❖スザンヌ・ヴァラドン　Suzanne Valadon, 1865-1938　ユトリロの母。パリに出てサーカスで働いたが、怪我のため退団。お針子として生計を立てた。十八歳の時息子モーリスを生む。同棲していたロートレックにデッサンの才能を認められ、エドガー・ドガに油彩、版画を学ぶようになる。やがて作品の評価が高まり、現在作品はパリ国立美術館に所蔵されている。ユトリロが風景画を描いたのに対しヴァラドンは力づよい筆致で人物を描いた。ニンは時代の先端を生きたヴァラドンに高い敬意を払っている。

な関係のみであるが、しかしロレンスは、肉体的な関係を通って愛の感情へと至る道を明らかに示している。
("The Mystic of Sex," 14)

【解説】 一九三〇年に書かれたこのエッセイは後にニンのロレンス論として結実することになった重要な作品で、一九九五年に『性の魔術師』としてまとめられたエッセイ集の表題作となった。四十年余りにわたって書かれたエッセイ群のなかには、小規模ながら、のちの評論集『未来の小説』（一九六八）の基本となる文学論も収められている。

▼引用テクスト

Nin, Anaïs. *The Early Diary of Anaïs Nin Volume 4: 1927-1931*. Harcourt Brace Jovanovich, 1985.

——. *The Mystic of Sex and Other Writings*. Capra Press, 1995.

『アナイス・ニンの日記　第一巻』
The Diary of Anaïs Nin, Volume 1 (1931–1934), 1966

ニンの日記として一九七四年に日本語に翻訳され❖、比較的広く読まれるこの第一巻（一九三一―三四）はニンが作家としての自分自身を確立する最も重要な過程が描かれたものであり、同時に彼女の抱える最も重大な問題があらわにされている作品だと言えよう。日記で最初に翻訳された部分であり、そして父との関係、精神分析医ランク▼、ミラーをはじめとした交友関係が多くのエピソードによって最も生き生きとドラマティックに描かれている巻でもある。

一九八六年に『ヘンリー&ジューン』が、そして一九九二年には『インセスト』など無削除版の日記が刊行され、夫ヒューゴー▼に関する描写、ヘンリー・ミラーやジューン、アランディ博士、ランク博士、そして父親との性関係を示す描写などが明らかになった。『日記』第一巻では夫の存在が一切消されており、ミラー夫妻とニンをめぐって、そしてアランディ博士、ランク博士とニンとの関係をめぐって多くの側面が曖昧《あいまい》にされているのに対して、無削除版の二つの作品ではそれらが赤裸々に描かれている。ニンが描き出した出来事は不道徳、常軌を逸した行動も多くあるが、従来の版と無削除版を合わせて読むことで、彼女のペンがきわめて真摯《しんし》に自己と格闘してきたことを確かめることができる。

ニンは父と自分自身との関係を精神分析医との会話か

❖『アナイス・ニンの日記　一九三一―一九三四　ヘンリー・ミラーとパリで』原真佐子訳、河出書房新社、一九七四年。

ら、そして日記に自らの記憶のままにトラウマと憧れとの混じった父との物語を書き綴《つづ》る。語り、時に精神分析医アランディ博士の前で子供のころの家族との葛藤、ヘンリーやジューンとの関係などについて赤裸々に告白する。アランディ博士との関係が医師と患者とのそれを超えてしまい、男女関係に至ってしまい決別した後、アナイスは一九三三年十一月にオットー・ランク博士と知り合う。アランディのように、「健全な一人の女性」すなわち「平凡な一人の銀行員の妻」であることを抵抗なく受け入れる女になるように強要するのとは違い、ランクは芸術家の内面の葛藤を理解することができた。彼は人間の神経症状態、病的な精神状態から脱するためには芸術の力が不可欠だと考えた。

ランクは「神経症の女性が治癒すると女になる、神経症の男が治ると芸術家になる。あなたの中の女が勝つか、芸術家が勝つか、見届けましょう。さしあたり、あなたは女になる必要がある」（五二三）と語る。

若い教え子マルカ（Maruca のちの再婚相手）と駆け落ちして家庭を捨てた父、ホアキンとの失われた二十年にわたる断絶を取り戻そうと、娘アナイスはまるで恋人のように父との逢瀬を重ねる。だが互いに相手を自分の双子のきょうだいであるかのように愛し求めあう父と娘の、近親相姦的な関係は長く続かなかった。自分を完全な男、神のような崇拝を求める父ホアキンは、再び嘘と幻想で娘を裏切り続けることになる。ホアキンが若いヴァイオリニストと内緒で旅行に行こうとしたことが発覚し、アナイスがそれを責めると居直ったことで、二人の親子関係は再び破綻《はたん》する。

このうち『ヘンリー&ジューン』がフィリップ・カウフマン監督によって『ヘンリー&ジューン／私が愛した男と女』というタイトルで一九九〇年に映画化されたが、あまりにも官能的場面が強調された映画になってしまっている。そしてニンがまるで、ヘンリーの妻ジューンの眼を盗んでヘンリー・ミラーと自身の夫ヒューゴーとの間を行き来しながら性愛を恣《ほしいまま》にする、好色な文学好きの有閑《ゆうかん》夫人に成り下がり、作家としての苦悩や葛藤が映像から見えてこない。

大きな問題の一つは、ニンが女児を死産するシーンである。ここでニンが子供をもつという選択肢を、芸術家として生きるために捨てたからだと自ら語るが、『インセスト』『ヘンリー&ジューン』という二つの無削除版日記では夫ヒューゴー以外の多くの男性との性関係が露わにされており、実際には死産ではなく中絶であることがわかる。

興味深い部分としては、ニンが日記において当時出会った芸術家たちとの交流を通して自分の芸術家としての在り方をめぐって試行錯誤を重ねるさまを書き残している部分であろう。当時はまだ無名の一作家にすぎなかったヘンリー・ミラーとの出会い、アントナン・アルトー▼、描かれるすべての出来事が作家として、一人の女性としてのニンのあり方の多くを決定させるものであったと思われるが、同時にこれは日記によって自らの人生を再び生き直し、自らの物語を生涯にわたって語り続けることの意味も定義することとなる。ヘンリー、ジューン、父のホアキン……身も心も彼らに共鳴した彼女は、外界に自らの分身を見出し、あるいは展開していくことで、自らの声は多くの女たちの声の一つであり、大勢の女たちの声でもあることに気づくのである。

> そしてわたしのいいたいこととは、実は芸術家や芸術家の問題とは違っている。発言する必要を感じているのは女としてのわたしなのだ。しかも、単にアナイスという女が発言しなければならないのではなく、多数の女たちのために発言しなければならないわたし、なのだ。（五一九）

自らを常に特殊化する作家としての自意識と、一人の女性としての意識。ニンは相反するこの意識を日記において融合《ゆうごう》し、当時の女性芸術家が抱えていた問題を掘り下げた。夫への全面的な金銭上の依存の上に続けられた多くの不倫、ミラー夫妻への経済的援助など、現代の私たちの価値観では女性の自立とはほど遠いと思える行動も多い。そして彼女の「男らしさ」「女らしさ」の定義は、性転換による性別の変更さえも可能となった今日では、もはやほとんど意味をなさない。それにもかかわらずニンは、女性が世の中で求められる役割や好まれる要素をきわめて感覚的にとらえる才に長《た》けており、現代の女性が表現者として生きていく時に解決していかなければならない問題の多くがこの日記で描かれている。精神分析で分析しきれない、また彼女の知るどんな芸術、文学の形式にも収まりきれない一人の女性としての生を日記に書きとめることが、「多数の女たちのために発言する」行為なのである。

（加藤麻衣子）

▽引用

一九三三年十月

愛する日記よ、あなたは芸術家としてのわたしの妨げになってきた。けれど同時にわたしを人間として生きつづけさせてくれた。あなたを創造したのは友達が必要だったから。そしてこの友達に話しかけて、わたしは、おそらく、人生を空費してしまったのだ。（四七一）

【解説】「自分の書いた小説より日記の方が有名な作家って、研究する価値があるの？　だって日記はしょせん日記でしょう」。こんなことを言われたことがあるニンの研究者は多いのではないだろうか。だが日記という巨大な力作がなければ、ニンは自分の人生をもう一度構築することはできなかったし、小説を書き続けることもできなかっただろう。日記はニンにとって唯一無二の友人であると同時に、もう一つの自己であった。日記を一生書き続けるのにニンは、作家として日記をさほど必要とせず小説や詩を書き続けた人に比べれば想像もつかない量のエネルギーを費やし、そのためにさぞかし厄介で疲労困憊する人生を過ごすことになっただろうと推測する。

▼引用テクスト

ニン、アナイス『アナイス・ニンの日記　一九三一―一九三四　ヘンリー・ミラーとパリで』原麗衣訳、筑摩書房、一九九一年。

『アナイス・ニンの日記　第二巻』
The Diary of Anaïs Nin, Volume 2 (1934-1939), 1967

迫りくる戦争の足音があちこちに響いている。

一九三四年十一月、精神分析医オットー・ランク▼の助手を務めるためニューヨークへ渡航する。次第に精神分析に懐疑的になり、ランクに彼の著作を手伝うため自作の執筆をやめるよう求められて作家としての自己認識を新たにし、一九三五年六月、ルヴシエンヌに戻る。印刷会社の設立を構想したり、父との関係を基に『人工の冬』を書き出版を計画したり、モロッコへ旅行したり、周囲の人々に母のように尽くしたりして過ごす。

一九三六年にペルー出身のマルクス主義者ゴンザロとその妻でダンサーのエルバに出会ってからは、彼らを援助しマルクス主義に接して新たな世界に目を開く。しかし、マルクス主義という制度が弱者を救うというゴンザロの夢には、懐疑の念を持つ。彼らとの関係の記述が第二巻の大半を占めている。

また、憧れていたハウスボートを借りて、セーヌ川を航行したりもする。アルベルティーヌ (Albertine) というねずみ色の服を着た臆病なメイドを雇うが、彼女は妊娠、中絶でひと騒動起こす。このエピソードは、後に『ガラスの鐘の下で』(一九四四)の「ねずみ」の基になる。

一九三七年以来ロレンス・ダレル▼との親交を深め、互いの作品について意見を交わし合うようになる。ミラー、ダレルとの交流の中で、男性の客観的、分析的、利己的な創作とは違う、女として書くという方向性を目指すべきだ、という思いを強めていく。

父との交流も続いていて、冷静にその人柄を見つめて

いる。長年連れそった父の妻マルカ(Maruca)は自分本位な彼に愛想をつかし、離婚を申し出る。

またアントナン・アルトーとの交流は、アルトーの精神病院入院によって絶たれてしまう。

一九三九年九月、第二次世界大戦がついに勃発し、夫にアメリカへの帰国の指令が出たニンは、慌しく荷造りをし、ロマンティックな時期の終わりを悟る。シオドア・ドライサー、レベッカ・ウェスト、マルセル・デュシャン、アンドレ・ブルトン、藤田嗣治など、華やかな交流に彩られた第二巻はここで幕を下ろす。

(佐竹由帆)

▽引用

ヘンリーが芸術家なのはまさに私がしないことをするから、ということはわかっている。彼は待つ。自分の外に出る。虚構になるまで。すべて虚構だ。

私は虚構に興味がない。誠実さがほしい。

わかっているのは私は正しいということだけ、私にとっては正しいのだ。今日私が女の言葉も男の言葉も話せて、女から男へ、男から女へ通訳できているとしたら、男の客観性を信じていないから。男の考え、システム、哲学、芸術はすべて、自分では認めたがらない個人的な起源からくる。ヘンリーとラリー(ロレンス・ダレルのこと)は客観的なふりをしている。ラリーは英語にコンプレックスがある。でもそれは見せかけ。

かわいそうに、ナンシーの直感的な知性はなかなかわかってもらえない!

「黙って」とラリーは彼女に言う。彼女は私を妙な目つきで見る。彼女を守って、ときあかしてほしいみたい。ナンシー、私は黙らない。言いたいことがたくさんあるの、ジューンのため、あなたのため、ほかの女たちのために。(233)

【解説】ミラー、ダレル、ダレルの妻ナンシーと語らいながら、男性に沈黙を強いられるナンシーを見て、他の女性たちのために声をあげることが、女性作家として自分がなすべき仕事であるとニンが認識する場面である。ニンは男性作家であるミラー、ダレルと自分を比較しながら自分の特性について、男性的客観性への不信について思いめぐらし、女性作家として何ができるかを模索している。

▼引用テクスト

Nin, Anaïs. *The Diary of Anaïs Nin Volume 2: 1934-1939*. Harcourt, 1967.

『アナイス・ニンの日記　第三巻』

The Diary of Anaïs Nin, Volume 3 (1939-1944), 1969

『日記』第三巻は、アナイス・ニン三十六歳、一九三九年九月の第二次世界大戦勃発により、フランスからアメリカへ強制帰国となった同年冬から始まる。ニンは戦争という社会背景について、嫌悪と衝撃を露わに記しつつ、この暗い四〇年代前半を、ニューヨークの芸術的環境を再設計するのに実に意欲的である。パリへの望郷の念に駆られるも、グリニッジ・ヴィレッジ❖やハーレム❖では、気脈の通じる芸術家同士の人間関係を構築しつつ、人間観察への洞察が顕著である。

後に、ビート・ジェネレーション❖の代表的詩人となる、当時二十代のケネス・パッチェン❖やロバート・ダンカンらは、アナイスの「子供たち」であり、「母」として献身をすべてとする愛情を注いでいる。周知の仲では、へ▼

❖グリニッジ・ヴィレッジ　Greenwich Village　ニューヨーク市、マンハッタンの南西部の一地区、ボヘミアンの芸術家や作家が多く集まり、居住する。通称、「ヴィレッジ」とも呼ぶ。

❖ハーレム　Harlem　ニューヨーク市、マンハッタンの北東部の黒人が多く住む区域で、黒人の間で、「魂の街（ソウル・シティ）」(Soul City) とも呼ばれている。一九二〇年代、アメリカ黒人街として最大となったこの地域で、いわゆる「ハーレム・ルネッサンス」という黒人の芸術家による活動が盛んとなる。クロード・マッケイ (Claude McKay, 1889-1948) やラングストン・ヒューズ (Langston Hughes, 1902-67) らが黒人文学を重要な分野に位置づける。

❖ビート・ジェネレーション　Beat Generation　第二次世界大戦後、アメリカでは、ビート・ジェネレーションと呼ばれる世代が出現する。Beat は、beaten の打ちのめされたという意味や、ジャズのドラムを打つ、beat のリズム感の意味や、beatific から、至福のという意味やら交錯する。中産階級的な価値観や物質主義を否定し、戦闘的な姿勢はなく、離脱的な精神的解脱を意識する。

ンリー・ミラーが、アメリカ各地の旅先よりアナイスに宛てた書簡を日記に記録している。また、ゴンザロとは、中古の印刷機を試行錯誤しながら『人工の冬』（一九四二）と『ガラスの鐘の下で』（一九四四）等を手刷り印刷した苦労話を記している。一九四二年一月、ニューヨーク、マクドゥーガル通り一四四番地に、二人は出版社を設立した。アナイスが活字を手で組む作業を、ゴンザロが円筒形の印刷面をペダルを強く踏み込みながら回転させる作業を、一日、七時間から八時間行なっている。インクに染まったアナイスの爪は剥《は》がれかけ、インクの味がするサンドウィッチを頬張りながら作業に没頭する様子が記されている(185)。微妙に大きさが異なる紙を綴《と》じる仕事を引き受けてくれる製本屋を捜すのにもひと苦労している。こうして、アナイスは、作品の自前の出版に携わるとともに、同じ時期に「母」としてエロティカから得る執筆料を、「子供たち」への現実的な資金調達として分け与えていた。エロティカの執筆に際し、創作信条と商業主義の矛盾はあっても、作家アナイス・ニンとして文体に関わる、詩的で鋭敏な感受性への信念に揺るぎはない。

　精神分析医オットー・ランク▼の五十半ばの死を、四〇年二月、後から初めて知り、改めて彼の偉業を偲《しの》んでいる（四一年六月、ルネ・アランディ▼博士の臨終の情報については、淡々と記している）。精神分析を通してニンは、自分自身の女性性に正面から向き合い、作品に具現を目指す。努めて、自分の作品を普及させるための行動に出ている。一九三九年の冬から、ゴッサム書店の店主、フランシス・ステロフ▼を積極的に訪ねている。パリのシルヴィア・ビーチ▼の役割をニューヨークで担う人と記し、ニンの多大な協力者となる。中古印刷機購入等の費用の一部にと、七五ドルを貸してくれたと記録されている(179)。一九四四年一月、約一年がかりで、ニン自ら刷り上げた『ガラスの鐘の下で』を、ゴッサム書店にやって来た、時の批評家、エドマンド・ウィルソン▼に手渡したのが他でもない、このステロフである。

　北米本土が戦場ではなかったにしても、戦時中の最中にあって、ニンの周辺には、なんと豊饒な文化的環境が整えられていたか、その記録には目をみはる。本人にとっては、不本意なアメリカへの移動ではあったが、着々と創作に精を出したニンが、ついにウィルソンによる『ガラスの鐘の下』への書評が『ニューヨーカー』誌に掲載された快挙を記して、一九四四年四月一日、この『日記』第三巻は終わる。ちなみに、この第三巻の『日記』に対応する無削除版は『蜃気楼《しんきろう》』であるが、補足によらずとも、この『日記』第三巻、三一四頁の読み応えは重厚である。

（山本豊子）

ゴッサム書店２階ギャラリーへの階段わきに掛けられた
アナイス・ニンとフランシス・ステロフの写真パネル
（1994年撮影）

❖ケネス・パッチェン　Kenneth Patchen, 1911-72　オハイオ州出身のアメリカの詩人。ビート・ジェネレーションの詩人、ジャズの演奏に朗読をコラボレーションすることもあった。一九四〇年代は、グリニッジ・ヴィレッジの住人として、詩人E・E・カミングズと親交がある。「ライオンの歯」("The Teeth of The Lion," 1942)、「赤い酒と黄色の毛」("Red Wine and Yellow Hair," 1949)、「ケネス・パッチェン詩集」("Collected Poems of Kenneth Patchen," 1969)がある。

▽引用

この世の中で起こっていることは、まったくもって極悪非道だ。人々は防毒マスクの使い方に慣れようとしている始末。こんな最中、荒廃から身を守る防衛策として、私はいろいろな夢を供給してくれる酸素マスクを身に着けなくてはと思うのだ。創造をつかさどる細胞が絶えることなく生まれ出でるために。（一九四〇年九月）(48)

【解説】『日記』第三巻は、第二次世界大戦中の五年強を同時進行として綴られた日記である。アナイス・ニンの反戦メッセージに読める独特の見地が鋭敏である。

▽引用

色紙と竹細工で作った日本の小さな蛇《じゃ》の目《め》傘を、私は髪飾りにした。〔……〕そんな日本製の物、壊して捨ててしまえと人は言う。〔……〕私は、その小さな飾り傘を守るため、そっと傘をたたむ。〔……〕その傘の内側に、私は平和への夢や純心な音楽の調べを大事に仕舞い込む。戦時中の敵国への憎悪は、あらゆる物事を狂わせてしまうのだ。〔……〕いつの日か、人の優しさ、平和、愛のみが、弊害や憎しみや戦争に対する解毒剤となることを人々に思い知らせるために、色紙と竹細工の日本の傘飾りが、ぱっと花開く日がきっと来るだろう。
（一九四三年六月）(288)

【解説】この時点で、ニンはすでに親日家であったのだろうか。ニンの平和への祈りは、日本の傘飾りを見事に開花させることになった。

▽引用

生身の子どもは、母親が老いていくにつれ、大きくなり成人して、母を守るまでになる。しかし、芸術家たち（子供たち）は、決して大人にはならない。芸術家たちの母は、この尽きない重荷に潰されて、気がつけば一人とり残されて、子供らは母を捨て去っているのだ。（一九四二年冬）(234)

私は、知り合いの詩人たちと一緒に、皆して綺麗なエロティカを書いている。叙情詩調の迸《ほとばし》りを抑えて、肉欲三昧を描けと指示されるので、私たちは断固、詩を大爆発させてみせた。エロティカを書くことが、堕落ではなくて、むしろ詩人たちの聖者の行進となっている。
（一九四一年十月）(157)

【解説】芸術家たち（子供たち）を支援するニンの家族的母性における献身への現実的な見解の一つである。一枚一ドルの報酬を得るエロティカを、この芸術家たち（子供たち）へのお金のために書くにしても、ニンの決して譲らなかった、確固たるこだわりがあったのだ。

▼引用テクスト

Nin, Anaïs. *The Diary of Anaïs Nin Volume 3: 1939-1944*. Harcourt, 1969.

『アナイス・ニンの日記　第四巻』

The Diary of Anaïs Nin, Volume 4 (1944-1947), 1971

『日記』第四巻は、一九四四年四月から四七年夏までの、世界大戦終結をはさんだアナイス・ニン、四十代初めの日記である。勝利国アメリカの安泰《あんたい》が自然と伝わってくる。ニンの周辺に集まる芸術家（志望）たちによる百花斉放《せいほう》の様子と人間模様を鋭敏な視点で描写するニンの筆は円熟期に移行している。ゴア・ヴィダル▼の紹介により、ニンの小説『火への梯子』や『信天翁《あほうどり》の子供たち』がダットン社から出版となり、公に印刷、流通されることの影響力が多大であることが読み取れる。他にも、ランダム・ハウス、ハーパース、ヴァイキング・プレスなどから出版依頼を受けるに至る。ゴンザロと創設した自前のジーモア・プレスは彼の怠慢と無責任に因る負債から一九四六年には倒産したものの、パブリシティ（公）の中での作家ニンの存在が目立ってくる。作家としてのニンの名声は、アメリカの大学、ハーヴァード、ダートマス❖、ゴダード❖などから講演の招待を受ける活動へと展開する。

「この飢え」（『火への梯子』から）の書評が『ニューヨーク・タイムズ』紙にエドマンド・ウィルソン▼、また、『ザ・

❖**ダートマス大学**　Dartmouth College　アメリカ、ニュー・ハンプシャー州、ハノーバーにあるアイヴィー・リーグ（ハーヴァード、イェール、プリンストン、コロンビア、コーネル、ブラウン、ペンシルベニア、ダートマスのアメリカ北東部の名門八校からなる競技連盟、一九五四年設立）の一校で一七六九年創立された大学。

❖**ゴダード大学**　Goddard College　アメリカ、ヴァージニア州、プレインフィールドにある大学、一八六三年創立。

ネイション』誌にダイアナ・トリリングによって書かれる。しかし、両者は必ずしもニンの作品の理解者ではないことから、これらの批評を受けるだけの作家になったニンの別の矛盾への葛藤がうかがい知れる。

エドマンド・ウィルソンはアメリカの作家メアリー・マッカーシー❖との離婚もあり、ニンとの一時の情事については、無削除版日記『蜃気楼《しんきろう》』で言及されている。ウィルソンのひとりよがりな欲望であり、ニンにウィルソンは振られる(295-96)。この『日記』第四巻では、ウィルソンの文芸界での権力や地位の顕示に対して、ニンは古典的な偏屈さと父権的横柄さに、再三嫌悪感を露骨に表わしている。逆に、ウィルソンの「オールド」の対極にある「ヤング」、つまり若き青年芸術家志望たち(ボーイズ)と過ごす語らいや文通によって充足できる「母」としての存在の自分自身について認めている。ボーイズは、繊細で傷つきやすく、その純粋さはニンにとって「透明《トランスパレント》」という象徴の基に、「信天翁《あほうどり》(アルバトラス)の子どもたち《チルドレン》」となる。

そして、若者への寵愛が「母」アナイスに究極の出会いをもたらすことになる。本日記では「西部出身の若い男《ひと》」と称される青年こそ、西海岸の夫となり、終生をともにしたルーパート・ポールである。この「若い男《ひと》」がニンに勧めた、車での北米大陸横断の旅のスケッチが綴《つづ》られている。ニューヨークという大都市を後にして、南部ニューオーリンズで故郷《ふるさと》フランスを彷彿とさせる文化に触れ、インディアン居住区や永住権手続きのため隣の外国、メキシコへの旅も含め、西へ行き進むほどに、太陽と南洋の風土は、ニンのスパニッシュ系の帰属意識を高揚させた。

ヘンリー・ミラーからの手紙の内容も、この『日記』第四巻では、さらに希薄な記載に止まる。西部への旅の途中、カリフォルニア州のビッグ・サー❖に居を構えたミラーを訪ね再会しているが、かつての親密な気脈が通じる関係は終わったというニンの見解が記されている。ニンにも歴然とした、もう一人の夫となる「若い男《ひと》」との西海岸での生活の発端が生まれていた。その男ルーパート・ポール▼が著名な建築家フランク・ロイド・ライトの息子ロイド・ライトの義息子である事実は何一つ記されてはいないものの、フランク・ロイド・ライトの建築哲学が奇遇にも、ニンの創作理念に合致すると述べる描写に、心機一転するニンの人生を暗示して、この巻を纏めている。

(山本豊子)

▽引用

ヒロシマに原爆投下。世界を震撼させる恐怖。信じがたい野蛮。〔……〕ナガサキに第二弾投下。〔……〕日本降伏。このまったくもって極悪非道な世界で、人間は、また変わりなく生活をおくり、愛し合い、仕事をし続けていくのが信じがたい。なぜこんなことになるのか。それは、人間は戦争という蛮行を断固抑制する方法も、その歴史の動きを規制する策も知らないからだ。極度の敵意による圧殺の中では、人は無能にさせられてしまうということが、私が歴史を苦々しく思う所以なのだ。繰り返し、繰り返される戦争と破壊。人類を破滅させるもっと、さらに残酷な戦術。(75, 76-77)

【解説】一九四五年八月、世界大戦終局に記したニンの洞察は、今、今日の「歴史」のなかにおいてさえ生々しい。

▽引用

私は、この『日記』第四巻に「透き通った子供たち」という題目を付けた。純粋な子供や、私がずっと欲しかったガラスの靴の夢を見るにつけ、数々のイメージから生まれ出てくる、その連想を、来る日も来る日も追い続けて命名したのだ。〔……〕芸術家の世界に準じる道が、

❖**メアリー・マッカーシー**　Mary McCarthy, 1912-89　ワシントン州出身のアメリカの小説家、批評家。エドマンド・ウィルソンと一九三九年に結婚、四五年に離婚。『自叙伝　カトリック教徒の少女時代』(*Memories of a Catholic Girlhood*, 1957)、『グループ』(*Group*, 1963)、『ヴェトナム』(*Vietnam*, 1967)、『ハノイ』(*Hanoi*, 1968)、『アメリカの鳥』(*Birds of America*, 1971)などが主著。『(ハンナ)・アーレント＝マッカーシー往復書簡集　知的生活のスカウトたち』(*Intellectual Memoirs*, 1992)が死後出版される。

❖**ビッグ・サー**　Big Sur　カリフォルニア州、太平洋沿岸のリゾート地で、モントレイの南、ロサンゼルスから約四〇〇km、切り立った断崖が風光明媚な所。ヘンリー・ミラーは一九四四年から六二年の間、住人であった。

まさに、この「子供」――常にともに歩き続け、互いに分かり合える仲間――を表象している。そして、その「子供」は大人の生活に影響力を発揮する。こうして書いている私の傍らに、エドマンド・ウィルソンの書評が置いてある。その論点は、あまりにも重々しく、光沢もなくくすんでいて、私の心を捕らえることなどできないし、因襲性の塊で重く沈下してしまっている。（一九四五年十一月）(101)

【解説】「青年男子たち」＝ニンの「子供たち」への親近感とともに相性の良さと、これに対するところのニン曰く「『ニューヨーカー』に君臨する独裁者」ことエドマンド・ウィルソンへの嫌悪と拒絶を示している。

▽引用

西部への旅は、ニューヨークの毒気から私を解放してくれた。その旅回りは、自然への嗜好《しこう》を与えてくれたし、飾らない、親切な人柄や、野心に振り回されない度量の大きい芸術家たちへ目を向けさせてくれたのだった。(222)

〔メキシコの〕アカプルコはしばし「忘却」を許してくれる所だ。〔……〕人間は永久に忘れてしまいたいと思ってもそれは無理だ。あの出来事、あの場所のこと、あの前の生活とかを、もう忘れたように思える時があるかもしれないが、それはまた一方、過去の同じドラマを再演する新たな配役を選び出しているのだ。〔……〕熱帯の定義は太陽が一回転することで、変わることを意味しているのを思い出した。このアカプルコの地では、女性は、「新しい女性」に生まれ変わりたくなるのだと、私は感じ入った。（一九四七年夏）(225)

【解説】ニンにとって、人生の一つの区切りであった時期が示唆されている。夫ヒュー・ガイラーとの関わり合いにおいても、もう一人の夫となる、ルーパート・ポールの出現によって、東海岸と西海岸とのサーカスの空中ブランコ (trapeze) に乗るような人生が始まる。アナイス自身が、新しい女性へと、再生の可能性を実感していく岐路を暗示して、この『日記』第四巻の最終頁を閉じている。

▼引用テクスト

Nin, Anaïs. *The Diary of Anaïs Nin Volume 4: 1944-1947*. Harcourt, 1971.

『アナイス・ニンの日記　第五巻』

The Diary of Anaïs Nin, Volume 5 (1947–1955), 1974

　一九四七年冬から五五年秋にかけて書かれた『アナイス・ニンの日記　第五巻』では、マッカーシズム❖の中でアナイス・ニンの文学とはほど遠い抑圧的な冷戦時代において、芸術家たちは仮装パーティなどをして自由を求めている。ニンは、ニューヨークとカリフォルニアを行き来して、テネシー・ウィリアムズ▼、チャップリン❖、評論家などと交流を持ちながらも、自分の小説を受け入れないアメリカが好きになれない。

　この期間にメキシコに三回旅行し、自分自身の生を生きることへの罪悪感から解放されたと言っており、『ミノタウロスの誘惑』として結実する旅と再生の物語のインスピレーションを得る。

　一九五四年、パリ再訪の記録では、小説の舞台であるカフェや「ガラスの鐘の下で」の主人公のモデル、ルイーズ・ド・ヴィルモラン▼や旧友を訪ね、「私のパリは死んでいなかった」(207)と書いている。

　優しい労《いた》わりの心と友人の世話をする気持ちを惜しまないエピソードがいくつかある。その一つは、アルコール依存症でセラピーを受けているライラ・ローゼンブラム❖という劇作家の卵は、『愛の家のスパイ』(一九五四)

❖マッカーシズム　McCarthyism　一九五〇年代、上院議員マッカーシーを中心として行なわれた共産主義者の告発で、赤狩りとも言われた。

❖チャップリン　Charlie Chaplin, 1889-1977　サイレント映画の喜劇王。長い間ハリウッドで活躍したが、赤狩りで一九五二年にアメリカを追放された。

のサビーナのような女性だが、彼女を物心両面で励ましている様子が書かれている。また、自分のサイン会で、他の新人作家、イザベル・ボルトンを皆に紹介し、彼女に注目を集め、話題の中心にしてしまって、主催者があきれたという話がある。どちらもニンらしい。

一九四九年の父の死、一九五四年の母の死で、両親の影響、一生母親業をしてきた母の慈愛と怒りについて思いを馳せ、娘の芸術家としての自由な生き方を認めていなかった母ではあるが、その母性的な情熱を自分は受け継いだと書いている。

この時期、ニンの著作にとって重要な二人と出会っている。一人は、『コラージュ』の主人公のモデル、レナーテ・ドルックスであり、もう一人は、繊細な文学青年であり図書館員をしているフェリックス・ポラック❖である。彼との書簡集は、一九九八年に出版された。彼をはじめ、劇作家、ジェイムズ・レオ・ハーリヒー❖などの熱烈なファンも数名生まれ、その読者たちから呼ばれて、大学の講演や朗読会を少しずつ始めるようになり、ニンがブレイクする前の前哨戦《ぜんしょうせん》のような巻になっている。

（三宅あつ子）

▽引用

私は、まず芸術家たちを書くことを選んだ。彼らのことを一番よく知っていたから。それに、他の人より芸術家の人生の方が空想と想像の表現がより明らかに示されているからだ。他の人たちは人生のほとんどの部分を小市民的システム、仕事、コミュニティ、社会の規範に抑圧されている。芸術家は自分が必要なことと人生をうまくすり合わせて、自分の設計どおり生活し、他人が作った型にはまらない。だから芸術家の方が自分の本質と調和を保って生きていて、自由と個性、そして統一性というものに近い。（170-71）

【解説】アナイス・ニンは、ヘンリー・ミラーをはじめ一九三〇年代パリで出会った芸術家たちをモデルに短編小説を書き始め、その後アメリカで交流のあった作家、芸術家たちの姿を小説と日記に留めた。

▽引用

私の愛したパリは、死んでいない。恋人たちはいまだ愛し合い、セーヌは、はしけや舟と共に光っている。〔……〕喜び楽しみを愛する人たちにあふれ、お祭り気分だ。高度な文学的雄弁を通して人生を共有する趣きがある。パ

リは、世界中の芸術家が通過することによって豊かになり、いまだ知と創造の都である。(207)

【解説】 戦後初めてパリに戻ったアナイス・ニンは、青春時代と変わりないパリに感動し、昔の知り合いのみならず、リチャード・ライトなどの作家にも会いに行った。

▼引用テクスト

Nin, Anaïs. *The Diary of Anaïs Nin Volume 5: 1947-1955*. Harcourt, 1974.

❖**ライラ・ローゼンブラム** Lila Rosenblum, 1925-2000 作家。その後セラピストになる。*Recollections of Anaïs Nin* (1996) のメモワールを寄せている一人である。

❖**フェリックス・ポラック** Felix Pollak, 1909-1987 ウィーン生まれの図書館司書・詩人。一九五二年から二十年以上手紙でニンを励まし続けた。本書、『憧れの矢』「作品解説」参照。

❖**ジェイムズ・レオ・ハーリヒー** James Leo Herlihy, 1927-93 アメリカの作家・俳優。一九六九年に映画化された『真夜中のカウボーイ』(*Midnight Cowboy*, 1965) が最も有名。六十六歳で自殺した。

『アナイス・ニンの日記　第六巻』

The Diary of Anaïs Nin, Volume 6 (1955-1966), 1976

一九五五年秋から六六年春までをカバーしている四〇〇頁からなる第六巻は、この一冊を作品として見るならば、女性作家のサクセスストーリーであり、教養小説である。自分と周りの芸術家のプロモーションに人生を費やし、最後は日の目を見る。病院に何度も入院するほど多忙を極めるこの頃のアナイス・ニンの日記には、彼女らしい特徴が見られる。

第一に、友情、愛情、人間関係を以前にもまして優先するようになっている。女性芸術家や外国の出版関係の友人たちとの手紙に多くの頁を割いている。ニューヨークとカリフォルニアをせわしなく飛行機で行ったり来たりしており、事情を知る読者には夫と恋人の間の奮闘として映る。しかし、次第にカリフォルニアの自然を楽しむ余裕が見られ、これからは自己の内面を掘り下げるための日記ではなく、他の人の日記(Journal des Autres)にしようと言っているとおりになっていく。

第二に過去を客観視できるようになるパリに、翻訳者などと会うために出かけたことが転機を迎えた。疎遠になっていたヘンリー・ミラーやロレンス・ダレル▼とも友好関係を再開。日記を出版することへ向かっていけるようになる。十年近くニンは、『日記』第一巻のためのタイプ原稿作りと編集に関わり、また、自分の印刷機械で小説群を再発行していった。この間『コラージュ』(一九六四)も出版した。

第三にニンは新しい時代と向きあい、ビート・ジェネレーションの詩人やLSDの研究者、映画制作者と積極

的に会うが、結局妥協をせず自分の主張を貫いた。マルグリット・デュラス▼脚本の『愛の家のスパイ』がロバート・ワイズ❖監督で実現しなかったのは読者は残念に思うだろう。

最後にケネディ暗殺（一九六三）、公民権運動など激動のアメリカの政治状況をまったく省いていることである。ニンは、最後の頁に「世の中のより大きなドラマに対して影響のある個人的なドラマの方を私は癒しを求めながら、生きている」(400)と書いているとおり、女性の代弁者になるべく『日記』第一巻を出版する。最後の四頁は、メディアの賞賛記事、インタヴューなどその後のニンの人生の華麗な始まりを予感させて終わっている。

（三宅あつ子）

❖ロバート・ワイズ　Robert Wise, 1914-2005　映画監督。『ウェスト・サイド物語』（一九六一、ジェローム・ロビンズとの共同監督）と『サウンド・オブ・ミュージック』（一九六五）でアカデミー監督賞を受賞している。

▽引用

また、男性や誰かに勝ってしまったらというひどい罪悪感にさいなまれるのだろうか？〔……〕

私は喜びに満ちた新しい力を感じていた。ついに自分を弱めることなく力を表現することができたような気がした。大丈夫だと思った。〔……〕私は自分の動揺や葛藤に打ち勝った。そして他の女性を助ける心構えができていた。

他の女性のために語っているという意識ができてきた。これが私の創造性からできるのだということが大変うれしかった。(122)

【解説】一九四六年以来ヒュー・ガイラーの精神分析医であったニューヨーク在住のインゲ・ボグナー博士（一九一〇—八七）と一九五〇年代初頭からニンも面談を始めたが、そのセラピーが功を奏し、子供時代のトラウマを克服し女性として活躍する勇気が出てきた彼女は、『イヴ』という女性雑誌の記事を依頼されて決意を新たにしている。

▽引用

私は自分自身を邪悪な世の中にさらそうとしている

ような気がしてきた。

だめ。日記は出版したくない。

しかし、また別のもっと強い力が私の背中を押していた――私は日記を信頼している。私の最も自然で最も正直な言葉がそこにはあるのだ。私は、秘密にすることや自分の作品のわずかな部分だけ見せるというのが嫌になっていた。私の作品の中で一番強く一番すばらしいものがそこにあると感じていた。しかし編集はかなりうまくなったと感じていた。いろいろな問題を解決することはできるのではと感じていた。(379)

【解説】日記を出版するにあたって、ありのままの日記の文章を世に出したいと思う一方、書かれている人たちを決して傷つけてはいけない、削除、編集をどのようにするか、またそもそも、自分への非難に立ち向かえるか、勇気があるのかという逡巡が描かれている。

▼引用テクスト

Nin, Anaïs. *The Diary of Anaïs Nin Volume 6: 1955-1966*. Harcourt, 1976.

『アナイス・ニンの日記　第七巻』

The Diary of Anaïs Nin, Volume 7 (1966-1974), 1980

ニンの最晩年のこの日記は断続的に綴《つづ》られており、冒頭の日本訪問を含めたアジア紀行、自分の作品の愛好者、研究者たちとの新しい出会いなど興味深い記述はあるものの、書簡からの引用が増えている。『日記』第一巻から第三巻が内包する多くの物語に比べれば、豊かな人間関係が生み出すエピソードに乏しいのは否めない。しかし、一九六〇年代に日記がアメリカ国内外で広く読まれて人気を博し、講演やインタヴューを依頼されることが多くなり、ようやくニンが多くのアメリカ人に、そしてヨーロッパで存在を知られる作家となっていくのを自ら実感している様子が垣間見えるのは興味深い。また、親しい人たちとの死別、自らの癌《がん》闘病、戦闘的フェミニストたちとの確執などから厭世《えんせい》的な記述も多く見受けられ、豊かで深い交友関係を垣間見ることはあまりできない。

約二十頁にわたる日本滞在記は我々日本人にとって、きわめて興味をそそられる箇所である。一九六六年七月に河出書房新社から中田耕治翻訳の『愛の家のスパイ』が出版されるのを機に日本に招かれ、二週間ほどの滞在の間に作家・大江健三郎▼と文芸評論家・江藤淳▼と対談している。ノーマン・メイラー❖に関する評論を書いている大江は、彼はアメリカの悪夢を象徴していると語り、アメリカには二つの傾向、すなわち一つはリンドバーグ❖やケネディを理想のイメージとするアメリカの夢、もう一つは幻想を表わしていると語る。ニンは対談を「退屈なもの」だったと述懐している。「アメリカらしさ」を階

層社会、人種、権力、自然と都市文明、といった要素に求める彼らの話題にニンが興味をもてなかったのは無理もないだろう。

東京に始まり、祇園祭の頃の京都、奈良、長崎、熊本、鹿児島までを旅したニンにとっては、かねてからの憧れと期待をまったく裏切らない国だったようだ。「日本で涙がとまらなくなったことがあった。人々の優しさ、親切、思いやりに感動した。人生でようやく、常に私が他人に対して接してきたのと同じように接してもらった」(11)。勤勉な人々、清潔な街並み、特に女性たちの姿には大変ひきつけられたようだ。どこにでもいるのに押しつけがましくない、必要な時にはいつでも姿を現わしてくれる。日本の文化のもつ繊細さ、微妙さ、人々のもてなしが老境を迎えたニンの心を強くひきつけたのだった。

講演活動が増え、公の場での発言が増えたニンにとって、一九六〇年代から七〇年代にかけて盛んになっていった女性運動は、必ずしも好ましく見えるものではなかったようだ。以下は、一九七一年春、ラドクリフ女子大学のフェミニスト集会でのトラブルについて後日、関係者からもらった手紙に対しての返事の一部である。

告白しますが、私は一部の女性たちの振る舞いを恥ずかしく思っています。彼女たちは戦いや醜さ、絶望の上乗せをしていくだけで、怒りの心理しかもたらしません。憎しみや争いを緩和しようとする私の試みに効き目があるかはわかりません。

誰がこんなに多くの女性たちを洗脳し、男性たちの最良のではなく最悪の理論を真似させる、そして闘いだらけの世界にさらに争いや憎しみを増やすべく洗脳したのでしょうか?(181)

『日記』で多くの女性の共感を得たニンだったが、一方でフェミニズムなどの社会運動について表立った発言をしないことから、社会に無関心との批判を受けることがたびたびあった。ニンは、作家とは自分の内面と向き合う仕事なので、社会的運動に本腰を入れて取り組むほどのエネルギーを傾けることができないと答えている。戦闘的なフェミニストたちからの批判に対しては、戦闘的、暴力的な態度はかつて男が女に振る舞った態度を模倣しているにすぎないと主張し、女性同士がお互いについての知識を深め協力し合うことが大切だと述べている。

「男性の最悪の理論を真似させる」というのは、相手をやりこめて権利を勝ち取ろうとし、権力争いをしようとする女性たちの態度について言ったことと思われる。良くも悪くも、社会の荒波を渡って生きていくのに他人と競わず、権力構造とも無縁なままでいようとするニンは現代に生きる女性から見れば、あまりに世間知らずで、男に庇護される女性を理想化しているように映る時代かもしれない。しかし、日記によって自己の内面を見つめ再構成する人生を送ってきた彼女にとっては、自分自身の人生を生きる、すなわち孤高の世界を持ちながらも他人との愛情で結ばれたつながりを持ち続けることが何より大切だったのであろう。そのためには、一人一人の内面を見つめる、人の精神のもつ価値を信じることが不可欠だと考えたのだろう。

ニンがフェミニズムも含めた社会の諸問題に対して興味をもたず、自分自身の問題にしか関心がないからという推測をする人がいたとすれば、それは的外れである。第二次世界大戦中に、アメリカに反日感情が広がっていく様子や広島と長崎に原爆が投下された時のニンの嘆きは『日記』第四巻にも述べられているとおりだ。彼女は主張する人々の側よりはむしろ、傷つけられた、苦悩する人たちに寄り添おうとしたのである。

日記は七四年夏の記述で終わっているが、ニンが七七年一月に亡くなるまでの病院での闘病生活や音楽、特にニンが最も好んだドビュッシーに寄せる強い愛着を綴った「痛み編」、そして「音楽編」(“The Book of Pain” and “The Book of Music”)と名づけたエピローグで結ばれている。

（加藤麻衣子）

▽引用

一九七三年夏

造化の神は私に優しかった。まず、官能的な愛は情緒的な愛が生き続ける限り続くものだ。私の場合、私の肉体は決して歪められなかった。私の足は変わらない、足首は太くなっていない。静脈が浮きあがってもいない。

❖ノーマン・メイラー　Norman Mailer, 1923-2007　ユダヤ系アメリカ人作家。ニュージャージー生まれ。代表作は『裸者と死者』(*The Naked and the Dead*, 1948)、『アメリカの夢』(*An American Dream*, 1965) ほか。太平洋戦争に従軍、戦後はGHQの一員として千葉県と福島県に駐在した経験をもつ。『性の囚人』では女性解放運動と対立した。

❖チャールズ・リンドバーグ　Charles Lindbergh, 1902-74　アメリカの飛行家。一九二七年五月二十～二十一日、ライアン単葉機「スピリット・オヴ・セントルイス号」により、単身ニューヨーク～パリ間の大西洋横断飛行に成功、国民的英雄となる。一九三一年には夫妻で北太平洋を横断飛行、日本にも立ち寄る。

体重は一二〇ポンド〔五四キロ〕のままで、十六歳の時に着ていたのと同じサイズの服が着られる。姿勢はまっすぐで、しなやかに素早く歩ける。私の唯一の醜い加齢のしるしは喉の皺だ。眉間には皺はない。(276)

【解説】この引用の直前には、ウォーターゲート事件でアメリカ中がニクソン大統領に疑惑の目を向け「道徳劇」がテレビで連日展開される様子が描かれている。そうしたアメリカ国民の興味にはまったく目を向けない七十歳のニンが、自らの美しさを確認している。

ニンの持論は「歴史などぞっとするほど不快なものだ、個人の仕事から目をそらせるものだから」というものであり、世界がどう変わろうとも自分自身への、年齢を経ても変わらない美しさに異常なまでの執着心を持ち続けている。スペイン、キューバ、フランス、デンマークの血を受け継ぎ、二十世紀という戦争の世紀をヨーロッパとアメリカで生きてきたニンが、民族の壁や国境を超えるものは個人の内面に他ならないという結論を示しているように見える。もっとも、老齢にさしかかった女性が、自分の肉体的な魅力を確認し続けることが作家の本質として重要かどうかにおいては、議論がわかれるであろう。それでもこの箇所が筆者にとって興味深いのは、ニン自身が最後まで自画像を描き続けるのを芸術的創造の原点とし、自己を見つめて書くことの価値を絶対的に信じていたことがよく表われているからである。

▼引用テクスト

Nin, Anaïs. *The Diary of Anaïs Nin Volume 7: 1966-1974*. Harcourt, 1980.

『アナイス・ニンの初期の日記　第一巻』

The Early Diary of Anaïs Nin, Volume 1 ("Linotte"), (1914-1920), 1978

アナイス・ニンのパートナー、ルーパート・ポールは、一九七七年のニンの死後、遺志を継いで未発表の日記を出版する際、有名になった『アナイス・ニンの日記　第一巻』の前に書かれたものを「初期の日記集」として四巻に分けた。「リノット」(“Linotte”)（ニンの少女時代のニックネームで、鳥の名前からきている）の別名をもつ第一巻は、ニンが十一歳の頃に母親と弟たちとともにアメリカへ移住する場面から始まっている。原文はフランス語で、ジーン・L・シャーマン(Jean L. Sherman)が英訳を手がけた。幼い頃のニンの落書きや、家族の肖像写真などの図版が多数使用され、貴重な資料となっている。日記でニンは別れたばかりの「パパ」の不在を嘆き、戦争（第一次世界大戦）によるフランスの被害状況を心配している。

日記はそもそも父親に報告するための手紙として書き始められたので、家族の近況が詳しく綴《つづ》られているが、当時ニンが創作した詩も多く書き写されている。ニンは日記を擬人化し、まるで親友に話しかけるようにして日ごろ心に浮かんだことを綴っている。母親の親戚たちの支援があったとはいえ、言葉も文化も違う土地での生活は、心細かったに違いない。特に、痛々しく感じられるのは父親との離別についての描写である。クリスマスが近づくたびに「パパが会いにきてくれるかもしれない」と期待を募《つの》らせ、最後は結局願いが叶わず、悲嘆に暮れている。

　この当時の日記にみるニンはシングルマザーになってしまった母親を気遣い、家事をたくさんこなしている。また、弟たちの面倒をよくみて、従兄弟たちと交流し、アメリカの自然の恵みを楽しんでいる。さらに、余暇には読書に励み、ダンスのレッスンを受けている。十五歳の頃には将来は作家になりたい、と宣言していて、ゆくゆくは「アカデミー・フランセーズ❖」の会員になることを夢見ている。感受性の高い少女の成長の記録として、読みどころの多い日記である。

この『リノット』については、矢川澄子が『アナイス・ニンの少女時代』（河出書房新社、二〇〇二）で紹介し、部分的に訳しているほか、杉崎和子訳『リノット――少女時代の日記 一九一四―一九二〇』（水声社、二〇一四）がある。

（大野朝子）

▽引用

最近いろいろあったから、一週間くらい日記を書くことができなかったけど、このごろは毎日が嵐のあとの晴天みたいな日々だったわ。

ママとソーヴァルドはこのごろ毎日すごく早く外出するの。ホアキンがカソリックの学校に行くのはそのあと。わたしはみんなが出払ってから朝食のお皿を洗って、床をホウキで掃いて、ベッドを整え、肺にいっぱい息をためて、思い切り高い声で歌うの。自分が独りぼっちだってことを忘れるために。おかしいでしょ！ それに、わたしったら、いつも窓の外を眺めてばかり。いつもぼんやり夢を見てるの。

家のことはなんでもやるわ。クローゼットのなかを整理整頓したりするのは楽しいし。私の部屋の電気についているコード、短すぎてホアキンがつかめなかったから、うすいブルーのシルクを使って作りなおしたわ。端に丸いふさ飾りをつけて。これでお部屋もぐっと素敵になるはずよ。（一九一九年十一月二十一日）(376)

【解説】アナイスが十六歳のときの日記で、日記をつけ始めてから五年目になる日常の様子が詳細にわたり綴られている。懸命に家事をしている様子、家族への情愛、インテリアに関する美意識などがよくわかる。

▼引用テクスト

Nin, Anaïs. *Linotte: The Early Diary of Anaïs Nin, 1914-1920.* Harcourt Brace Jovanovich, 1978.

❖アカデミー・フランセーズ　French Academie　フランス学士院のアカデミーのひとつ。入会することはフランス国民の最高の栄誉とされる。

『アナイス・ニンの初期の日記　第二巻』
The Early Diary of Anaïs Nin, Volume 2 (1920-1923), 1982

アナイス・ニンが十七歳から二十歳までの時期に書いた日記を一九八二年にルーパート・ポールが編集し、出版したものである。前作と違い、この巻よりニンは英語で日記をつけることにしている。この時期、ニンは当時アメリカに滞在していた従弟のエデュアルド・サンチェスと交流を深め、日記を交換していたが、エデュアルドが読めるように英語にした、とある。文学への思いは日々強くなり、詩を創作して雑誌に投稿し、掲載されたことを喜んでいる。オペラ歌手の母親のもとにはさまざまな音楽家たちが集い、賑やかな日々を送っているが、一方で父親の不在も気になって仕方がない。

ニンはアメリカのハイスクールに馴染《なじ》めず、家事手伝いに精を出すために退学する。しかし勉学への意欲は高く、コロンビア大学の聴講生に申し込んで、英作文、文法、フランス語を学ぶ。聴講した時期は三ヵ月と短かったが、成績は良好だった。

十八歳のとき、ニンは将来の伴侶となる、ヒュー・ガイラーとダンス・パーティで初めて出会う。「ヒューゴー」（ガイラーの愛称）はニン家の近くに住む叔父のところに滞在中だった。二人はお互いに詩を書き、エマソン❖を好むなど、共通点が多く、すぐに意気投合する。

十九歳になると、ニンは知り合いに勧められ、家計を助けるために絵のモデルの仕事を始める。モデル中は画

❖ラルフ・ウォルドー・エマソン　Ralph Waldo Emerson, 1803-82　アメリカの思想家・作家・詩人。

家から今でいうセクシュアル・ハラスメントに近い行為を受けるなど苦労するが、強い意志をもって仕事を続けた。このときの体験は、短編集『小鳥たち』（一九七九）の「モデル」の創作に生かされている。

　家計がだんだん苦しくなり、ニンの母親は彼女をキューバへ送り、キューバの金持ちと結婚させようとする。ニンは家族を助けたい一方で、ヒューへの思いが断ち切れず、ジレンマに陥《おちい》る。ヒューの家族もまた、ニンとの結婚に反対し、二人は仲を引き裂かれそうになるが、最後はヒューが一大決心をしてキューバを訪れ、晴れて結婚することになる。

（大野朝子）

▽引用

ああ、どうしよう。わたしは今まで自分だけの世界にずっと閉じこもっていたわ。いま〔結婚を控えて〕その世界が壊されようとしている。なんだか苦しいわ。わたしには物ごとの本質がきちんと見えているかしら。愛というものを、ちゃんと理解できてるって言える？　結婚を見据えた愛、それがわかっているかしら。わたしは一人前の大人の女性よね？　わたしは今までお伽噺の世界みたいな人生を送ってきた。でも、偽りの、邪悪な、堕落した、ごまかしだらけの、あさましい人生について知ってしまった今、過去の私の世界は影をひそめてしまうかもしれない。不安だわ。見たくなかったものが目の前に次々現われて、こう叫んだの。「わたしをちゃんと見て。わたしは人生の一部。あなたが吸い込む空気の一部なの」。わたしには声が聞こえたし、それを実際目にしたわ。そのことはわたしを悲しくさせた。でもまだわたしは無垢《むく》なままだし、汚されていないし、悪い病気にかかってはいない。わたしが愛する人々が自由だということを確信している。（一九二三年二月十八日）（527）

【解説】日記の最後にあたるこの場面で、アナイス（二十歳）は、翌日キューバを訪問する予定のヒュー・ガイラーを待っている。ガイラーとの結婚を間近に控え、緊張していることがよくわかる。

▼引用テクスト

Nin, Anaïs. *The Early Diary of Anaïs Nin: Volume 2: 1920-1923*. Harcourt Brace Jovanovich, 1982.

『アナイス・ニンの初期の日記　第三巻』

The Early Diary of Anaïs Nin, Volume 3 (1923-1927), 1983

この日記には「若妻の日記」("The Diary of a Wife")という副題がつけられている。ガイラー家の反対を押し切って一緒になったアナイス・ニンとヒュー・ガイラーは、しばらくリッチモンド・ヒル(ニューヨーク市クィーンズ区南部の地区)のニンの実家に身を寄せることになった。前の二巻の日記に比べると、文章がだいぶ読みやすくなり、パラグラフが短くなって、内容も明確になった。また、生活に変化が多く、読み物としての面白さも増している。

ニンは夫との新生活の喜びと、結婚に反対だった母親への罪悪感を綴《つづ》っている。自立したくてもできないことから生じる母親へのコンプレックスは、この後もしばらくニンの心理状態を左右する。ヒューはナショナル・シティ・バンクに勤め、ニン家の家計を支えるようになった。一方、二番目の弟、ホアキンが父親譲りのピアノの才能を発揮しだし、ニン家ではフランス移住の計画がもちあがる。

二十一歳になったニンは、家事のかたわら、小説家を本格的に目指すようになる。彼女はヒューの文学の師匠《ししょう》である文芸評論家のジョン・アースキン▼を密かに慕《した》い始め、いつか作品を見て欲しい、と望むようになる。

ヒューは勤務先にパリ支店への異動願いを出し、受理される。先にニューヨークを離れた母親のローザと弟のホアキンに続いて、二人は一九二四年十二月にフランス行きの船に乗る。この後一九三九年まで続く長いフランス生活の始まりである。アメリカの生活にすっかり馴染《なじ》

んだ後に、久々に足を踏み入れたパリは、彼女に強い違和感をもたらした。この時期の日記には、パリ生活への不満が多くみられるが、一九二六年の冬にヒューの大幅な昇給に伴い（給金が七五％もアップした）、生活レベルも向上し、だんだん快適に暮らせるようになってくる。そのせいか、一九二七年にニューヨークに里帰りした際の日記には、パリへの思慕《しぼ》の情が綴られている。

（大野朝子）

▽引用

わたしはかつて、愛国心は心の狭さの表われだと言っていた。ほかの国に比べて、ひとつの国だけを愛《いと》しく思うなんて、納得いかない、と。わたしは自分に愛国心が欠落していることを喜んで受け入れていた。わたしには自分の国というものがなかったから。わたしはスペイン、フランス、スコットランド、イタリア、ベルギーを同等の情熱をもって、それぞれ別の気持ちで愛していた。だから、アメリカに移住し、この国がまだ若く、知性を発展させようともがいている様子を目にし、涙ぐむことが時々あった。冷静な気分のときは、わたしはそのようなアメリカの姿を批判的にみて、軽蔑《けいべつ》することもあった。そもそも不完全さは人間の本質であり、わたしもまた不完全な人間だから、そのような気持ちになるのだろう。アメリカは各々がもつ良いところだけを集めて、一つの完全な国を創り出したいという欲望を抱いている。わたし自身にも、完全な存在になりたい、という願いがある。それにしても、「パリ」という名前を耳にすると、わたしの心はたちまち不思議な高揚《こうよう》感で満たされ、好奇心でいっぱいになってしまう。（一九二四年六月十八日）(43)

【解説】アナイスの母は、次男ホアキンのピアノ修行のために、パリに移住することを希望していた。それを受け、アナイスの夫ヒューは、勤務先の銀行のパリ支店に転勤願を出した。アナイスの家族は慣れ親しんだニューヨークの暮らしを離れ、パリでの生活を夢見ている（当時アナイスは二十一歳で、夫と実母、二人の弟、下宿人たちと暮らしていた）。この引用箇所は日記の最初の方に収録されている。

▼引用テクスト

Nin, Anaïs. *The Early Diary of Anaïs Nin: Volume 3: 1923-1927.* Harcourt Brace Jovanovich, 1983.

『アナイス・ニンの初期の日記　第四巻』
The Early Diary of Anaïs Nin Volume 4 (1927-1931), 1985

パリ生活も三年目に入り、アナイスとヒューのガイラー夫妻は車を購入し、フランスでの暮らしを楽しんでいる。この頃の日記の前半を読むと、ニンは小説の執筆と同時にスペイン舞踏に力を入れていることがわかる。ダンスの教師、セニョール・パコ・ミラレス(Paco Miralles)とニンは公私にわたって付き合いがあった。ダンスに熱心な妻を心配したのか、ヒューもレッスンに参加するようになる。

ニンは日記にだんだんヒューへの不満を記すようになった。二人は一九二八年五月にはアメリカに里帰りしているが、ニンは夫の家族と相性が悪く、気苦労を重ねている。さらに、この時期、ニンにはグスタヴォ(Gustavo)という名前の友人が出来たようで、二人はよく会っていた。

ニンは一九二九年二月に二十六歳の誕生日を迎えるが、自分はまだ何も成し遂げていない、と焦りを感じている。ヒューの仕事が忙しく、あまり一緒に過ごせない淋しさもあり、ニンの気持ちは次第にヒューの師であるジョン・アースキン▼に向かって行く。ヒューに対し、後ろめたさを感じながらも、彼女はアースキンと関係をもつことを望むが、その試みは失敗に終わる。

折しも、一九二九年十月には株の大暴落により経済危機が起こり、ニンたちも家計の見直しを迫られるようになる。節約のためにパリのアパルトマンを出て、郊外の静かな町、ルヴシエンヌに家を借りるが、これは明らかにニンにはプラスに作用したようだ。郊外の穏やかな暮らしのなかでニンは創作に集中するようになり、短編をたくさん書いている。しかし雑誌掲載は断られ、相変わらず焦燥感は収まらないままだ。

この頃、ニンはD・H・ロレンスを読んで感銘を受け、ロレンス論を執筆するようになる（この原稿はエドワード・タイタスにより『私のD・H・ロレンス論』として一九三二年に出版される）。

日記の最後は、ニンがヒューにアースキンとの間に起きたことを告白し、離婚の危機を乗り越えるエピソードで終わっている。

（大野朝子）

▽引用

わたしは今日、日記を二部編成で作りたい思いに駆られた。ひとつは実際に起こったことを記録するもの。もうひとつは頭のなかを駆け巡る想像上の出来事を書き留めるためのもの。ぼんやりと頭に浮かんでくる事物が、出来事を作り出し、わたしはそれを言葉で飾り立てる。わたしは二重の生活をしている。だからわたしは二段仕立ての日記を綴っていく。

わたしは尋常でない生活を送ってきた。パキート❖のスタジオへの往復時に、メトロのなかで読書や書きものに没頭したり、毎日ダンスをしたり、ミラレスと弟子たちを観察したり、自分の母親がふたつの女性に分裂していくのを感じたり。ひとりの母は親切で、忠実で、純粋で、思慮深い。もう一方は、落ち着きがなく、猥雑で、奇妙な振る舞いをし、たるんでいて、うろうろ歩き回り、人生の目的を求めている。そして恐怖心をもたずに、確信もなく、抑制することなく、信条ももたないまま、人生のすべてを味わっている。〔……〕わたしは彼女の行ないを真似てみたい。なぜなら、そういった母の行動こそが、執筆するわたしの脳裏に浮かんでは消えるからだ。（一九二八年二月三日）（56）

【解説】引用箇所は、この日記の最初の方に書かれた部分。パリ生活が安定すると同時に、アナイスは専業主婦の暮らしに次第に飽きてくる。創作も思うようにはかどらず、イライラの矛先《ほこさき》はもっぱら家族に向けられる。特に、独身時代は全面的に信頼していた母に対し、今になって不満が募っている。結婚生活五年目で、アナイスは当時の社会の基準に合う模範的な女性としての生き方（つまり母のような生き方）と、自分が志す生き方（芸術至上主義で個人の自由を優先する生き方）の乖離《かいり》に気づき、戸惑っている。

▼引用テクスト

Nin, Anaïs. *The Early Diary of Anaïs Nin: Volume 4: 1927-1931.* Harcourt Brace Jovanovich, 1985.

❖パキート　ダンスの師匠であるセニョール・パコ・ミラレス (Paco Miralles) の愛称。

『アナイス・ニンの日記【無削除版】』について

一九〇三年生まれのアナイス・ニンが十一歳から、一九七七年七十四歳での、その死まで書き続けた三万五〇〇〇頁にも及ぶ手書きの日記のうち、二〇一八年現在まで十七巻が出版されている。出版社はアメリカのハーコート・ブレイス社（後にハーコート・ブレイス・ジョヴァノヴィッチ社）にスワロー・プレス、オハイオ大学出版である。ただし、その出版順序は、年代的に前後することもあるので、多少の説明を要するかもしれない。

『アナイス・ニンの日記』(*The Diary of Anaïs Nin, 1931-1934*) が初めて世に出たのは一九六六年、以後、七四年まで、一～七巻が続いて出版される。これらは、『日記』ではあるが、六十歳を過ぎていたニンが、書き溜めた厖大《ぼうだい》な手書きの日記を、出版にあたって編集し直したものである。たとえば、男たちとの激しい愛の葛藤の記述は削られ、登場人物のポートレートや、折々の状況なども、あるいはドラマティックに、また簡潔に書き直され、文学論、芸術論、書評などは整理され、一九六〇年代の良識を標準に、ニンがもっとも相応《ふさわ》しいと考えたかたちに整えられたものであった。この七巻を、かりに、第一シリーズ（編集された日記）と呼ぶことにする。

次に、一九七八年から八五年までに出版されたのが『アナイス・ニンの初期の日記』(*The Early Diary of Anaïs Nin*) 四巻である。ニンの少女時代一九一四年から、結婚し、夫の任地であるパリに移り住んだ一九三一年までの記録で、『リノット』(*Linotte, 1914-1920*) のタイトルが付く最初の一冊がニンが書いたフランス語から英語に訳された以外、おおむね、原文どおりである。この四巻を第二シリーズと呼ぶことにする。

ニンの没後、彼女が愛した男たちのほとんどもこの世を去ると、一九三一年に戻って、オリジナルの日記から一度削られた部分が復活、出版されることになったのは、生前の彼女の意志に従ったものである。これが、第三シリーズ『アナイス・ニンの日記【無削除版】』(*The Unexpurgated Diary of Anaïs Nin*)である。一九八六年から二〇一七年までに六巻が出て、アナイス・ニンの二十八歳から五十二歳までをカバーする。数々の愛の遍歴を、まさにリアルタイムで記録した、迫力に満ちたドキュメントである。このシリーズには、それぞれ、タイトルがある。ハリウッドで映画化された『ヘンリー&ジューン』(*Henry & June*)〔邦訳は角川文庫、一九九〇〕、『インセスト』(*Incest*)〔邦訳は彩流社、二〇〇八〕、『火』(*Fire*)、『より月に近く』(*Nearer the Moon*)、『蜃気楼《しんきろう》』(*Mirages*)、『空中ブランコ』(*Trapeze*)である。

(杉崎和子)

『ヘンリー&ジューン　アナイス・ニンの愛の日記【無削除版】一九三一―三二』

Henry & June: From "A Journal of Love": The Unexpurgated Diary of Anaïs Nin, 1931-1932, 1986

銀行員である夫のニューヨークからパリ支店への転勤が、アナイス・ニンを、十一歳まで過ごしたヨーロッパへ連れ戻す。郊外の古雅《こが》な趣《おもむき》に富む屋敷に移り住んだ彼女の前に、溢れるような才能をもてあました無名時代のヘンリー・ミラーが現われる。運命的な二人の邂逅《かいこう》であった。後にアメリカ文学に大きな一石を投じることになる『北回帰線』の一部をすでに読んでいたアナイスは、それを「華麗で迫力に満ち動物的で壮大」（一一）な著作だと受け止めた。彼を人生に酔う男、自分と同じ種類の人間と直感する。制約を一切無視して、奔放《ほんぽう》な性を野放しにしている、それでいて哲学者のような思索を披露する、これまで会ったこともない男、文学と性を一身に醗酵《はっこう》させている真の天才。アナイスは、ヘンリーに傾倒し、たちまち恋に落ちる。その恋がアナイスの官能を開放し、文学への情熱をたぎらせていく。ともに本を読み、思索をめぐらし、対話を重ねて過ごすヘンリーとの時間は、限りない精神の高揚《こうよう》をもたらした。さらに、夫との性では知らなかった官能の愉悦《ゆえつ》。現実に、こうした生を生きられることに、彼女は有頂天であった。

短いD・H・ロレンス研究を出版したばかりのアナイスは社会的には、ただの銀行員の妻でしかない。だが、少女時代から書きためた何千頁もの日記には、思いのたけを書き綴《つづ》ってきた。作家になりたかった。作家になるという野心は、ヘンリーとの出会いによって、決意に変わっていく。

がやがてパリに現われたヘンリーの妻、美しいジュー

ンにもアナイスは魅せられる。愛と嫉妬と裏切りの悲喜劇の主役三人がそろった。脇役は、寛大な夫ヒュー、愛人でもあるセラピストのアランディ博士など。だが、主題はアナイス・ニンという女性の自己解放と、ミラーとニン、二人の作家誕生の揺籃《ようらん》期の歴史である。必然としか言いようがない彼らの出会い、燃えあがる愛、並行する文学修行。そのドラマのすべてを、流れるような文体と、美しい自筆でアナイスは記録していく。身に備わるあらゆる機能すべてを触覚にして、自らの生をことごとく感知しつつ、日一日を燃焼させていくアナイス・ニンの愛のオデッセイは、始まったばかりである。

（杉崎和子）

▽引用

ジューンは大嫌い。が、彼女は美しい。ジューンと私は、溶けてひとつになる。そうなるべきなのだ。ヘンリーは、一つになった二人を愛せばいい。私もヘンリーとジューンが欲しい。ジューンはどうなのか？　彼女なら、すべてを欲しがるだろう。彼女の美しさは、あらゆるものを要求してはばからない。（一二三）

【解説】 現在まで出版されている「無削除版」六巻のうち、第一巻目が本書である。出版にあたってはニンのロサンゼルスに住む若い恋人、ハーヴァード大学出身のルーパート・ポールや、在ニューヨークの頑固一徹な文学エージェント、ガンサー・ストゥールマン、ハーコート・ブレイス・ジョヴァノヴィッチ社の名編集者ジョン・フェロン(**John Ferron**)らの説得と編集の助力が大きい。ニンはその生き様を赤裸々に綴ったこの無削除版の公開には消極的であったというが、ついには周囲の説得に応じた。世界の文学遺産としての価値を誇れる本書の誕生である。ここにあるのは、ニューヨークで、十一歳から謹厳なカトリック教育を受けて成人したニンが、男を愛し、結婚し、パリに住み、そこで、作家志望の青年、ヘンリー・ミラーやその妻ジューンらと出会い、その邂逅によって、彼女の内面にひそかに燃え続けていた文学と自由な性への憧憬《しょうけい》が現実に容《かたち》を成していく心躍るような記録である。桜の花が一気に開花するような、精神も肉体も高揚したニンが、ここにはいる。一九九〇年にはカウフマン監督による映画も制作された。

▼引用テクスト

ニン、アナイス『ヘンリー＆ジューン』杉崎和子訳、角川書店、一九九〇年。

『インセスト アナイス・ニンの愛の日記【無削除版】一九三二―三四』

Incest: From "A Journal of Love": The Unexpurgated Diary of Anaïs Nin, 1932-1934, 1992

タイトルのとおり、この巻の中心主題の一つはインセスト、すなわち、アナイス・ニンと父親ホアキン・ニンとの父娘相姦《そうかん》である。また、精神分析医オットー・ランク▼との出会いと、彼女自身の妊娠中絶の体験も語られる。

二十年前に家族を捨てて出奔《しゅっぽん》した父との再会は、南仏のホテルでの父娘相姦に行き着く。インセストは、事実として本書の中で語られているが、それは、あくまでも、ニンの語りであり、したがって、今となっては、これが客観的真実だったのかどうか、誰にも分からない。アナイスの実弟ホアキン・ニン＝クルメルは、「姉の想像力が生み出したグロテスクな創作だ」という主張を生涯変えなかった。しかし、また、「悪い娘だったゆえに父に捨てられた」というトラウマに苦しんだアナイスの、その後の成長は、この時期に起こったインセストによる浄化作用があって、初めて可能だったと、考えることもできる。

南フランスのホテルでの父との情事を、赤裸々にアナイスは日記に告白する。長年恋い焦がれた父は、まさに理想の男であった。ドン・ファアンを任じる父も同じ想いを我が娘に打ち明ける。だが、その理想の男の像は彼女の前で、瞬《またた》く間に崩れてしまう。君を放したくないと、まつわりつく父を残してアナイスはヘンリーの許《もと》に走る。

父との情事は、しかし、罪の意識となってアナイスを苦しめた。彼女は、『近親相姦の主題』『芸術と芸術家』などの著作のあるランク博士の精神分析に、救いを求める。博士は、いくつもの愛を抱える彼女の生き方を批判せず、「あなたは自分が人間の親から生まれたものではな

いと思いたいのです」(292)と言った。星雲のように広がる彼女の精神や感情の中核に棲《す》む芸術家が、必ず、混沌《こんとん》を創作エネルギーに変えてくれるはずだと、愛の迷路に行き暮れる彼女に、ランク博士は出口に向かう一条の光を見せてくれた。ランクとアナイスとの恋が始まるのに時間はかからなかった。アナイスの神話的生に組み込まれてしまったランクは、パリに居所を失くし、ニューヨークに移る。アナイスも、彼の助手として大西洋を渡った。

それより前、アナイスは妊娠に気づく。胎児の父はヘンリー。彼に父親の役割は無理である。父のない子の悲しさ、辛さはアナイス自身が知り尽くしている。肉の子どもよりも、他に生み出さなければならぬ子どもをアナイスは抱えていた。ヘンリーの、彼女自身の文学作品である。この肉の子を生むわけには行かないとアナイスは決める。助産婦が処方した中絶薬は効かず、手術に踏み切る。ニン作品の傑作の一つとされる短編集『ガラスの鐘の下で』(一九四四)の中の一篇「誕生」は、この間の経験をベースとする。

(杉崎和子)

▽引用

すっかり別人のような彼を見ながら、愛の関係には常に与える側と与えられる側があることを、私は理解する。今、与えられる側にいる私は、父に申し訳ないという居心地の悪さを感じている。自分を与えたのは、父の方だった。泣いたのも父だ。部屋に戻っても私は、眠れなかった。私からは、父に何も贈らなかったのではないだろうか。(二三六)

【解説】邦訳すれば『近親相姦』となるこの題名は、なんとも、あからさまなものである。現実に行なわれた父と娘との性のいとなみが書きとめられている。この時期、彼女に父は二人いた。かつて彼女を、その家族を捨てて出奔した肉の父と、心の父ともいえる精神分析医のランク博士である。近親相姦は神話に多く登場するが、近・現代社会ではタブーである。そのタブーをアナイスは、あえて犯す。すでに現実社会を超越し、神話の世界に呼吸しているような彼女には、この性による罪悪感はあっても、それを神話的に解釈することによって、美しく貴重な体験に昇華することができたはずだ。こうして、娘を棄てた父と和解し、征服し、彼女はさらなる飛躍を果たし、果敢に文学を創造していった。

▼引用テクスト

ニン、アナイス『インセスト』杉崎和子訳、彩流社、二〇〇八年。

『火 アナイス・ニンの愛の日記【無削除版】一九三四―三七』

Fire: From "A Journal of Love": The Unexpurgated Diary of Anaïs Nin, 1934-1937, 1995

この時期も、アナイス・ニンを取り囲む男たちは何人かいる。銀行員の夫ヒュー、作家としてようやくスタートしたヘンリー、精神分析医ランク▼。ニューヨークに拠点を移したランクの助手となったアナイスの後をヘンリーが追ってくる。ヘンリーとの逢引のためにアナイスがつく嘘も、言い訳も、ランクには通用しない。ランクは、嫉妬《しっと》し、問い詰める。「君のために私はすべてを犠牲にした。君のために、あらゆることをしてきた」と、恩を売るように並べ立てるランクに、アナイスは訊《き》いた。「そのとおりですわ。でも、私の方から、何もしてさし上げなかったとおっしゃるの?」(81)。一瞬、ランクは言葉を失う。アナイスと共有した日々が、その存在さえ知らなかった燦《きら》めきに満ちた夢のようなものであったことに気づいたのだ。

迎えに来たヒューゴーと、アナイスはパリに戻る。ヘンリーも戻ってきた。ロンドン支店に転勤になって、ヒューゴーは留守がちであった。

パリ、一九三六年六月、アナイスはゴンザロ・モレ▼とその妻エルバ▼に出会う。ゴンザロはスペイン共産党の党員であった。母方からインカの血を引くこの男の野性的な肉体の美しさが、アナイスのスペインの血を掻き立てた。その二ヵ月前、「私は性を妨げるものから、完全にではないが自由になった」(235)と、日記に宣言したアナイスの前に、古い種族が持つ神秘な性の象徴のような男が現われたのだ。「アナイス、今までおれはたくさんの女に出会ってきたが、君のような女は初めてだ」(247)

とその男は言った。セーヌ川に浮かんだハウスボートが、二人の愛の焔《ほのお》が燃えるひそかな空間になった。

アナイスの創作活動も旺盛であった。彼女はランクの、ジューンの、父の物語を書き、出版の可能性を探っている。そして六月、散文詩『近親相姦の家』が出る。

ある日、モレは党の集会を欠席する。ほかのすべてのものよりも君が大切なのだからと言い放つ、この「夢見る虎」(247)とアナイスがおもいなした若者との性愛に彼女は惑溺《わくでき》しつつ、そこに命の燃焼を感じとっていく。といって、夫ヒューゴーやヘンリー・ミラーや、その他の彼女をとりまく男たちを見放すことも、諦めることもできないのだ。そして、アナイスは彼らの間を、「障害物をすり抜けるウナギよろしく」(415)泳ぎ抜けながら、燃えさかる焔に乗って生の高みへと上昇していく。

「生。火。私自身が燃えている。周りの人たちも燃やしている。死ではない。火そして生なのだ」(415)。その一瞬のアナイスの歓喜の叫びである。

(杉崎和子)

▽引用

「私は命を吹き込む。めったに死は行使しない。私には破壊する力があるけれど」

命。火。私自身が燃えている。人々にも火を放つ。決して「死」ではない。火、そして命。歓喜。(415)

【解説】終章の彼女の言葉。このセクションには、まさに命の炎が燃え盛る絶頂のアナイスがいる。彼女を取り巻く愛に満ちた男たちはその数を増やし、さらに新しく、浅黒い肌を持つ性の象徴のような若者、ゴンザロ・モレがその輪に加わる。同時に、アナイスの水に浮かぶボートに住みたいという願望が叶い、パリのセーヌ川に舫《もや》ったハウスボートを借りうけ、そこで眠る夜は水の旅に出るような感じがした。ボートの中では、ゴンザロとの愛の火が燃えさかった。アナイスの生きる歓びが、エネルギーが横溢《おういつ》した時期でもあった。彼女は一日に三人の男と性の対話をし、彼らを慰め、幸せにする(と、彼女は信じていた)。

▼引用テクスト

Nin, Anaïs. *Fire: From "A Journal of Love": The Unexpurgated Diary, 1934-37*. Harcourt Brace, 1995.

『より月に近く　アナイス・ニンの愛の日記【無削除版】一九三七―三九』

Nearer the Moon: From "A Journal of Love": The Unexpurgated Diary of Anaïs Nin, 1937-1939, 1996

『火』に続き、一九九六年に出版された無削除版日記の第四弾である。この日記は、ゴンザロ・モレがニンに語る故郷ペルーのロマンティックな風景描写で始まる。「より月に近く」というタイトルも、ゴンザロの「エクアドルとペルーは月に近いところにある」という発言をヒントにしている。この頃、ニンはペルーからパリにやってきた政治活動家、ゴンザロと親密な関係にあった。二人の関係について、ニンは日記に「現実逃避」だと記している。二人はセーヌ川に浮かぶニンのハウスボートで過ごすことが多かったが、ニンは川やボートといった水辺の環境が気に入っていて、短編のモチーフにもたびたび用いている。

この時期、ニンは執筆のかたわら、周囲の人々を支援するために奔走《ほんそう》していた。そのために精神的にも肉体的にも疲労を感じることがあり、日記に愚痴《ぐち》をこぼすことも多かった。経済的に不自由しているゴンザロとエルバの夫婦だけでなく、パリのアトリエ村、ヴィラ・スーラで暮らすヘンリー・ミラーにも支援をし、さらにオットー・ランク▼の指導を受けた精神分析家として、彼女の「患者」たちの面倒もみていた。

創作活動については、ミラーとはともに雑誌『ザ・ブースター』❖を立ち上げたほか、創作についての意見交換を積極的に行なっている。ミラーは一九三七年にニンの日記を出版する計画をもちだし、それを受けてニンも過去の日記を縮約する作業を始めている。しかし、ヒューの反対を受け、本人も心が定まらず、結局出版には至らな

かった。

この時期、ニンは『人工の冬』出版に向けて準備を進めていて、のちに『ガラスの鐘の下で』に収められる短編も執筆している。さまざまな芸術家との交流があり、この頃はロレンス・ダレル▼とも親しくしている。ダレル夫妻がパリを訪れたときは、ニンがアパルトマン探しを手伝ったりした。しかし、フランス生活にも慣れ、充実した日々を送っているところに、第二次世界大戦勃発《ぼっぱつ》の知らせが入り、夫とともに一九三九年九月のワルシャワ爆撃の後はアメリカに戻ることを決意する。

（大野朝子）

▽引用

ゴンザロが言った。「高さがモンブランの二倍もあるペルーの山々のずっと上のほうには、東屋《あずまや》のような形の岩の壁があって、その内側に、とても小さい湖がある。黒い岩と岩の間にとてつもなく深い湖がつくられているんだ。その岩はピカピカに磨かれていて、万年雪のどまんなかに置かれた黒い大理石みたいに見える。インディアンたちはその場所に蜃気楼《しんきろう》を見に出かけるらしい。ぼくはそこに行ってみて、まるで湖のなかに熱帯の楽園があるような印象を抱いたよ。とても華やかな雰囲気に包まれていた。地元の人々はそれをファタモルガーナ〔蜃気楼の意味〕って呼ぶんだ。この名前、君が日記を書くときのニックネームにいいかもしれないね」（一九三七年三月四日、パリ）(1)

【解説】この日記の主軸を成すのはヘンリー・ミラーとゴンザロ・モレとの婚外の恋愛関係である。ゴンザロはペルー出身でエキゾティックな魅力を放ち、もともと異文化に関心が高く、特にスペイン文化に造詣《ぞうけい》が深いアナイスを夢中にさせた。日記のタイトルになった言葉が含まれていることから、ここで紹介することにした。

▼引用テクスト

Nin, Anaïs. *Nearer The Moon: From "A Journal of Love": The Unexpurgated Diary, 1937-1939.* Harcourt Brace and Company, 1996

❖『ザ・ブースター』 *The Booster* 一九三七年よりヘンリー・ミラーがロレンス・ダレル、アルフレッド・ペルレスと共に編集した。

『蜃気楼《しんきろう》 一九三九―四七』 アナイス・ニンの日記【無削除版】

Mirages: The Unexpurgated Diary of Anaïs Nin, 1939-1947, 2013

二〇一三年、無削除版日記としては第五作目の『蜃気楼』が、ポール・ヘロン❖による編集で出版された。この版より、愛の日記 "A Journal of Love" という表記が外れている。『蜃気楼』は、『アナイス・ニンの日記』第三巻と第四巻の時代背景に相当し、ニンがパリからニューヨークへの移転を余儀なくされた、三九年の第二次世界大戦勃発《ぼっぱつ》から、八年後、ルーパート・ポールとの出会いにより、アメリカ合衆国、北米大陸をまたにかけ、西海岸という国内の移転へのきっかけを示唆《しさ》する直前までを網羅している。

この時期、ニンは三十六歳から四十四歳という女盛りの頃で、これまでの『日記』では活字化されていなかった箇所が詳《つまび》らかにされる『蜃気楼』は、情熱への渇望と、恋情に伴う性愛の活写が大半を占める。序文において、キム・クリザン❖は、二十一世紀のインターネットという非常に個人的な事柄を公開する伝達手段と、ニンの無削除版日記の時代の先端を行く類似的プロセスを指摘している (xi)。現在の読者が『蜃気楼』を読書する行為において、あまりにも私的な詳細を読んでいるという感を持つのは、すでに出版された四作にも共通した、無削除版の宿命であろうか。

ニンの、限りなく完璧に近い男女関係の愛を執拗《しつよう》に求め続ける遍歴《オデュッセイア》は延々と続く。『蜃気楼』において特徴的な関係は、ニンが呼ぶ「私の子供たち」――青年たち――若き息子たちとの性愛である。

一九四〇年の六月、カレス・クロスビー❖の紹介で、

ニューヨークにて二十六歳のジャズドラマーであり、画家、詩人のジョン・ダッドレイ❖と出会う。彼はニンの肖像画を描き、二人は磁石のように惹かれ合う恋に落ち、性愛を成就し合う。ジョンはニンの生命を活性化する「子供」であるが、同時に、「母」としてのアナイスにすべてを求められるわけで、母親役が全《まっと》うできない自分を自覚する。ジョンとの性愛は本当の愛情を伴わない関係であることもニンは熟知している。疲れ切った「母は自分からへその緒を切断した」と記し(40)、「母」に成りきれないニンは、ジョンとの関係を、「ミラージュ（蜃気楼）」(39)と表し、破局を迎える。

一九四五年、ニューヨークで出会う、十七歳のウィリアム（ビル）・ピンカード❖は、『信天翁《あほうどり》の子供たち』（一九四七）の登場人物であるポールのモデルの実在人物として無削除版で明らかにされている(250)。ニン曰《いわ》く、「最高傑作」(266)であるビルとの官能的、超自然的な関係もビルが兵役のため米国を去ることから幕を下ろす。ニンのカスパー・ハウザー❖、つまり捨て子への執着は、ニン自身が父親に見放されて捨て子となったトラウマに起因する。孤児同士の恋は、母アナイスも、子供にならねばならない。もはや、ニンとて、この愛のあり様は錯覚であると気づき、愕然《がくぜん》としている。

❖**ポール・ヘロン** **Paul Herron** スカイ・ブルー・プレスという出版社の編集長。『頁の中のカフェ——アナイス・ニン文芸ジャーナル』(*A Café in Space The Anaïs Nin Literary Journal*)を二〇〇三～二〇一八年二月まで刊行した。

❖**キム・クリザン** **Kim Krizan, 1961-** アメリカの作家、女優。『恋人までの距離《ディスタンス》』（一九九五）、『ビフォア・サンセット』（二〇〇四）でアカデミー脚色賞ノミネート。ゴア・ヴィダルが否定したニンとの関係に対して、ゴアが書いたニンへのラヴレター文書を発掘入手した人物。

❖**カレス・クロスビー** **Caresse Crosby, 1892-1970** ニューヨーク市出身。一九二〇年代のパリでは、エルムノンヴィルにある「太陽の風車」(Le Moulin du Soleil)にて、また、一九四〇年代、ヴァージニア州ボウリング・グリーンにある「ハンプトン屋敷」にて、芸術家たちを支援するサロンを持つ。

❖**ジョン・ダッドレイ** **John Dudley** 英国、エリザベス女王（一五三三—一六〇三）とヨークシャーの公爵、トーマス・ダッドレイ(Thomas Dudley)の寵愛を受けたダッドレイ伯爵の末裔。詩作や絵画に励む芸術家。

❖**ウィリアム（ビル）・ピンカード** **William (Bill) Pinckard, 1927-89** 『ガラスの鐘の下で』に傾倒して、ニンに会いに来たイェール大学生のビルに、ニンも惹かれ、「子供たち」の一人となる。一九五〇年代に来日して、六五年に囲碁や浮世絵の専門書を扱う会社を設立する。亡くなるまで日本に在住した。

❖**カスパー・ハウザー** **Kaspar Hauser, 1812-33** ドイツの捨て子という伝説的人物。小説、詩、劇などの題材になる。バーデン(Baden)大公の王子であるとも、貴族の子であるとも言われ、スタナップ(Stanhope)卿の養子となるが、出生の秘密を明らかにすると言った人物に負傷させられたと本人が語ったとされる。

悩めども、この幻想を断ち切れない、決別する意志もないニンの「現実」が継続されていく。ロバート・ダンカン、ケニス・パッチェン、ジェイムズ・メリル、ゴア・ヴィダルらと、子供たちの名は記されていく。そして、今や四十歳を超えた往年の恋人たち、ゴンザロ・モレやヘンリー・ミラー、夫ヒューまでも皆して、自分にとって「子供のような人たち」だとニンは書いている(135)。

この無削除版日記では、最終的に、ゴンザロとヘンリーとも、性的関係が断ち切れたことがうかがい知れる。しかし、夫ヒュー・ガイラーとは結婚生活二十年(一九四五年)と記し、「夫婦」関係に対する妻、アナイス・ニンの心情は激しく揺れ動き続けている。ヒューの頭脳明晰《めいせき》なさや、物事を静観視する性向は、感情的で神経過敏なニンの情熱への渇望を満たさない。二人の性愛不一致にも、愛憎が入り混じる欲求不満が生々しく描写される。また同時に、アナイスが持つようになる、ヒューへの敵意も記されている(337)。ニンが金銭的援助のため周囲の芸術家、友人、「子供」たちにいとわない継続的な出費には、さすがのヒューも激怒する。経済的にこれ以上は不可能であり、責任を取るよう、ヒューは妻アナイスに明言するに至っている。それでも、アナイスにとってヒューは頼れる人であり続ける。

「私は、より度量の大きい、より包括的な関係を、ヒューゴと再び築き上げるよう努力したいと思う、この男《ひと》なのだ、私が心底信頼しているのは」(387)。ニン、四十四歳に書き記している言葉である。

しかし、同年、一九四七年二月二十七日、ニューヨークでのパーティで、運命の人ルーパート・ポールと、ひと目惚れの出会いが起こった。相思相愛の男女関係と、愛情と性愛の合致の素晴らしさに、ニン自身、信じられない驚きと悦びを綴《つづ》っている。「今晩、日記を書いているアナイスは、いつものあの子供のアナイス、幸せなんてこの世の中にはないと思い込んでいる子。でも、今宵《こよい》は、幸福は本当に存在するし、触って見られるものだと、自分自身を鼓舞するかのように書いている。私は、ほっぺたをつねって、この幸せを確かめ、さらに言葉をもってして強固なものにする」(404)。ルーパートは二十八歳、まさに、またしてもニンの「子供」であるはずだが、今までの子供たちとは正真正銘、別格だった。また、『ガラスの鐘の下で』のニンの序文を読んだルーパートは、「希望《のぞみ》を忘れない夢見る人を、皆必要としているんだ」(405)と語り、作品のテーマを見抜いている彼の洞察と気脈の合致も、ニンにとって信じがたい至福であったとうかがい知れる。「生きる、もう一度! 新たなる人生!」

(405)。ルーパートとのこの衝撃的な関係を踏まえ、ニンのこの言葉を大文字、太字に印字している。
　むろん、ニンの熱情的生き方への渇望ゆえに、内面の葛藤は常に継続的な苦しみとなり、「もはや精神分析医をもってしても手遅れだ」(378)と記す日もある。一つ、特記すべきことは、一九四〇年八月二十一日に妊娠三ヵ月での中絶を受けていることだ。夫ヒューと、ゴンザロも知っていて、非常に苦悶しているとある。無許可の医師による簡易寝台での手術やカーテン一枚で仕切られた隣で横たわる女性に抱いた共感など、リアルに記録されている。「堕胎は屈辱と犯罪と見なされる。なぜそうなるのか? 母親となる出産は、何にも勝る天職と称えられる」(26)と明記して、女性個人の選択の自由と権利を強調している。

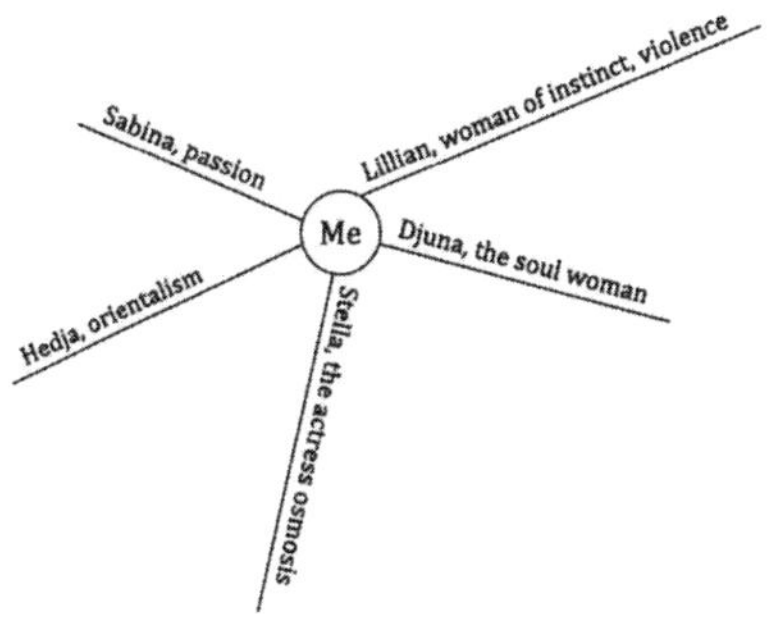

オリエンタル
『ガラスの鐘の下で』の短編「ヘジャ」という登場人物が、他の女性キャラクター同様、ニン自身の一部でもある女性像であることを明記し、図式化して書き込んでいる (285)

　最後に、この無削除版のタイトルであるミラージュ、蜃気楼という言葉は、この版以外の『日記』でも使用されている、ニンのキーワードの一つと言える。一九三六年に夫ヒューと旅したモロッコのフェズの迷路や中東の文化にニンは強烈な印象を受けた。この「オリエンタル」なモチーフはニンの小説はむろんのこと、ニン自身の価値観に不可欠な要素としての象徴の役割を担っていく。果てしない砂漠に出現しては消滅するかのごとく、現実と幻想の二元性と真摯《しんし》に向き合う女性作家アナイス・ニンの特異性を、無削除版日記、『蜃気楼』は露呈して余りある。

（山本豊子）

▽引用

「一行も削除しない完全な日記を、二つの欄、コラムに分けて書いていきたい気持ちになる。現実、実際に行なった事柄を、ありのままに書く日記のコラムと、もう一つは、プルースト風に完結する日記、つまり、いっぱい盛り込んで、流暢《りゅうちょう》な文体で、客観的視点を持ちつつ、外的要因をも取り込んで、すべてを包含する日記のコラム、とに。日記というのは、二つの欄、コラム、二つの編集を設けて書かれるべきだと、私は痛感するのだ」（一九四三年一月二十三日）(141)

【解説】この時点で、ニンは日記を書き始めて三十年ほど経っているが、葛藤がうかがえる。日記に綴る紙上に、縦なり横なり、一線をひいて、内容のプライバシーの気密性と深層心理的分析を明らかに言葉にする二段構成の必然性を、ニン自ら突いている。

▽引用

「蜃気楼、ミラージュという幻想の中で生きること自体よりも、現実に目覚めることに最たる苦しみがあるのだ。夢から覚醒するほど激しい痛みはない、死に絶えていく数々の自我に号泣する。子供たちとの仲を断念するのは、私の人生、私自身の内に息づく青春を断念することになる。悲嘆、耐え難い苦悩。行く手に広がる砂漠。夫も、恋する人も、子供も、私にはいない。とうとう、私は、そのすべてを手放さねばならないのか」（一九四六年三月二十二日）(349)

【解説】時は、子供たちの一人、ゴア・ヴィダルとの仲の亀裂を感じたニンの言葉だ。ミラージュに隠喩された、ニンの激しい渇望ゆえに活性する人生と、渇望を壊す現実によって蜃気楼の発生しない砂漠の人生との、対比を示唆している。

▽引用

「人生は、その流れに身をまかせてやると、癒しの手をさしのべてくることがある、だが、人生の流れに抵抗すると、人を困難な状況へ追い込む罠を仕掛けてくる」（一九四七年三月五日）(403)

【解説】ルーパート・ポールとの究極の出会いから十日の記。ニンは、妥協ではなく、受諾と順応を意図して人生と折り合いつつ、なおも自己が目指す人生に邁進する、その覚悟ある信念から得た一教訓であろう。

▼引用テクスト

Nin, Anaïs. *Mirages The Unexpurgated Diary of Anaïs Nin, 1939-1947.* Swallow P / Ohio UP, 2013.

ニンのエロティカについて

ニンの作品で最もよく売れたのはエロティカである。『デルタ・オヴ・ヴィーナス』は数十週間もベストセラーリストにとどまり、アメリカの一九七七年のフィクション部門ベストセラー第九位に入っている。❖ ニンの読者層を広げる役割を果たし、続いて『小鳥たち』が一九七九年に出版された。この二冊は二十六ヵ国語に翻訳され、広く読まれている。

ニンは一九四〇年から四一年にかけて、経済的必要に迫られてこれらのエロティカを執筆した。ヘンリー・ミラーの紹介でコレクターの注文に応じて書いたエロティカをニンは妥協的作品と見なし、出版になかなか同意しなかった。承諾したのは死の前年の一九七六年であり、ニン自身は『デルタ・オヴ・ヴィーナス』の商業的成功を目にしなかった。

ニンのエロティカは比較的明快なプロットがあって読みやすい。読みやすさは、セックスに重点をおくように、というエロティカの依頼主の要求に基づく構成のためだろう。ニンの他の小説は人物の内面の繊細な描写が基調をなしていて、時に難解である。エロティカの読みやすさは、読者の好奇心を刺激したことと並び、ニンの最大の商業的成功の理由と考えられるだろう。これらは例外的な作品ではあるが、ニンの文章の美しさを楽しめる。

ニンのエロティカは、女性の感性、特に女性のセクシュアリティの優れた表現として賞賛され、ニンはエロ

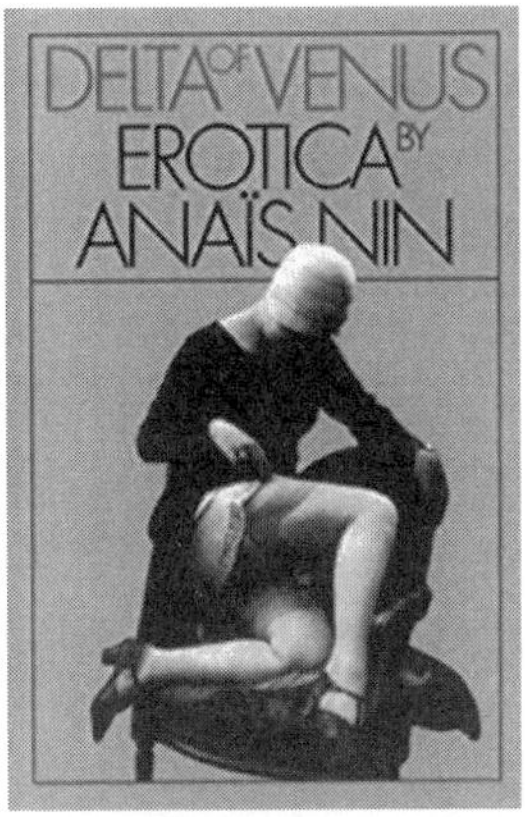

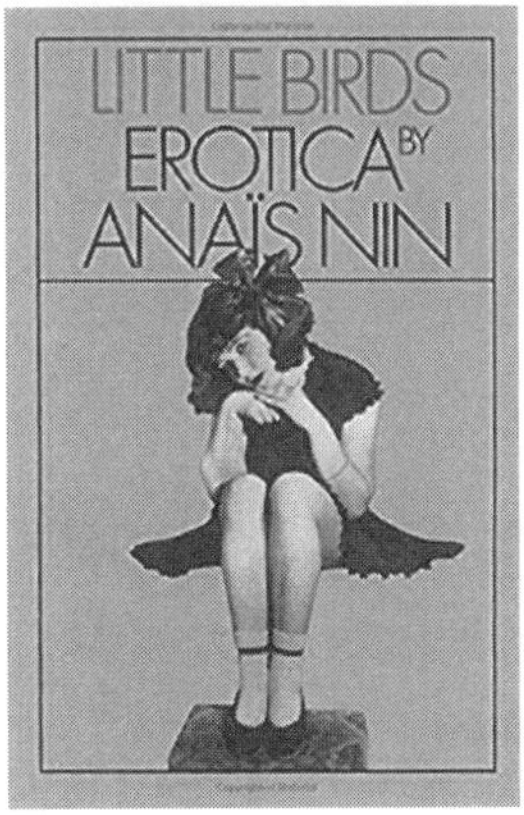

❖http://unsworth.unet.brandeis.edu/courses/bestsellers/best70.cgi

ティカに取り組んだ先駆的女性作家の一人として評価されている。マーガレット・レイノルズ編の女性作家のエロティカのアンソロジー❖には、『デルタ・オヴ・ヴィーナス』から「ハンガリーの冒険家の話」、「芸術家とモデル」、「バスク人とビジュー」、「ピエール」の抜粋が収録されており、ケイト・ショパン❖、ガートルード・スタイン、マーガレット・アトウッド❖ら錚々《そうそう》たる作家と共にその名を連ね、ニンはタブーの魅力を理解したうえで、読者の禁じられた欲望への想像をかきたてることによって描写をエロティックなものにしている、と評されている(101)。数々のタブーがニンのエロティカには描かれていて、ニン自身父親と経験したらしい近親相姦《そうかん》をはじめ(「ハンガリーの冒険家の話」、「小鳥たち」、「ピエール」)、小児愛(「ハンガリーの冒険家の話」、「小鳥たち」)、死姦(「ピエール」)、強姦(「ハンガリーの冒険家の話」、「寄宿学校」)、乱交(「マチルダ」、「女王」)、窃視(「ヴェールをかぶった女」、「ピエール」、「二人姉妹」、「マハ」)、露出狂(「マリアンヌ」、「マニュエル」「小鳥たち」)などがある。

多様な場面設定によるエキゾティシズムも、物語に変化をもたらすとともに、エロティックな雰囲気を盛り上げるのに貢献しているだろう。ロンドン、パリ、ノルマンディ、スイス、ローマ、マヨルカ島❖、デヤ❖、中国、ニューヨーク、ニューオーリンズ、ブラジル、ペルーといったさまざまな場所が取り上げられている。ニン自身がパリ、ベルリン、ブリュッセル、アルカション❖、バルセロナ、ニューヨークとあちこちに移り住み、旅行経験も多かったことが生かされているのだろう。また、エキゾティシズムの一つの要素として、官能的な有色人女性(「シロッコ」、「サフラン」)というステレオタイプも見られる。

ニンは『デルタ・オヴ・ヴィーナス』の「まえがき」で、「わたし自身の女性の視点は多分に妥協を強いられることになったと思う」が、「わたし自身の声がすべて押しつぶされているわけではないような気がする」(*Delta of Venus*, 14)と書いている。その言葉どおり、エロティカからはニンの「声」が聞こえる。性の行為に先立つロマンティックな言葉を追い求める「マチルダ」には、「女性は(日記の中ではわたしだが)性を感情から、男を人間として愛することから決して切り離すことはない」(15)というニンの性愛観が表われている。「女のなかでエロティシズムと優しさが融《と》け合うとき、それは固定観念といっていいほど強い絆になる」(「エレーナ」)という一説も同様の姿勢を表わす。また、女性は性について感じたことを話すべきで、その話は男女が歓びをわかちあう助けになる、という戦時下のヒロインの主張は、性は生であることを鮮やかにあぶりだして見せる（「マルセル」）。性は生というテーマは、「砂丘の女」でも扱われている。ニンのエロティカからは、エロティカという制約に押しつぶされないニン自身の声が、今も響きわたっている。
以下は各作品の梗概である。

◉『デルタ・オヴ・ヴィーナス』 *Delta of Venus*, 1977

▼「ハンガリーの冒険家の話」 *The Hungarian Adventurer*

贅沢《ぜいたく》な伊達《だて》男の、性の遍歴の話。後半は小児愛から近親姦に至り過激さを増し、かつての魅力を失って家族に見放される。再会した娘との近親姦とその破局というエピソードに、ニン自身の父との近親相姦の経験の反映が見られる。

▼「マチルダ」 *Mathilde*

妖艶《ようえん》なパリ娘マチルダの南米リマでの性の遍歴。刺激的な場面が続くが、マチルダが性交に先立つロマンティックな言葉を追い求めた点にニンの性愛観が表われている。

▼「寄宿学校」 *The Boarding School*

金髪の美少年をめぐる修道士と他の少年たちの同性愛の話。

▼「指輪」 *The Ring*

結婚を反対されたペルーの若者は恋人と交換した指輪を股間《こかん》にはめ、興奮するたび痛みに喘《あえ》ぐ。指輪を切断した後性交が苦痛になった若者は、恋人の不貞を想像し暴力的に性交に挑むが、二人は最高の快楽を分かちあった。

▼「マヨルカ」 *Mallorca*

マヨルカ島の美しい娘マリア (Maria) は、観光客に誘

❖Reynolds, Margaret, ed. *Erotica: an Anthology of Women's Writing*. London: Pandora, 1990.

❖ケイト・ショパン　Kate Chopin, 1851-1904　アメリカの作家。女性の性の目覚めを扱った『目覚め』(*The Awakening*, 1899) は当初不評だったが、現在は特にフェミニズム批評の観点から高く評価されている。

❖マーガレット・アトウッド　Margaret Atwood, 1939-　カナダの作家。『食べられる女』(*The Edible Woman*, 1969)、『侍女の物語』(*The Handmaid's Tale*, 1985) などの作品は、フェミニズム批評の観点から高く評価されている。

❖マヨルカ島　Mallorca　地中海西部の島で、人気の観光地である。

❖デヤ　Deià　マヨルカ島の北西岸に位置する自治体。一九二〇年代には『アラビアのロレンス』(*Lawrence and the Arabs*, 1934) を書いたイギリスの作家、詩人のロバート・グレイヴズ (*Robert Graves*, 1895-1985) など芸術家が多く移り住み、ニンもこの地を訪れている。

❖アルカション　Arcachon　フランス南西部の自治体。人気の海水浴場があり、気候は穏やかである。ニンが子供のころ父と最後に過ごした地である (*Early Diary* 2, 88, *Incest*, 166)。

われ真夜中の海を泳ぐ。裸で戯《たわむ》れるうち、女だと思っていた相手が若い男であることに気づく。最初こそ抗ったものの、青年の抱擁を愉しんだマリアは岸辺で処女を与え、二人は真夜中に海辺で逢瀬を重ねた。

▼「芸術家とモデル」 *Artists and Models*

モデルが経験する誘惑、処女喪失、性への開眼の物語を主軸に、さまざまな刺激的な挿話をはさむ。ニンの十代のモデル経験が生かされている。

▼「リリス」 *Lilith*

不感症の女性の話。

▼「マリアンヌ」 *Marianne*

ヌードの自画像を求める青年の力強い性器に魅せられた画家マリアンヌは彼と同棲するが、青年は受け身のまま彼女を貫くことはなかった。露出を好む青年はマリアンヌの反対を振り切ってモデルになり、二人は破局する。

▼「ヴェールをかぶった女」 *The Veiled Woman*

ジョージ (George) はバーで会った紳士に頼まれて、行きずりの男しか好まない金持ちの美女の相手を五〇ドルで引き受け、激しい一夜を過ごす。後日その紳士が料金一〇〇ドルで、のぞきショーとしてその女の性交を見せていたことを知り驚愕する。

▼「エレーナ」 *Elena*

二十五歳のエレーナと四十歳の政治活動家ピエール (Pierre) の関係を主軸に、エレーナのゲイやレズビアンらとの関係の挿話をはさむ。『デルタ・オブ・ヴィーナス』で一番長く、性交そのものより性行為にまつわる男女の関係性に力点が置かれている点で、本作中例外的な作品。ニンの言う女性の視点からの性愛観がよく表われている。

▼「バスク人とビジュー」 *The Basque and Bijou*

巨根のバスク人画家と野生的美しさの娼婦ビジューは同棲するが、バスク人はビジューの裸を人目にさらして執拗に辱《はずかし》め、やがて二人は別れる。

▼「ピエール」 *Pierre*

ピエール、娼婦を母に持つ養女マーサ (Martha)、養子ジョン (John) との三角関係の話。近親相姦を含むさまざまなタブーの魅力が盛りこまれている。

▼「マニュエル」 *Manuel*

露出症のマニュエルは、同様の嗜好《しこう》を持つ女にめぐり逢い、妻にする。

▼「リンダ」 *Linda*

経験豊富な夫に官能を研ぎすまされたリンダの、性の遍歴と老化への恐れの話。

▼「マルセル」 *Marcel*

第二次世界大戦が始まる頃、ハウスボートに住む語り手の女性はマルセルを中心に複数の男性と関係を持ち、戦時下で性は生であることを鮮やかに主張する。ニンが開戦当時ハウスボートに住んでいたことから、語り手にニン自身の反映が考えられる。

◉『小鳥たち』 *Little Birds, 1979*

▼「小鳥たち」 *Little Birds*

露出症のマニュエル (Manuel) は、女子校の校庭が見おろせる部屋を借り、鳥を買い集めて女生徒を招く。ある日少女たちの背後で勃起《ぼっき》したマニュエルは恍惚《こうこつ》としてキモノをはだけてしまい、それを見た少女たちは小鳥のように逃げた。『デルタ・オヴ・ヴィーナス』所収「マニュエル」の同名の露出症の主人公と名前が同じだが、妻の職業が異なる。

▼「砂丘の女」 *The Woman on the Dunes*

ルイ (Louis) は真夜中に海へと歩く女に出会い、二人は水の中で戯れ、浜辺で交わる。女は、昔ギロチンによる処刑を眺めながら、見知らぬ男と立ったまま性交し歓びを感じたことを話す。性は生であることが死を背景に浮かびあがる点で、『デルタ・オヴ・ヴィーナス』の「マルセル」と類似性がある。

▼「リナ」 *Lina*

語り手の友人で野性的な妖艶さを持つリナは、自分の欲望を抑圧し他人の愛情関係に嫉妬《しっと》していた。語り手の恋人ミッシェル (Michel) は催淫《さいいん》効果のある香を焚《た》き、三人は乱交する。

▼「二人姉妹」 *Two Sisters*

姉妹をめぐるいくつもの情事がからんだ愛憎物語。

▼「シロッコ」 *Sirocco*

外国に憧れるアメリカ娘は結婚して中国に渡るが、夫は妻と寝室を別にし、使用人たちと乱交する。妻は夫のために何でもしようとするが、裏切りの不安から逃れられず、夫から逃げ出す。自分を受け入れてくれる男性と出会い、夫をふりきって旅に出た。

▼「マハ」 *The Maja*

マリア (Maria) の裸体はゴヤの《裸のマハ》❖のように

❖《裸のマハ》 *La Maja desnuda*, 1797-1800　スペインの画家で宮廷画家として活躍したフランシスコ・デ・ゴヤ (Francisco de Goya, 1746-1828) の油絵で、西洋美術で初めて実在の女性の陰毛を描いた作品と言われており、当時スペインで問題になった。この作品のすぐ後に同じモデル、同じポーズの《着衣のマハ》(*La Maja vestida*, 1800-05) が描かれている。

美しかったが、裸を見せたがらないので、画家の夫ノヴァーリス (Novalis) はマリアが眠っている時裸にして絵を描く。ノヴァーリスは起きている時の妻に欲望を感じなくなり、マリアは夫の愛を失ったと思う。マリアは夫がマリアの絵姿を相手に自慰《じい》をしているのを見て、衣服を脱ぎ捨て夫の抱擁に身をゆだねた。シニフィエ（内容）を脅かすシニフィアン（表記・表現）の優位性を、シニフィエが取り戻す話として読める。

▼「モデル」 *A Model*

モデルが経験する誘惑、性への開眼の物語を主軸にさまざまな挿話をはさむ。『デルタ・オヴ・ヴィーナス』の「芸術家とモデル」に類似する。

▼「女王」 *The Queen*

『デルタ・オヴ・ヴィーナス』の「バスク人とビジュー」の野性的な娼婦ビジューが再登場する。語り手の画家に、ビジューは仮装パーティのため全身のボディ・ペインティングを頼む。パーティに裸で出たビジューは、絵の具が乾く間も待てず男たちと交わり、画家が遅れてやってきた頃には、絵の具はすっかりはげかけていた。

▼「ヒルダとランゴ」 *Hilda and Rango*

ランゴはヒルダの性への能動的な態度を娼婦のようだと退け、ヒルダがランゴの欲望に従うことを覚えた時、初めて交わった。

▼「チャンチキート」 *The Chanciquito*

チャンチキートはブラジルにいるという鼻の長い小さな豚のような動物で、女性の両足の間に鼻面をつっこむのを好む。ローラ (Laura) が昔聞いたチャンチキートの話を回想していると、画家の恋人ジャン (Jean) は天井にエロティックな絵を描き、二人は交わった。

▼「サフラン」 *Saffron*

四十男のアルバート (Albert) は十六歳の天使のような妻フェイ (Fay) を愛するが決して交わらず、使用人の黒人女性と関係していた。だがフェイがサフランを買いその匂いをさせて帰宅すると、アルバートはついにフェイを抱いて、黒人のような匂いだと言った。

▼「マンドラ」 *Mandra*

バイセクシュアルの女性同士の関係の話。

▼「家出娘」 *Runaway*

処女の家出娘ジャネット (Jeanette) は、ピエール (Pierre) とジャン (Jean) のアパルトマンに転がりこみ、二人と関係を持ち、性的に急速に成熟する。

（佐竹由帆）

▽引用（「マヨルカ」より）

イヴリンはマリアにしがみつき、水中で抱きしめた。二人は水面に浮きあがって息を吸い、笑いながら、屈託なく泳ぎ、はなれたりまた近づいたりしていた。マリアのスリップが肩のあたりで浮きあがり、身動きを妨げた。ついに完全に脱げて、マリアは裸になってしまった。イヴリンは水中でマリアにふざけて触れ、しがみつき、マリアの脚の下や脚の間にもぐりこんだ。〔……〕

マリアにはイヴリンも裸になっているのが見えた。すると突然イヴリンに後ろから抱きしめられ、全身を包まれた。水は生あたたかく、心地よい枕のようで、塩分が濃いので二人はふわりと浮遊した。

「君はきれいだね、マリア」と低い声で言うと、イヴリンはマリアを抱きしめた。（"Mallorca," 42-43）

【解説】『デルタ・オヴ・ヴィーナス』「マヨルカ」からの抜粋である。海中での行為の描写が美しい一編である。

▼引用テクスト

Nin, Anaïs. *Delta of Venus*. Penguin, 1990.
——. *Little Birds*. Penguin, 1979.

『恋した、書いた――アナイス・ニン、ヘンリー・ミラー往復書簡集』

A Literate Passion: Letters of Anaïs Nin and Henry Miller, 1932-1953, 1987

アナイス・ニンとヘンリー・ミラーによる往復書簡集。一九六五年に出版された一方向の書簡集『ヘンリーからアナイスへ』❖（小林美智代訳、鳥影社、二〇〇五）では沈黙の聞き手役に甘んじていたニンが、夫の死後編まれた本作では、ミラーとまったく対等の立場で文学を語り、芸術家の精神を単純なパターンに還元しようとする精神分析医を馬鹿にし、夫を欺《あざむ》くためもう一冊の日記を書くことをもくろみ、ある時は愛と欲望の高まりを、ある時は辛辣《しんらつ》な批判の言葉をミラーに投げかける。そのミラーは「きみのように沈黙を効果的に使う人をぼくは知らない」(376)と述べ▼ているし、『アナイス・ニンの日記』によればアルトーも「あなたの沈黙が好きだ。ぼくの沈黙と似ている」と語っていて、ニンが相当の沈黙使いであることが伺えるが、妻に「黙れ」と言ったロレンス・ダレル▼に「わたしは黙らない」と応じたニンの黙らなさ加減が、本作では遺憾《いかん》なく発揮されている。

　芸術家同士のカップルが、関係の始まりから絶頂期を経て、ある訣別を経験したのちも友人・同志として交わしあった、二五〇通を超える手紙のなかから立ち現われるのは、ふたりの作家が魂と肉体をぶつけあい、想像力と創造力を膨らませて築いた関係の、稀有《けう》な記録である。小説を書くことより手紙を書くことの方を好んだというミラーと、失われた父への投函されない手紙として日記を書き始めたニンは、ともに自伝的作風で知られるが、この往復書簡集も関係の自伝文学と呼べるかもしれない。なお literate とは「文学に通じた」の意味で、「文学的」

(literary)とは異なる。なかなか訳しにくいタイトルではあるが、本書のごく一部を柴田元幸と筆者が共訳した際に、「恋した、書いた」とした(『水声通信』第三十一号)。

無削除版日記第一巻『ヘンリー&ジューン』によれば、ニンとミラーが出逢ったのは一九三一年十二月、友人に連れられたミラーが、ルヴシエンヌのニン邸に昼食を食べにやってきたときのことだ。本作の始まりはそれから数ヵ月後、スイスに滞在中のニンが、フランス中部ディジョンのリセで復習教師《レペティトゥール》として働いていたミラーに宛てた手紙である。シベリア抑留中のドストエフスキーにミラーをなぞらえたニンは、そんな田舎はあなたに似合わないから早くパリに帰っていらっしゃい、電報と一五〇フラン送りました、と書いていて、以降のふたりと本作のなりゆきを示唆するところが多い。二十一年間をカヴァーし、四〇〇頁を超えるこの往復書簡において、ふたりは実にしばしば不在の相手に語りかける。普通手紙は眼の前にいる人間には書かないものだから、当然といえば当然なのだが、この伝説的カップルの関係がいかにすれ違いの多いものだったかに改めて気づかされる。ふたりが生活をともにしたことはなく、ただ手紙のなかで、(主にミラーが)ついに叶うことのない旅を夢見、一緒に暮らしたいとくり返す。ミラーからニンへの愛情告白も、「きみが去ってから三分。いや、もう抑えられない。きみがすでに知っていることを言おう——愛している」(16)と、不在の相手に向けてなされる。ニンの日記の起源もそうだが、人は愛する者の不在に耐えかねて語りだすというフロイトの理論を、本作も裏書きするようだ。また、一五〇フラン送ったというニンは、夫に養われながら(半ば夫公認のもと)長くミラーを経済的に支援したわけだが、経済問題はふたりの関係に影を落としつつ、ふたりを繋ぐ役割も果たすことになる(ミラーはニン宛の手紙の著作権を彼女に譲渡しているし、本書を読んでもそれが双方向的なものであることがわかる)。

最初は「まだきみをファーストネームで呼べなくて」(ミラー)(3)とか、「あなたって深みのあるカサノヴァみたい」(ニン)(4)「カサノヴァには笑ってしまった。失礼ながらまだ男というものをご存じないようだ。ぼくはきわめてノーマルです」(ミラー)(8)とかいった初々《ういうい》しくもおかしいやりとりがあるかと思えば、「あなたの書いたものに鑿《のみ》をかけてあげる」(ニン)(4)「ぼくのメモに『アナイスの英語を直すこと』とある」(ミラー)(6)

❖Henry Miller. *Letters to Anaïs Nin.* Ed. Gunther Stuhlmann. Paragon House Publishers, 1965.

というように、揺籃《ようらん》期の作家たちは互いの作品に介入することにも余念がない。伝記研究の成果で、ふたりが初めて肉体関係をもった日付と場所も明らかになっているが、その翌日の手紙でニンは、ミラーと出逢う直前に自殺を考えていたと告白し、「でもあなたに出逢うまで待ったのです、まるでそれが何かを解決してくれるかのように――そして本当に、解決してくれたのですが。あなたを見たとき、わたしの愛せる男《ひと》がここにいる、と思った」（五七）と書く。ミラーの言葉「生まれて初めて、ぼくはひとりの他者を自分という存在の中心に据えている。それがきみだ。〔……〕ぼろぼろになったぼくという男を、きみが真人間にしてくれたのだ」(294)からも、ふたりはお互いを芸術家として育てたのみならず、人間として救ったことがわかる。この関係の重要性についてふたりの認識は一致しているが、異なる点もある。ミラーが「今夜思ったんだが、ぼくはきみのような女性とこそ結婚すべきだったんだ」(25)と書き送るのに対し、ニンは日記に「ヘンリーはわたしたちの結婚を考えているが、それは決してないだろうという気がする。でも、わたしが結婚したいと思う男はヘンリーだけだ」「ヘンリーは永遠にわたしのなかにいる。でも、この恋はいつか終わるだろうと秘かに気づいてもいる。それでも友情は途切れることなく、ほとんど一生涯続くだろう」と予言めいた言葉を書きつける（一方、ミラーの予言は『日記』の出版に関するもので、「ぼくは日本の読者、インドの読者、スペインや北欧の読者も思い浮かべている。二〇〇〇年、さらにそれ以降の読者も眼に浮かぶ」(201)と語る）。本作の最後に置かれた一九五三年の手紙でニンは、「あのころのわたしに、いまのわたしがもちあわせるユーモアのセンスがあり、いまのあなたに備わる資質があのころのあなたにあれば、何ひとつこわれることはなかったでしょう」(394)と書く。ニンとミラーの友／愛関係が文学史上まれに見るものであることは疑いを入れない。だが、ニンがミラーを生き延びたのは、彼を夫として選ばなかったからではないか、と思えてならないことも事実なのだ。

（矢口裕子）

▽引用

言い忘れていたことをいくつか――ケーナという、南米インディアンが使うフルートのような楽器があります。人間の骨でできているの。どうしてそんなものが作られたかというと、インディアンの愛する女性を崇める気持ちからなのです。愛する女が死ぬと、男はその骨のひとつからフルートをこしらえた。それは普通のフルートより突き刺すような、心につきまとって離れない音色をもっているのですって。

それから、愛しています。朝起きると、わが知性を駆使して、あなたという人をもっと理解するすべを探すの。

ジューンが戻ってきたら、彼女はあなたをもっと愛するようになるでしょう。だってわたしがあなたを愛したのだから。もう豊かすぎるほど豊かなあなたの頭の上には、新しい葉が生い茂っているのです。

それから、愛しています。愛しています。愛しています。

ガートルード・スタインみたいなお馬鹿さんになってしまったわ。恋すると、知的な女もこのありさま。もう手紙も書けません。

アナイス (64)

もう正気ではいられない。分別などかなぐり捨てよう。ルヴシエンヌでの時は、結婚だった――疑いようもなく。あの家をあとにしてからも、きみのかけらがまとわりついて離れなかった。血の海を、精製されてなお有毒な、きみのアンダルシアの血の海をぼくは歩き回り、泳いでいる。〔……〕ぼくの眼に映るきみはあの家の女主人、憂い顔のムーア人、白いからだの黒人女、からだじゅうに眼をもつ、女、女、女。〔……〕きみはぼくの眼の前で女になった。こわいほどだった。きみは三十歳であるだけでなく――千歳でもある。〔……〕

これは途方もない夢だが、この夢をぼくは実現したいんだ。人生と文学が一体になり、愛という動力《ダイナモ》、きみはカメレオンの魂でぼくに千の愛をくれて、どんな嵐のなかでも、どこであれぼくらがいる場所が家、きみはそこに錨を下ろす〔……〕。

HVM (95-97)

【解説】 ニンの手紙は一九三二年六月、ミラーの手紙は同年八月のもの。ふたりは三一年十二月にルヴシエンヌで出逢い、同月ミラーの妻ジューンがニューヨークからやってきてニンと恋に落ち去ってのち、三二年三月にオテル・サントラルで初めて肉体関係をもった。恋愛初期の多幸感に満ちた手紙であり、まさに**A Literate Passion**、恋する作家たちの愛の歌だ。南米の楽器ケーナに関する記述はニンの『近親相姦の家』(一九三六)にもあるが、ミラーへの手紙が起源だったことがわかる。人生と文学が一体になった家を創りたい、というミラーの夢が叶うことはついになかった。が、愛するもののかけらで紡いだ物語、奏でた歌は、いまもわたしたちの耳に響いている。

▼引用テクスト

Stuhlmann, Gunther, ed. *A Literate Passion: Letters of Anaïs Nin and Henry Miller, 1932-1953*. Harcourt Brace and Company, 1987.

『水声通信 第三十一号 二〇〇九年七／八月号』水声社、二〇〇九年。

『憧れの矢――アナイス・ニン、フェリックス・ポラック往復書簡集』

Arrows of Longing: The Correspondence between Anaïs Nin and Felix Pollak 1952-1976, 1998

アナイス・ニンとフェリックス・ポラックが一九五二年から七六年までに交わした往復書簡集。ポラックは一九〇九年、オーストリアのユダヤ人家庭に生まれ、三八年、ヒトラーのオーストリア併合とともにアメリカに逃れた。ノースウェスタン大学、ウィスコンシン大学で希少本専門の司書として職を得ながら、六冊の詩集を上梓《じょうし》、八七年に亡くなった。ふたりの文通は、五二年、ノースウェスタン大学図書館がニンのオリジナル原稿を購入した際、ポラックが作家への称賛に満ちた礼状を書いたことに端を発する。ちょうど『愛の家のスパイ』の出版が難航し鬱々《うつうつ》としていたニンが、彼の熱意に打たれ、自分の本でお持ちでないものがあればぜひお送りしたいと申し出ると、『人工の冬』パリ版がいただけるなら、私の残っている犬歯（かけがえないものの比喩）も喜んで差し出しましょう、とポラックは応じた。こうして、ポラックが放った「憧れの矢」（ニーチェの言葉）により始まった友情はたちまち花開き、ヨーロッパからの移民としてアメリカにいだく違和感、作家として自分がふさわしい評価を得ていないという不満、さらには結婚生活の愚痴《ぐち》まで共有しあうようになる。二十年以上にわたる交流のなかで会ったのは一度きりという「近くて遠い」関係だからこそ、手紙のなかでは胸襟《きょうきん》を開くことができたのかもしれない。後半生、夫のいるニューヨークと若きパートナーの待つカリフォルニアを往還した二重生活についても、ニンは驚くほど率直に語っている。曰《いわ》く、ヒューゴーとの結婚生活を続けながらいろんな恋をして

きたけれど、ルーパートと出逢うまで、この人と暮らしたいと思ったことはない、それでもヒューゴーと別れられなかったのは、彼はわたしにとって父母であり、兄であり、息子であり、親友であるような存在になっていたから、ああ、わたしは芸術家と結婚すべきだった、伴侶として選んだふたりの男は冒険心のかけらもない、安全な避難所のような巣作りに汲々《きゅうきゅう》とした男たちだった……。そのときニンの胸に去来したのがヘンリー・ミラーだったかどうかは不明だが、この文通的友情が最大の危機に瀕《ひん》したのは、六二年、ポラックが『ミノタウロスの誘惑』の書評でニンとミラーの関係を示唆したときのことだ。ミラーとの関係を明かされることは「わたしの人生に甚大《じんだい》な損害をもたらす」(167)と、該当箇所の削除をニンは求める（結局、書評が活字になることはなかった）。その後十年間途絶えていた音信が再開したのは、七二年、すでに日記作家として名声を得ていたニンが、『日記』第五巻にポラックが登場するにあたり、不適切な表現や描写があれば指摘してほしい、と打診の手紙を出したときのことだ。以降、かつてほどの頻度と密度は欠いても、穏やかな友愛に満ちた手紙の交換は、ニンが亡くなるまで続いた。七六年、すでに癌《がん》が進行し入退院をくり返していたニンに宛てた手紙でポラックは「あのパリの日々——きみは永遠に若く……まるでぼく自身がそこにいたかのようだ。そういう幻影を振り払うことができない……およそ人が夢見るいっさいがそこにある。人ひとりの人生で望みうるものとしては、それで充分だろう。でも本当にそうだろうか？」(195)と書きつける。それは、みずからが放った憧れの矢によって血を流した者の、その血によって描く花こそ芸術という名の幻であることを知る者の、悲痛な叫びにも聞こえる。

（矢口裕子）

▽引用

御著書をお譲りくださる由、痛み入ります。無論、『人工の冬』のパリ版をいただけるなら、私の残っている犬歯も喜んで差し出しましょう。あの場面《シーン》、あなたが姿見の前に立ってイヴニング・パーティに出かける支度をし、香水を振りかけ、庭からは黄金《きん》色の光、あの『ペレアスとメリザンド』の舞台装置のような、「時がたてばたやすく剥がれる微細な粉でできた」黄金色の光が射して——あなたが「鑿《のみ》で彫るように、細心の注意を払って書きあげた」場面、最後にあなたが、芸術家を永遠に苦しめる問いを叫ぶ——「いまわたしはそれを手にしているだろうか。それともいつの日か、ここに書きつけた言葉を読み返したら、それは色褪《あ》せてしまっているだろうか」――あの場面は、ミス・ニン、あなたの全作品中で私の気に入りというだけでなく、私の知る英語の散文のなかでも、もっとも不思議な力で心を捉えて放さない、ノスタルジーを掻きたてるもののひとつです！(6)

【解説】 一九五二年、ポラックがノースウェスタン大学の司書として出した第一信に対し、ニンが申し出たことへの礼状からの一節。ここから二十年以上にわたる文通が始まることになる。一九三九年に出版されながら実質的には長く失われた作品で、英語圏での出版は二〇〇七年を待たねばならなかった『人工の冬』パリ版の文学的価値を見抜いた慧眼《けいがん》は鋭い。

▼引用テクスト

Mason, Gregory H., ed. *Arrows of Longing: The Correspondence Between Anaïs Nin and Felix Pollak, 1952-1976*. Swallow P, 1998.

かな高級住宅地に位置する。ホテル名など、詳細は不明である。

④アランディのオフィス　67 rue del'Assomption 16e

1932 年 4 月にニンは初めてルネ・アランディの診療所を訪れた。閑静な住宅地で、父・ホアキンの住んでいた家や、のちに交流を深めるランクのオフィスも近所にある。

⑤ソルボンヌ大学　**Université Paris 1 (Pantheon Sorbonne)**　47 rue de ecoles 5e

1933 年 3 月、ニンはここでアランディとアントナン・アルトーの講演を聞いた。アルトーは「多数のすぐれた芸術や演劇が出現したのは疫病の時代だった。なぜなら死の恐怖に駆られると人は不滅を求めたり、逃避やおのれ自身の超克を求めたりするからだ」として、舞台上で疫病の死者の演技を始めた。案の定、聴衆はあっけにとられ、笑いだして次々会場を去っていった (*Diary 1*, 191)。この後、ニンとアルトーは二人だけでカフェに行き、その後交流をさらに深めることになる。

⑥ヴァイキング・カフェ　**Café Viking**　29 rue Vavin 6e

『日記』第 1 巻、『インセスト』にスカンジナビア風のカフェとしてたびたび登場。ニンはここでミラーやアルトーと交流していた。ノエル・R・フィッチの伝記によれば、ミラーはこのカフェで 1932 年 3 月にニンに愛の告白をした (Fitch, Noel Riley. *Anaïs: The Erotic Life of Anaïs Nin*. Little Brown, 1993, p.113)。1931-1932 年冬の『日記』第 1 巻には以下の記述がある。「わたしたちはヴァイキング・カフェにいる。建物は総木造で、天井は低く、壁一面にヴァイキングの歴史の壁画が描かれている。そこではヘンリーの好きな強いお酒が飲める。照明はほの暗い。古いガレオン船に乗って北海を航行しているような感じだ」(*Diary 1*, 15)。

⑦ラ・クーポール　**La Coupole**　102 Bd du Montparnasse 14e

パリの観光地として有名なこのカフェで、ニンはアルトーと会っていた。『日記』第 1 巻の 1933 年 6 月の部分には、以下の記述がある。「クーポールでわたしたちはキスした。そしてわたしは彼のために、わたしは分裂した人間で、人間的に愛しながら同時に想像的に愛することはできないのだ、という話を創案した」(*Diary 1*, 228)。ニンはこのようにして、アルトーからの激しい求愛を回避しようとしていた。なお、1937 年にロレンス・ダレルがパリを訪れたときは、ミラーとニン、ダレルでこのカフェを使った。

⑧ホテル・セントラル　**Hotel Central**　1 bis rue du Maine 14e

ミラーが新聞社に勤務していたころに使っていたホテル。前述のフィッチの伝記によると、1932 年 3 月 8 日にミラーとニンはここで初めて情事をもった (Fitch, 114)。現在も "Central Hotel Paris" という名の三つ星ホテルとして営業している。

⑨ヴィラ・スーラ　**Villa Seurat**　18 Villa Seurat 14e

1934 年の秋から、ニンがミラーと暮らすために借りたアパート。石畳の静かな通りに面している。「アトリエ建築」様式で建てられたアパート群には、さまざまな芸術家たちが暮らしていた。ニンは「ミラー夫人」と名乗り、ミラーとかりそめの夫婦生活を送ろうとしていた。特に、初めての妊娠とそれに続く中絶手術の後（日記には死産として描かれている）は、心細く感じたのか、ミラーに寄り添おうとしていたようだ。

⑩国際大学都市　**Cité Internationale Universitaire de Paris**　17 Bd. Jourdan 14e

ニンは 1934 年 7 月中旬から国際大学都市の「心理学センター」で数回ランクの講演を聴いたが、途中で挫折してしまった。パリ南端の 14 区にあるこの場所には各国の留学生のための施設が集まり、個性の溢れる建築物が並んでいる。近隣には美しいモンスーリ公園がある。

（大野朝子）

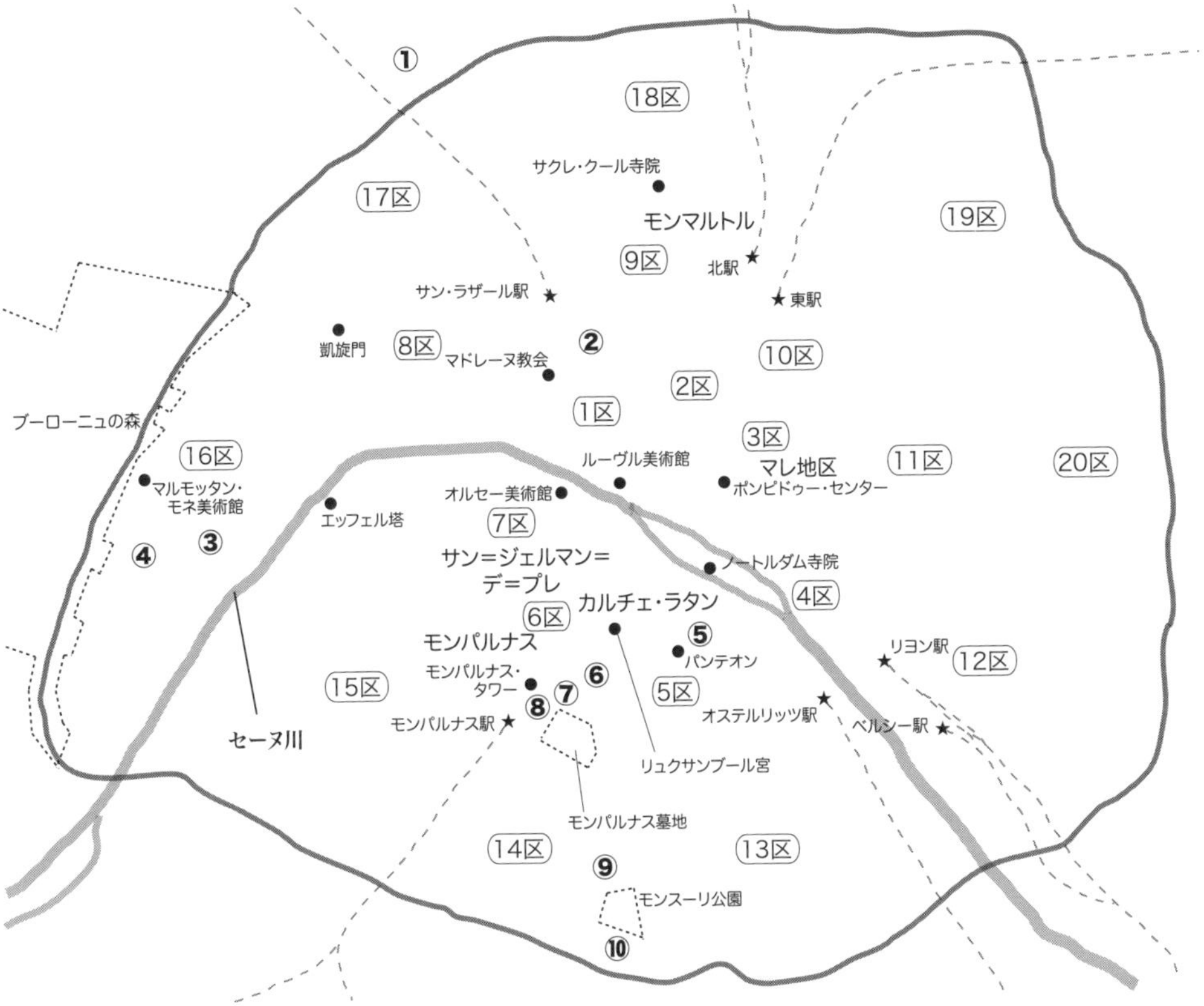

◉アナイス・ニン　パリの文学地図◉

①ヘンリー・ミラーとフレッド（アルフレッド・ペルレス）のアパート　4 rue Anatole France 17e

『日記』第1巻、『ヘンリー＆ジューン』、『インセスト』には、「クリシーのヘンリーのアパート」として頻繁に登場する。夫のヒュー・ガイラーが出張中にニンはしばしばこのアパートに滞在し、ミラーとフレッドと共に文学について熱い議論を交わしていた。

②アメリカン・エキスプレス　**American Express**　11 rue Scribe 1er

『日記』第1巻、『ヘンリー＆ジューン』において、ニンはジューンとここでよく待ち合わせをしている。1931年12月30日の『日記』第1巻で、ニンはジューンに会いに行ったが、受付の男性から、「お友達はもう戻られないようです」と告げられ、ショックと不安で立ち尽くしてしまう。しかしジューンは黒いビロードの衣装を着て、青ざめた様子で現われた。その日、別れ際に二人は長い接吻をしたという (*Diary 1*, 39)。

③マロニエ通りのホテル　26 rue des Marronniers 16e

1933年11月、ニンはオットー・ランクの勧めで、日記から離れて生活習慣を変えるため、2、3週間一人暮らしをすることになる。ニンはランクのオフィスのすぐ近くのマロニエ通りのホテルを借りるが、その際、自分とミラーのために2部屋を確保し、頻繁に往復していた。マルモッタン・モネ美術館のすぐ近くで、静に転校し、1年後に中退した。現在はワドレー・セカンダリー・スクール・フォー・パフォーミング・アンド・ヴィジュアル・アーツとフレデリック・ダグラス・アカデミーⅡの2校が敷地内に共存している。

③セントラルパーク　**Central Park**　between 59th and 110th Street, between Central Park West and Park Avenue

1873年、ニューヨーク市民の憩いの場として作られた広大な公園。ニンの子ども時代の遊び場であり、ニンが出演したマヤ・デレンの映画『変形された時間での儀礼』の撮影もここで行なわれた。

④母ローザの下宿屋　**Rosa's Boarding House**　158 West 75th Street

1917年、ニンの母ローザは赤煉瓦のアパートを買いあげ、音楽関係者を相手に下宿屋を始めた。だが経営は順調とはいえず、2年で廃業に追い込まれた。

⑤ゴッサム書店　**Gotham Book Mart**　41 West 47th Street

1920年、フランシス・ステロフが開店した、シェイクスピア・アンド・カンパニーのニューヨーク版といえる「作家のための書店」。ニンも自著の印刷・出版・宣伝について少なからず世話になった。3度移転したが、上記は最も長く店舗を構えていた住所。

⑥ニューヨーク公共図書館　**New York Public Library**　476 5th Avenue

創立1895年、本館のほか、現在4館の研究図書館と87の地域分館を備える。ニンはここでアルファベット順に本を読んでいったとされる。

⑦ウェスト・ヴィレッジのアパート　**West Village Apartment**　215 West 13th Street

1939年、第二次世界大戦の勃発に際しパリからニューヨークへ戻ったニン／ガイラー夫妻が腰を落ち着けたアパート。5階建ての最上階にある天窓つきの部屋だった。

⑧第二ジーモア・プレス　**Second Gemore Press**　17 East 13th Street

ニンがゴンザロ・モレと始めた印刷・出版のオフィスは、⑨の第一ジーモアから、1944年にこちらに移転した。現在は「メゾン・デュ・クロックムッシュ」というカフェが入っている。

⑨第一ジーモア・プレス　**First Gemore Press**　144 Macdougal Street

1941年、自著の出版のため最初に構えたオフィス。プロヴィンスタウン・シアターの向かいにあるぼろアパートで、セーヌ川に浮かぶハウスボートを思わせたというが、現在はニューヨーク大学ロースクールが建っている。

⑩ワシントン・スクウェア・ヴィレッジ　**Washington Square Village**　4 Washington Square Village

1964年、ワシントン・スクウェアの南にある集合住宅群の一角に、ニン／ガイラー夫妻は引っ越した。ニューヨークとロサンゼルスを行き来したニン晩年の二重生活の一方の拠点となった。

【そのほか】

❖キューガーデン　**Kew Garden**　82nd Avenue between Austin Street and Kew Gardens Road

マンハッタンの東に位置するクイーンズ区の高級住宅地。ニンの母方の叔母が住んでおり、バルセロナから到着したばかりの母子は一時身を寄せた。「地上の楽園のように美しい所」とニンは日記に綴っている。

❖リッチモンド・ヒル　**Richmond Hill**　620 Audley Street, Richmond Hill

マンハッタン75丁目の下宿屋をたたんだ母子は、クイーンズ区リッチモンド・ヒルの家に引っ越した。ニンがヒュー・ガイラーと出逢い、新婚の一時期を過ごしたのは、隣接する高級住宅地フォレスト・ヒルである。

（矢口裕子）

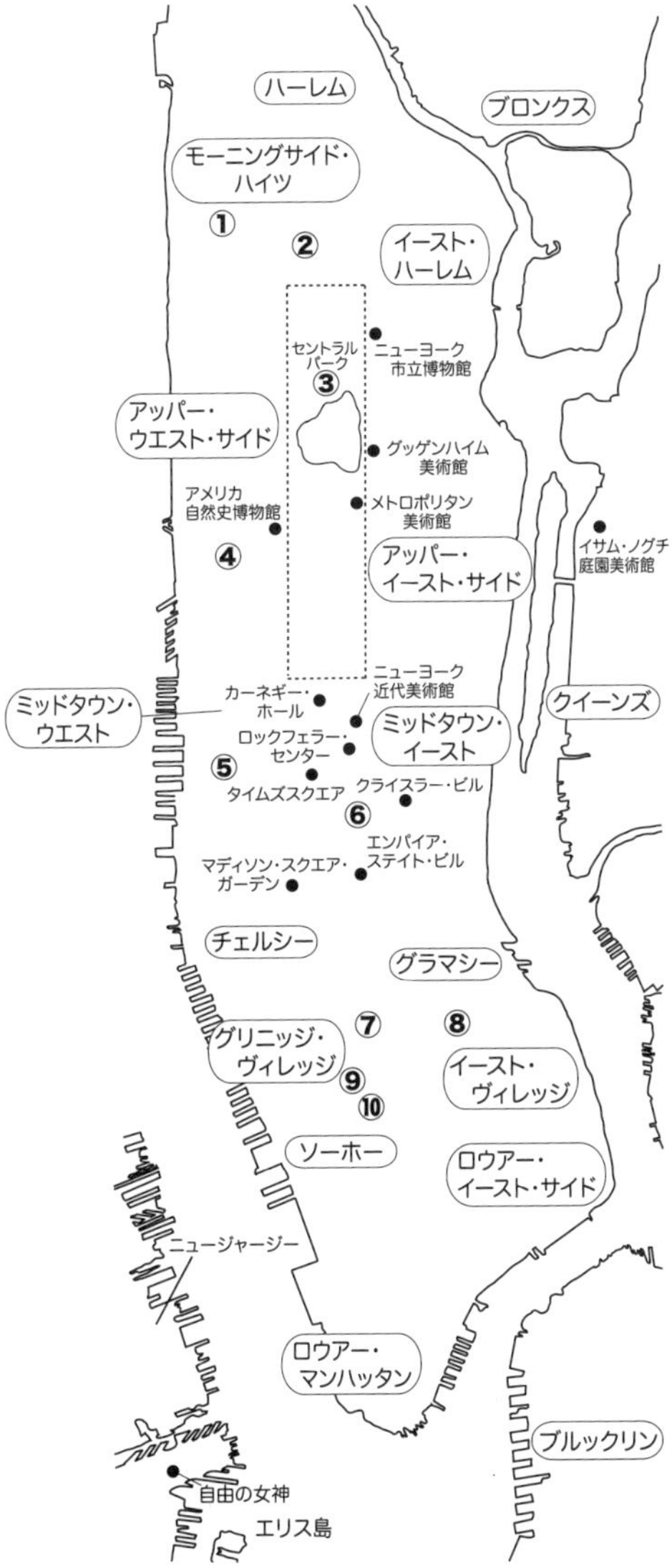

◉アナイス・ニン　ニューヨークの文学地図◉

①コロンビア大学　**Columbia University**　Broadway and 116 Street

アナイス・ニンは高校中退後、コロンビア大学で作文、文法、フランス語の授業を聴講した。作文の先生には、あなたが書く文章はきわめて美しいが、やや旧式だといわれたという。

②ワドレー高校　**Wadleigh High School**　215 West 114th Street

ニューヨーク市初の公立女子高校。ニンは、アメリカで最初に通ったカトリック系の学校からこちら

Ⅱ　アナイス・ニンを知る／読むキーワード

精神分析

アナイス・ニンは創作において特に夢や幻想の世界を重視し、そのなかで芸術家の役割を常に問い続けた。たとえば、『女は語る』所収のエッセイ「夢から外界へ」("Proceed from the Dream") の中で、ニンは「芸術家とは彼の内面の世界をよく観察して、絵画や音楽などにそれを投影させ、人々に提供する者である」(*A Woman Speaks*, 118) と述べている。人間の心理の解明を目的とする精神分析は、ニンが作家としての転機を迎えた一九三〇年代にはまだ新しい思想であったが、多くの芸術家たちの関心を引いたことは有名である。ニンは創作のヒントとして精神分析の理論を応用しただけでなく、私生活上のさまざまな心の葛藤を解決するために生涯にわたって継続的に分析を受けていた。

ここでは、ニンが精神分析に関わり始めた一九三〇年代に注目し、ニンの後年のエッセイを参照しながら精神分析の果たした役割の重要性を明らかにしたい。

◉『近親相姦の家』の背景

ニンは『近親相姦の家』(一九三六)において無意識の世界を象徴的言語で表現したが、そこにはときに戦慄《せんりつ》が走るような恐怖の世界が広がり、拷問《ごうもん》による苦痛、神経の痛みが描写されている。『日記』第一巻の一九三三年十月の部分で、ニンは、オクターヴ・ミルボー❖の『責苦の庭』❖(一八九九)を読み、「その肉体的残酷さと苦痛の極限の表現に感銘《かんめい》を受けた」、「強迫観念や不安もおなじくらい残酷で苦しいはずなのに、精神的な痛みを肉体的拷問を描くように生き生きと表現した者がいないだけなのだ、と感じた」と語っている (*Diary 1*, 265)。さらに、彼女は『近親相姦の家』の中で、「心の世界や、心理学的領域における肉体的拷問の対応物を描きたかった」(*House of Incest*, 265) というが、なぜそれほどまでに《心の痛み》を表現する必要に駆られていたのであろうか。

精神分析医のルネ・アランディ▼がニンの《二重性》を指摘したように、彼女はジレンマに陥《おちい》っていた。たとえば一九四五年にスワロー・プレスより出版された『人工の冬』のリリスのように、ニンは周囲の人々の欲求に敏感で、彼らを満足させるために自分を押し殺し、理想の女性像を「演じ」続けていた。

> 私は自分で人物を創りだし、外側から眺めている、彼らが「私」という偶像を拝んでいることを知り、嘆いている。〔……〕私は衣装の外側へ脱け出し、助けを求めて叫んでいるのに、一方では解放を恐れてもいて、しぶしぶこの役を演じ続けているのだ。(*Winter of Artifice*, 108-09)

当時の精神状態について、ニンは一九七二年にオットー・ランク▼協会大会での講演「真実と現実について」("On Truth and Reality") の中で以下のように語った。

> ランクを訪ねた時、私は抑圧を感じ、社会生活における自分の立場に悩んでいました。それは特に女性に課された役割に関連していました。献身や奉仕、忠実さ、などとどう関わったらよいのか、わからなかったのです。(*In Favor of the Sensitive Man*, 58-59)

ランクの元を訪ねる前の日記をみると、ニンは社会的義務と創作活動を両立できず、精神的に追い詰められていたことがわかる。ニンは少女時代から周囲の人々の反応を恐れて思うままに振る舞うことができなかったので、本心を隠して後でこっそり日記に記録する習慣を身につけていた。日記を告白相手とすることでカタルシスを得て、心の均衡を保っていたのである。それに加えて、この時期に彼女はさまざまな問題を抱えていた。ディアドル・ベアの伝記❖によれば、夫ヒュー・ガイラーへの不満や、出版したばかりのD・H・ロレンス論の評判が芳《かんば》しくないことや、ヘンリー・ミラーとの交際が原因の母親との不和なども不安定な精神状態の原因であった。

この時期にニンは自分を「神経症」だと思い込み、アントナン・アルトーの中に自分と同じ症状をみていた。

もちろん、専門家による診断を受けたわけではなく、漠然とした焦燥《しょうそう》感や不安を「神経症」の症状とみなしていたのである。

ニンは一九二四年に夫の転勤に伴ってパリへ移住し、ミラーなどのさまざまな個性的な人物たちと出会い、交流を深めるうちに、次第に自分自身の個性に目覚めていった。たとえば、ミラーは、自由奔放なボヘミアンとして生き、そのような生活を作品の題材としていた。彼の妻でバイセクシュアルのジューンもまた、ニンに「ジューンは存在そのものなのだ。彼女を制御するものは何もない」(*Diary 1*, 45) と言わしめたように、欲望のままに生きていた。さらに、ニンはジューンに同性愛的な感情を抱き、自らもまた社会的規範からの逸脱者であると確信せざるを得なかった。加えて、一九三三年に二十年ぶりに実父ホアキン・ニンと再会し、インセストの体験をもったことは、ニンに「異端者」としての罪悪感を高めた。

自分らしく自由に生き、作家として成功したいという願望が次第に強まる一方、ニンは潜在的「逸脱者」・「異端者」である自分を解放することができず、創作に打ち込めずにいた。ニンは、自らの道徳的価値観が揺らぐ感覚を味わい、人知れず苦しんでいたのである。『近親相姦の家』には作者が経験した抑鬱《よくうつ》状態が反映され、マゾヒスティックな人物たちの痛々しい描写となって表われている。

◉ランクとの出会い

『日記』第一巻(一九六六)と『インセスト』(一九九二)にはランクの分析の様子が詳しく書かれているが、ランクがニンの人生と創作に及ぼした影響は大きく、ニンはエッセイや講演などでもしばしばランクの影響を語っている。彼女が初めてランクのオフィスを訪ねた時の様子は『日記』第一巻の一九三三年十一月の箇所に描写されている。ニンは図書館でランクの著書目録を見て、ランクがパリ在住であることを知り、訪問を思い立った。彼

❖**オクターヴ・ミルボー** Octave Mirbeau, 1848-1917 フランスの作家・劇作家。『責苦の庭』に続いて発表した『小間使いの日記』(*Le Journal d'une femme de chambre*, 1900) は一九六四年にルイス・ブニュエル監督により映画化された。ジャンヌ・モローが小間使いを演じている。

❖**『責苦の庭』** *Le Jardin des Supplices* 一八九九年に出版されたこの小説は中国が舞台で、フランス人の主人公は宿命の女、クララに導かれ、妖しい花が咲き乱れる庭園にやってきた。その庭は楽園などではなく、実はあらゆる形式の拷問が行なわれる地獄だった。エログロとシニシズムが交錯する奇書。

❖Deirdre Bair, *Anaïs Nin: A Biography*. New York: Putnam, 1995.

女はミラーとともに彼の著書『芸術と芸術家』（一九三二）をすでに読み、感銘を受けていたという。

　ランクは芸術家に関する研究で知られているが、分析においても、クライアントを病人というよりも、むしろ失敗した芸術家とみなすなど、他の分析家とは大いに異なっていた。『日記』第一巻で、ニンはランクを以下のように描写している。

　たちまちわたしは二人がおなじ言葉を話すことを知った。彼は言った、「わたしの思想は精神分析的なものを超えているのですよ。精神分析は各人間の類似点を強調していますね。しかし、わたしの場合は人びとの相違点を強調するのです。精神分析の連中はすべての人間をある正常なレベルにもってこようとする。わたしは各人をその人独自の宇宙に適応させようとするのです」(271)

　ニンはランクの元に通う以前に、従弟のエデュアルド・サンチェスの紹介でアランディの分析を受けていたが、結果は満足のいくものではなかった。しかし、ランクはアランディなどの一般の分析家とは違い、患者の個性を重視し、それを伸ばそうとした点でニンを大いに助けた。たとえばランクはニンが自らの個性の強さを不安に思い、疎外感を抱いている時に、芸術家は共同体から疎外される運命にあると説明し、安心させている。

　さらに、『日記』第一巻にあるように、ランクは『近親相姦の家』と『人工の冬』（一九三九）を完成させる手助けをし、ニンのキャリアの発展に大きく貢献した。一九三三年の秋にニンは「アルラウネⅠ」(“Alraune I”)、「アルラウネⅡ」(“Alraune II”)という原稿を執筆していたが、当時の大きな悩みは、日記形式の文章から抜け出すことができず、フィクションの執筆が進まないことであった。しかしランクはニンが「書く」という行為に固《こ》執《しつ》する様子をみて、創作と人生を統合させることが彼女の治療に繋がると示唆《しさ》した。ランクに鼓舞《こぶ》され、推敲《すいこう》を重ねた結果、ニンは「アルラウネⅠ」と「アルラウネⅡ」を編集し、『近親相姦の家』と『人工の冬』を完成させることができた。

　E・ジェイムズ・リバーマンによるランクの伝記のタイトルは『意志の作用』❖（一九八五）だが、ニンがランクの分析において最も勇気づけられたのは、彼が「意志がもたらす作用」のみならず、「創造する力」をクライアントに見出したことであった。シャロン・スペンサーはランクが精神分析医としては革新的なので、彼は分析家というよりはセラピストだ、と述べている。さらにスペンサーによると、ランクはニンにインスピレーションを与えたミューズであり、女性の芸術家の誕生をもたらす助産師の役目をも果たしたという(Spencer, 108)。

『日記』第一巻に描かれているように、ニンは精神分析の理論そのものには関心がなく、それを創作や人生に応用する方法を常に考えていた。先に引用した講演「真実と現実について」の中で、ニンは次のように語っている。

> 精神分析は、単に神経症を治すためだけのものではないのです。それは私たちの人間性を成長させる方法を教えてくれますし、さらに、成長を妨げようとする障害をどう乗り越えたらよいか、ということも示唆してくれます。(*In Favor of the Sensitive Man*, 64)

このことから、ランクとの出会いを経て、精神分析はニンにとって、《よりよく生きるための知恵》へと発展していったことがわかる。

◉哲学としての精神分析

ニンはランクの分析を受けた後も、生涯にわたってマーサ・ジーガー❖やインゲ・ボグナーの分析を継続的に受けていた。彼女は精神分析の効用について、エッセイ「夢から外界へ」の中で、「私は心理学によって強迫観念を克服することを学んだ」「そこでは心理学は哲学として私に役に立ったのだ」と述べている(*A Woman Speaks*, 120)。ここでは、「心理学」(psychology)と「精神分析」(psychoanalysis)は特に区別をせずに用いられているが、精神分析の重要性については、次のように強調されている。

> 私の精神分析への信頼はとても堅固なもので、それはいつも心の中にある。私はそれを哲学にしたのだ。私は精神分析を仕事全体に対する基準にしている。『日記』にあるように、私は人生の決定的な瞬間に専門家に助けを求めた。その当時の私の混乱は大きかった。私に期待されたすべての役割を果たすこと、自分自身の役に立つこと、理想の自分になること……

❖E. James Liberman, *Acts of Will*. New York: The Free Press, 1985.

❖マーサ・ジーガー　Martha Jaeger　『日記』第三巻以降に登場するユング派の精神分析医。ニンは友人の紹介で一九四二年より分析を受けるようになった。ニンはジーモア・プレスの過重労働のために体調を崩し、ジーガーを頼った、と記しているが(*Diary 3*, 239)、ディアドル・ベアの伝記には、二度目の望まぬ妊娠のために女医の助けを必要とした、とある(Bair, 283)。

これらを同時に達成するのは難しかった。これらの葛藤の中で私は精神分析に大いに救われた。(139)

ここでニンは、精神分析を受ける前の「混乱」と「葛藤」を語っているが、不安を克服し、自分らしい生き方を実現するためには、第一に抑圧という事実を自覚すること必要があったのだ。たとえばジュリエット・ミッチェルは『精神分析と女の解放』の中で「家父長制秩序のもとにあっては、女はその女の心理のなかでも抑圧されている。いったんこの秩序が強度に矛盾する形でとりあげられたときにのみ、この抑圧が姿を現す」(二七三)と述べている。ニンは、精神分析を経て、自分が社会の《刷り込み》によって本来の個性を無意識的に抑え込んでいたことを知った。精神分析の効用として、ミッチェルは「無意識の法を理解することは〔……〕、イデオロギーがどのように機能するか、われわれはそのなかに存在しなければならない観念と法を、どのようにして獲得し、生きるか、を理解する出発点となる」(二五九)と述べている。このように、フェミニズム理論にも応用される精神分析は、私たちの心理がどのように形成され、また認識がどう構造化されているかを読み解く視座を与え、精神的自由を得る手助けとなり得る。

ニンが一九七〇年代の女性解放運動の中でカリスマ的人気を得たことは有名だが、彼女は精神分析を実人生と創作に応用することに成功し、同時代の多くの女性たちに「自分らしく」生きるためのヒントを分け与えたのである。

(大野朝子)

▼引用テクスト

Nin, Anaïs. *The Diary of Anaïs Nin Volume 1: 1931-1934*. Harcourt, 1966.

——. *House of Incest*. Swallow P / Ohio UP, 1958.

——. *In Favor of the Sensitive Man and Other Essays*. Harcourt Brace and Company, 1976.

——. *Winter of Artifice*. Swallow P / Ohio UP, 1945.

——. *A Woman Speaks: The Lectures, Seminars and Interviews of Anaïs Nin*. Ed. Evelyn J. Hinz. Swallow Press, 1975.

Spencer, Sharon. "Beyond Therapy: The Enduring Love of Anaïs Nin for Otto Rank." Ed. Nalbantian, Suzanne. *Anaïs Nin: Literary Perspectives*. New York: Macmillan Press, 1997, pp.97-111.

ミッチェル、ジュリエット『精神分析と女の解放』上田昊訳、合同出版、一九七七年。

分身《ダブル》

二月、別々の方向に泳ぎ出そうとしながら尾をリボンで結ばれた双魚をシンボルにもつ、魚座の徴《しるし》のもとに生まれたアナイス・ニンは、二という数字やそれにまつわる概念に魅《ひ》かれることが多かった。わけても「分身」は、ニンの人生と作品に通底するテーマと言っていい。それはまた、鏡像、影、半身、双子とさまざまに呼ばれながら、芸術学問の諸分野で愛されてきたテーマでもある。たとえば「私は外部で私と出会うのではなく、私のなかに他者を見出すのだ」というジル・ドゥルーズ❖の分身論は、現代を生きるわたしたちにはことに魅力的に感じられるだろう。だがより微細に表現するなら、分身とはおそらく自／他の境界線上に現われる幻のようなものであり、その限りにおいて愛に酷似した何ものかであるにちがいない。

たくさんの恋人をもつようにたくさんの分身をもつアナイス・ニンであるが、まず考えるべき分身とは、鏡に映るみずからの姿、そこで眼に見える像として出現する複数の自己であろう。十七歳の日記には、「何かひとこ

❖ジル・ドゥルーズ　Gilles Deleuze, 1925-95　フランスの哲学者。単著に『差異と反復』(*Différence et répétition*, 1968)、『意味の論理学』(*Logique du sens*, 1969)、フェリックス・ガタリとの共著に『アンチ・オイディプス』(*L'anti-Œdipe*, 1972)『千のプラトー』(*Mille plateaux: Capitalisme et schizophrénie*, 1980)等。器官なき身体論ではアルトーを、生成変化論ではミラーを引いている。ほかにも欲望機械、リゾーム、脱領土化等新しい概念を次々に創造し、二十世紀後半の哲学を牽引する存在のひとりだったが、肺を患い、最後は自死を選んだ。

と書いては、鏡に映る自分を見て、びっくり。本当に、今度は、写真のなかのわたしみたい。わたし自身じゃなくて、まるでミス・セヴンティーン」(*Linotte*, 444)という記述が見られ、「書く」ことと「自己‐像」の生成がまさに合わせ鏡の関係にあることがわかる。小説『信天翁《あほうどり》の子供たち』(一九四七)に描かれる孤児院では鏡を使うことが許されていないが、少女たちは小窓の後ろに黒い紙を貼って鏡に仕立てあげ、順番に覗き込む。ジューナが黒い鏡の前に立つと、明るい肌の色が喪に服したように翳《かげ》り、井戸の底に映っているように見える。だが、泣いているときに鏡を見ると、涙が止まることに彼女は気づく。なぜなら「それは彼女自身のものでなくなり、誰かほかの人のものになった」(*Cities of the Interior*, 137)からだ。まさに鏡のなかで自己が他者に変容する瞬間である。また、『日記』第二巻(一九六七)には、思春期の鏡像段階ともいうべき記述がある。十五歳のアナイスがおそるおそる鏡に近づくと、そこに現われるのはアナイスではなく、マリー・アントワネットやジャンヌ・ダルクやボヴァリー夫人であり、夢遊病者のように幽霊のように鏡の前に立つ少女は、百の像に分裂しては、また青ざめた姿で立ち尽くす。ジャック・ラカン❖が鏡像段階と名づけた、幼児期の幸福な自己との出会いとも、ニンについて広く信じられ疎《うと》まれてもいるであろう、鏡に映るみずからの姿に酔いしれるナルシスのイメージとも、なんと隔《へだ》たっていることか。むしろそれは、ナルシスの自己とは満ち足りて充実した自己でなく空虚な自己であるという、ジュリア・クリステヴァ❖の言葉を想起させる。思えば、二十代後半のニンが初めて精神分析医のもとを訪れ、生涯続くことになる分析を受け始めたのも、「こなごなに砕けた鏡のような気持ち」に襲われたからだった。

だが、おそらくニンにとって最もかけがえのない分身とは何かといえば、日記をおいてほかにないだろう。生き別れた父への投函されない手紙が、生涯にわたり四万頁にも及ぶ日記へと増殖する。二十八歳の彼女は「わたしは日記のなかに、日記のなかだけにいて、ほかのどこにもいない。たぶんわたしは、この物語のなかの想像上のキャラクターとしてしか存在しないのだ」(*Early Diary 4*, 480)と書きつけるが、アナイス・ニンという人間を形づくったのも、作家として誕生させたのも日記であり、まさに日記こそがアナイス・ニンなのだ。翻《ひるがえ》って視点を日記におくなら、それはニンの人/生という分身と創作という分身をもっていたといえるだろう。日記はいつも小説の邪魔をするから、日記はわたしの悪癖であり、阿片《あへん》のパイプなのだ、でもわたしがあなたを創ったのは友だちが必要だったから、と作家は日記に語りかける。友であり、愛する者への手紙であり、世界に向かって開かれた窓であり、外界で傷ついたら帰ってくる隠れ家、自己を見つめる鏡、一方で麻薬、悪、牢獄にも姿を変える日記は、毒／薬《ファルマコン》そのもの、または世界そのもののようだ。中編「リリス」の主人公は「わたしは自分の分身である日記としか結婚しない」(『人工の冬』パリ版、一九四〇）と宣言する。たしかに、ニンの周囲のありとあらゆる男たちが嫉妬《しっと》し、その「悪癖」との縁を断ち切らせようとした日記こそ、ニンにとって運命の恋人であり、自分とのあいだに起きたことはどうか日記に書かないでくれ、と懇願する父との約束に背いても書くことを選ばせた日記だけが、ニンが生涯忠実たりえた伴侶だったのかもしれない。

一方、ニンが愛した現《うつ》し身《み》の分身をあげるとすれば、父ホアキン・ニン、ヘンリー・ミラーの妻ジューン、アントナン・アルトーの三人がまず思い浮かぶ。三人に共通して言えることは、人格または人生が（ニン同様）演劇（性）と深く結びついていること、ニンにとって彼／女らがもつ磁力は「死」と分かちがたくあること、彼／女らが同時に欲望と同一化の対象であること、概念的親和性があるとされる同性愛および／あるいは近親姦に関わる人物であること等がある。

第一に語るべきは、やはりスペイン系ピアニストの父、ホアキン・ニンだろう。父娘の関係の詳細については、無削除版日記『インセスト』（一九九二）や『人工の冬』パリ版の「リリス」（一九三九）に譲るが、ふたりの写真を見ると、アナイスは明らかに父親似だ。色白で細面《ほそおもて》、通った鼻筋（この「ニン家の鼻」にアナイスは整形を施《ほどこ》すのだが）という顔だちのみならず、「レオナルド的な手」

❖ジャック・ラカン　Jacques-Marie-Émile Lacan, 1901-81　フランスの精神分析家。フロイト以降の精神分析理論に重要な役割を果たし、主著『エクリ』(*Écrits*, 1966)ではポーの「盗まれた手紙」を論じるなど、文学批評への影響力も大きい。鏡像段階、父の名、想像界・象徴界・現実界等難解な概念操作で知られる。全二十六巻の出版が予定される講義録の一冊 *Encore: Le Seminaire XX* (Seuil, 1975)には「女は存在しない」との挑発的な言葉がある。

❖ジュリア・クリステヴァ　Julia Kristeva, 1941-　ブルガリア出身、一九六五年以降パリ在住の哲学者、精神分析家。夫フィリップ・ソレルスが主催する文芸誌『テル・ケル』(*Tel Quel*)（一九六〇—八二）の主要メンバー。著書に『詩的言語の革命』(*La revolution du langage poétique*, 1974)、『恐怖の権力』(*Pouvoirs de l'horreur*, 1980)、『外国人』(*Etrangers à nous-mêmes*, 1988)等。主なテーマは記号論、言語論、精神分析、主体思想、女性論等。リュス・イリガライ、エレーヌ・シクスーらとともに、女性的な書きもの《エクリチュール・フェミニン》の可能性を探るフレンチ・フェミニストと呼ばれる。

「音楽的な手」と形容される美しい手も父親譲りのようだ（アメリカ版『インセスト』のカヴァーにはアナイスの手の写真が使われている）。また「リリス」には、父が靴下を脱ぐと娘とそっくりの足が現われる、という印象的なシーンがある。父がいま手を添えているのはわたしの足だ、いったい父はどこから始まり、わたしはどこから始まるのか、愛は超えていく距離がないと、内部で自己愛の渦となって窒息《ちっそく》してしまう、わたしたちふたりのうちどちらか一方が死ななければ、わたしは自分の境界がわからないという、眩暈《めまい》のするようなアイデンティティの混乱が描かれる。この神話的かつ演劇的な再会は父を有頂天にし、「おまえはわたしが愛したすべての女を統合した存在だ」（一六三）と叫ばせる。だが、分身の愛は結局ナルシシズムと死のうちに終わることを察知した娘は、この壮絶なドラマにみずから幕を降ろす。ドゥルーズの分身論に照らせば、これはまったく正しい態度だ。だが、自／他の境界線上で紡《つむ》がれる物語が愛だとしたら、そこになにがしかアイデンティティの混乱が生じ、死や狂気の影が射したとしても、異常と断じるだけでは潔癖に過ぎよう。だからこそアナイス・ニンはくり返し分身を追い求めたのだし、にもかかわらずやはり異常なこのインセスト劇は、わたしたちを震撼《しんかん》させずにおかない。

次に、アナイス・ニンの運命の女、ジューン。ひと目見て「この世で最も美しい女性」に出逢ったと確信し、溺《おぼ》れるように恋に落ちる。だが、出逢う前にミラーから、妻がいかに魅惑と謎と危険に満ちた女であるかということはさんざん聞かされているのだから、ここには明らかに「模倣の欲望」が作用している。ジラール流の「欲望の三角形」と異なるのは、ひとりの愛される者を挟んでふたりの愛する者が対峙《たいじ》するのでなく、三人がもろともに愛する者であり愛される者である点だ。アナイスにとってジューンは、ミラーをめぐるライバルであると同時に、芸術家として解き明かすべき神秘であり、ミラーには決して窺いしれぬ「女の知」を共有し、「秘密の言葉」で語りあい、「やわらかい双子の肉体」で愛しあう相手だ。アナイスとジューンは「中身のいっぱいに詰まった箱」と「からっぽの箱」の比喩で語られ、対照的女性として捉えられることが多いが、実は「互いが互いになること」を切望」するのみならず、ふたりが千の仮面を脱いだとき現われるのは「同じ顔」であるという。所有するのでなく相手になることを求めるのは、分身の愛の徴といえる。運命の女が放つ死の魔力に囚われながら抗《あらが》うアナイスだが、同一化の欲望が生成するドラマは、読者にも深淵を覗《のぞ》き込むような感覚を与える。そして決定的に重要な点として、その深淵がかくも深く、眩惑《げんわく》がかくも眩惑的なのは、それがふたりの男でなくふたりの女のあいだに横たわる深淵だからだ。「ジューナ」（一九三九）で語られる、ふたりの女を混ぜあわせた毒で愛する男に毒を盛るという怖るべき言葉は、同一性と差異が渾然《こんぜん》一体となり玉虫色の光を放つ、分身愛のある極北を描いている。

　最後に、アントナン・アルトー。ニンとアルトーの出逢いは、「あなたはアルトーを思わせる、あなたに彼の激しさや怒りはないけれど」と言ったという、精神分析医アランディを介してもたらされた。ニンに宛てた手紙でアルトーは「あなたはぼくと同じ領域に住みながら、ぼくにないすべてを与えてくれる、あなたはぼくの相補物だ」（『アナイス・ニンの日記』二七五）と述べ、四歳のとき母がつけてくれたという愛称「ナナキ」と署名する。ニンはアルトーのなかの詩人を愛し、彼の苦痛と炎を愛しはしても、彼にくちづけされると死に、狂気に引きずり込まれるような気がして「兄弟よ、兄弟よ、私はとても深い愛をあなたに抱いていますがどうか触らないでください」と懇願する（「あるシュルレアリストの肖像」『ガラスの鐘の下で』八五）。絵画《ロトと娘たち》を愛し、悲劇『チェンチ一族』（一九六四）を作・演出・主演したアルトーもまた、インセストに取り憑《つ》かれた芸術家だった。だが『日記』によれば、アルトーはニンと父のただならぬ関係を察知すると、「汚らわしい」と非難したという。男たちは詩や神話に登場する女性の性的逸脱は称揚しても、眼の前にアルテミスやヴィーナスが現われたら道徳的審判を下すのだ、とニンはひとりごちる。ふたりが魂の血縁性を感じあったことは確かだろう。のみならず芸術家としても、『演劇とその分身』（一九三八）の著者とニンは近しい存在であったと考えられる。習作段階の『近親相姦の家』をアルトーに送ったニンは、「あなたがここに見いだすであろうものは、あなたの言葉が創り上げる星座群への〔……〕返答です。あざなわれ、並び、寄り添い、こだまし、同じ速度で眩暈する響きあいです」（『アナイス・ニンの日記』二三九）と書き添える。なるほど、ニンが「散文詩」と呼んだ第一創作集のそこここには、アルトー的身体感覚・宇宙感覚が満ちている。一方、『近親相姦の家』とジューナ・バーンズ▼『夜の森』（一九三六）またはアンナ・カヴァン▼『眠りの家』❖（一九四七）との近親性を指摘する声もあれば、『人工の冬』は『北回帰線』への（女性からの）応答である、という意見もある。思えば、オットー・ランクがニンと出逢う前に『文学作品における近親相姦テーマ』（一九一二）、『分身』（一九二五）を著わしていたことも、不思議な符号といえよう。アメリカ文学の伝統のなかでは孤立しているように見えるニンだが、作家として人間として女性として過酷な生成を生きた、二〇―三〇年代のパリという魂と肉体の実験室で、いくつものたぐいまれなる分身たちとの邂逅《かいこう》を果たしていたようだ。

（矢口裕子）

❖『眠りの家』　一九四七年にアメリカで *The House of Sleep* として、四八年にイギリスで *Sleep Has His House* として出版されたアンナ・カヴァンの小説。作家により「ひとりの人間が成長していく過程で経るさまざまな段階を、夜の言語で語った」と説明される作品について、ニンは「『近親相姦の家』にとても似ている」(*Diary 4*, 196) と書いている。

▼引用テクスト

Nin, Anaïs. *Cities of the Interior*. Swallow P, 1974.

——. *The Diary of Anaïs Nin Volume 4: 1944-1947*. Harcourt, 1971.

——. *The Early Diary of Anaïs Nin Volume 4: 1927-1931*. Harcourt Brace Jovanovich, 1985.

——. *Linotte: The Early Diary of Anaïs Nin, 1914-1920*. Harcourt Brace Jovanovich, 1978.

ニン、アナイス『アナイス・ニンコレクション（Ⅳ）ガラスの鐘の下で』木村淳子訳、鳥影社、一九九四年。

——『アナイス・ニンの日記』矢口裕子編訳、水声社、二〇一七年。

——『人工の冬』（パリ版オリジナル）矢口裕子訳、水声社、二〇〇九年。

日本におけるアナイス・ニン受容

アナイス・ニンという名前が日本の読者の眼に初めて触れたのは、おそらくヘンリー・ミラー『北回帰線』（一九三四）の本邦初訳が出版された一九五三年、その序文に名前が刻まれた時ではなかったかと思う。同年、やはり初訳の出た『暗い春』（一九三六）には、「アナイス・ニンに」という献辞が見られる。つまりニンは、二十世紀アメリカを代表する作家のひとりであるミラーの紹介者であり、近しい人間でありながら、本人は何ものであるかもわからぬ、ヴェールを纏《まと》ったアラブ女性のように登場したということになろうか（ブラッサイ❖が撮ったニンの写真に、まさにそういうイメージのものがあるが）。ここで注意すべき点はふたつある。第一に、『北回帰線』以外にも、ルー・ザロメの伝記やアメリカのフェミニズム・アーティスト、ジュディ・シカゴの自伝『花もつ女』❖（一九七五）など、ニンは優れた序文の書き手▼

❖ブラッサイ　Brassaï, 1899-1984　ハンガリー出身の写真家。一九三〇年代、夜の街にたたずむ娼婦やカフェに集う恋人たちを写しとった作品で知られる。日本で出版された写真集『未知のパリ、深夜のパリ』（みすず書房、一九七七）はパリ留学中に親交のあった岡本太郎の尽力によるとされる。ミラーやニンの写真も撮っており、回想録『作家の誕生　ヘンリー・ミラー』(*Henry Miller: The Paris Years*. Trans. Timothy Bent. Arcade Publishing, 1995.)ではヘンリー、ジューン、アナイスの三角関係についても触れている。

❖ Judy Chicago. *Through the Flower: My Struggle as a Woman Artist*. Doubleday, 1975.『花もつ女――ウエストコーストに花開いたフェミニズム・アートの旗手、ジュディ・シカゴ自伝』小池一子訳、パルコ出版局、一九八〇年。

——つまり芸術や才能や人の媒介《ばいかい》者、産婆役、コミュニケーターであったということがある。第二に、果たして二十一世紀を迎えたいまも、ニンはミラーやアルトー、ランクといった「大きな男」の傍《かたわ》らにいる女という以上の認知をされているか否かという、やや深刻な問題が、当時から垣間《かいま》見えることも確かだ。

作家としてのニンがヴェールを脱いで日本の読者の前に初めて姿を現わしたのは、一九六六年、中田耕治訳『愛の家のスパイ』が、前衛的外国文学を集めた河出書房のシリーズ「人間の文学」に収められた時のことだ。それは奇《く》しくもアメリカでニンの日記の出版が始まった年、つまり、世界的にもアナイス・ニンが作家として本格的に認知され始めた時だった。『愛の家のスパイ』に収められた「アナイス・ニンについて」と題された一文で、中田は日記を「アナイスの『私小説』の一部」（二四八）と位置づけるとともに、父との関係を「一種の近親相姦《インセスト》にほかならない」（二五二）と断じ、ジューンとの関係は「リビドー的な性質をもつナーシシズム」（二六三）と分析するなど、無削除版を経たわたしたちの認識と重なるような慧眼《けいがん》を示している。なお同年、邦訳出版を機にニンは来日し、大江健三郎▼、江藤淳▼と文芸誌で対談もしているが、未来のノーベル賞作家との対談以上に彼女の心に残ったのは、日本人の繊細な心遣いであったようだ。

二十世紀最大の日記作家と目されるニンの日本における受容は、一九七四年、原真佐子❖（後の作家冥王まさ子）訳『アナイス・ニンの日記』（河出書房、後に原麗衣《あきえ》の訳名でちくま文庫）の出版により新たな段階を迎えた。当時三十代半ばであった原は、日記中の作家とほぼ同世代、内に巨大な自我と才能を抱え、いまだそれを十分に形にできぬまま、女性というジェンダー役割とも葛藤を続ける人間／女性／作家として、まさに同じ過程を生きていた。原の訳業が、精緻な文学性とともに、作家への知的・感情的な深い共感に支えられたある切実さを帯びていたのは、そうした事情による。原には「アナイス・ニンの娘たち」というエッセイ❖もあるが、彼女自身が日本におけるニンの娘であったことは間違いがない。全七巻の日記（編集版）を翻訳出版するという彼女の野望は、諸般の事情により頓挫《とんざ》した。が、それから四十年余りを経て、ニンの没後四十年にあたる二〇一七年、初期の日記三巻と編集版全七巻の抄訳が拙訳により出版された（水声社）。

先にも触れたが、ニンには「男の傍らにいる女」というイメージがつきまとっているし、「男のための女」(man's

woman) という誤解を生みやすい表現で自分を語っている。だが、ジューンや母をはじめ女性たちとの関係も、男性とのそれに劣らず重要な意味をもっていたのではないかということは、九〇年代以降のジェンダー／セクシュアリティ批評を待たずとも、明敏な人々の論じてきたことだった。前述した原のエッセイ「アナイス・ニンの娘たち」はまさにそうしたテーマで書かれたものだし、野島秀勝は、英米文学の世界に登場する「運命の女」を縦横に論じた『迷宮の女たち』（TBSブリタニカ、一九八一）でアナイス・ニンとジューン・ミラーにそれぞれ一章を割いている。また、ユング派心理学者の秋山さと子は、「週刊本」の一冊として出版された『メタ・セクシュアリティ』（朝日出版社、一九八五）において、やはりこのふたりに触れている（ちなみに「週刊本」とは、八〇年代当時のスターライターが名を連ね、雑誌と単行本の中間を狙ったようなペーパーバックスタイルのシリーズだった。この時代、若者向けの読書ガイドも多く出版されたが、『読書の快楽――ブックガイド・ベスト１０００』（角川書店、一九八五）では浅田彰が『アナイス・ニンの日記』を、『恋愛小説の快楽――ブックガイド・ベスト６００』（角川書店、一九九〇）では柴田元幸が『ヘンリー&ジューン』を取りあげている。また、山口はるみによるパルコのポスター❖にニンが描かれるなど、八〇年代的な知の裾野の端の方に、アナイス・ニンの居場所もあったということだろうか）。

無削除版日記第一巻『ヘンリー&ジューン』は一九八六年にアメリカで出版され、アナイス・ニンの受容・理解において大きな転換点となった。本作にインスパイアされたフィリップ・カウフマン（『ライトスタッフ』❖『存在

❖**原真佐子**（一九三九―九五）『アナイス・ニンの日記』（編集版第一巻）、ニンの評論『未来の小説』（柄谷真佐子名義）の翻訳者。ほかにも英米文学の翻訳・評論を手がけるとともに、冥王まさ子名義で小説を発表、『ある女のグリンプス』（河出書房新社、一九七九）は文芸賞を受賞した。評論家の柄谷行人と離婚後、二度目のアメリカ留学中に動脈瘤破裂により急死。

❖「アナイス・ニンの娘たち」『崩壊する女らしさの神話』（牧神社、一九七八）、八―一二頁。

❖**山口はるみによるパルコのポスター**　一九八八～九七年、「のように」シリーズで女性の肖像六十二枚が制作され、「アナイス・ニンのように」というコピーとともにニンが描かれた。

❖**『ライトスタッフ』** *The Right Stuff*, 1983　トム・ウルフによる同名のドキュメンタリー小説に基づく、カウフマン監督の映画で、アカデミー賞四部門（編集・作曲・音響・音響効果賞）を受賞。人類初の有人飛行をめざすNASAのマーキュリー計画のもと、「正しい資質」によって選ばれた空・海軍のパイロットが、国家と自己の内面及び家族との葛藤に苦しみながら、確かな友情で結ばれるさまを描く。音速の壁を破ったチャック・イェガーを劇作家サム・シェパートが好演した。

の耐えられない軽さ』❖）が映画化したことも、大衆文化レベルでの影響は大きい。日本では、ニンと公私ともに親交が深く、アナイス・ニン・トラストの理事も務めた杉崎和子の訳で九〇年に出版され、ベストセラーとなった（角川文庫）。「わたしはダイナマイトのように日記をもち歩く」と言い、「わたしの悪は死後明らかになる」と書いたニンが彼岸《ひがん》から放ったダイナマイトが、この無削除版日記だったのかもしれない。この偶像破壊的な書物が破壊したのは、第一にアナイス・ニンという偶像だった。割れたペルソナの下から現われたアナイスの新しい顔に「裏切られた」という思いをもった者、眉を顰《ひそ》めた者がいる一方、新しい若い読者がついたことも世界的な現象であった。だが、無削除版の出版と関連して、日本におけるアナイス・ニン受容を考えるうえで触れておくべきは、冥王まさ子の仕事を引き継ぐように、矢川澄子❖がニンを積極的に紹介し始めたことだ。翻訳家・幻想文学作家として世代を超えた読者をもつ矢川が『父の娘たち──森茉莉とアナイス・ニン』（新潮社）、『アナイス・ニンの少女時代』（河出書房新社）という二冊の本を上梓《じょうし》し、エロティカの新訳『小鳥たち』（新潮社）が死後出版の形で出たことの意義は大きい。冥王にとってニンを読むキーワードのひとつが「成熟」だったとすれば、矢川にとってのそれは「少女」だった。みずから「不滅の少女」「反少女」を名乗った矢川は、『アナイス・ニンの少女時代』でニンの最初期の日記『リノット』のごく一部を紹介しているが、これはその後、杉崎和子による抄訳が出版された（水声社）。

アナイス・ニンは日記作家であると同時に小説家であり、エッセイストであり、批評家でもあった。そうしたニンの全体像を理解する上で、木村淳子の翻訳による労作『アナイス・ニン・コレクション』（全六巻、鳥影社、うち一巻は山本豊子訳）の果たした役割は大きい。ニンが最初に出版したロレンス論、第一創作集『近親相姦の家』、創作としては最後の作品となった『コラージュ』、さらにジェンダー論的エッセイ集『心やさしき男性を讃えて』までが網羅されている（このコレクションから抜けていた連作小説集『内面の都市』も、『ミノタウルスの誘惑』（大野朝子訳、水声社）と『信天翁《あほうどり》の子供たち』（山本豊子訳、水声社）が出版された）。

二〇〇八年には、無削除版日記第二巻にあたる『インセスト』が杉崎訳により出版され、反響を呼んだ（彩流社）。『ヘンリー&ジューン』以上に偶像破壊的なこの作品については、世界的にもまだ十分論じられているとは言いがたい。むしろキリスト教的タブー意識から自由でいられるわたしたちこそ、アナイス・ニンのセクシュアリティ研究において前衛に立ちうる可能性があるのかもしれない〔仏文学者の鹿島茂は拙訳『アナイス・ニンの日記』の書評（毎日新聞、二〇一七年六月十一日）で無削除版に触れ、「女性の手になる性愛の記録として、これを超えるものはいまだに現れていない」と述べている〕。

批評のみならず、若い世代の女性作家の作品を読むと、何か特別な世界、特殊な人間の事象として性を描くのでなく、また、頭痛のしそうなムズカシイ概念操作によるのでもなく、ジェンダーやセクシュアリティの問題が広く深く共有されていると感じる。二〇〇七年度に直木賞を受賞した桜庭一樹『私の男』（文藝春秋）がテーマとして『インセスト』を彷彿とさせたことは記憶に新しい。また、三浦しをんは朝日新聞連載の読書日記で、小池昌代は『井戸の底に落ちた星』（みすず書房）で、『小鳥たち』について好意的な書評を寄せている。冥王、矢川世代の娘にあたるような、若々しくみずみずしいアナイスの（孫）娘たちの登場と活躍を、さらに期待したい。

ニン生誕百年を記念した『季刊ブッキッシュ 2』アナイス・ニン特集号（ビレッジプレス、二〇〇二）のインタヴューで、神戸女学院大学名誉教授キャサリン・ブロデリック（現ヴリーランド）は、ニン受容のためにもニン研究者が協力することが必要である、と述べている。本書がその確かな第一歩として結実したことを喜びたい。

（矢口裕子）

▼引用テクスト

ニン、アナイス『愛の家のスパイ』中田耕治訳、河出書房新社、一九六六年。

❖『存在の耐えられない軽さ』*The Unbearable Lightness of Being*, 1988 ミラン・クンデラの同名小説に基づくカウフマン監督の映画。一九六八年に起きたいわゆるプラハの春を背景に、時代に翻弄されながら、対照的なふたりの女性のあいだで揺れ動く外科医の性／愛とあっけない死を描く。外科医をダニエル・デイ＝ルイス、その妻をジュリエット・ビノシュが演じた。

❖矢川澄子（一九三〇—二〇〇二）児童文学を中心に英米・フランス・ドイツ文学を多数翻訳し、みずからも特異な作風の幻想文学やエッセイを執筆した。フランス文学者の澁澤龍彦と一九五九年に結婚、六八年に離婚。その傷を生涯引きずっていたともいわれ、ニン生誕百年を目前にして自死を遂げた。『「父の娘」たち——森茉莉とアナイス・ニン』（新潮社、一九九七）のなかで矢川はニンの少女時代の日記『リノット』を『アンネの日記』と並べ、「書き手も読み手も児童であるような」「広義の、いや本当の意味での児童文学作品」であると述べている。

アナイス・ニンとフェミニズム

アナイス・ニンはフェミニストと言えるのかどうか、生前から議論がくり返されてきたが、二十一世紀の現在フェミニズムそのものの定義も意義も多様化し、ニンとフェミニズムの関係を再考する必要が出てきている。第二波フェミニズムの全盛期、一九七〇年頃、アナイス・ニンが運動家や大学生の一つのイコンだったことは事実であり、全米百以上の大学などに招聘《しょうへい》され講演をしている。

フェミニズムが、「女性解放思想」（『岩波女性学事典』三九九）とシンプルに定義されるとすると、『日記』第三巻の書評❖に「世界で最も解放された女性」と書かれたニンのことを、フェミニストと見ている批評家も少なからずいたことになる。彼女はどのような経緯でフェミニズム的な思想あるいは生き方を持つようになったのだろうか。ニンは、銀行員のヒュー・ガイラーと一見保守的な結婚をしたが、パリ郊外に住むようになってから、前衛的な文化人たちと盛んに交流を持っていた。特にルイーズ・ド・ヴィルモラン▼やレベッカ・ウェスト▼などの自由な考え方の女性たちにはかなり感化されたと想像される。また、精神分析が彼女の精神的成長に寄与した。そして、若い時に最も影響を受けたフェミニズムの著作は、ユング派の心理学者、M・エスター・ハーディング❖の『すべての女性の生き方』（一九三三）だったようである。一九三五年六月に読了したと書いており、『日記』第三巻には、「女性についてよく理解し、女性が距離を置くことや愛着を手放すことがなぜ苦手か書いてある」

(*Diary 3*, 152) と言っている。作家として女性を描く時の姿勢やことば（ロゴス）に対する感覚が男性作家と異なっていると感じていたニンは、歴史、神話、精神分析から男性原理と女性原理を説明したこの著作に感動し、精神的に助けられたようである。

アメリカに帰国後、一九六六年から『日記』第一巻を皮切りに次々と日記を出版した後、ちょうど台頭してきたフェミニズム運動のうねりと共に女性の意識高揚《こうよう》の一端を担うことになった。日記の中に描かれた、男性社会でのもがき、女性としての独自の作品を生み出す希望、女性の性と因習の中での葛藤などについて飛びついて読んだ読者は、「まるで私の日記だ」「自立の勇気をもらった」などとファンレターを出したのである。

しかし、ニンはフェミニズム運動に参加することはなかった。彼女は、独自の「女性の解放」に関する観点を持つに至り、その当時のフェミニストの闘争や運動のイデオロギーとは相容れない考え方を講演やインタヴューで語った。一九七〇年には、次のようなことばを残している。「女性は自分自身の解放について自分に責任があります。男性に戦争をしかけなくても解放を得ることはできるのです。男性を一般化して、男性全員に敵意を向けるやり方は好きになれません」(McNay, 40)。

その後、男性遍歴や重婚などのスキャンダルにより、「ニンはフェミニストではない」「姿を偽っている」と言われた。また、「女性として」「女性独自の」「女性の書き物」ということばをよく使うニンは、平等、同権という思想からは離れていると批判されたことがある。女性原理や女性性を強調するのはフェミニズム的には逆にジェンダーをステレオタイプ化するとされ、否定的なレトリックと言われているが、ニンは、平等とは男性のまねをしたり、同じになることではないと明確に認識していたようである。

ニンは、一九七一年のインタヴューで、これまでの男性の作り上げた社会の中で、戦争など批判されるべき要

❖一九六九年の『ロサンゼルス・タイムズ』紙のロバート・カーシュによる書評 (Clare Loeb, "Anaïs Nin on Women's Liberation." *Conversations with Anaïs Nin*. Ed. Wendy M. DuBow. Jackson: UP of Mississippi, 1994. p.27.)。カーシュ (Robert R. Kirsch, 1922-80) は、『ロサンゼルス・タイムズ』の著名な書評家で、『日記』第七巻には彼の第二巻の書評に対するお礼の手紙が掲載されている。

❖**M・エスター・ハーディング**　Mary Esther Harding, 188-1971　イギリスで女医の草分けとしてジフテリアなどを研究した後、アメリカに渡りユング派の心理学者として、『女性の神秘』（一九三五）をはじめ多くの女性心理学の研究書を残した。ニンは、ルイーゼ・ライナーをハーディングに紹介し診療を受けさせている。

素に荷担することなく、女性は平等な未来においても女性的な視野を持つべきだと言っている。また、元々歴史的に女性が得意な分野だとされた個人的な領域や人間同士の絆を重要視した知の世界を築いてほしいと述べている(Jay, 134)。

　アナイス・ニンが、人生においても作品中でも「フェミニズム」を体現あるいは表現したかどうかは、議論の余地があるが、次の三つの点で女性の解放やその後のフェミニスト研究者やフェミニスト芸術家に大きく影響を与えたことは間違いない。

　まず第一に、既存の男女に対する考え方（ジェンダー）、女性の生き方などに疑問を持ち、自己の内面の声に忠実に語る姿勢を終始貫いたということである。ニンは、『性の政治学』（一九七〇）を著わしたケイト・ミレットなど、フェミニストたちの先輩的存在になり、ミレットは、ニンを「我々みんなにとっての母」と呼び、その先駆性をエッセイにしている。❖ また、女性のさらに拡張すべき権利の一つとして語られる、リプロダクティヴ・ライツ（性と生殖に関する権利）に関して言えば、ニンは、人工妊娠中絶について、それが違法の時代に女性の重要な経験として文学作品に取り上げた。日記と『ガラスの鐘の下で』（一九四四）に収められた「誕生」という短編には、複雑な思いとしかしながらポジティヴな経験として書かれている。また「みんなの母」として、『未来の小説』（一九六八）というエッセイで、多くの新人作家を紹介したり、H・F・ペータースの『ルー・サロメ　愛と生涯』（一九七四）などの若い作家の作品の序文をすすんで書いた。❖ ニンは、残念ながら死語になりつつあるシスターフッド（女性たちの連帯）を積極的に行動に移していた。このように、運動には反対していたニンも、フェミニズムという呼び方がない時代からフェミニズムを実践していたことに読者や研究者は感動したのである。

　第二に、アナイス・ニンは、作品を書き始めた初期段階から、文学のジャンルとして、女性としての書く姿勢、女性の書き物、スタイル、男性とは異なる言語という、後にフランス人フェミニストたちが提唱したエクリチュール・フェミニン❖のような発想を持っていた。さらに、フェミニズム批評においてさかんに研究される、女性と日記というジャンル、自己語りというものをニンはすでに追求していた。『飛ぶのが怖い』（一九七三）という大胆な性描写の小説で一世を風靡《ふうび》した（日本でも解放された女性を「飛んでいる女性」と呼ぶ流行語が生まれた）エリカ・ジョング❖は、ニンに大変影響を受けたアメリカ作家であるが、新しいジャンルといえるニンの作品が受け入れられなかった理由について、次のように言っている。「彼女が創りあげたもの（自伝と小説をかけ合わせたような作品）は新しい。私たちは新しいものを、ただそれが古くはないという理由で恐れるような種に属するため、ニンの生み出した新しい形態は、よくわからないという不安から心が乱されるのだ」（二一二）。その新しいジャンルの中でニンは、女性の性、セクシュアリティをどの作品でも誠実に描こうとした。ステレオタイプやそれまでの世の中の期待どおりのイメージではない女性と性の描写を見ると、セクシュアリティを描く女性作家に対するその当時の世間の見方に対して勇敢だったという印象を持つことができる。そして、最も読まれている「エロティカ」という女性による性愛を描いた小説を生み出した。経済的理由から生まれたとはいえ、男性主体のポルノグラフィとは異なる、女性による女性のための性的小説というジャンルは二十一世紀のフェミニズム批評において、女性に対する偏見や性差別から解放された女性の性の表現という文脈でよく語られるようになった。一九七七年に出版されたエロティカ、『デルタ・オヴ・ヴィーナス』は全米でベストセラーになったが、アナイス・ニンは、文学ジャンルにおいて先駆的だったのである。

最後に、ニンの描いた世界の中で女性同士の関係は注目すべきものがあるという点である。ニンの過ごしたモダニズム時代のパリは、作家の世界においてバイセクシュアルあるいは、同性愛に寛大だったという傾向があったとはいえ、ニンほどはっきりとその豊穣な女性たちの愛情関係を描いた作家は当時少なかった。ウィラ・

❖Kate Millet. "Anaïs: Mother to Us All: The Birth of the Artist as a Woman." *Anaïs: An International Journal. Vol. 9*, 1991, pp.3-8. 最初に一九七六年にフランス語でパリの『ル・モンド』紙に掲載されたエッセイ。日本語訳は、三宅あつ子「アナイス　私たちみんなの母」『水声通信』第三十一号（二〇〇九）を参照。

❖『ルー・サロメ　愛と生涯』は、初めてのルー・アンドレアス・ザロメの伝記（一九六三）であり、ニンは、先駆的な女性の伝記にいたく感動し、ノートン社版の再版時に序文を書くことを申し入れた。

❖**エクリチュール・フェミニン**　ジュリア・クリステヴァ（一九四一―）、エレーヌ・シクスー（一九三七―）、リュス・イリガライ（一九三〇―）などのフランスフェミニズム思想家たちの唱えた女性としての書き物、表現のこと。

❖**エリカ・ジョング**　**Erica Jong, 1942-**　アメリカ作家・詩人。ジョングは二人目の夫、中国系精神分析医の姓。自伝的小説、『飛ぶのが怖い』（*Fear of Flying*）がベストセラーになり、新しい女性のセクシュアリティ意識を描く代表作家となる。詩集、その他の小説［『ブルースを、ワイルドに』（*Any Woman's Blues*, 1990）など］、エッセイも多数翻訳されている。ニンのことを女性のセクシュアリティを描いた先駆者の一人と呼んでいる。

キャザー❖もカーソン・マッカラーズ❖も読者の反応を考慮した暗示的な抑えた表現を用いた。ニンは、同性愛者ではなく、自称ヘテロセクシュアルである作家として、ジューン・ミラー（ヘンリ・ミラーの妻）やサリーマ・ソコル（ニューヨークでの友人）、ルイーゼ・ライナー▼（劇作家クリフォード・オデッツの妻）などの女性との親密な関係を日記や小説の作品に題材として描いた。ニン自身、七〇年代のインタヴューでは、レズビアンではない、そのような経験はないと語っているが❖、実際愛情を感じた女性たちとどういう関係だったかより、日記という形の告白的な文学や小説の中にどのように表現されたかの方が重要であろう。特にジューンに関しては、日記にヘンリー・ミラーとの複雑な三角関係を克明に描き、『ヘンリー&ジューン』という日記のタイトルと同名の映画もフィリップ・カウフマンによって制作された。

小説においては、ジューンをモデルにした女性を『近親相姦の家』（一九三六）、『火への梯子』（一九四六）、『愛の家のスパイ』（一九五四）などに登場させた。日記においても小説でも、女性同士の性的なシーンは描かれていないが、深い共感や温かさといった女性の恋人たちの精神面を表現しようとした。ニン自身のセクシュアリティは、「女性を（男性とともに）性的対象と見る」という意味でレズビアンやバイセクシュアルとは言えなかったのかもしれない。いずれにせよ、ニンの表現した同性同士の友情以上の関係はこれからジェンダー批評において、ますます語られるのではないかと思われる。

二十一世紀にかけてフェミニズム運動は、人種、階級、文化により多様化し、女性に関する学問、「女性学」は、「ジェンダー研究」へと姿を変えつつある。しかし、まだ世界中で女性があるいは男性が、自由に希望どおり自分らしく生きるのに困難を感じる場面があるなら、アナイス・ニンの作品は、感動と勇気を与え続けることだろう。

（三宅あつ子）

❖ウィラ・キャザー　Willa Cather, 1873-1947　アメリカ作家。代表作は『私のアントニーア』(*My Ántonia*, 1918)など。レズビアンであったことを公表していなかったが、ジェンダー批評、クィア批評が盛んになって以来、作品が読み直されている。

❖カーソン・マッカラーズ　Carson McCullers, 1917-67　アメリカ作家。代表作は、『結婚式のメンバー』(*The Member of the Wedding*, 1946)など。ニューヨーク在住中にニンが接触を試みるが親交は得られなかったようである。

❖一例としては、"Fern Marja Eckman. "The Non-Legend of Anaïs Nin (1972)." *Conversations with Anaïs Nin*. Ed. Wendy M. DuBow. Jackson: UP of Mississippi, 1994. p.174.

▼引用テクスト

Jay, Karla. "Two Interviews with Anaïs Nin." *Conversations with Anaïs Nin*. Ed. Wendy M. DuBow. UP of Mississippi, 1994.

McNay, Michael. "Non-belligerent in the Sex War." *Conversations with Anaïs Nin*. Ed. Wendy M. DuBow. UP of Mississippi, 1994.

Nin, Anaïs. *The Diary of Anaïs Nin Volume 3: 1939-1944*. Harcourt, 1969.

井上輝子／上野千鶴子／江原由美子／大沢真理／加納実紀代編『岩波女性学事典』岩波書店、二〇〇二年。

ジョング、エリカ『セックスとパンと薔薇——21世紀の女たちへ』道下匡子訳、祥伝社、二〇〇一年。

「詩」をキーワードにアナイス・ニンを読む

◉新しい文学

ニンの作品は、初期の作品であればあるほど難解に思える。このことについては彼女自身が『未来の小説』（一九六八）の序文で次のように述べている。

　三〇年代のパリでは、作家たちは伝統の壁を打ち破り、新しい試みをするように鼓舞《こぶ》されていた。(*The Novel of the Future*, 1)

こうした時代の流れのなかで、アナイス・ニンがあたらしい文学の創造を目指したのは当然のことだった。

二十世紀の新しい文学は十九世紀的な伝統を破るところから始まった。「絵を描くように作品を書きなさい」とへミングウェイに言ったのはガートルード・スタインだった。説明に陥《おちい》ることなく、事物の本質そのものを言葉によって描き出しなさい、というスタインの言葉には俳句の世界に通じるものがある。また、小説を構築物としてではなく、流れとして、流れを追う過程として考えようとする試みも行なわれるようになった。ジェイムズ・ジョイスやヴァージニア・ウルフの方法である。また、フロイトをはじめとする新しい心理学の方法が文学の世界に取り入れられて、感情や夢の世界を探索することで、人間の内奥《ないおう》の真実が捉えられると考える人も出てきた。今では当然のこととなっている二十世紀のこの新しい文学のいき方、いわゆるモダニズムを、アナイス・ニンも当然受けついだ。

◉アナイス・ニンの目指したもの

アナイス・ニンが目指したのは、人間をまとまりある全体として捉えることだった。意識下の意識、感情の風景や内面のドラマを再現することによって、まとまりとしての人間を捉えることができると彼女は考えた。そこでニンが重視したのは象徴によって語ることだった。彼女は『未来の小説』の中で「象徴は〔……〕無意識を表現するうえで最も重要な形式である」(9)と述べている。夢は従来考えられていたように現実逃避的で、ネガティヴなものではない、とニンは考える。夢を探索することこそ真の自己(self)へ到達する方法である。意識の世界と意識下の世界を生きること、また自然界のリズムに同調して生きることによって、人間はまとまりのある完全な存在となるとニンは考える。ちょうど、セーヌの川岸に係留されたハウスボートが波の動きにつれて揺れると、そこに住む人間も同じように、身体も心も動かされるという状況が象徴するところだろうか。

> 髪が濡れて私は真夜中に目を覚ました。セーヌの川底にいるのかと思った。ハウスボートが夜のうちに静かに沈んだのかと思った。
> 水をすかして物を見るのは大して変わったことではなかった。それは苦痛もなく、塩辛さもない冷たい涙を流すのに似ていた。私はすっかり切り離されていたのではなかったが、とても深いところにいたので、あらゆる要素がきらめく静寂と結合していた。とても深いところにいたので、オルガンを運ぶように触覚を運び、ハープフィッシュの背に乗って動いてゆくカタツムリの殻の中の、ピアノの音が聞こえた。(「ハウスボート」『ガラスの鐘の下で』一九)

ここには意識の世界と意識下の世界が融合《ゆうごう》し、現実が「私」の感覚と直接結びついて作り出す、非日常的で詩的な世界がある。

◉ニンの用いる象徴

アナイス・ニンの小説は彼女の体験と密接な関係を持つ。ただし作品を作り上げるときには、彼女は現実の生活の中で起こった出来事を、布を裂いて織りあげて新しい模様をつくるように、一度ほどいて織りなおす。すると、現実の世界とは異なる、象徴によって織り上げられる、新しい夢と感情の世界がうまれる。

ニンが象徴として用いるのは、たとえば血と水、鉱物、音楽などである。夢の記録とニンが呼んだ最初の創作作品である『近親相姦の家』（一九三六）では、まず水のイメージが現われる。水は誕生、再生、いのちの象徴である。

わたしは水のなかに生まれ出たときのことを憶えている。あたりのすべては燐光を発していた。私の骨はゴムでできているようにやわらかく動いた。わたしは揺れて漂い、骨のない爪先で立って遠くの物音を聴く。（一四）

この作品では、いのちに対立する概念としての死は、鉱物のイメージによって象徴される。

精液はひからびて、岩と鉱物の沈黙のうちにあった。叫ばなかった言葉、流さなかった涙、飲み込んだ呪いの言葉、短く切りつめた文句、殺してしまった愛、それらは磁気を帯びた鉄鉱石に変わり、瑪瑙に変わった。血はしん砂に凝固し、生石灰に変わり、方鉛鉱に変わった。（六五）

いのちの象徴としては血もよく使われている。短編集『人工の冬』（一九三九）の中に「声」という作品がある。一九三〇年代にアナイス・ニンが熱心に通っていた精神分析の経験をもとにした作品である。冒頭に、この都市で一番高い建物であるホテル・カオチカのエレベーターが出てくる。高層ビルの最新のエレベーターは、人々を乗せて昇降を繰り返す。ホテルの幾百もの部屋は細胞で、エレベーターは、それぞれの人の人生をそれらの部屋に運ぶことで、コンクリートの建物に生命を与える。ホテルの建物全体が息づくひとつの生命体、あるいは擬似生命体となる。エレベーターはちょうど、血液を体の隅々に運び上げる血管を象徴し、さらに次の一節と響きあって、よりはっきりと血管と血液をイメージさせる。

沈黙の瞬間。クリスタルの晴朗さで始まった一日は細胞を通って昇ってくる血によって曇らされる。樹液のように身体を昇ってくる血。古い壺はワインで充たされる。（『人工の冬』二一〇）

こうして単なる機械であるエレベーターは主人公の若い女性の身体性と結びついて、血管をイメージさせることになる。さらに血管によって運ばれるのは生命の根源である血であり、血は生命の象徴として働くことになる。また血はワインを連想させるが、ワインは十字架の上で流されたキリストの血の象徴であり、他者のために身をささげ、血を流すほどの強い愛を暗示することから、無機質なエレベーターはより深い意味の世界、内面の世界へと私たちを導くことになる。このようにしてニンの作品中の象徴を読み解いていくと、そこには重層的な意味の世界が広がって、作品を読む楽しみが深まる。

◉メタファの世界

詩とは比喩、つまりたとえによって世界のありようを表現するものである。この定義に従えば、「声」は全体が一つの暗喩となる作品である。若い女性の、父または父性的な者からの訣別の宣言とも言えるこの作品で、「声」として登場する人物はある意味で「神」のような存在であり、精神分析医である「声」は、救いを求めて彼のところにやってくる人たちに神の託宣《たくせん》にも似た声を響かせるが、その声は、主人公ジューナをはじめ、クライアントたちが己の存在の意味に気づき、己の感情を素直に受け入れることができるようになるにつれ、つまり自己を回復するにつれて弱くなり、やがて父性的な「声」の存在そのものも小さくなり、消えていく。小文字であらわさる「神」との訣別は、これまでジューナを苦しめた諸々の罪の意識から彼女を解放する。やがてはニン自身が神と訣別することになるが、それを思うとき、いやそれを考えなくとも「声」は全体がメタファとして機能している作品である。

「人工の冬」では音楽が象徴としても、またメタファとしても用いられている。長年離別の悲しみを負ってきた女主人公が父親と再会する場面では、オーケストラの楽器の絡み合いが父娘の交情のメタファとなる。

> チェロがすすりなき、バイオリンがふるえ、よくぼうのリズムがなかをさいて、しろとくろのおんぷを、わけた。ピアノがちんもくのじごくにおちた。とおく、バイオリンのはいごから、オーケストラのだい二のこえがおしよせ〔……〕(一一二)

◉心を通って知に達する

ニンは感情、感覚の表現としての作品を書いた。ただしその文体は、ぬめぬめした柔らかな肌合いを持つスタイルではなかった。傷つきやすい粘膜《ねんまく》を持つ感覚を象徴や暗喩でガードする高度に知的な文体である。また時には、言葉を極力倹約して、贅肉《ぜいにく》をそぎ落とした文体を用いるし、散文英語のロジックに従わない場合も多く見られる。このようなアナイス・ニンの文体は時には読者を選ぶことにもなるが、彼女を求める読者には、それゆえに、その知を満足させるものである。イギリスの詩人R・S・トーマス❖は「詩とはこころを通って知に達するものである」と言ったが、この定義を借りるならば、アナイス・ニンの小説は、十分に詩であるといえるだろう。

　このようなスタンスで書いている詩人が日本にもいる。松尾真由美❖である。現代日本の中堅詩人であり、しかも特異な詩風で新進の詩人たちに影響を及ぼしている。彼女はニンについて「潔さと繊細さなどが同じ女性として好きな点です」と言い、身体的にわかる作家であると言う。アナイス・ニンが松尾真由美をはじめとして、現代の日本の女性詩人たちに受容されていることを、私はうれしく思っている。

（木村淳子）

❖**R・S・トーマス**　R. S. Thomas, 1913-2000　ウェールズの詩人であり、英国国教会の司祭であった。ウェールズ人としてのアイデンティティや、ウェールズの社会的文化的伝統を重んじて作品を書いた。詩人としては英語で作品を書いたが、三十歳を過ぎてからウェールズ語の習得に励み、エッセイを試みている。生涯清貧に甘んじ、教区の信徒たちの敬愛を集めた。

❖**松尾真由美**　北海道釧路市出身の詩人。第五十二回H氏賞受賞。現在、多くの詩人に強い影響を及ぼしている詩人の一人。ニンの影響を少なからず受けている。

▼引用テクスト

Nin, Anaïs. *The Novel of the Future*. Collier Books, 1968.

ニン、アナイス『アナイス・ニンコレクション（Ⅱ）近親相姦の家』木村淳子訳、鳥影社、一九九五年。

――『アナイス・ニンコレクション（Ⅲ）人工の冬』木村淳子訳、鳥影社、一九九四年。

――『アナイス・ニンコレクション（Ⅳ）ガラスの鐘の下で』木村淳子訳、鳥影社、一九九四年。

夢

◉夢は夢ですが

アナイス・ニンほど、しばしば、「夢」について書いたり、語ったりした作家も珍しい。ニンの対談や講演を編集した『アナイス・ニンとの対話』（一九九四）でも、『女は語る』（一九七五）でも、ニンは、実に多くを夢について語っている。また、小説の未来を論じた評論集『未来の小説』（一九六八）の冒頭に彼女が置いたのは「夢から始めよ」というスイスの著名な心理学者カール・グスタフ・ユング（一八七五—一九六一）の言葉をタイトルにした夢についての一章である。

ニンが「夢」と言う場合、しかし、その意味はいつも同じではない。夜の夢もいろいろである。現実の出来事を反復する夢、未来に対して警告を発する夢、抑圧された強い願望を暗示する夢、目覚めているときの意識的世界とはおよそ無関係と思われる無意識世界の物語を語る夢。ニンはさらに白昼夢、空想、幻像《ヴィジョン》、薬物摂取で起こる変性意識状態など、理性のコントロールから逃れた想念も夢のカテゴリーに入れる。もう一つ、実現不可能に思われるが、ぜひ達成したい将来の願望も理性のコントロールの内にありながら夢と呼ばれる。いろいろの内的意味を持つ夢だが、ニンが夢を語るとき、それは必ず、作家としての彼女の創作との関わりにおいてである。

◉夢の橋を渡れば

なぜニンはそれほど夢にこだわるのだろうか。夢は、意識の世界と無意識世界とをつなぐ、たしかな橋だと、彼女が信じているからである。その橋は捩《よじ》れたり、曲がったりもしているだろうし、頼りなさそうでもある。だが、それは、物理的現実から心理的現実へと通じる唯一の通路だと彼女は信じている。その橋があればこそ、無意識の世界に棲《す》む記憶たちはイメージを伴って意識の世界へと渡って来られる。イメージはエネルギーを伴っているのか、それが有効に働くと、現実世界で力を発揮する。夢は現実の状況を積極的、創造的に方向づけてくれる。夢は芸術家に偉大な芸術を創造させることも、人の人生を変えることもあるのだ。

橋の対岸、無意識の領域とは、では、どんなところなのだろうか。そこは巨大な宝の島である。魔法の国である。夢の橋を渡り、貪欲《どんよく》な創作意欲と冒険心を抱えてその国に降り立った旅人は無尽蔵な宝を、創作の糧《かて》をそこに発見するはずだ。

二十世紀の初頭、フロイト（一八五六―一九三九）やユングは人の心理の内にあるとされていた「無意識」を再定義し、それが精神病患者の治療に重大な意味を持つと主張した。意識の領域の数倍はあると彼らが主張する無意識の領域には、もろもろの記憶が蓄えられていて、時にそれらは意識の領域に入り込んでくる。そうであれば、無意識が人格形成の力学に占める比重は大きいにちがいないと、彼らは無意識の重要さを強調したのである。無意識はデータをいくら積み上げても、「不完全にしか捉えられないが、本来現実的な心的なものである」とフロイトは言う（五一二）。

現在では、人の記憶は、大脳神経細胞のネットワークのどこかに、そのすべてが刻みこまれているという言い方をするらしい。めったに、あるいは、二度とふたたび、意識の領域に登ってこない記憶は、大脳の「意識の外」に蓄積されているとされる。この「意識の外」がフロイトたちが「無意識」と呼んだものと呼応するのだろうか。

一九三〇年代、パリ近郊にいたニンは、当時の先駆的心理学者ルネ・アランディ▼（一八八九―一九四二）やオットー・ランク▼（一八八四―一九三九）に心理分析を受け、無意識領域の存在を、その領域と現実を結ぶ橋としての夢の機能を、体験的に学びとったに違いない。それが彼女の創作活動に一つの大きな転機をもたらすことになった。

◉夢に乗って来た溶ける魚

その頃アナイス・ニンは、ヘンリー・ミラー（一八九一―一九八〇）と出会い、彼女もまた作家として起《た》つ、という決意をいよいよ固く新たなものにしていた。銀行員の夫ヒューゴー（ヒュー・パーカー・ガイラー、一八九八―一九八五）と、ルヴシエンヌの古い、だが、優雅な趣《おもむき》のある邸宅に暮らす彼女は、その決意に燃えながらも、世に問えるような作品を生むことができないでいた。日記は書かずにはいられない。だが、日記は創作ではない。複雑なプロットとキャラクターを組み合わせて、商業ベースに乗るような小説を書くことは、とてもできなかった。

　そんな折、彼女はパリで発行される小雑誌『トランジション』❖にであう。これは、アメリカ人ユージン・ジョラス（一八九四―一九五二）が一九二七年にパリで創刊した英語誌で、ホアン・ミロ（一八九三―一九八三）が表紙の絵を描き、ジェイムズ・ジョイス（一八八二―一九四一）の『フィネガンズ・ウェイク』（一九三九）の一部分が載るような、優れて前衛的な雑誌であった。そこでは、自由で実験的な創作が大いに歓迎された。既成の道徳や習慣にとらわれることはなく、個人は個々の霊的体験の軌跡をたどって自由に創作活動をする権利、また、無意識の世界を直接表現する芸術的権利がある、と彼らは主張した。その最終号となる二十七号にはニンの『近親相姦の家』（一九三六）の一部が載った。『トランジション』を貪《むさぼ》り読んだあとのニンの興奮ぶりが『日記』から伝わってくる。

　『トランジション』は私にとって、言葉に尽くせないほどの意味がある。これこそ、私がそこに向かってずっと航海していた島、夢見ていた島なのだ。ただ、それが実在するかどうかは分かっていなかった。私独りで、自分の力だけで創りださなければならないものかと、思ってもいた。でも、そうではなかった。ここに私のグループがある。(*Early Diary 4*, 370-71)

　『トランジション』だけではない。十九世紀後半に起こったヴェルレーヌ（一八四四―九六）やランボー（一八五四―九一）の象徴主義《シンボリズム》、アンドレ・ブルトン▼（一八九六―一九六六）率いる超現実主義《シュルレアリスム》も時代に新しい季節をもたらし、それがニンの追い風になった。『トランジション』への寄稿者でもあったブルトンは、

❖『トランジション』 *Transition*　一九二七―三八年にかけて、パリで、またニューヨークで一～二十七号が発刊された。ヘミングウェイ、ジェイムズ・ジョイス、T・S・エリオット、ピカソ、クレーなど二十世紀を代表する作家、詩人、画家たちが寄稿し、欧米に興った二十世紀前半の新しい文学、芸術運動の牽引力の一つとなった。

写実主義、現実主義を否定して、精神の自由、想像力、不可思議、夢などを創作の核に据えた。理性も、美学や道徳の制約も無視して、心の赴《おもむ》くままに、その純粋な動きを「文学的にどんな結果が生じるかは見事に無視して紙に字を書きまくる」創作方法「自動記述」を提唱した彼は一九二四年『シュルレアリスム宣言・溶ける魚』を出版する。人生の旅の途上で溶ける魚に出会い、一瞬たじろぐが、実は、思考の中で溶ける人間こそ、すなわち、自分こそが溶ける魚だと気づく。また、フロイトが夢に関心を向けたことを高く評価して、人間の思考は夢を見ている間も続くから、夢を無視することはできない。ただし、夢の思考を語るには、それにふさわしい表現方式が必要だとも主張した（二〇—二六、四〇、七二）。

　こうした時代の声を聞き、ニンの創作に対する姿勢はより自由に、奔放《ほんぽう》になる。イマジネーションは翼を手に入れたように空に舞い、現実を超えていく。「この現実世界に順応しようと努めてきた。そのために飢餓状態だ。もう一つの世界に私を全部あずけてみる」(*Early Diary 4*, 422)と彼女は心を決める。といって、ニンはシュルレアリスムの手法を全面的になぞったわけではない。『日記』の一節には、こうもある。

> シュルレアリストたちは無意識の中に降り立ちはしたが、そこで見たものを現実の行為に結びつけることはしなかった。〔……〕夢と行為とは、つながっているのだ。この二つはそれぞれが孤立し隔絶したものではない。一つは他を養う。シュルレアリストは、この関係を無視した。〔……〕それで、彼らは、しばしば人為的なものへ、狂気へと、自らを駆り立てていった。(*Diary 3*, 300-01)

やがて、リアリズムとは、およそかけ離れた、不思議に美しい散文詩がニンのペンから流れ出した。その一つは、夜ごとの夢を丹念に一年間記録したノートから生まれた『近親相姦の家』である。

第一章はこう始まる。

> 私が初めてみた地球は水に覆われていた。私はすべてのものを海のヴェールを通してみる男たち、女たちの種族なのだ。私の瞳は海の色。移り変わる世界の顔を私はカメレオンの眼で見る。誰のものとも分からぬヴィジョンで、まだ出来上がっていない自分を見る。(*House of Incest*, 15)

以後、ニンはためらうことなく夢の橋を往き来し、無意識の世界からの創作エネルギーを取り込んで作品を紡《つむ》いでいく。

◉夢とハウスボート

ニンがフランス、ブルターニュの、かつてモーパッサンが住んでいた家に友人を訪ねたときのことである。裏庭に台風で打ち上げられたボートがでんと居座っていた。今夜は、あのボートの中で眠りたいとニンが言うと、家の主人に「あそこは物置になっているから」と断られた。そのとき、ボートで眠ってみたいという一つの願望が彼女の中に生まれた。その夜、ニンはボートに乗って、二十年もの間、信じられないような、素晴らしい旅を続ける夢をみた。願望が生まれ、夜その夢を見て、パリに戻ると、新聞に「ハウスボート貸します」という広告が載っていた。ボートはセーヌ川に浮かんでいた。ニンはためらわずにそのボートを借りる。

ブルターニュで生まれた途方もない夢が、こうして現実になった。舫《もや》ったボートはパリの街中から動かないが、そのボートのおかげで彼女のパリでの生活は、はるかに豊かに、色濃いものになった。ボートに眠る夜は川の流れや水の揺れが、体にじかに感じられる。まだ始まってはいないたくさんの旅のイメージが浮かんでくる。イマジネーションが膨らんでくる。それがニンの創作につながった。❖ そこでは新たな恋も開花する。何年か後、同じことをやってみようという人たちが現われた。セーヌ川にハウスボートを借りて本屋をはじめたアメリカ人の青年がいた。北カリフォルニアのサウサリト湾に船を浮かべて住んだコラージュ作家がいた。❖ 一つの夢がいくつもの夢を育み、夢を実現させて行ったのだ。

◉夢の中に入った

夢そのものの中に入り込み、その感触をとらえようとしたニンの大胆な試みが「声」（『人工の冬』に収録）の結末にある。その試みを要約してみる。

夢のなかに入ると、私〔ジューナ〕は舞台に上が

❖『ガラスの鐘の下で』に「ハウスボート」という短編が収録されている。また、『コラージュ』にも、ボートで愉快な旅をするストーリーがある。夢との関連については次を参照。*The Novel of the Future*, 20-21; *A Woman Speaks*, 122-23.

❖コラージュ作家ジャン・ヴァルダは、ゴールデン・ゲイト・ブリッジ近くのサウサリトに浮かべた古いフェリーに住んだ。その作品《アラビアン・ナイトの都》《世界を再建する女性》はニンの居室を飾っていた。

る。舞台を照らすスポットライトは色や光の強さが、めまぐるしく変わる。舞台の上では暴力的な事件が起きている一方、周りは厚い闇の膜《まく》で覆われている。舞台上で被害者である私は、そのシーンを見つめる観客でもあった。

夢は幾層にも重なりあって果てしなく長く伸びる塔だ。渦巻く塔の先端は無限の蒼穹《そうきゅう》に消え、下は底なしの地へと落ち込んでいく。渦巻きは私を巻き込んで動き出す。この渦は迷路なのだ。

昼から夜へ、時間のない空間をゆっくりと移り変わる夢の層の中には女の想念が、海や船の帆や貝殻や砂や木々が、浮かんでは消える。海はすべてを呑み込みたがっているし、砂はすべてを埋めてしまいたがっている。

回る塔の内側は湿った絹だ。辺りに音はない。だが、夢の足音が一連の炸裂音として聞こえる。私の生が神秘な、暴力的な命となって噴き出す音だ。第一の層では睫《まつげ》のすき間から日の光が漏れる。また、そこには、意識が残っている。ここで、イメージたちは綿密に種分けされ、選び取られる。夢はアフリカのジャングルのように危険に満ちている。人間に殺された動物たちが歩きまわっている。

層を下に降りると、私から制約がほどけていく。私の体は気体のように軽くなり、記憶が消える。地球に水銀の黄昏《たそがれ》がくる。昼の間、ひそかに隠されていた女体の裂け目は夜が来ると開き、女の骨には血と水銀が方向も定めずに流れ始める。私は女であることを止める。わずかでも昼の光が差し込む間は女の周りを言葉が漂い、言葉は鋭いナイフのように女の感情を刺す。女の感情を殺すように。

夢の中で女はボートを押している。街中を汗水たらして押していく。障害物が次々と現われる。ボートを浮かべられるような水は、川も海もどこにもない。

夢に、その場所、が現われる。その場所を見つけると私は静かに座った。夢に現実が追いついたのだ。昼、私は夢を追って歩く。夢はいつも私より先にいる。夢に追いつき、夢を捕まえて、夢と一体になる。その一瞬が、奇跡なのだ。舞台の上の生、伝説の生の後ろに、ぴったりと昼がついてくるとき、夢と現実の結合から、光と闇の結婚から神性を備えた華麗な鳥が飛び立つ。永遠の瞬間が輝き出す。(*Winter of Artifice*, 170-75)

読者もニンに伴われて、自らの夢の中に入ってみられただろうか。ニンのこの一節では、言葉たちが絵画のようなイメージを連ねて流れ、渦巻いているだけのようである。あるいは、暗示に満ちたいくつもの暗喩《メタファー》を織り上げたタピストリーと言ってもいい。そのタピストリーは、またとなく美しいが、色にも模様にも、脈絡がないようである。だが、もし読者がニンの日記、フィクション、エッセイ、対談などに親しんでいたら「ああ、あれか」と思い当たる織り目や、色使いが、そこここにあることに気づくことだろう。

たとえば、何十年もの間繰り返して見ていたという、街中を汗水垂らしてボートを押していく夢から、自分自身の抑圧された自由の悲鳴をようやく聞きとったニンは、メキシコへと旅発ち、亜熱帯の青い空と海に出会い、そこに住む人々のおおらかな生きざまに心を打たれ、共感し、自身の自由を取り戻す。それが作品『ミノタウロスの誘惑』（一九六一）の誕生につながった (*A Woman Speaks*, 129)。昼の名残の薄明にまぎれて女の躰に突き刺さる言葉のイメージからは、現実世界で、ヘンリー・ミラーとその妻ジューンを同時に愛して、嫉妬や裏切りに悩むニンの姿が見えてくる。その縺《もつ》れた愛の経緯は連綿と『日記』に告白され、また、「ジューナ」創作の核にもなった。

おびただしい数のかけらが組み合わされて一枚の絵が出来上がるジグソーパズルのように、ニンの創作は夢の断片と現実の断片とが寄り合い、重なり合い、補い合って一つの作品に収斂《しゅうれん》されていく。形があり、色もあるパズルの一片が、しかし、初めどこに収まるのかまるでわからぬように、シンボルやメタフォーをたて続けに重ねるニンの散文詩の言語は、意味も配列も意表をつき、怪しげな雰囲気を漂わせながら、縺れ合うばかりのようである。しかし、これが、夢と現実の行為とが互いに養いあう、ニンの散文詩の言葉なのである。夢に追いつき、夢と現実とが一体になったその一瞬の奇跡から飛び立つ「神性を備えた華麗な鳥」(*Winter of Artifice*, 175) の姿である。

いや、そんな理屈はどうでもいい。シュルレアリスムの画家サルヴァドール・ダリ（一九〇四―八八）やフリーダ・カーロ（一九〇七―五四）の絵を観るように、ニンの描き出す言葉の世界は、感性と直感で読めばいい。すると、彼女の想念は、読み手もその創造に手を貸すイメージとなって、すうっと伝わってくる、という読者もいるはずだ。そうであればいい。

詩人はつねにメタフォーで語る、と言ったのは神話学者ジョセフ・キャンベル（一九〇四―八七）である。メタフォーはその後ろに隠された真実を暗示する神の仮の貌《かお》である。その貌を見て、有限の能力しかない我々が、永遠にも、至福にも触れることができる。そして詩人とは、永遠や、至福に触れることを職業として、生きる道として選び取った人々である(Campbell, 148)。アナイス・ニンもそうした詩人の一人であろうと、私は思う。

(杉崎和子)

▼引用テクスト

Campbell, Joseph. *The Power of Myth with Bill Moyers*. New York: Anchor Books, Random House, Inc., 1991.

Nin, Anaïs. *The Diary of Anaïs Nin Volume 3: 1939-1944*. Harcourt, 1969.

——. *The Early Diary of Anaïs Nin Volume 4: 1927-1931*. Harcourt Brace Jovanovich, 1985.

——. *House of Incest*. The Swallow Press, 1958.

——. *The Novel of the Future*. Macmillan, 1968.

——. *Winter of Artifice*. The Swallow Press, 1945.

——. *A Woman Speaks: The Lectures, Seminars and Interviews of Anaïs Nin*. Ed. Evelyn J. Hinz. The Swallow Press, 1975.

ブルトン、アンドレ『シュルレアリスム宣言・溶ける魚』巌谷国士訳、岩波書店、二〇〇八年。

フロイト『夢判断』下巻、高橋義孝訳、新潮社、二〇〇六年。

映像

映画版『ヘンリー&ジューン／私が愛した男と女』（一九九〇）は、モノクロの映像内映像を効果的に使用し、一九三〇年代のパリの雰囲気をうまく再現している。そのため、この映画は、アナイス・ニンが当時の映画作品から多大な影響を受けていたかのような印象を観衆に与える。とりわけ注目すべきは、ルイス・ブニュエル監督▼の前衛作品『アンダルシアの犬』（一九二八）をニンやヘンリー・ミラーたちが映画館で観ている場面である。保守的な観客層は、シュルレアリスティクなブニュエル作品を理解できず、スクリーンに向かって「猥褻《わいせつ》だ！」と罵声《ばせい》を浴びせる。それに対し、マリア・デ・メディロ❖ス演じるアナイス・ニンは、ブニュエルを全面的に擁護し、無理解な客に対し野卑な言葉を返して応酬する。このシーンは、芸術に生涯を捧げ、上品ぶった保守層の常識に挑戦し続けることを決意する、ひとりの作家の誕生という決定的な瞬間を描いたものとして、『ヘンリー&ジューン』という映画作品のなかで重要な意義を持っている。

しかし、ニンの読者ならすぐ気づくように、原作となっているニンの日記『ヘンリー&ジューン』（一九八六）には、そのような場面は一切ない。映画『ヘンリー&ジューン』における映像の引用は、すべて脚本担当のフィリップとローズ・カウフマン夫妻による創作なのである。

❖マリア・デ・メディロス　Maria de Medeiros, 1965-　ポルトガル出身の女優。

それらの引用は、ニンの原作というよりも、ミラーの伝記が素材となっている。たとえば、ニンがタイプライターを渡すために初めてミラーの部屋を訪れるシーン。ミラーは不在で、部屋の壁には、ブニュエルの初期作品を上映した映画館「ステュディオ28」のパンフレットが思わせぶりに飾ってある。近くの映画館にミラーを捜しに行くと、通俗的なメロドラマ作品を観ている彼の姿をニンは見つける。ニンが後ろから声をかけると、驚いたことに、ミラーは大粒の涙で顔を濡らしている。第一印象では野蛮に思われた男が、映画を観て泣くという繊細な面を持つことを目撃し、ニンは大いに心を惹かれる。

ミラーの伝記に即すなら、彼が泣きながら観た作品はマレーネ・デートリッヒ主演の『嘆きの天使』❖（一九三〇）であるべきなのだが❖、ここでは妻ジューンに似た女性が登場する架空の映画の映像が用いられている。『制服の処女』❖（一九三一）や『裁かる、ジャンヌ』❖（一九二七）のような古典作品と並置して、あえて架空の映像を挿入することにより、フィリップ・カウフマン監督は、映画『ヘンリー&ジューン』が、伝記的事実ではなくフィクションであることを最初から宣言しているのである。少なくとも、ニンとミラーの関係を描写するうえで、映像が重要な小道具になるとカウフマン監督が考えていたことには疑問の余地がない。余談だが、カウフマン監督はこの映画の冒頭に、ブニュエルの息子ファン・ルイス・ブニュエルを出演させている。

一九三〇年からパリ生活を始めたミラーは、ブニュエルの『アンダルシアの犬』（一九二八）や『黄金時代』❖（一九三〇）に衝撃を受け、熱狂的なブニュエル論を書き上げた。彼はブニュエル作品のようなシュルレアリスティクな小説を書きたいと考えた。『北回帰線』（一九三四）や『黒い春』（一九三六）にはシュルレアリスムからの影響が明らかに見られる。ミラーの熱狂ぶりはあまりにも明白だが、それに対し、ニンは当時新しい芸術形式であった映画をどうとらえていたのか。ニンの態度はミラーよりもはるかに抑制されている。だが、驚異に満ちた生を記録する彼女の詩的スタイルが、シュルレアリスティクなイメージを連結する映像芸術と親近性を持っていることを指摘することは可能である。一九三四年二月、シュルレアリスムの影響を受けた『近親相姦の家』を完成していたニンは、ミラーと『アンダルシアの犬』について議論し、余分な説明が排除された、映像のように圧縮された言語表現の必要性を確認しあった。

論理的、意識的な説明のない場面を提示する必要がある、と私は言った。〔……〕言葉を伴わない神秘の例として、私は『アンダルシアの犬』の夢のシーンのような感覚を挙げた。そこでは、何も口に出されず、何も言葉にされない、(*Diary 1*, 306)

言語化が困難な夢のような感覚を、言語で表現しようとしてニンは苦闘を重ねた。そのため彼女のフィクションは、ときに非常に抽象的である。彼女はリアリズムとリアリティを分けて考えた。リアリティとは、客観的なものではなく、人が出来事をどのように感じたかである。抽象と無時間性を重視して感情のドラマに迫ろうとする自分のスタイルを、ニンは「幻視的な文章」(**visionary writing**)と呼んだ(*Diary 4*, 91)。もちろん、単純にストーリーを語る映画ではなく、実験的な映像にこそニンの文章は近似しているわけだが、実際、ニンは実験映画と深いかかわりを持っていた。

　みずからが芸術家であるだけではなく、夫ヒュー・ガイラーとともに、若い芸術家たちの活動を支援したニンの周囲には、映像作家も多く集まった。映像作家たちとの交流のなかで、ニンは三本の映画に出演している。マヤ・デレン▼監督『変形された時間での儀礼』(一九四六)、イアン・ヒューゴー(夫ヒュー・ガイラーの別名)監督『アトランティスの鐘』(一九五二)、ケネス・アンガー▼監督『快楽殿の創造』(一九五四)である。どの映画も実験的な短編作品であり、ニンは通常の意味における俳優として何かの役割を演じているわけではない。むしろ、ニンを知る観衆なら、スクリーン上に「アナイス・ニン」が脈絡もなく登場するという印象を覚えるであろう。もちろん、『快楽殿の創造』ではアスタルト(**Astarte**)という役名を与えられてはいるが、作品中で彼女の役名が意識されることはない。これら三作品でニンが演じているのは、「アナイス・ニン」という記号的キャラクターである。では、「アナイス・ニン」とは、いったい何を意味する

❖『嘆きの天使』 *Der blaue Engel* ハインリヒ・マン原作、ジョセフ・フォン・スタンバーグ監督。

❖ Miller, Henry. *Letters to Emil*. Ed. George Wickes. NY: New Directions, 1987, p.72. Martin, Jay. *Always Merry and Bright: The Life of Henry Miller*. Santa Barbara, CA: Capra Press, 1978, p.389.

❖『制服の処女』 *Mädchen in Uniform* レオンティーネ・ザーガン監督。

❖『裁かるゝジャンヌ』 *La Passion de Jeanne d'Arc* カール・ドライヤー監督。

❖ Miller, Henry. "The Golden Age." *The Cosmological Eye*. NY: New Directions, 1939.

のか。

マヤ・デレンは、一九四〇年代アメリカを代表する実験映画作家である。デレンの撮影現場にたまたまニンが遭遇したことからふたりの交友関係は始まり、ニンはデレンの初期作品を観て深い感銘を受けた。情熱的で行動的なデレンのことを、ニンは「私よりも強い」と感じた。デレンの作品では、デレン演じる女性主人公が何かを探求している。しかしその何かの探求は、その何かからの逃避と表裏一体を成している。探求と逃避を反復するうちに、主人公の自我は分裂して増殖する。デレン作品では、自我が単一ではなく多様であることが描かれていると言える。

『変形された時間での儀礼』では、リタ・クリスチャーニ演じる若い女性、彼女をこちらの扉へと誘惑するデレン、あちらの扉へと誘惑するニンの三人が、実はひとりの女性の多様な面であることが暗示されている。あちらの扉の向こうで繰り広げられる社交界のパーティには、ゴア・ヴィダル▼の姿も見られる。デレンの前作❖と比べると、この作品は失敗作だとニンには感じられた(*Diary 4*, 156)。探求の意義は失われ、交換可能な人格という主題は明確ではない、とニンは断じる。とりわけ、ニンは自分がすでに若くないことを自覚していたので、自分の顔がクローズアップに耐えられるかを心配していたのだが、出来上がった映像には幻滅を覚えた。デレン＝クリスチャーニが探求と逃避という主題を背負っているのに対し、『変形された時間での儀礼』における「アナイス・ニン」は、男性中心の社会へと若い女性を誘い込む妖《あや》しくもしたたかな女性という意味を負わされているようだ。

『アトランティスの鐘』は、夫ヒューゴーによるアナイス・ニン賛歌である。二重露出を多用した映像、電子音楽の先駆者であるルイスとベベ・バロン夫妻❖の作曲による前衛音楽、ニンの『近親相姦の家』(一九三六)からの朗読によって構成されたこの作品は、後の時代のヴィデオ・アートの実験を先取りしていた。ハンモックに横たわるニンの映像に、流れる水の映像が重ねられ、観衆にはニンが水中に横たわっているように見える。これは明らかに、『ハムレット』に登場するオフィーリアの水死のイメージを喚起する。『アトランティスの鐘』における「アナイス・ニン」は、どこか悲劇的な相をたたえた美の化身、絶対的な美を持つ詩神を表現している。ちなみに、この作品の制作に携わったヴァル・テルバーグ❖のフォトモンタージュを、ニンは『近親相姦の家』の一九五八年新装版の挿画に採用し、自分の作品とテルバーグの写真が見事に調和していることに満足を示した。

『快楽殿の創造』は、ニンの仲間たちのハロウィーン仮装パーティから始まった。参加者がそれぞれ「狂った」装いをするというこのパーティに、ニンは頭に鳥籠《かご》をかぶり、肌色のレオタードを着て登場した。鳥籠は、幽閉され、飼い馴らされた女性を暗喩しているように解釈されるかもしれないが、ニン自身の意図としては、鳥籠の扉が開くとロール紙の一端が出てきて、そこにはニンの本の一節が書かれているといった興趣で、詩を生産する異星人を表現しているようであった。ケネス・アンガーは、この日の仮装パーティがかつて自分が見た夢と酷似していることに驚き、全員が再度同じ格好で集まって映画を撮影することを提案した。こうして生まれた『快楽殿の創造』は、サムソン・デ・ブリア演じる主人公が見た夢という形式をとっている。光と影、美と醜、愛と憎悪、恍惚《こうこつ》と悪夢が渾然《こんぜん》となったこの作品で、ニンはアスタルト、すなわち月の女神であり、絶対的な光を象徴する役柄を演じた。主人公が夢幻のなかで変貌を重ね、禁断の杯への誘惑と退廃が作品において支配的になっていく一方で、何かに憑《つ》かれたように踊る「アナイス・ニン」は、圧倒的なまでに肯定的な美と善への意思を示しているようである。

男性映像作家がニンを絶対的な美神として崇拝したのに対し、マヤ・デレンのような女性映像作家がニンを誘惑的な妖しい人物として提示したことは興味深い。これらの映像作品においてアナイス・ニンがパフォーマンスする「アナイス・ニン」は、まさにアナイス・ニンが単一ではない多面的な存在であることをよく表わしている。

（金澤 智）

▼引用テクスト

Nin, Anaïs. *The Diary of Anaïs Nin Volume 1: 1931-1934*. Harcourt, 1966.

——. *The Diary of Anaïs Nin Volume 4: 1944-1947*. Harcourt, 1971.

❖デレンの前作 『午後の網目』(*Meshes of the Afternoon*, 1943)、『陸地にて』(*At Land*, 1944)。

❖ルイスとベベ・バロン夫妻 Bebe Barron, 1925-2008 and Louis Barron, 1920-89 アメリカの音楽家。

❖ヴァル・テルバーグ Val Telberg, 1910-95 ロシア出身の画家、写真家。本書『近親相姦の家』の「作品解説」冒頭の書影参照。

ダンス・音楽

文学と音楽はお互いが惹かれあい、親密なつながりをもっている。オペラに限らず多くの楽曲が文学作品をきっかけに生み出され、また詩人は言葉の響きによって自らの音楽を紡《つむ》ぎだそうとする。アナイス・ニンは詩人ではないが、詩人の魂をもって日記や小説、エッセイなどを書き続けた。音楽は彼女の芸術を語るのに欠かせないキーワードである。

アナイスは「音楽は常に流刑《るけい》者の音楽だった〔……〕私の音楽に対する態度は常にノスタルジックなのだ」と『日記』第七巻の最後で回想している(*Diary* 7, 341)。幼い頃、諍《いさか》いの絶えなかった両親がともに音楽を奏《かな》でるひとときが、幼かった彼女にとって至福のひとときであった。ヨーロッパでの音楽に満ちた日々は突然両親の別離によって断ち切られ、彼女の心の中で生き続けるその記憶が繰り返し日記で、小説で語りなおされる。アナイスの意識の中で研ぎすまされ、昇華されていくこのノスタルジアは、まさに「流刑者の音楽」への憧れである。音楽を聴くということは、彼女にとっては過去に立ちかえる、言い換えれば過去を反芻《はんすう》する行為にもなる。

「私は文学の世界において音楽家になるだろうか、即興演奏をしたり、言葉が音を発して、響き、こだまするだろうか? 私は文学の世界でダンサーとなり、最も軽やかな言葉を用いて、最も悲しい瞬間にさえその言葉たちがバレエを踊るだろうか?」アナイスは『蜃気楼《しんきろう》』の中で自らに問いかける(*Mirages*, 146)。職業として音楽に携《たずさ》わらなかったものの、作家として強く音楽のもつ魔力に惹かれ、自らの言葉においてそれを模倣《もほう》しようとした試みをうかがい知ることができる。

アナイスの描く世界はきわめて繊細で静的であり、事物のもつ有機的な重さ、生々しさからは遠ざけられている。物語において客観的な事実がぼかされていることが多い一方で、登場する人物のもつ普遍的な、絶対的な特徴が浮かび上がる。常に現在形で人の心の中へ入り込み、時空をこえて自由に行き来する音楽の特性に何より憧れを抱いていた彼女は、小説の中にそのような効果を取り入れようとしたと思われる。美術や文学と違って音楽は空間を何ら占拠することもなく、それぞれの聴き手にいくつもの記憶を連鎖してよみがえらせるからであろう。

アナイスの父ホアキン・ニン（一八七九—一九四九）と弟ホアキン・ニン＝クルメル（一九〇八—二〇〇四）は作曲家でピアニストであり、母ローザも歌手であった。ピアノのレッスンを拒否して始めたダンスで頭角を現わしたアナイスは、一時はプロのダンサーになることも考えていたというが、自らの体力に自信がもてず諦《あきら》めたというエピソードを『初期の日記』第四巻、『日記』第一巻で明かしている。

アナイスの作品中における踊りのイメージはあちこちに見られるが、なかでも印象的なのは『人工の冬』（一九三九）における主人公の独白のシーンである。ここでは強い自立へのシンボルとして踊りが用いられている。

> あなたが指揮棒をもっても、オーケストラから音楽は出てこなかった、あなたが厳しすぎたからよ。あなたが行ってしまうと、私の心臓は不規則に鼓動し、すべてが音楽の中に溶け、私は通りを歌いながら踊ることができた。指揮者がいなくても歌い踊ることができたのよ。(*Winter of Artifice*, 71)

何を身につけ、何を踊っているかが明確ではないが、踊り手である主人公が父という指揮者から離れ、肉体が音楽によって躍動している姿の輪郭《りんかく》だけが読み手の心に浮かび上がる。

アナイスの作品における音楽的な試みは、ダンサーよりむしろ聴き手としての経験によるところが大きく、それらは二つに分けられる。一つは文体における音楽的効果をねらったもの、もう一つは具体的な楽曲が主人公の心情を描写するものである。前者には『人工の冬』、『ミノタウロスの誘惑』（一九六一）などが挙げられ、後者には『愛の家のスパイ』（一九五四）などが挙げられる。

『人工の冬』で主人公と父親が再会し、二人の間で交わされる無言のコミュニケーションには、音楽的文体が効果的に用いられている。主人公の音楽にあふれた少女時代の思い出が、「昔のしらべ」(Musique Ancienne)という言葉で表現されている。

彼らはあたかも音楽を聴いているかのように、父が言葉を発していていないかのように見つめあった〔……〕彼らはオーケストラの響きで満たされた二つの音響箱だった。幾多の楽器がいっせいに演奏を始めた。父と娘の過去を織りなすフルートの長い二本の糸巻き〔……〕神よ、神よ、神よと歌うハープ、眉に純真さをたたえ、澄み切った瞳の天使たちが歌う神よ、神よ、神よ〔……〕(59)

父と娘の肉体が音響箱にたとえられ、二人の現在と過去を結ぶのは、一斉に演奏されるオーケストラの音楽である。理想化された父が奏でる音楽は、楽器たちの「神よ、神よ……」の歌であり、娘が神格化した父親の象徴である。父の不在のうちに美化され、二人を結び付けていったこの「昔のしらべ」は、やがてこの父と娘を再び隔《へだ》てる幻想となる。

『愛の家のスパイ』では作品中に具体的な楽曲が登場し、それらが主人公サビーナの心情を描写している。登場人物や舞台に関する客観的な描写をあまり出さないアナイスが、クラシック音楽の曲については具体的な言及をすることが多いのは、それらがもつ雰囲気を読者の心によみがえらせようとしたのだろう。夫アラン以外に多くの愛人をもつサビーナは、夜ごとに秘密の情事を重ね、それぞれの曲が流れる中で自らの感情を確認していく。寛大で温和な夫の保護を必要としながらも、その穏やかな生活に飽き足らないサビーナはドビュッシーの《月の光》で異郷での人々や風景を空想し、《喜びの島》で自分の官能を呼びさまされ、アフリカ系の数学者でミュージシャンのマンボと逢瀬《おうせ》を重ねる。

サビーナはまた、ストラヴィンスキーのバレエ曲《火の鳥》を自らの音楽的自伝と呼ぶ。曲が流れて彼女の心に現われる火の鳥は、彼女が捕らえたい人生の核を象徴している。

マグノリアの森に沿った燐光《れんこう》を発する小道に、オレンジ色の鳥の最初の官能の足取りが聴こえると、もうそれだけで彼女は最初の感覚の疼《うず》きを感じた。感情が思春期のように忍び寄ってくるが、まず影とし

て、その眩暈のするような存在の響きとしてであり、
狂乱の輪の中にはまだ入ろうともしない。（八一）

伝統的なヨーロッパ音楽の調性や形式を超えながらも、色彩的で原始性をもったこの曲にサビーナは自らの本能を重ねるのだが、自らのアイデンティティを固定され、一つの環境に安住することへの戸惑いや夫に抱く罪悪感から「狂乱の輪」に入ることができない。

アナイスは一九五〇年代以降はジャズを愛好したようだが、少なくとも小説の中でそれらの具体的な曲名やミュージシャンに言及することはない。『ミノタウロスの誘惑』でリリアンがメキシコのクラブでピアノを弾くシーンでも、何を演奏しているのかは明らかにされていない。ヨーロッパのサロン文化的な環境で育ったアナイスにとって、貧困と差別の中を生きてきたアフリカ系アメリカ人たちがつくりあげたジャズを自らの感性で消化するには無理があったのではないだろうか。

アナイスは『未来の小説』（一九六八）の中でホアン・ミロの絵画やエリック・サティ❖の音楽のように軽快で自由な作風に憧れている、と述べている。また日記ではドビュッシーの弦楽四重奏曲やヴァイオリン・ソナタなど彼女が愛好した曲についての言及も多い。物語の構成よりは事物のもつ雰囲気や主観性を重視し、繊細で微妙な描写力に優れていたアナイスにとって、彼らのもつ詩的要素、軽快さ、叙情性には大いに共感するところが多かったのだろう。サティからドビュッシーにつながるフランス近代音楽の流れはよく「印象主義」と称されるが、絵画における印象主義より文学における象徴主義からの影響が大きい。写実的な映像のもつ迫力よりも、各自の心の中にいつか夢で見たような世界のようによみがえらせるニンの世界には、ドビュッシーなどフランス近代音楽との共通点が多い。

ちなみに、アナイスの父ホアキン・ニンはドビュッシー、アルベニス❖、ダンディ❖らと同時代人である。彼は、

❖エリック・サティ　Erik Satie, 1866-19259　フランスの作曲家。ノルマンディ出身、母はスコットランド系。伝統的な調性を崩壊させつつも教会旋法を用いて、自由なスタイルで音の世界を創造し、のちの印象主義の作曲家たちに影響を与えた。ドビュッシー、コクトーらとも親交があったという。代表作はピアノ曲『三つのジムノペティ』（一八八八）、バレエ音楽『バラード』（一九一七）、『本日休演』（一九二四）その他多くのピアノ曲、声楽曲を書いた。

❖イサーク・アルベニス　Isaac Albéniz y Pascual, 1860-1909　スペインの作曲家、ピアニスト。

❖ヴァンサン・ダンディ　Vincent d'Indy, 1851-1931　フランスの作曲家、指揮者。

出身国キューバやスペインの民謡、伝統音楽に強く関心を示しながらも、その作品にはフランス近代音楽の影響が見られる。ラテン的な明るさと強い民族性を保ちながら、名人的技巧や均整美、アカデミズムへの傾倒は、娘アナイスが日記で描いた父親像と重なりあう。

　粗雑さや通俗性を嫌い、優雅さや洗練を追い求めたアナイスが音楽によってたどりついたのは、現実の生々しさから遮断された静的で夢幻的な世界である。彼女にとって音楽とは、何度も自らの経験を意識の中で繰り返し描きなおしながら、それを作品の中で表現するために不可欠な手段だったと言えるだろう。

（加藤麻衣子）

▼引用テクスト

Nin, Anaïs. *The Diary of Anaïs Nin Volume 7: 1966-1974*. Harcourt, 1980.

——. *Mirages: The Unexpurgated Diary of Anaïs Nin 1939-1947*. Swallow P / Ohio UP, 2013.

——. *Winter of Artifice*. Swallow Press, 1948.

ニン、アナイス『愛の家のスパイ』西山けい子訳、本の友社、二〇〇〇年。

美・ファッション

写真でご覧のように、ニンは美しい人だった。正確には、美女としての自分を生涯プロデュースし続けた人だった、と言うべきかもしれない。すらりとした華奢《きゃしゃ》な肢体《したい》、繊細な容貌を最大限に引きたてるよう念入りに衣装を選び、その衣装を身につけた自分がどう見られているかを強く意識している場面が、ニンの『日記』には少なからず存在する。ニンはいつも鏡で容貌の確認を欠かさず、人の目を気にして絶えず演技していて、自然な感じがしなかった、と回顧録などでニンを知る人たちは言う。❖ やや化粧の濃い顔との相乗効果で、いい意味でも悪い意味でも、ニンは女優のようだった、という印象を持った人は少なくなかったらしい。

当然ニンのファッションへの関心は高かった。たとえば一九二〇年代から三〇年代の若かりし頃は、当時流行していたアール・デコのストレートなシルエットの服を、美しく着こなしていた。結婚前にモデルをしていたニンらしく、その本領を発揮した、そのままファッション雑誌のページを飾ることができそうな写真が残っている。ファッションに対する強いこだわりから——より正確には、理想の自己像のプロデュースへの強いこだわり、と言うべきだろうか——昔風のスタイルの服をあえて着ることもあり、舞台衣装のようだと思われることもあった。非日常的で神秘的な印象の演出をねらったのだろうか。

❖ Franklin V., Benjamin, ed. *Recollections of Anaïs Nin by her Contemporaries*. Athens: Ohio University Press, 1996.

写真で目にするマントのような服はオーダーメイドのものもあり、ニンのファッションで象徴的な黒のケープは複数持っていたという。ブレスレットも数多く持っていて、握手の手を離してくれない人に、ブレスレットを自分の手首から相手の手首にすべらせて、手を離すきっかけを作ることがあったそうだ。ファッションを利用した一つのパフォーマンスと言えるだろうか。ニンは自分が与えたいと望む印象をつくりあげて自己イメージをコントロールするために、ファッションを最大限に利用しようとしていたと考えられる。

ニンの美へのこだわりは、身につけるものにとどまらず自らの身体にもおよび、鼻の整形手術をしている。整形手術の情報に接する機会が現在よりずっと少なかったであろう二十世紀前半に手術していることから、ニンの理想の自己像への強い執着が感じられる。むしろ、あるべき自己像を完璧にプロデュースすることへの執念と言うべきだろうか。

その執念は自らの写真を整理する際のエピソードにうかがわれる。ニンは気に入らない写真を少なからず処分していたらしい。写真で目にする美しいニンの姿は、自己像として認めてもよいかどうかについてのニンによる選考に残った中から、厳選されたものなのだ。美しく写っている写真は意外に少ないという。理想の自己像と現実にずれがあったからこそ、ニンは美人としての自分をプロデュースし続ける必要があったのだろう。

ニンの美しさはニン自身の強い意志と努力によるところが少なくないとは言え、写真で見るニンが美人であることに多くの人が同意するだろう。しかし、美人であることは表現者としては必ずしも恵まれているとは言えない場合がある。

ニンの日記における自己陶酔《とうすい》的な描写の多さはしばしば批判されてきたが、ニンの自己愛には容姿が強く関係していた可能性が考えられる。ニンは華奢で儚《はかな》げな自分の容貌を描写し、それに対する他者の賞賛を書きとめることが少なくない。「『あなたはどれほどおおくの女性があなたのスタイル、あなたの優雅さを羨んでいるか、気づいていますか？　少女のように見える女性をどれほどおおくの男たちがきわめて魅力的だと感じているか、ご存知ですかな？』」（『アナイス・ニンの日記』一六一）、といった記述から、ニンは自身の美のイメージに心を奪われ、魅惑されていると解釈できる。そのような華奢で儚げな自分という美のイメージへの愛着が、内面を規定していくことは考えられないだろうか。つまり、自身の美のイメージに対応する弱々しい内面を持っている、という自己認識が誘導されうるということである。自身の美のイメージに対する愛着があまりに強ければ、相容れない要素は抑圧される可能性があるだろう。ニンは性役割で女性に割りふられてきた弱さという側面を体現するような容姿であったことから、自他の視点ともニンが弱さを内面化し、そのように自己認識することを容易に助長したことが考えられる。このような誘導された自己認識に基づいて書いたことが、メアリー・エルマン❖が指摘するステレオタイプの女性像再生産の一因であり、そのような自己描写はナンシー・スカラー❖が批判したように誠実なものではない。

だが、他者との関係を自身の儚げなイメージに阻害されるがゆえの孤独や欲求不満の苦しみを描写し、「わたしのイメージなんて吹きとんでしまうがいい」（『アナイス・ニンの日記』九五）、と訴える箇所もある。この苦しみが単にニン個人の自己愛に由来するというより、むしろ家父長制社会における男女の力関係に基づく欲望のシナリオから、言わば必然的に生み出されるものであることを考えると、ステレオタイプの女性像再生産の咎《とが》を一人ニンだけに負わせるべきではないだろう。ニンの自己描写は誠実さに欠けるというスカラーのような批判は、『無削除版の日記』という、以前削除された部分から編集された作品が一九八〇年代に発表されて以降少なくないが、そのような描写が生み出される背景に目を向ける方が、批判を積み重ねていくよりも新たな読みを提示しうるという点で生産的であり、そのような姿勢こそ、ニンを今読むことの意味につながっていくと考えられる。

ニンは美女を表象する状態を意識的に生きた。美女を表象する存在であってほしいという他者の欲望に応じるため、あるいは美女のイメージの具現者でありたいという自己愛的な動機から、自ら表象する存在であろうとしたと解釈できるだろう。たとえば日記における「謎めいた存在」としての自己描写や他者からの言葉は、ニンが「謎めいた表象する存在」としての自分を意識していることの表われと言える。表象すること、イメージである

❖メアリー・エルマン　Mary Ellmann, 1921-89　アメリカの文芸批評家。代表作『女性について考える』で、ニンの『日記』における自己陶酔的な自画像は、ステレオタイプの女性像の再生産である、と批判している (*Thinking about Women*. New York: Harcourt, 1968, pp.188-91)。

❖ナンシー・スカラー　Nancy Scholar Zee, 1943-　アメリカの文学研究者。ニンについての著作・論文が多いが、『日記』第七巻で、ニンへの批評を含む彼女の論文は「冷たい論文」("cold-blooded thesis")としてニンに批判的にとらえられている (*Diary* 7, 289)。『日記』第七巻では、Nancy Zee の名で登場する。

ことが孤独や欲求不満の苦しみに行きつくことを考えると、ニンは表象することに伴う自己愛的な魅惑と苦痛を身を持って知り、日記作品に表現していると考えられる。

しかし、ニンについて特筆すべき点は、美女を表象しつつ、自らも書くことによって、美女のイメージに殉《じゅん》じなかったことだ。このニンの特性は、ヘンリー・ミラーの妻ジューンと比較すると明らかになる。妖艶《ようえん》なジューンは数々のミラー作品において登場人物のモデルとなったが、ミラーが描く自分について、「そんなのわたしじゃない」と思いながらも、自ら表現することができないため、自分の現実性を置き換えられたまま、欲求不満の苦しみをなす術《すべ》もなく味わい続けている。一方ニンは、書くことによって、自身の現実性を手にしている。その現実性が客観的には自己愛的なステレオタイプであったとしても、美女のイメージに殉じたまま沈黙しているより、声を発したという点ではるかにましである。自身のイメージを利用され作品にされて、沈黙したまま貧しい晩年を迎えたジューンと、自ら作品を書いて晩年に成功を手にしたニンを比較すると、自らのイメージに魅惑されることに潜む危険性、つまり既存のイメージに回収される危険性と、その危険から逃れるために声を上げることの重要性が対照的に浮かびあがる。自らのイメージに魅惑されるという点で二人が同様の状況にあり、沈黙が強いられるその状況から逃れることが難しかったことを考えると、たとえ欠陥があってもニンが声を上げたことは、既存のイメージのパロディ化につながりうる試みとして、評価すべきだろう。

二人の境遇を分けたのは、ニンの美しさの支えともなった、ニン自身の強力な自己プロデュースへの意志の力なのかもしれない。ニンが生涯美女であり続けようとしたのに対し、晩年のジューンがかつての美貌をすっかり失ってしまっていたことは、二人の意志の力の差の表われと考えられるだろう。容貌についても、書くことについても、その優雅で繊細なイメージに反し、ニンを貫くのは不屈の意志であり、その意志に基づいて自分の人生を生涯プロデュースし続けたのだ。

美女のイメージという観点からは、ニンとは、イメージは沈黙するという規範からの逸脱であり、表象が語るという攪乱《かくらん》的矛盾である。ニンはそのイメージを熱狂的に崇拝されたり、痛烈に批判されたりしてきたが、そのどちらでもなく、攪乱する存在としてニンをとらえなおすことに、一九六六年の『日記』第一巻発表後半世紀を経た今、ニンを読む意味がある。


（佐竹由帆）

▼引用テクスト

Nin, Anaïs. *The Diary of Anaïs Nin Volume 7: 1966-1974*. Harcourt, 1980.

ニン、アナイス『アナイス・ニンの日記 一九三一―一九三四 ヘンリー・ミラーとパリで』原麗衣訳、筑摩書房、一九九一年。

▼本稿は、「アナイス・ニンに見る外見と自己認識の関係」日本アメリカ文学会東京支部『アメリカ文学』第六七号（二〇〇六）四三―四七頁の一部に加筆修正したものである。

ルヴシエンヌ紀行

二〇〇七年の夏、以前から学びたいと思っていたフランス語の語学研修のため、私はパリに二週間滞在した。アメリカ文学研究者の端くれながら、元々はヨーロッパの文化の方に興味があり、アナイス・ニンに強くひかれたのも「ヨーロッパの香りのする」作家だったからだ。アナイスは繊細さ、微妙さ、優美な感性をもつ作家であると言われているが、それにはヨーロッパの、特にフランスの文学、音楽が大きく影響を与えているようだ。

大不況、ファシズムの台頭、シュルレアリスム……一九三〇年代という特殊な時代背景の中、アナイスがどうやってパリの街とルヴシエンヌの家での少々浮世離れした生活を送っていたのか知るべきだと以前から考えていた。

ルヴシエンヌはイル・ド・フランス地域圏、イヴリンヌ県（県庁所在地はヴェルサイユ）内にあるコミューンである。❖イル・ド・フランス地域圏はパリ市を含めた七つの県で構成された行政区で、全人口は東京都とほぼ同じ約一二〇〇万人、フランス全人口の二割近くを占める。コミューンは市町村より小さい行政区だが、七千数百人が住んでいる。電車で三〇分もすればパリ都心に出られることもあり、現在では通勤、通学圏であるようだ。画家のセザンヌ、モネ、シスレー、ピサロの絵画に描かれ、後にアナイスの家の隣にルノワールは十九世紀後半にアトリエを構え、❖十八世紀には女性画家エリザベート＝ルイーズ・ヴィジェ＝ルブラン❖も住んだという。また、『日記』第一巻の冒頭でニン自身が記しているように、コミューン内にはルイ十五世の妾《めかけ》マダム・デュ・バリーに与えられたという美しいルヴシエンヌ城がある。

　八月下旬の週末に、パリのサン・ラザール駅から国鉄（SNCF）トランジリアン❖に乗って『日記』第一巻の舞台となったアナイスの家を訪れることにした。L線(Ligne L) ノワジー・ル・ロワ行きに乗る。

　土曜の午後で郊外に向かっているということもあって、あまり混んではいなかった。ルヴシエンヌ駅はおとぎ話の家のように、セルリアン・ブルーと白に駅舎が塗られていた。土曜の昼過ぎだったからか駅員の姿も見えず、❖売店らしいものはあったが閉まっており、トイレすら見つけられなかった。

ルヴシエンヌ駅（2007年撮影）

　アナイスの家は、駅から歩いて数分のところにある。モンビュイッソン (Montbuisson) という通りは緩やかな坂になっている。正門の表札には「アメリカの小説家アナイス・ニンが一九三〇年から一九三六年までここに住んだ」と書いてある。事前に現在住んでいる方に連絡をとったわけでもないので中に入ることもなく、門の前にいて写真を撮ることしかできなかった。

　アナイス・ニン専門誌『貝の中のカフェ——アナイス・ニン文芸ジャーナル』第一号（二〇〇三）には、編集者ポー

❖フランスの行政区分は地域圏、県、コミューンの順に小さくなる。コミューンは数千人単位なので、首都圏であっても日本の市町村より人口が少ないことが多い。

❖ルノワールは一九一九年に没しているため、ニンと隣人として住むことはなかった。

❖**エリザベート＝ルイーズ・ヴィジェ＝ルブラン**　Élisabeth-Louise Vigée Le Brun, 1755-1842　肖像画家として有名になり、マリー・アントワネットの肖像画を描くためにヴェルサイユ宮殿に招かれた。フランスで女性として初めて、フランス王立絵画彫刻アカデミーに入会が認められ、六六〇の肖像画と二〇〇の風景画を残した。五十代でルヴシエンヌに家を購入し在住、死後、家の近くの墓に埋葬された。

❖**トランジリアン**　Transilien　首都圏を走る国鉄在来線の総称。日本で言えば東海道線、山手線、京浜東北線などをまとめたようなものである。

❖フランスの鉄道では、乗車時に検札するだけで下車時には切符を回収しない。

ル・ヘロン氏がルヴシエンヌを訪れた時のことが細かに記されていた。当時の住人は映画『ベティ・ブルー』（一九八六）、『ニキータ』（一九九〇）で人気を博したフランスの俳優ジャン＝ユーグ・アングラード氏とその家族であり、訪問した際の部屋の様子や彼らとの会話までが書かれている。

その後現在まで、アナイスの家には誰が住んでいるのかずっと気になっていた。二〇一七年の夏に私はパリ在住の知人の協力により現在の住人の名前を知り、問い合わせの手紙を出し、約二ヵ月後に返事をもらった。現在この家に住むのはエジ（Egis）というフランスの建設および運輸会社のCFO（財務取締役）を務めるティボー・ドゥ・ラドゥセット（Thibaut de Ladoucette）氏とその家族である。

以下は、私がラドゥセットからの手紙から得られた情報である。彼とその家族は二〇〇四年から現在までこの家に住んでおり、（いつからかは不明であるが）アナイスが住んでいた当時よりは庭が狭くなっている。敷地は三つに分割され、二つの区画にはそれぞれ別の家が建っている。一九九六年に当時の持ち主（市から家を買い取ったらしい）が昔の姿を損なわない形で改修したが、それまでの数十年間はほったらかしの状態であったと聞いている。さらにラドゥセットが改修に手を加え、家の中はニンが住んでいたころとほぼ同じ状態になっている。

（左上）（上）ルヴシエンヌのアナイスの家
（左下）アナイスの家の表札
（2007年撮影）

また、映画『ヘンリー&ジューン』では家の中が撮られていない。おそらく一九九〇年当時の家の持ち主は、映画撮影に使用するために法外な金額をフィリップ・カウフマン監督に要求したのかもしれない。フランスの有名ジャーナリスト、パトリック・ポアヴル・ダルヴォール(Patrick Poivre d'Arvor)が自身のテレビ番組のために取材しに来たこともあるようだ。現在でも多くの人たちが、アナイスの家を訪れる。

現代のフランスは、世界各地からの移民と異文化の衝突、財政と多くの問題をかかえている。パリ、そしてルヴシエンヌを訪れた時に実感したのは、その高度に洗練された文化と、そこに住む破壊的な人たちの共存する危うさだった。電車の車両の外も中も落書きが気になったし、車両内で私とそう離れていない座席に陣取っているティーンエージャーらしい若者たちも、いわゆる「ヤンキー風」、目つきや服装、態度もとげとげしかった。礼儀正しい洗練された人々や文化的雰囲気に交じって、こうした攻撃的な人や落書きはパリだけではなくどこの都会でもあることだろうが、あまりに極端なのに驚く。この数日前に高級住宅街として有名なパリ十六区でマルモッタン美術館を探している時にも、すれ違う人に突然、強い不安を覚えて身構えたのを思い出す。

古今の芸術家たちを魅了し、アナイスが三十代を家族とともに過ごし、ヘンリー・ミラーをはじめ多くの来客との交流を——時には裏切りを秘めて——深めていったルヴシエンヌ。パリ郊外のこの美しい風景と文化が永遠に守られることを願ってやまない。

(加藤麻衣子)

サロン

アナイス・ニンにとって、「芸術」は彼女自身の生活から切り離せない領域であり観念である。作家アナイス・ニンをさらに総括し得るアイデンティティが、アーティスト、芸術家アナイス・ニンである。

ニンの作家志望、芸術家魂は早くからエネルギッシュな行動力と情熱的な信念として一つのパターン、型に表象されている。それは、「サロン文化」という芸術的な時間と空間と仲間の確保である。サロンは、十七、十八世紀のヨーロッパ、特にイギリスやフランスで、文学や政治などの共通した興味ごとに情報を交換し、作品や思想を発表しあった同志の集まりで、自宅の女主人が主宰の役を担ったりした活動である。時代の経過と共に様相を変え、さまざまな形態を取り込んできた。二十世紀、ニン流のサロン文化は、その空間、場所をヨーロッパはフランスのパリ、アメリカはニューヨークとロサンゼルスという大都市に据えられていることが特徴である。その時代を背景に、アナイスを取り巻くアーティストたちと錬り出した活動が、アナイス自身の芸術をも創り出していったのである。

一九二四年に、フランスのブーローニュの森❖に面した高級メゾネット型アパルトマンを住家にしていた夫ヒューとアナイスは、一九二九年秋の大恐慌以後、パリ都心を離れた。パリ郊外の家「ルヴシエンヌ」に居を構えた。ルヴシエンヌは、築二百年、壁は約一ヤード、九〇㎝近い厚さ、裏手に広い庭もあり、まずはクラシカルなサロン的イメージを彷彿《ほうふつ》とさせる。アナイスは前庭の古い噴水に水をはり、各部屋を異なる色で塗りわけて、「情熱の部屋」(vehemence)は真紅、「夢想の部屋」(reveries)は淡い空色、「思いやりの部屋」(gentleness)は薄桃色、「休息の部屋」(repose)は翠《みどり》色、そしてタイプライターを打つ、「書き物の部屋」(work at the typewrier)はグレーの色にと彩色した(*Diary 1*, 5)。

この私邸サロンとなるルヴシエンヌに集まった仲間たちは、夫ヒューの知人である物書き、弁護士のリチャード・オズボーン、彼が友人だといって連れてきたヘンリー・ミラー、そしてミラーの妻ジューンであった。サロン文化は、まだ社会一般に知られない、世に出ていない、あるいは世に出られない、作品なり思想なり、その創り手なる面々、概して芸術家の卵たちが、その活動を実践できるように助け合うスタンスに意味がある。ルヴシエンヌにおいては、オズボーンがニンのすでに書き上げていた『私のD・H・ロレンス論』の著作権の手配など、彼女の初の出版を実現すべく動いた。ミラーはこの先、ニンと双方、公私にわたり長く影響しあう相手となるが、その出会いの場をルヴシエンヌのサロン的環境が生み出した。ミラーはルイス・ブニュエルの前衛映画、『黄金時代』(一九三〇)について書いた論文をルヴシエンヌに持ち込んでいるが、アナイスは初めて読むミラーの文体の爆弾のような力強さと説得力に衝撃を受けている(*Diary 1*, 7)。そしてジューン・ミラー、パリの夜のミュージックホールの踊り子、いつかニューヨークで女優になりたいというジューンの魅力にアナイスは圧倒的な印象を感じることになる。

サロン文化の集まり《ギャザリング》(gathering)の仲間内に芽生える恋とその恋心の伝達——自作の詩にその恋の思いのたけを織り込み朗読したり——も、古くから見られる特徴である。関心事や近い将来の夢を共有し、触発しあう者同士に恋が生まれることは容易に想像できるだろう。名誉ある客人、恋人のために素晴らしい世界を創って、丁重にお待ちするのだと記している。「バリのワヤンの影絵を映すランプを吊るし、❖ベッドに緞帳《どんちょう》を掛け、暖炉の薪《まき》

❖ブーローニュの森　Bois de Bourlogne　パリ西部にある約九〇〇ヘクタールの大公園。森の中に、ロンシャン(Longchamp)競馬場、博物館、庭園などがあり、サイクリング、乗馬、ボート遊びなどができる。この大公園近くのヒューとアナイスのアパートは、スシェ大通り四十七番地(47, boulevard Suchet)にあったと記されている(Fitch, Noel Riley. *Anaïs: The Erotic Life of Anaïs Nin*. Boston: Little Brown, 1993, p.82)。

❖ニンは、晩年の一九七四年に、バリ島を旅して大層感銘を受けたことを日記やエッセイに書いている。ニンは早くから、エキゾチックな趣向を好んだといえる。

に炎が揺れる」(*Diary 1*, 5)。マダム・アナイスの予感は的中した。そうして、やって来たその恋人こそ、ヘンリー・ミラーである。夫ヒュー・ガイラーの目をかいくぐりながらの、恋のアバンチュールである。アナイスとジューンとのレズビアン的な恋や確執もまた、このルヴシエンヌのサロンが提供した、作家ニンにとって、貴重な芸術的感性と題材を創り出していく源となった。

　ニン流サロン文化の空間は、ルヴシエンヌを出て拡張し、自宅からほど近い距離にアトリエを構える。それは、一九三六年に間借りした、セーヌ川、ロワイヤル桟橋《さんばし》に停泊するハウスボートである。『ガラスの鐘の下で』(一九四四)に収録されている「ハウスボート」という短編のモデルにもなっている。小船の甲板《かんぱん》の上のアトリエ(studio)はガラス張りの天井になっていて、三面開放の窓付きである。アトリエの隣室は小さなキャビン、客室と台所があり、細い階段を降りると階下は複数のガラスの開き窓のある広い寝室という構えである(*Diary 2*, 118)。パリの象徴の一つ、セーヌの川面に浮かぶサロンとは、双魚宮《そうぎょきゅう》の徴《しるし》を持つ魚座の生まれ、アナイスの好む、「流れ」(flow)のイメージをよく体現している。

　このハウスボートのサロンに集まった仲間たちはどのような面々なのか。もともと、「ラ・ベル・オロル(La Belle Aurore)(美しい夜明け)」号という名前がつけられていた、この住居用屋形船に、もう一つの呼び名、「ナナンケピチュ」("Nanankepichu")号と付けた人はゴンザロ・モレ▼。ペルーからの新聞記者、革命家志望、酒と煙草《たばこ》を好み、ギターを奏《かな》で歌を口ずさみ、政治活動を語る。ゴンザロの熱き闘志とボヘミアン的自由奔放さ、そしてニンのスペイン系血筋と共有する南米インカの血統ゴンザロとの気脈の通じ合いは、二人の友情、そして恋へと発展していく。"Nanankepichu"とは、アンデスに住むインディオの言葉、ケチュア語で「庭」のことで、ひいては、「秘密の庭」を意味し、「家にあらず」("not a home")を示唆《しさ》すると、ゴンザロはアナイスに語る(*Diary 2*, 119)。本宅のルヴシエンヌからセーヌ川へと拡がり離れた、この住居用屋形船、「家ではない」日常生活から距離をおいた場所、水の〝流れ〟に乗って漕《こ》いで流動もできる、芸術を語り、書くアトリエにすべきだと、そしてそこに、秘められた恋の要素をも、ゴンザロは伝えようとしたのだろう。

　この移動型サロンに集う、さらなる同志は詩人のコンラッド・モリカン、自称モヒカン族の末孫、白人のインディアンみたいな顔立ちの男、パリを見下ろすモンマルトルの丘、サクレール聖堂近くに住む文人、サロンの男主人。『ガラスの鐘の下で』中の短編「モヒカン」はこのモリカンがモデルという (*Diary* 2, 134)。モリカンは、このハウスボートの呪文的な雰囲気に感嘆して、阿片《あへん》を吸う隠れ家に違いないとさえ思う。そんな彼の感覚に、ニンはモリカンほどの詩人ともあろう人が、芸術家の創造に、夢を刺激することに、術策など何一つ無用なことを知らぬものかと記してもいる (*Diary* 2, 125)。詩人はニンに護身用にと、拳銃まで持って来る。もちろん、モリカンは本筋の文学作品、マラルメ❖らの「火曜会」❖に出入りした詩人、レオン＝ポール・ファルグ❖の著書や、ピカソやアポリネールと親交のあったマックス・ジャコブ❖の詩をニンに紹介する (*Nearer the Moon*, 220)。

もう一人の詩人、デイヴィッド・ガスコイン❖も仲間になる。ガスコインは見るからに英国の詩人だとニンは称し、ゴンザロのことを（シェイクスピアの）オセロみたいだと表現したと記している (*Diary* 2, 267)。彼はアンドレ・ブルトンやポール・エリュアール❖と友人であるピエール・ジャン・ジューヴ❖の著書を持ち寄り、『パウリーナ 一八八〇年』(*Paulina 1880*) という小説にアナイスは心酔していく (*Nearer the Moon*, 217)。後に、ニンは、自分が目指した詩的な小説を書くために手本にしたのは、ジューヴだったと語っている (『心やさしき男性を讃え

❖ステファヌ・マラルメ　Stéphane Mallarmé, 1869-1951　フランスの象徴派の詩人。ボードレールの影響を受けたとされ、詩的言語の可能性を探求し、代表作に『半獣神の午後』(*L'Après-midi d'un faune*, 1876)、『片言葉』(*Divagations*, 1897)、『骰子一擲《とうしいってき》』(*Un coup de dés jamais n'abolira le hasard*, 1897) などがある。

❖「火曜会」　マラルメが、自宅で毎週一回、火曜日に開いたサロンで、フランスの小説家、アンドレ・ジッド (André Gide, 1869-1951) や、フランスの詩人、批評家、ポール・ヴァレリー (Paul Valéry, 1871-1945) などが常連として参加し、文人、芸術家らを集めた。

❖レオン＝ポール・ファルグ　Leon-Paul Fargue, 1876-1947　ジッド、ヴァレリーなど文人らと交友があった。ジッドを中心に、一九〇九年に創刊された月刊文芸雑誌『新フランス評論』(*N.R.F / La Nouvelle Revue Française*) に関与した。主作品に『音楽のために』(*Pour la musique*, 1914)、『パリの逍遙子』(*Piéton de Paris*, 1939) などがある。

❖マックス・ジャコブ　Max Jacob, 1876-1944　ブルターニュのユダヤ人家庭に生まれた。シュルレアリスムを取り入れた詩や散文の作風、立体派の詩人として、シュルレアリスムの先駆者、詩人ギヨーム・アポリネール (Guillaume Apollinaire, 1880-1918) と並び称された。『骰子筒』(*Le Cornet à dés*, 1917)、『中央実験室』(*Le Laboratoire Central*, 1921)、『地獄の幻影』(*Visions Infernales*, 1924) などが代表作とされる。第二次世界大戦中の一九四四年、ゲシュタポに逮捕され、収容所で死亡した。

❖デイヴィット・ガスコイン　David Gascoyne, 1916-2001　ロンドンの北西部、ハロー (Harrow) 生まれのイギリスの詩人。一九三七―三九年と一九五四―六五年の間、パリに住み、シュルレアリスムの影響を受けた。『ローマのバルコニー』(*Roman Balcony*, 1932)、『放浪者』(*A Vagrant*, 1950) などが主作品。

て』一三五)。また、ガスコインは自作の詩、「神話の都市」("The City of Myth")をニンのために書き贈っている(*Nearer the Moon*, 216)。こうして、ここに集まるアーティストたちは、まさに中世のガレー船よろしく、この水に浮かぶサロンの稀有な雰囲気に魅了され、キャンドルの灯りで本を読み、仲間たちを過酷な日常から「詩的な航海」へと誘ったとニンは語っている(*Diary* 2, 126)。サロン文化は同志の暮らしの癒しとなり、彼らの意気を維持させていくものなのだ。サロンの夜も更けて、寝室にはお香入れのようなビザンティン銅ランプが灯る。その「婦人の寝室」(boudoir)に眠るマダム・アナイスのサロンは、夜の眠りの詩的な航海にも、まだ叶わぬ芸術家たちの夢を同乗させていく。

　時をほぼ同じくして、アナイス・ニンの、別のサロンの場所として「カフェ」という空間がある。『信天翁《あほうどり》の子供たち』(一九四七)で、登場人物たちがカフェに集うが、アナイスは、こう描いている。「カフェは、宝物がわんさか湧き出る泉、そう、アリババの洞窟だった」(一六七)。「都会の街と、そこに息づく、まちまちのカフェが親密に関わると、一つの部屋のように一体化した。〔……〕人が抱えるいろいろな秘め事は、テーブルからテーブルへと、肘で押しやるように打ち震えることを望む。そして給仕《ガルソン》は、〔……〕アラビアの昔話に出てくる召使たちのように、果てしなく続く終わらない伝言すべきメッセージと、暗号めいた合図をも運んできた」(一七〇)。アナイス流サロン、カフェは、芸術家たちや作家たちの可能性や夢を宝物と捉えるほどの自由奔放さと、社会規範を無視した価値観と慣習にとらわれない意向を交わす時空間、つまりボヘミアン的なのだ。

　一九三〇年半ばのパリ、アナイスや彼女の芸術仲間の行きつけのカフェはボーヴォワール、サルトル、カミュ、ピカソらが常客だったドゥ・マゴ・カフェ❖である。いうまでもなく、カフェの空間が提供するサロンは、より多くの人が、もっと多様な時間と意向のもとに、自由に出入りすることを可能にした。当時、ドゥ・マゴ・カフェは有名なアーティストたちや詩人たちを常連とする、たまり場的カフェであった。その常連たちの中に、アメリカからフランスのパリを目指して移り住んでいる、通称、「国籍離脱作家」(expatriate writers)と呼ばれた人たちがいた。この国外居住そのものが、二十世紀のサロン文化の一つの重要なパターン、型である。一九二〇年代、草分け的作家はガートルード・スタインで、アーネスト・ヘミングウェイを称して、「失われた世代」(Lost Generation)と呼んだことがよく知られている。T・S・

エリオット、F・スコット・フィッツジェラルド、エズラ・パウンド等などその面々は尽きないが、特にアナイス・ニン自身がパリに住んでいた時、同時代の国籍離脱作家としてヘンリー・ミラー、ロレンス・ダレル、ケイ・ボイル、ジューナ・バーンズ、シャーウッド・アンダーソンらがいた。この時代、この「芸術」の範疇はモダニズムであるが、アナイス・ニンにとって、このパリを代表するカフェでの集まりは彼女の作家としての芸術性に啓発を与えるのに、申し分のないサロンであったはずである。「あるカフェで、ある夜のこと、ラリー〔ダレル〕とヘンリー〔ミラー〕と私はひと晩中文学談義をした。そこで、初めて気がついたことは、彼らの考えとは違った私らしい方法で書けばよいということ、私は女性ならではの書き方をしたいということだ」(Snyder, 44)。他に、アナイス縁《ゆかり》のカフェとして、カフェ・フロール(Café Flore)、カフェ・ゼエール(Café Zeyer)、ヴァイキング・

❖**ポール・エリュアール**　Paul Éluard, 1895-1952　フランスの詩人。シュルレアリスムの主唱者の一人とされ、『豊かな目』(*Les Yeux fertiles*, 1936)などの詩集を発表した。第一次世界大戦に従軍し、『義務と不安』(*Le Devoir et l'inquiétude*, 1917)や、第二次世界大戦中は、『詩と真実』(*Poésie et vérité*, 1942)を発表して、反戦、レジスタンスの詩人を示した。

❖**ピエール・ジャン・ジューヴ**　Pierre Jean Jouve, 1887-1976　フランスの詩人、小説家、随筆家。象徴派の詩人とされ、精神分析に関心を持ち、その無意識の領域を作品に表現する試みをした。また、音楽に大きな関心を持ち続けた。詩集『失楽園』(*Le Paradis Perdu*, 1929)、『パリの聖母』(*La Vierge de Paris*, 1944)、『インヴェンション』(*Inventions*, 1957)。小説に『荒寥たる世界』(*Le Monde Désert*, 1927)。エッセイに『モーツァルトのドン・ジュアン』(*Le Don Juan de Mozart*, 1942)などがある。ニンは、自分の小説形成の根源として意識した作家たちとして、D・H・ロレンス、マルセル・プルースト、ジューナ・バーンズらに加えて、ジューヴの名をあげている(『未来の小説』一一七)。

❖**ドゥ・マゴ・カフェ**　Deux Maggots Café　パリのサン＝ジェルマン＝デ＝プレ地区にあるカフェ。一八七三年からこの場所で、元々は絹の肌着類を売る商店だった。一八八四年からカフェになる。

❖**T・S・エリオット**　T. S. Eliot, 1888-1965　アメリカ生まれで、一九二七年にイギリスに帰化した詩人、批評家、劇作家。モダニズムの時代の文学界に大きな影響を与えた。一九四八年にノーベル文学賞受賞。『プルーフロックの恋歌』(*The Love Song of J. Alfred Purfrock*, 1915)、『荒地』(*The Waste Land*, 1922)、『詩の効用と批評』(*The Use of Poetry and the Use of Criticism*, 1933)などがある。

❖**F・スコット・フィッツジェラルド**　F. Scott Fitzgerald, 1896-1940　アメリカの小説家。代表作に『偉大なるギャツビー』(*The Great Gatsby*, 1925)がある。ニンは、妻のゼルダ・フィッツジェラルド(Zelda Fitzgerald, 1900-48)が統合失調症を患った一因として、夫フィッツジェラルドがゼルダの日記を出版させなかった経緯による、女性が創作をする難しさや、ゼルダの作家としての才能への高い評価を、エッセイ「新しい女性」に記している("The New Woman" 1974, *In Favor of the Sensitive Man and Other Essays*, pp.16-17)。

カフェ (Viking Café) 等がある。
　パリの国籍離脱作家の時代の終焉《しゅうえん》は第二次世界大戦勃発《ぼっぱつ》であり、ニンもフランスを去ることを余儀なくされた。夫ヒュー・ガイラーの勤務する銀行、ナショナル・シティ・バンクもパリ撤退を命じ、彼はニューヨーク勤務に戻った。選択肢のない、戦争という緊張感を否めない状況のもとにあったが、ニューヨークという紛れもない大都市は、ニンに、さらなるサロン文化を提供し、むしろ、より現実的な成果を形創る環境となった。
　パリにおいて、アーティスト縁の地がモンマルトル界隈《かいわい》なら、ニューヨークのそれは、グリニッジ・ヴィレッジ、通称「ヴィレッジ」である。マンハッタンのダウンタウンに位置する。ジューナ・バーンズやE・E・カミングス❖らも住人だった所。アナイスとヒューは、ヴィレッジの広場、ワシントン・スクウェアにほど近い、西十三街二一五番地のアパートの五階に居を構える。高く広い天井の半分は天窓で、塗装のないシンプルな家具、床にはインディアンの色鮮やかなセラーペ❖を敷く。独特なサロン風雰囲気の、このアナイスとヒューの住家もアーティストたちの出入りを誘った。一九四〇年、彫刻家のイサム・ノグチ▼、電子音楽を推進した作曲家のエドガー・ヴァレーズ▼、映画監督のルイス・ブニュエルらで、皆ニンとの親交へと発展した(*Diary 3*, 46)。その昔、ヘンリー・ジェイムズの誕生の地、マーク・トウェインがベンチに座ったワシントン・スクウェア。ニンも、そのベンチに腰をかける。そして、ニンのヴィレッジの自宅サロンにはビート・ジェネレーションの作家、ジャック・ケルアックや詩人、アレン・ギンズバーグ▼も集まったのである。❖
　さらに、もう一つのサロンというべきアナイスのアトリエは自宅から徒歩で行ける、マクドゥーガル(Macdougal) 通り一四四番地にある暖炉付きの古びた趣《おもむき》のロフトである。ヴィレッジの中でも、このマクドゥーガルといえば、アーティストたちの中心的居住地である。ゴンザロの協力を得ながら、このサロンで、ニンは

ニューヨーク西13街215番地のアパート
5階の最上階に居を構えた（2013年撮影）

アーティストの底力を発揮し、自分で自作の印刷、出版社を立ち上げ、成し遂げる。サロンと出版、出版社という関係も、サロン文化の伝統的な特色である。アメリカにおいては十九世紀末に『アトランティック・マンスリー』❖の編集、出版を担ったジェイムズ・フィールズ、アニー・フィールズ夫妻のボストン、ビーコンヒル(Beacon Hill)の私邸サロンが有名である。ニンの場合、一九四二年一月、ヴィレッジという筋金入りのアーティストたちの生活圏から触発、鼓舞《こぶ》され、「マクドゥーガル通り」のアトリエ・サロンに中古の印刷機を手に入れて自分の本を自分で印刷する行動に結実したのだ。後に、**Gonzalo More**の最初のイニシャル**G**と姓名の**More**から取り合わせて、**“Gemor Press”**(ジーモア・プレス)と名付け、一九四四年の四月に小さな出版社を立ち上げ、破《は》綻《たん》する四六年十一月まで継続したのだ(四四年春には、マクドゥーガルのロフトから、近隣のもっと広めのロフト、東十三街十七番地へ移転したが、出版社を兼ねた、アナイス流のアトリエ・サロンは引き継がれた)。

試行錯誤《さくご》を繰り返し苦労して、ニン自身のサロンから印刷、出版した著書は『人工の冬』(一九四二)と『ガラスの鐘の下で』(一九四四)である。商業ベースの出版社に見放されたアナイスの本だ。アナイス・ニンとい

❖**E・E・カミングズ　E. E. Cummings, 1894-1962**　アメリカの詩人、小説家、画家。一九二三年から亡くなるまで、四十年間ほどグリニッジ・ヴィレッジに住み、ヴィレッジの芸術家たちの中でも、古くからの住人として有名だった。住居は、西十番通り、パッチン・プレイス四番地。詩風はモダニストの代表とされるように、大胆に実験的で、活字の配列や視聴覚効果など奇抜な詩作を生み出した。代表作に小説『巨大な部屋』(*The Enormous Room*, 1922)、詩集『チューリップと煙突』(*Tulip and Chimney*, 1923)、『と』(*&*, 1925)、『1 x 1』(*One Times One*, 1944)などがある。

❖**セラーペ　serape**　幾何学模様のある色彩豊かなウールの敷物や毛布で、ラテンアメリカやメキシコなどでは男性がポンチョのように肩掛けに用いたりする。

❖Eugene Ehrlich and Gorton Carruth, *The Oxford Illustrated Literary Guide to the United States*. Oxford University Press, 1982, p.125.

❖**『アトランティック・マンスリー』　*The Atlantic Monthly***　一八五七年にボストンで創刊され現在に至る、アメリカ最古の文芸月刊雑誌。文学、芸術、政治、経済を扱う。ジェイムズ・ラッセル・ローエル(James Russell Lowell, 1819-91)を初代編集者として、ジェイムズ・トーマス・フィールズ(James Thomas Fields, 1817-81)、ウィリアム・ディーン・ハウエルズ(William Dean Howells, 1837-1920)と続く。フィールズの妻であったアニー・アダムズ・フィールズ(Annie Adams Fields, 1834-1915)は、ボストン、チャールズ通り三十八番地の私邸で開かれる文芸サロンの女主人であり、自らも作家だった。このサロンに集まった文人たちと、『アトランティック・マンスリー』に寄稿した作家たちは重なり、エマソン、ロングフェロー、オリヴァー・ウェンデル・ホームズ、ホーソーン、ヘンリー・ジェイムズ、サラ・オーン・ジュエット、ウィラ・キャザー等々、アメリカ文学の大作家たちが並ぶ。中でも、ハウエルズは自らも作家であったが、編集者として、十九世紀後半のアメリカ文壇を担い、多くの作家に出版の機会を与え、新たな作家の養成に貢献した評価は高い。

うアーティストは自分の芸術に確固たる信念を、逆境にあっても、維持できる作家であることを証明してみせている。アナイスは書いている。「未知の可能性や実験的試みに懸ける作家たちというのは、人々の感覚や気持ちに現われる新しい傾向、新しい意識、新しい展開を予告してくれる」(「私の印刷機」『心やさしき男性を讃えて』一二五)。アナイスの自分で印刷という新しい傾向、意識、展開に賛同して、手助けを提供するサロンの機能は、さらなるアーティストたち、仲間、同志が集まる環境を生み出していく。

サロン手作りの『人工の冬』初版は三百部、印刷、植字、製本で約四〇〇ドルかかり、一冊三ドルで売られた。ゴッサム書店の女性店主フランシス・ステロフやハープ奏者のサリーマ・ソコルは一〇〇ドルずつ援助している。ヒューはイアン・ヒューゴーの名で、銅版画を制作して本を飾り、グラフィックアートの先駆者となるウィリアム・ハイター❖も、版画の印刷を指導した。文芸誌『フェニックス』❖の発行者であるジェイムズ・クーニーは自らの印刷経験からその技術を提供した。

ニン流サロン文化にはロサンゼルス近郊の家も挙げられるだろう。ハリウッドの東、シルヴァーレイクの丘にフランク・ロイド・ライトの長男、ロイド・ライトを継父に持つルーパート・ポールが、設計を異父弟のエリック・ロイド・ライトに依頼して、アナイスのために建てた。東海岸と西海岸、ニューヨークの夫ヒュー・ガイラーとロサンゼルスの夫ルーパート・ポールの間を飛び渡るニンの、一九六一年から亡くなる七五年までのカリフォルニアの家であった。

部屋を壁で仕切るのではなく、「その家全体が広々とした一つのアトリエのようである」(*Diary 6*, 275)とニンは書いている。その長い一面は天井から床までガラス張りの窓になっていて、すぐ外は庭のプールの水辺、その眼下坂下にシルヴァーレイクの貯水池が広がる。建築家ライト派の伝統である「自然と炉辺のある家庭を相関させる」空間建築は、溢れるカリフォルニアの陽光と風をもって、晩年のニンの芸術性の到達を彷彿《ほうふつ》とさせるアトリエとなった。この家の「訪問者を歓待する開放感と同時に隠れ家的オーラを発散している」(275)環境はニンも言うとおり、サロンとして申し分はない。

ニンはこのシルヴァーレイクの私邸サロンにて、インターナショナル・カレッジの十人ほどの学生たちの面倒をみている。UCLAの創作科の若い作家志望の学生たちも同様である(*Diary 7*, 320)。『日記』第一巻でニンは、日記を「魂の実験室」と呼んだ。大学生たちと日記について論じる、このサロンもまた、魂と芸術の実験室ではなかったか。そしてまた、音楽の集いもこのサロンでは定着したのである。アナイス流のサロンにおける、社交的目的の音楽会《ミュージカーレ》(musicale)である。ヨーロッパの伝統的なサロンには、よく楽器や譜面台が見受けられた。この仕切りのない広いアトリエのような家、サロンにはグランドピアノが、ヴァルダの作品で一九四四年の春、アナイスに贈られた《世界を再建する女性》というコラージュ画の前に据えられている。グランドピアノの下には、ギターが置かれている。ルーパート・ポールはヴィオラを演奏して、このサロンでの室内楽の音楽会は大きなガラス窓の内外に響き共鳴した。

ニン自身が出入りしたサロンに、カレス・クロスビー率いる文芸サロンを付記しておく。フランスはパリ近郊エルムノンヴィルにある、太陽の風車(Le Moulin du Soleil)館、アメリカはヴァージニア州ボウリング・グリーンにある、ハンプトン屋敷(Hampton Manor)が、両所とも、古典的な大豪邸に、時の芸術家たちを集めた、カレスのサロンである。アナイスとカレスの長い友愛関係も互いに共通した芸術への信念が根幹にあった。サロンのマダムとしてのアナイスは女主人であり、自ら作家であり、アーティストであり、恋し恋される女であり、芸術家(志望)たちにできる限りの寄与をなした母であった。パリ、ニューヨーク、ロサンゼルスの各大都市にそって、ニンが描き名称した「集合体の連座配置」(constellation)の図表が『アナイス・ニンを見つめて』(一九七六)に記載されている(Snyder, 32, 48, 64)。「私自身の作品と同じくらい周りの芸術家たちのどんな作品にも興味があった。芸術家たちはそれぞれに関わり合い、一緒に夢と希望を育み合った。私はこの世の中を素敵な作家でいっぱいにしたかった」(Snyder, 82)。サロンのマダム、アナイスのこの芸術への信念の真髄は、志ありし創り手たちへ、今も星座の輝きであることに変わりはない。

(山本豊子)

❖ウィリアム・ハイター　Stanley William Hayter, 1901-88　イギリスの版画家、印刷制作家。ウィリアム・ブレイクの技法を取り入れた版画を創り、グラフィックアートの先駆者とされる。アメリカに来た折に、ニューヨークでアナイスとヒューゴに会い、ヒューゴはハイターから版画の技術を学んだ。

❖ジェイムズ・クーニー　James Cooney, 1908-85　アイルランド系アメリカ人編集者。一九三八年にニューヨーク州ウッドストックで自ら、活字を手で組み、手刷りで文芸雑誌『フェニックス』(*The Phoenix*)を創刊した。D・H・ロレンスに傾倒し、ミラーやニンの協力者となった。

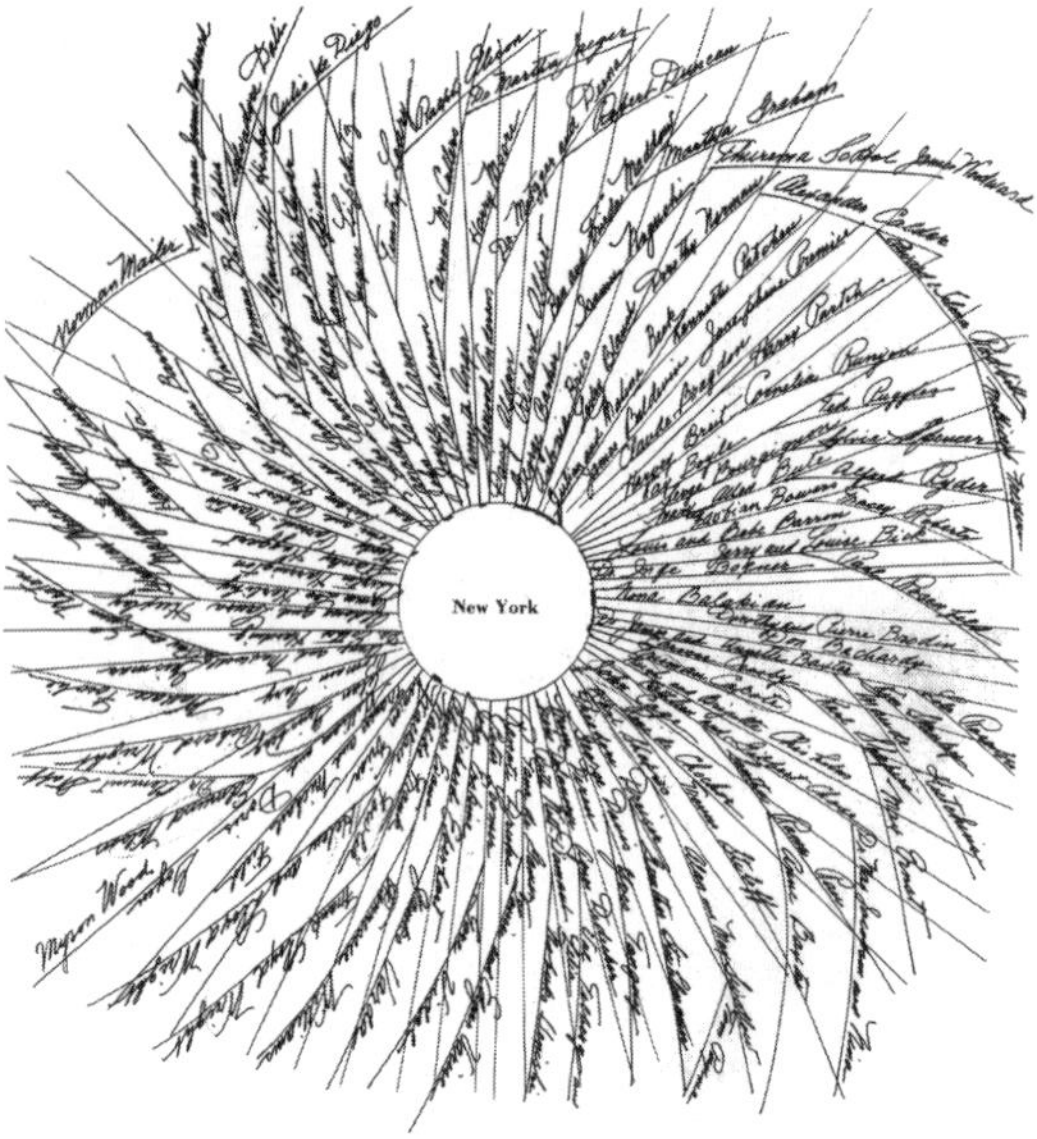

ニンが描いた「集合体の連座配置」（ニューヨーク）(Snyder, 48)

▼引用テクスト

Nin, Anaïs. *The Diary of Anaïs Nin Volume 1: 1931-1934*. Harcourt, 1966.

——. *The Diary of Anaïs Nin Volume 2: 1934-1939*. Harcourt, 1967.

——. *The Diary of Anaïs Nin Volume 3: 1939-1944*. Harcourt, 1969.

——. *The Diary of Anaïs Nin Volume 6: 1955-1966*. Harcourt, 1976.

——. *The Diary of Anaïs Nin Volume 7: 1966-1974*.

——. *Nearer The Moon: From "A Journal of Love": The Unexpurgated Diary, 1937-1939*. Harcourt Brace and Company, 1996.

Snyder, Robert. *Anaïs Nin Observed: From a Film Portrait of a Woman as Artist*. Denver: Swallow Press, 1976.

ニン、アナイス『アナイス・ニンコレクション 別巻 心やさしき男性を讃えて』山本豊子訳、鳥影社、一九九七年。

——『信天翁の子供たち』山本豊子訳、水声社、二〇一七年。

エグザイル（離散）

アナイス・ニンにとって、英語は母国語ではなかった。フランス語こそ彼女のお国言葉であった。その訳は、ニンが離散《エグザイル》(exile)、つまり祖国フランスを離れ、他国アメリカに移住した生い立ちに起因する。一九一四年、アナイス、十一歳の夏、スペインのバルセロナからモンセラート号❖に乗船し、十七日後にアメリカ、ニューヨークはエリス島に移民入国をした。「遥か、遥か、未だ見ぬ水平線に向かって」(*Linotte: The Early Diary*, 4) という詩を航海中に書いているアナイス。大西洋を共に渡ったのは母と二人の弟であり、父は同行していない。フランス、アルカションの別荘、「廃墟亭」にて父は家族を見捨てた。❖殺伐《さつばつ》とした両親の夫婦関係が、ついに離婚と段取られていた、滞在場所の屋敷の奇妙な名称が、「廃墟」というのも、娘アナイスが父から引き離される精神的トラウマを予兆するかのようだ。アナイス・ニンの場合、ヨーロッパ大陸から「未だ見ぬ水平線」上の大陸アメリカへのエグザイル、祖国離脱は、世に一般的な「新世界」への期待感とかアメリカンドリームとは逆に、根こそぎの喪失感、転置(displacement)への不安、断腸《だんちょう》の思いを宿命に背負った、移民人生のスタートなのであった。

❖モンセラート号　*The Montserrat*　montserrat はカタルーニャ語で「のこぎり」という意味。スペイン北東部、カタルーニャ州の都市バルセロナの近郊にあるモンセラート山（標高一二三六ｍ）のことでモンセラート修道院がある。ニンの『リノット　初期の日記』に、この蒸気船の写真が載っていて、そのスペインにあるモンセラート山の形によく似ていることが見て取れる(*Linotte: Early Diary*, 8)。

海を隔《へだ》てた父恋しさの手紙が発端であるニンの日記は、一九一四年から二〇年まですべてフランス語で書かれており、『リノット　初期の日記』は、ジーン・L・シャーマンによる英語の翻訳版である。アナイスにとっては外国語である英語を公立学校で学習する一方で、「心の友《コンフィダンテ》」である「日記」の中では、祖国の言葉、フランス語を用いることは、移民一世の自国回顧としても自然なことであったろう。ましてフレンチというハイカルチャーで優越な言語からして、イングリッシュが格下げであったことは否めない。英語の発音が適切ではなくて、学校で「やんやと囃《はや》したてて笑われた」(23)ことや、「作文は英語以外で書いちゃ駄目」(44)等の言語適応化体験が『リノット』に書かれている。

言語に限ることなく、アメリカ、ニューヨークでのカルチャーショックは、いかに異文化順応が容易でないことかを、顕著に表わしている。十一歳のアナイスの鉛筆書きの絵に描かれたニューヨークの二棟の高層建物は、そのあまりの高さに尖塔が空の天井につっかえ、まっすぐ立てず、最上部分をたれ曲げることでなんとか収まる構図になっている。その摩天楼《まてんろう》の間《はざま》の真下で、遥か上空を見上げて立つアナイス自身が小さく描かれている。「ニューヨークは大嫌い」(*Linotte: The Early Diary*, 502)、「私はフランス人の少女なのよ」(66)と拗《す》ねるアナイス。しかし、アナイスもエグザイルの身、その流された地、アメリカで生きていかなくてはならない。叔母を頼りに移民した母ローザとて、三人の子供たちを抱えた家族の大黒柱となり、大都会ニューヨークで働き詰める。この移民一家において、疲労困憊《こんぱい》の母を助け、家事をこなし、弟たちの世話をする十代のアナイスの姿を、『初期の日記』全四巻の最初の二巻に読み取ることができる。

移民後三年の一九一七年頃には、アナイスのアメリカ社会への同化(assimilation)も、その英語という言語を習得する形で具体化されていく。しかし、集団的「学校」には馴染《なじ》めないアナイスはニューヨークのワドレー(Wadleigh)高校を、ママン(maman フランス語でママ、お母さんという意味で英語のmummy)の同意を得て退学し、元リセの英語教師ボーラック(Beaulac)夫人にフランス語の個人レッスンを受けることになったため、むしろ母国語を取り戻していく嬉しさを日記に書いている(231)。この頃から、ニンは英語とフランス語のバイリンガルとして、終世変わることなく二言語を保持していく。そして、作家であり詩人志向を強めていくアナイスが、アカデミー・フランセーズのメンバーになる日を夢見るも、一方、独学から十九世紀初めのアメリカ作家、オリヴァー・ウェンデル・ホームズ❖やワシントン・アーヴィング❖らのように書きたいと言っているのも興味深い(198, 335-36)。経済的理由から、ほんの短期間しか通えなかったコロンビア大学のキャンパスを、フランス語訛《なま》りのため、英語、英作文のクラスを取るように指導されながらも嬉々として歩くアナイスの姿は健気《けなげ》である(*Early Diary 2*, 146-47)。

しかし、エグザイルの身が背負う宿命は、時が経っても、言語や暮らし向きの問題として依然消えることはなかった。中でも、女手一つで家族を養う母ローザの苦労を、自分の結婚をもってなくしたいとアナイスは願っていたことがうかがい知れる。❖一九二三年の三月、アナイス二十歳の時に結婚したヒュー(ヒューゴー)・パーカー・ガイラーは、まさにこの母と弟たちを長く扶養した人物である。幼少から青年期を英国、スコットランドで教育を受けたヒューは、アナイスの「英語に関してアウ

❖ニンは十歳の誕生日を、「廃墟亭」(Villa Les Ruines)と名付けられた大屋敷で迎えた。ヴィクトリア建築の中世ゴシック・リバイバルを取り入れた、荒廃した城を模した大邸宅を借りたのは、ピアニストの父、ホアキン・ニンのパトロンでキューバの大富豪、ロドリゲス家(The Rodríguez)で、滞在中に父と母、ローザは共に演奏会を開いている。その後、妻子を「廃墟亭」に残したまま、父はパリに行くといって去り、家族を見捨てた。幼いころから父母の夫婦喧嘩の喧噪の中で育ったニンは、子供たちには隠されていたが、ここで離婚に至る家族崩壊と離別を予測するかのように、荘厳だが沈鬱な「廃墟」の館に着いた日の晩のことを後に記している。「私は奇妙な凶事の前兆を感じて、泣けて泣けてどうしようもなかった。どうして、そんなに泣くのか誰にも分かってもらえなかった晩だった」(*Early Diary 2*, 88)。

❖**オリヴァー・ウェンデル・ホームズ　Oliver Wendell Holmes, 1809-94**　アメリカの生理学者、小説家、詩人、随筆家。一八八二年まで、三十五年間、ハーヴァード大学で教鞭を執る。ボストンにて、エマソン、ロングフェロー、ローエルらと親交があり、ボストン・ブラーミン(Boston Brahmin ボストンの名門出身で知識人を称した)の一人とされる。後には、メルヴィル、ホーソーン、晩年、ロンドンにてヘンリー・ジェイムズ、アルフレッド・テニソンにも会っている。代表作に『朝の食卓の専制君主』(*The Autocrat of the Breakfast-Table*, 1857)、『朝の食卓の詩人』(*The Poet of the Breakfast-Table*, 1872)がある。作風はユーモアのセンスに富み会話体であるとされる。

❖**ワシントン・アーヴィング　Washington Irving, 1783-1859**　アメリカの小説家。一八二〇年代以降のアメリカの大衆に人気のあった作家で、空想的な筋立てが厳格なピューリタン倫理から、しばしの逃避と解放を読者に与えた。代表作に『ジェフリ・クレヨン氏のスケッチブック』(*The Sketch Book*, 1819-1920)があり、その中から「リップ・ヴァン・ウィンクル」("Rip Van Winkle")や「スリーピー・ホロウの伝説」("The Legend of Sleepy Hollow")が特に名作とされる。

❖自分を犠牲にして、キューバの富豪との結婚を考えたことがあるという、母の幸せを考慮した気持ちを、ニンは記している(*Early Diary 2*, 484)。

トサイダー（部外者）なのだ」という劣等感と突っ張りを、彼の詩的な雰囲気とユーモアで払拭《ふっしょく》していった文学的、芸術的パートナーでもあった（*Early Diary 3*, xv）。後にイアン・ヒューゴーの名前で銅版画やフィルムを制作する夫は、コロンビア大学の経済学と英文学で学士号を取り、ナショナル・シティ・バンクに勤めていた❖。本店ニューヨークからパリ支店に転勤になり、アナイスと母弟たち一家総出で、アメリカからフランスへ転居したのは一九二四年の十二月のことだった。この夫ヒューの転勤に同行した一九二〇年代半ば、一九二四年、アンドレ・ブルトンがポール・エリュアールらと、『シュルレアリスム宣言』を発表した、夢と現実の通底を掲げた折、活気立つ芸術の都で、アナイスの作家としての実現やその先の豊饒《ほうじょう》な人生模様を起動する転機となっていった。

　エグザイルの方向性からとらえるならば、アナイスにとって、この転機はフランスという「故郷」回帰ということになる。しかし、その「祖国」に滞在すること十五年目、一九三九年、アナイス三十六歳の冬、またしてもアメリカへの移動を余儀なくされた（一九二七年七月から二ヵ月、アナイスとヒュー夫妻はニューヨーク、リッチモンドの新婚時代の家へ再訪の旅をしている。また、一九三四年、アナイスは、ニューヨークでオットー・ランク博士と精神分析に携わるため半年ほど渡米している）。二度目の「エグザイル」は第二次世界大戦勃発《ぼっぱつ》によるフランス内のアメリカ人帰国勧告のためである。一度目の「エグザイル」も一九一四年、第一次世界大戦開戦の年であり、ニンの人生は二つの世界大戦に翻弄されていたと言えなくはないだろう。

　十一歳のアナイスが白いバスケットに日記帳を入れてアメリカ大陸に渡ったなら、三十六歳のアナイスは最新の日記の冊子のみ二個の書類鞄に詰め込んで、あとの全日記のノートはパリの銀行の貴重品金庫の中に置いてきている。二度目も大西洋を航海してアメリカへ渡る「エグザイル」は、ニンに既視感《デジャヴ》を与える。「私の人生で二度目にしてもまた、アメリカの陸地が避難場所として霧の行く手からぬうーっと現われるのだ」、ニューヨーク、ロングアイランドの北、ワシントン港着を前に記している（*Diary 3*, 3）。さすがに、二十世紀初頭、二度目の航海は水中翼船《ハイドロプレーン》で傷心の時間を短縮したかと思われるが、アナイス女盛り三十代半ば、十五年ぶりの一九四〇年代を迎えるアメリカという文化背景に対しての軋轢《あつれき》は想像を超えるものであろう。

　少女アナイスが異国の摩天楼を遥か見上げたように、三十半ばのアナイスにとってもアメリカは「ガリヴァーの国」、強大な国家だった。第二次世界大戦が勃発したとはいえ、国内を戦場としないアメリカに戦争の影はない。「超高層ビルのネオンサインはまるで大きなクリスマスツリーのような賑わいだ」「小さなテーブル三個あればいい、膝を付き合わせて語るカフェはどこにあるの？」(*Diary 3*, 12)。フランスの昔ながらの素朴さに親しんでいるニンは、アメリカの「ビザンティン並みの豪華絢爛《けんらん》さ」(3)に圧倒される。十五年のフランス生活は、アナイス・ニンという「作家」としての特異性を熟成させていた。二度目のエグザイル先、アメリカはニンの作家魂をも揺さぶるのだ。「私は家族や友人という友愛から引き離された家なき芸術家」、「私は贅沢や快適さ、権力や巨大さには無縁のアーティスト」、エグザイル作家アナイス・ニンの嘆きでもあり覚悟でもある(11)。アメリカ人写真家で作家、編集者、社会活動家でもあるドロシー・ノーマン❖の指摘する、「ヨーロッパはデカダンス、退廃であり、アメリカこそ健全なる国」に対して、ニンは毅然《きぜん》と反論する。「デカダンスとは、人生のありとあらゆる側面に経験を挑む勇気に他ならないのだ」と(11)。

　作家アナイス・ニンにとって、「アメリカvs（対）ヨーロッパ」、「ニューヨークvsパリ」、という対極は、出版という現実的問題に起因していた。一九四一年、ニンの小説はアメリカで出版拒否という逆境に直面する。バイリンガルの「英語」で書く小説。さらに小説の舞台がセーヌ川ほとりやメキシコではアメリカ人読者には馴染めない、と言われるが、ニンにしてみれば、それはアメリカの「偏見」と「敵対視」ゆえのこと、「外国人」はよそ者、「アウトサイダー」と見なされる現実について言及している(*Diary 3*, 120)。「もし出版が〔アメリカで〕受け入れられたなら、そのことが、それのみが、私とアメリカとをつなぐ架け橋となるのだ」(115)。エグザイルの宿命を負っ

❖ヒュー自身の言葉で自分の事柄について振り返って書いている「回想」に、ビジネスマン（銀行員）とアーティスト（銅版画家とフィルム制作家）とが自分の中で両立していたことを述べている。アメリカの著名な詩人、ウォレス・スティーヴンズ (Wallace Stevens, 1879-1955) がハートフォード生命保険会社に勤務しながら、後、副社長の役職についても、詩を書き続けていた例を挙げながら、語っている (*Anaïs: An International Journal, Vol. 4*, 1986, p.29)。

❖ドロシー・ノーマン　Dorothy Norman, 1905-97　アメリカの写真家、作家、編集者、社会改革唱道者。一九三〇年代から四〇年代にかけて、リベラリストとして市民権のため活動した。一九三八年から四八年の間、文芸および社会活動を扱う雑誌、『年に二回』(*Twice a Year*) を編集、出版して、リチャード・ライト、カミュ、サルトルらなどが寄稿した。同雑誌に、ノーマンが、ニンの短編「誕生」を掲載してくれたと『日記』第三巻に記している (*Diary 3*, 12)。ニューヨークで二人が出会った一九三九年のことであった。

た作家アナイス・ニンの切実たる声である。

出版への実現はニューヨークの書店ゴッサム書店を立ち上げたフランシス・ステロフが批評家エドマンド・ウィルソンに、ニンが自分で印刷した『ガラスの鐘の下で』を一冊手渡して、ウィルソンが一九四四年、月刊誌『ニューヨーカー』にその書評を載せた経緯による。ロシアの移民を両親として辛酸を嘗《な》め尽くし、有名無名の作家、詩人を助け、文芸サロンでもあった本屋の女主人、ステロフをアナイスは終生称えている。一方、アメリカの文芸批評家ウィルソンの好評あってのアメリカ文壇本格デビューに恩義こそあれ、この地での長年に及んだ困難な出版は、同化に直面する移民一世としてのニンの視座を浮き彫りにしていく。一時アバンチュールの仲でもあった、かのエドマンド・ウィルソンを呼んで「ローマ皇帝」、「『ニューヨーカー』の王座に君臨する支配者」と記したのだった(*Diary 4*, 98-99)。

このアメリカ文化の主流へのブレイクから十年、ニンの小説は、とにかく活字になり本となって、アメリカ社会にデビューしていった。一九五五年頃のニンは、やがて自分とアメリカとのスタンスを、作家であり評論家であるマックスウェル・ガイスマーへの手紙にこう書いている。

> 私なりの言い方をすれば、アメリカとの離別は辛いこと、でも気難しくて厳格な親から離れて行くような、それは創造的で自由な自分自身の道に繋がることがよく納得できた気がするの。アメリカというのは私個人にとって、ずっと長い間、高圧的にこうだ、ああだと決めつけられて、ばらばらにされてしまう所だった。でも、もう今はフランスに行かなくても、出版されなくても、私らしい人生なら満開に花咲かせることは続けていけるのじゃないかしら。(*Diary 5*, ix)

同年、五五年の秋、さらに、『日記』第六巻にアナイスはこうも書いている。「私の小説を受け入れてくれないアメリカに、もはや憤《いきどお》りはない。幸福感というのは有頂天の絶頂にではなく、足るを知る、静かな会得を意味するのだとわかるのに一生かかってしまった」(*Diary 6*, 8)。アナイス五十二歳、成熟した大人の悟りなのか、それからまた十年の時が経った。一九六六年春、アメリカの大手出版社ハーコート・ブレイス社から『アナイス・ニンの日記　第一巻』が刊行されたのだ。アメリカ文化の主流が、女性作家ニンを受け入れた、フェミニズムの隆盛、一九六〇～七〇年代のアメリカの時代思潮を体現している。この成果はニンの繰り返し用いてきた、錬金術に象徴されている、「トランスフォーム」(transform)、自己を創り変えていく、移り動く軌跡となって可動力《フォルス》を出現させた。そのニンのモビリティ（移動性）はエグザイルの国境を越える、トランスナショナル(transnational)、トランスボーダー(transborder)の作用なのだ。一九七四年の『イースト・ウェスト・ジャーナル』のインタヴュー❖にニンは答えている。「どこどこの作家とかいう領域を超えたい、というのが私の気持ちです。アメリカの作家とは言いきれませんが、新しい意識をもって書く作家、と言われています」。さらに、「私は二つの文化に足を踏み入れているので、万国共通とか国際的というような大きな範疇《はんちゅう》でとらえたい」と、コスモポリタンな位置付けをしている。また、ニンは、当時すでに「外国生まれの作家たち」がアメリカ文壇に珍しくなくなってきている状況を指摘している。ニンは「外国生まれのナボコフ❖」や「パリ生まれのアナイス」という呼び方がいつまでも変わらないことへ疑問を投げている（『心やさしき男性を讃えて』一三五）。二十一世紀に入った今、特にアジアからのエグザイル作家は「アジア系アメリカ人作家」(Asian-American Writers)とハイフンで結ばれ、主流から脇へ少しずらしたとも言える分類をされている。ニンがとうの前に指摘した、「アメリカ」文学における、この視点の偏りは昨今、枚挙に暇《いとま》がない。

「新しい意識をもって書く作家」ニンのエグザイル、祖国を離れてアメリカへ移住する、「外国生まれの」作家への「新しい意識」は、「ハイブリディティ」(hybridity)という今日的概念と呼応する。「ハイブリディティ」とは、異種文化の背景を持つ混成文化の人を意味する。「外国生まれ」という範疇を、堂々とアメリカ文化の中で、主流に妥協もせず反骨する必要もなく、独自の自己認識としていくのが今日のエグザイルの意義であることを、アナイスは先取りしていたのではないだろうか。一九三〇年代に興《おこ》ったニューヨークのハーレム・ルネッサンス❖、アフリカ系アメリカ人による文芸復興運動の中、ニンは

❖『心やさしき男性を讃えて』に「インタヴュー　迷宮を抜けて」として収録されている。

❖**ウラジーミル・ナボコフ**　Vladimir Nabokov, 1899-1977　ロシア生まれのアメリカの小説家、詩人、批評家。ロシア革命のため亡命、ドイツ、フランスを経て、一九四〇年に渡米、四五年に帰化した。一九四八年から五八年、コーネル大学でロシア文学を講義担当した。代表作に『ロリータ』(*Lolita*, 1955)、『青白い炎』(*Pale Fire*, 1962)、『道化師たちを見よ！』(*Look at Harlequins*, 1974)などがある。蝶の研究者としての業績も残している。

特にジャズのリズムを「アメリカ」の文化としてとらえ熱く傾倒していった。さらに、一九六八年に出版された『未来の小説』の献辞には「この書物を、鋭敏な感性を大事にする国アメリカを創り上げていく、きめ細やかな感受性を持ったアメリカ人に捧げます」とあり、ニンはハイブリッドな国、国民に託している。「未来」のアメリカは「二十一世紀を待たずして」ハイブリディティな多文化国家となった。その昔、「遥か、遥か未だ見ぬ水平線に向かって」移住したニンは、作家となって、未来の境界線、国境を越える新感覚の文化、文学を創造し受容する感受性を、エグザイルの移り動く軌跡に描いてみせたのである。

（山本豊子）

▼引用テクスト

Nin, Anaïs. *The Diary of Anaïs Nin Volume 3: 1939-1944*. Harcourt, 1969.
——. *The Diary of Anaïs Nin Volume 4: 1944-1947*. Harcourt, 1971.
——. *The Diary of Anaïs Nin Volume 5: 1947-1955*. Harcourt, 1974.
——. *The Diary of Anaïs Nin Volume 6: 1955-1966*. Harcourt, 1976.
——. *The Early Diary of Anaïs Nin: Volume 2: 1920-1923*. Harcourt Brace Jovanovich, 1982.
——. *The Early Diary of Anaïs Nin: Volume 3: 1923-1927*. Harcourt Brace Jovanovich, 1983.
——. *Linotte: The Early Diary of Anaïs Nin, 1914-1920*. Harcourt Brace Jovanovich, 1978.
ニン、アナイス『アナイス・ニンコレクション 別巻 心やさしき男性を讃えて』山本豊子訳、鳥影社、一九九七年。

❖**ハーレム・ルネッサンス Harlem Renaissance** 一九二〇年代のニューヨーク市のハーレム地区で興った黒人の芸術家たちによる文化的躍進の時期を指す。黒人文学を独自の文化として表現し、アメリカにおける黒人意識を高揚させると同時に人種的誇りとアイデンティティを明確にしていった。代表的な作家に、ラングストン・ヒューズ、詩人ではクロード・マッケイ、ジーン・トゥーマー (Jean Toomer, 1894-1967)、カウンティ・カレン (Countée Cullen, 1903-46) などが挙げられる。ミュージシャンでは、ルイ・アームストロング、デューク・エリントン、エラ・フィッツジェラルド、カウント・ベイシーなどが、ジャズを演奏したり歌っていた。ニンは、ハーレムのジャズ・クラブの一つ「サヴォイ」(The Savoy, The Savoy Ballroom)（一九二六―五九年までハーレムにあった大きなダンスホール）に好んで行ったことが『日記』第三巻に書かれている (*Diary 3*, 27)。ニンは、このジャズのリズムと自分の詩的散文の創作に共通性を見出している。詩の中のリズムが、詩の言葉を動きのある表現にしていくのは、ジャズの中で際立つリズム、人間の生命の脈立つリズムが創り出す、ジャズという音楽の持つ感覚の素晴らしさと同じ作用である等、『未来の小説』で述べている (*The Novel of Future*, 90)。

あとがき

本書、『作家ガイド　アナイス・ニン』は、英米文学などの専門家に限らず、広く一般読者を対象としたものである。

「作品解説」ではアナイス・ニン自身の言葉を伝えるために、翻訳したものではあるが、各作品から印象に残る、あるいは象徴的な部分を抜粋して引用している。また、書影を添えて紙の本の実感を少しでも伝えようとした。二〇一七年に出版された無削除版日記、『空中ブランコ』(*Trapeze*)は「作品解説」では取り上げていないが、さらに数年以内に、共に仮題だが『わたし以外の人たちの日記』(*The Diary of Others*)と『名声』(*Fame*)の二冊をもって無削除版日記の出版は完結するという編集者ポール・ヘロン氏からの最新状況を付記させていただく。

「キーワード」では、各執筆者の創意工夫によるエッセイによって、作家像の断面に焦点を当てニン文学を集約してみせている。二〇一二年のアナイス・ニン研究会第二回例会において、この「キーワード」から、出席者が各自の原稿を発表し、さらに研鑽を積んだものである。

巻末の「取り巻く人々」では、本文(「作品解説」と「キーワード」)とその注釈で言及された内容との重複は避けられない面があったが、極力、整理をして統合する形式にした。

巻頭にはカラー口絵をつけ、本文に付したパリとニューヨークの「文学地図」とともに、読者の興味を引く、目で見る愉しみを意識した。

本書におけるカタカナ表記の統一においては、時として複数の選択肢から最終的に一つに絞った例も少なくなかったが、これらの表記への異論も覚悟の上、本書内での統一表記とさせていただいた。

以上のような本書の構成が一冊の書籍に完成したのは、各執筆者が集結した総力による成果である。特に、三宅あつ子氏には、原稿のとりまとめや校正作業に関わる詳細事項に際して多大なる御協力をいただいた。

注釈を含めた書式全般の統一等、編集部の真鍋知子氏が根気よく続けてくださった。心から深謝の意を表し、御礼を申し上げる。

アナイス・ニン研究会を創設された杉崎和子氏から、二〇一四年より会長を引き継がせていただいた。少人数の会ではあるが、本書の出版実現を第一の課題として活動を進めてきた。本年、二〇一八年、アナイス・ニン生誕一一五周年という節目に、刊行を達成したことは望外の幸いである。

想いを馳せると、一九八〇年代初頭、生前、ニンが住んだロサンゼルスの家を訪問しルーパート・ポール氏に会い、氏の紹介でUCLAの特別図書館でニンの手稿を閲覧した、また、実弟ホアキン・ニン＝クルメル氏が訪日した際には自作自演のダイナミックなピアノ演奏を聴き、九四年、米国サウスハンプトンにおけるニンの国際カンファレンスにて再会を果たしてからは、折あればタイプライターでしたためられた、氏よりの手紙が届いた贅沢な日々から久しく時が流れた。

そして今回、本書の出版過程の中で、アナイス・ニンが決して諦めなかった、文学が担う言葉を練磨する信念に、私はあらためて圧倒された。現実を見逃さない、人生の機微に射しこむ名言が、現代も変わらぬ魅力を発しているからだ。本書が、一人でも多くの読者にとり、それぞれの読み方において、新しい発見へと繋がる書となることを願っている。

山本　豊子

インセスト
978-4-7791-1317-8 C0097 (08.03)

アナイス・ニンの愛の日記【無削除版】1932 ～ 1934　　アナイス・ニン著／杉崎和子編訳

アナイス・ニンが生涯をとおして書き続けた日記。無削除版第2巻、待望の翻訳出版。夫、ミラー、アランディ、アルトー、ランク……そして父との《愛》。インセスト・タブーを乗り越えることにより、人間として、芸術家として成熟していったニンの克明な記録。　四六判上製　3500円＋税

鳥と獣と花
978-4-88202-725-6 C0098(01.11)

D. H. ロレンス著／松田幸雄訳

ロレンス詩集の最高傑作の完訳。ロレンスの世界を反映した本書は、スケール、主張、重量感のすべてで圧巻。鑑賞に最適だけでなく、ロレンスの生命主義の顕現、ロマンティシズムの精華でもある。
四六判上製　2800円＋税

ヨネ・ノグチ
978-4-7791-1833-3 C0095(12.10)

夢を追いかけた国際詩人　　星野文子著

かつて、アメリカとイギリスでセンセーションを巻き起こした日本人詩人がいた。明治時代の日本を飛び出し、単身アメリカに渡ったヨネ・ノグチこと野口米次郎。世界的彫刻家イサム・ノグチの父でもあるヨネの活躍を生き生きとたどる。　四六判上製　2500円＋税

レオニー・ギルモア
978-4-7791-2032-9 C0022(14.07)

イサム・ノグチの母の生涯　　エドワード・マークス著／羽田美也子・田村七重・中地幸訳

20世紀を代表する彫刻家イサム・ノグチ。その父は日米両国で脚光を浴びた詩人ヨネ・ノグチ。これであまり知られることのなかったその母レオニーの数奇な運命を、未発表を含む原資料で見事に描いた初の評伝。写真100点収録。　A 5 判並製　5000円＋税

英米文学にみる検閲と発禁
978-4-7791-2240-8 C0098(16.07)

英米文化学会編

英米における「検閲と発禁」の問題を、「検閲と発禁の歴史」「猥褻出版物禁止法（1857）の誕生と抵抗勢力」「新聞税（知識税）と思想弾圧」、コムストック法、D. H. ロレンス、ジェイムズ・ジョイス、チャップリン等、具体的事例と作品とともに考察。　四六判上製　3200円＋税

アメリカの家庭と住宅の文化史
978-4-7791-2001-5 C0077(14.03)

家事アドバイザーの誕生　　サラ・A・レヴィット著／岩野雅子・永田 喬・エィミー・D・ウィルソン訳

C. ビーチャーからM. スチュアートまで、有名無名の「家事アドバイザー」の提案に呼応して、アメリカの「家庭」は形づくられてきた。1850年～1950年までの「家事アドバイス本」の系譜を辿り、アメリカの家庭と住宅を「文化史」の視点から再考する。　四六判上製　4200円＋税

オットリン・モレル 破天荒な生涯
978-4-7791-1603-2 C0023(12.07)

ある英国貴婦人の肖像　　ミランダ・シーモア著／蛭川久康訳

特異なファッションと自由奔放な交友関係から、「貴婦人の異端児」と言われ、数多くの知識人たちに衝撃と影響を与えたオットリン。恋愛関係にあったラッセルのほか、ウルフ、ロレンス、マンスフィールド等々、その華やかな交遊図が映し出す英国文化史。　A 5 判上製　8000円＋税

作家《さっか》ガイド　**アナイス・ニン**

2018 年 5 月 31 日 発行　　　　定価はカバーに表示してあります

編　者　**アナイス・ニン研究会**

発行者　**竹内淳夫**

発行所　株式会社　**彩流社**

〒 102-0071　東京都千代田区富士見 2-2-2

電話　03-3234-5931　FAX　03-3234-5932

http://www.sairyusha.co.jp

sairyusha@sairyusha.co.jp

印刷　モリモト印刷 ㈱

製本 ㈱ 難 波 製 本

装幀　渡 辺　将 史

落丁本·乱丁本はお取り替えいたします

ISBN978-4-7791-2433-4 C0098

◉執筆者紹介（五十音順）◉

大野 朝子（おおの・あさこ）東北文化学園大学総合政策学部准教授
主要訳書：アナイス・ニン『ミノタウロスの誘惑』（水声社、2010）
主要論文：「内面化された「母」」のイメージ―― *The House of Mirth* における自伝的要素」東北文化学園大学総合政策学部『総合政策論集』第15巻第1号（2016）、「心的外傷からの回復―― *Seduction of the Minotaur* の自伝的背景」『総合政策論集』第16巻第1号（2017）

加藤 麻衣子（かとう・まいこ）青山学院大学兼任講師、東海大学国際教育センター非常勤講師
主要著書：『英語圏諸国の児童文学Ⅱ――テーマと課題』（共著、ミネルヴァ書房、2011）、『英米児童文化55のキーワード』（共著、ミネルヴァ書房、2013）、『ターミナル・ビギニング――アメリカの物語と言葉の力』（共著、論創社、2014）

金澤 智（かなざわ・さとし）高崎商科大学商学部教授
主要著書：『アメリカ映画とカラーライン――映像が侵犯する人種境界線』（水声社、2014）、『アメリカ文化史入門――植民地時代から現代まで』（共著、昭和堂、2006）
主要訳書：ヘンリー・ミラー『マルーシの巨像』（水声社、2004）

木村 淳子（きむら・じゅんこ）北海道武蔵女子短期大学名誉教授
主要著書：『風に聞いた話　木村淳子詩集』（土曜美術社出版、2013）
主要訳書：『アナイス・ニン　コレクション　I～V』（鳥影社、1993～97）
主要論文：「『人工の冬』試論」『北海道武蔵女子短期大学紀要』第26号（1993）

佐竹 由帆（さたけ・よしほ）駿河台大学現代文化学部准教授
主要論文：「新たな関係性の起源としてのレズビアニズム――「存在の瞬間――『スレイターのピンは先がとがってないのよ』」を中心に」日本ヴァージニア・ウルフ協会『ヴァージニア・ウルフ研究』21（2004）、"Body Image in *House of Incest*," *A Cafe in Space: The Anaïs Nin Literary Journal, Vol. 2* (Sky Blue Press, 2004)、「アナイス・ニンに見る外見と自己認識の関係」日本アメリカ文学会東京支部『アメリカ文学』67（2006）

杉崎 和子（すぎさき・かずこ）岐阜聖徳学園大学名誉教授、元アナイス・ニン・トラスト理事
主要著書：『カリフォルニアを目指せ――幌馬車隊三二〇〇キロの旅』（彩流社、2004）、*Anaïs, Art and Artists. A Collection of Essays*（共著, Penkeville, 1986）
主要訳書：アナイス・ニン『インセスト――アナイス・ニンの愛の日記【無削除版】1932～1934」（編訳、彩流社、2008）

三宅 あつ子（みやけ・あつこ） 京都大学・関西学院大学・神戸市外国語大学 非常勤講師

主要著書：*Anaïs Nin: Literary Perspectives*（共著, Macmillan Press, 1997）、『ヘンリー・ミラーを読む』（共著、水声社、2008）

主要論文：「モダニズムのコラボレーション――H. D. の映画製作と詩」神戸市外国語大学『外国学研究』88（2014）

矢口 裕子（やぐち・ゆうこ） 新潟国際情報大学国際学部教授

主要著書：『憑依する過去――アジア系アメリカ文学におけるトラウマ・記憶・再生』（共著、金星堂、2014）

主要訳書：アナイス・ニン『アナイス・ニンの日記』（編訳、水声社、2017）

主要論文："A Spy in the House of Sexuality: Rereading Anaïs Nin through *Henry & June*," *A Café in Space: The Anaïs Nin Literay Journal, vol. 4* (Sky Blue Press, 2007)

山本 豊子（やまもと・とよこ） 東京女子大学・東洋英和女学院大学 非常勤講師

主要著書：*Anaïs Nin: Literary Perspectives*（共著, Macmillan Press, 1997）

主要訳書：アナイス・ニン『信天翁の子供たち』（水声社、2017）

主要論文：「アナイス・ニンにおけるモビィリティ――旅と異文化の表象を中心に」東京女子大学『英米文学評論』第60巻（2014）

◉索引（アナイス・ニン作品）◉

【ナ行】

【ハ・マ行】

【ラ・ワ行】

【出演・関連映画】

◉アナイス・ニン年譜◉

1903	2月21日フランス、ヌイイ・シュル・セーヌで誕生。父、ホアキン・ニン・イ・カステリャノス（23歳）と母、ローザ・クルメル・イ・ボーリゴー（31歳）の長女。
1905（2歳）	ピアニストの父の仕事の関係で家族でキューバ、ハバナに移る。 長男ソーヴァルド・ニン誕生。
1908（5歳）	次男ホアキン・ニン＝クルメル誕生。
1909（6歳）	父の大学教員としての仕事のため、ベルギー、ブリュッセル郊外ユークルに移る。
1912（9歳）	虫垂炎の術後、腫れ物ができ、3カ月入院。
1913（10歳）	再手術後、フランス大西洋岸のアルカションに移り住み、快復。 父が、パトロンの娘と逃げ、家族を捨てる。母は夫が戻ると信じ、指示されたとおりにスペイン、バルセロナにある父方の祖父母の家に移り住む。
1914（11歳）	生活に困窮し、母の妹を頼りにニューヨークに移住。 家出をした父への手紙として、フランス語で日記をつけ始める。 アメリカの高校になじめず、中退。
1920（17歳）	コロンビア大学聴講生に出願するが、年少で未熟なことを理由に断られる。 日記を英語で書き始める。
1921（18歳）	コロンビア大学聴講生として入学許可を受け、大学に通う。春学期に作文、文法、フランス語などを学び、退学する。 ニューヨークで銀行家ヒュー・P・ガイラー（ヒューゴー）と出会う。
1923（20歳）	ハバナでヒューと結婚。
1924（21歳）	ヒューの転勤のため、パリに移り住む。 多くの芸術家たちと交流を持ち、日記を書き続け、短編小説の試作を書き始める。
1930（27歳）	経済的理由でパリ郊外のルヴシエンヌに古い家を借りて引っ越す。『カナディアン・フォーラム』誌にD. H. ロレンスに関するエッセイが掲載される。
1931（28歳）	ルヴシエンヌで、ヘンリー・ミラー（41歳）とその妻ジューン（30歳）と出会う。
1932（29歳）	『私のD. H. ロレンス論』(*D. H. Lawrence: An Unprofessional Study*) が出版される。 ルネ・アランディ博士の精神分析を受ける。ヘンリー・ミラーと愛人関係に。
1933（30歳）	父ホアキン（54歳）と再会。 オットー・ランク博士の精神分析を受け始める。 アントナン・アルトーに出会う。
1934（31歳）	妊娠し、中絶をする。 ランクと親密になり、ニューヨークに同行。セラピーの助手を務める。
1935（32歳）	再びミラーのもとに戻るため、パリに帰る。
1936（33歳）	シアナ (Siana) 版、『近親相姦の家』(*The House of Incest*) を自費出版。 ゴンザロ・モレに出会う。 セーヌ川岸につながれた「ラ・ベル・オロル号」(La Belle Aurore) というハウスボートを借りる（別名：ゴンザロが命名した「ナナンケピチュ号」(Nanankepichu)）。

1937（34歳）	ロレンス・ダレルに出会う。
1939（36歳）	オベリスク出版 (Obelisk Press) から『人工の冬』(*The Winter of Artifice*) を出版。 第二次世界大戦勃発のため、ヒューとニューヨークに避難。
1940（37歳）	ミラーとモレにニューヨークで再会。
1942（39歳）	著作を認めてくれる出版社が見つからず、印刷機械を購入し、ゴンザロ・モレ、エデュアルド・サンチェスと共に作品の出版に着手。2年後ジーモア・プレス (Gemor Press) と名付ける。ジーモア版『人工の冬』(*Winter of Artifice*) を自費出版。 ミラーと別れる。
1944（41歳）	ジーモア版『ガラスの鐘の下で』(*Under a Glass Bell*) を自費出版。『ニューヨーカー』誌にエドマンド・ウィルソンによる書評が掲載される。
1945（42歳）	『この飢え』(*This Hunger*) をジーモア・プレスから出版（その一部は『火への梯子《はしご》』に収録）。 ゴア・ヴィダルと出会う。
1946（43歳）	E. P. ダットン (Dutton) 社が『火への梯子』(*Ladders to Fire*) を出版。 映画『変形された時間での儀礼』(*Ritual in Transfigured Time*)（マヤ・デレン監督）に出演。
1947（44歳）	E. P. ダットン社が『信天翁《あほうどり》の子供たち』(*Children of the Albatross*) を出版。 ルーパート・ポールと出会い、彼の住むカリフォルニアとヒューの住むニューヨークを往来する二重生活を始める。 モレと別れる。
1949（46歳）	父ホアキン、キューバで死去。
1950（47歳）	デュエル・スローン・アンド・ピアース (Duell, Sloan and Pearce) 社から、『四心室の心臓』(*The Four-Chambered Heart*) を出版。
1952（49歳）	ヒュー（イアン・ヒューゴー）が映画『アトランティスの鐘』(*Bell of Atlantis*) を制作。アナイスも出演する。
1954（51歳）	英国ブックセンター (The British Book Centre) から『愛の家のスパイ』(*A Spy in the House of Love*) を出版。 映画『快楽殿の創造』(*Inauguration of the Pleasure Dome*)（ケネス・アンガー監督）に出演。 母ローザ、カリフォルニア州オークランドで死去。
1955（52歳）	ルーパート・ポールと結婚し、重婚となる（この結婚は1966年に法的に無効となる）。 ヒューゴーが『ジャズ・オヴ・ライト』(*Jazz of Light*) を制作。アナイスも出演。
1957（54歳）	エイボン (Avon) 社が『愛の家のスパイ』を再版。
1958（55歳）	『太陽の帆船』(*Solar Barque*) を自費出版。
1959（56歳）	アナイス・ニン・プレスから、『火への梯子』、『信天翁の子供たち』、『四心室の心臓』、『愛の家のスパイ』、『太陽の帆船』をまとめた、『内面の都市』(*Cities of the Interior*) を自費出版。
1961（58歳）	アラン・スワロー社（後のスワロー・プレス）と契約。『ミノタウロスの誘惑』(*Seduction of the Minotaur*) を出版。続いてそれまでのすべての著作が再版される。

1964（61歳）　スワロー・プレスから『コラージュ』(*Collages*) 出版。

1966（63歳）　ハーコート・ブレイス・ジョヴァノヴィッチ (Harcourt Brace Jovanovich) 社から『アナイス・ニンの日記　第1巻』(*The Diary of Anaïs Nin, Vol. I: 1931-1934*) を出版。

日記の出版を機会に国内外での評価が高まり、世界各地から講演依頼を受ける。さらにフェミニズム運動の影響も受け、4年間にわたり全米で講演活動をする。

『愛の家のスパイ』邦訳出版を機会に来日。

1967（64歳）　『アナイス・ニンの日記　第2巻』(*1934-1939*) 出版。

1968（65歳）　マクミラン社から『未来の小説』(*The Novel of the Future*) を出版。

1969（66歳）　『アナイス・ニンの日記　第3巻』(*1939-1944*) 出版。

1970（67歳）　婦人科で癌の診断を受ける。

『双魚宮のもとに――アナイス・ニンと仲間たち』(*Under the Sign of Pisces: Anaïs Nin and Her Circle*) 創刊 (-1981)。リチャード・センティング (Richard Centing) とベンジャミン・フランクリン5世 (Benjamin Franklin V) によって編集されたニンについての最初の定期刊行雑誌。ニンがこの雑誌のことを作家と読者が集まれる「頁の中のカフェ」と呼んだことから、後の雑誌のタイトルが、*A Café in Space* となった。

1971（68歳）　『アナイス・ニンの日記　第4巻』(*1944-1947*) 出版。

1973（70歳）　フィラデルフィア芸術大学から名誉博士号を授与される。

1974（71歳）　『アナイス・ニンの日記　第5巻』(*1947-1955*) 出版。

1975（72歳）　講演、講義、インタヴューなどを集めた『女は語る』(*A Woman Speaks: The Lectures, Seminars and Interviews of Anaïs Nin*) がスワロー・プレスから出版される。

病状が悪化し、ロサンゼルスのルーパート・ポールのもとに留まる。

1976（73歳）　『アナイス・ニンの日記　第6巻』(*1955-1966*) と『心やさしき男性を讃えて』(*In Favor of the Sensitive Man and Other Essays*) がハーコート・ブレイス社から出版される。

『ロサンゼルス・タイムズ』紙の「ウーマン・オヴ・ザ・イヤー」に選ばれる。

1977（74歳）　1月14日、癌のためにロサンゼルスで死去。

ハーコート・ブレイス社が『デルタ・オヴ・ヴィーナス』(*Delta of Venus*) を、オハイオ大学出版が『無時間の浪費・その他初期作品』(*Waste of Timelessness and Other Early Stories*) を出版する。

1978　ハーコート・ブレイス社の『初期の日記』(*The Early Diary of Anaïs Nin*) シリーズの出版が始まる。第1巻のタイトルは『リノット』(*"Linotte" 1914-1920*)。

1979　『小鳥たち』(*Little Birds*) 出版。

1980　『アナイス・ニンの日記　第7巻』(*1966-1974*) 出版。ヘンリー・ミラー死去。

1982　『初期の日記　第2巻』(*1920-1923*) 出版。

1983　『初期の日記　第3巻』(*1923-1927*) 出版。

『アナイス――国際ジャーナル』(*Anaïs: An International Journal*) 創刊 (-2002)。ルーパート・ポールとガンサー・ストゥールマン (Gunther Stuhlmann) による編集の年1回発行の学術雑誌。未発表原稿、日記の抜粋なども掲載された。

1985　ヒュー・ガイラー死去。

『初期の日記　第4巻』(*1927-1931*) 出版。

1986 ハーコート・ブレイス社が無削除版日記『ヘンリー＆ジューン』(*Henry and June: From "A Journal of Love": The Unexpurgated Diary of Anaïs Nin*) を出版。

1987 ハーコート・ブレイス社から『恋した、書いた――アナイス・ニン、ヘンリー・ミラー往復書簡集』(*A Literate Passion: Letters of Anaïs Nin and Henry Miller, 1932-1953*) 出版。

1990 映画『ヘンリー＆ジューン／私が愛した男と女』(フィリップ・カウフマン監督) 公開。

1992 ハーコート・ブレイス社から『インセスト』(*Incest: From "A Journal of Love," The Unexpurgated Diary of Anaïs Nin, 1932-1934*) 出版。

1995 キャプラ・プレス (Capra Press) から『性の魔術師その他のエッセイ』(*The Mystic of Sex and Other Writings*)、ハーコート・ブレイス社から『火』(*Fire: From "A Journal of Love," The Unexpurgated Diary of Anaïs Nin, 1934-1937*) 出版。

1996 ハーコート・ブレイス社から『より月に近く』(*Nearer the Moon: From "A Journal of Love," The Unexpurgated Diary of Anaïs Nin, 1937-1939*) 出版。

1998 スワロー・プレスから『憧れの矢――アナイス・ニン、フェリックス・ポラック往復書簡集』(*Arrows of Longing: The Correspondence Between Anaïs Nin and Felix Pollak, 1952-1976*) 出版。

2003 『頁の中のカフェ――アナイス・ニン文芸ジャーナル』(*A Café in Space: The Anaïs Nin Literary Journal*) 創刊 (-2018)。スカイ・ブルー・プレスの編集者ポール・ヘロン (Paul Herron) による『アナイス――国際ジャーナル』の続編である雑誌。

2006 ルーパート・ポール死去。

2013 スカイ・ブルー・プレスより『蜃気楼』(*Mirages: The Unexpurgated Diary of Anais Nin, 1939-1947*) 出版。

2017 スカイ・ブルー・プレスより『空中ブランコ』(*Trapeze: The Unexpurgated Diary of Anaïs Nin, 1947-1955*) 出版。

(三宅あつ子)

◉アナイス・ニン（1903-77）を取り巻く人々◉

・『日記』および『無削除版日記』に登場する人物（索引人名リスト）を中心に選定し、項目ごとに名字の五十音順に並べている。

◉家族

▼ヒュー・パーカー・ガイラー／イアン・ヒューゴー　Hugh (Hugo) Parker Guiller / Ian Hugo (1898-1985)

アナイスの夫。ボストンに生まれ、父親が設計技師として働いていたプエルトリコの砂糖キビ農園で幼少期を過ごした。6歳の時、両親の故郷スコットランドに移り、ギャロウェイのエア・アカデミーやエディンバラ・アカデミーで教育を受けた。1920年、コロンビア大学の文学・経済学の学位を取得後、ナショナル・シティ・バンクの研修生となった。1921年にニューヨーク・フォレストヒルズの両親の家で開かれたダンスパーティで18歳のニンと出会い、1923年3月にキューバのハバナで結婚した。二人の出会いと結婚の経緯については『アナイス・ニンの初期の日記』(*The Early Diary of Anaïs Nin, 1920-1923*; *1923-1927*; *1927-1931*)の3巻に詳しい。1924年12月、同銀行パリ支店で信託部の専門職となり、ニンとパリへ渡った。1939年、ニューヨークに戻り、1940年代にイアン・ヒューゴーという名前で実験映画の制作者となった。1952年の『アトランティスの鐘』ではニンがナレーターを務め、ルイス＆ベベ・バロン(Louis and Bebe Barron)の電子音楽が使用された。（佐竹）

▼ローザ・クルメル・イ・ボーリゴー　Rosa Culmell y Vaurigaud (1871-1954)

アナイスの母。在キューバ、デンマーク領事の娘として声楽を学んでいたとき、若き音楽家ホアキン・ニンと出逢い、1902年に結婚、フランスに居を構える。1914年、夫が愛人のもとに走り出奔したのち、三人の子どもを連れてニューヨークに移る。下宿屋を営み、キューバの親戚のために商品の仲買いをするなどして家族を支えた。娘夫婦のパリ転勤時は次男ホアキンとともにルヴシエンヌの家に同居、帰国後は亡くなるまでホアキンとカリフォルニア州オークランドに暮らした。（矢口）

▼ホアキン・ニン・イ・カステリャノス　Joaqhín Nin y Castellanos (1879-1949)

アナイスの父。キューバ生まれのピアニスト・作曲家。パリの音楽学校スコラ・カントルムに学び、最年少の教授となる。スペイン民謡の作・編曲で知られた。スペイン王立アカデミー会員、フランスのレジオンドヌール勲章受章。1913年、妻子を棄て、若い教え子と結婚するが、のちに離婚。1930年代にパリで娘と劇的再会を果たし、訣別して以降、再び会うことはなく、晩年はキューバに戻り、貧しく孤独に死んだ。（矢口）

▼ソーヴァルド・ニン　Thorvald Nin (1905-91)

アナイスの弟。ニン家の長男。18歳から大学を断念して母と弟の暮らしを支えた。2016年のアナイス・ニン・ポッドキャストでソーヴァルドの娘、ゲイル・ニン・ローゼンクランツ(Gayle Nin Rosenkrantz)が語ったところによると、父はヒューゴーを敬愛していたため姉アナイスの自由奔放な生活に批判的だったが、出版する日記の自分に関する記述を削除するように頼んでいたことを守らなかった姉を許せず、1971年以来一切連絡を絶ったということである。（三宅）

▼ホアキン・ニン＝クルメル　Joaquín Nin-Culmell (1908-2004)

アナイスの下の弟。ニン家の次男。パリ音楽院出身の作曲家・ピアニスト。1950年から24年間カリフォルニア大学バークレー校音楽学部の教壇に立った。姉の良き理解者で家族の中で最も仲が良かったが、2002年のキャロライン・クローフォード (Caroline Crawford) のインタヴューでは、死後出版の無削除版日記の10分の9は、真実ではないと言っており、アナイスと父との関係も否定している。（三宅）

▼エデュアルド・サンチェス　Eduardo Sánchez (1904-90)

学問愛好家、占星術や英国の詩人、版画家のウィリアム・ブレイク (William Blake, 1757-1827) の研究家。ニンの母方の従弟で、キューバに生まれる、母の名前はアナイス・クルメル (Anaïs Culmell)。『初期の日記』第2巻（1920-1923）、第3巻（1923-1927）、第4巻（1927-1931）には、ニンが彼を尊敬し、ロマンティックな憧れの相手であったことが記されている。1930年代には、ニンのパリの家、ルヴシエンヌにも一時同居をしていたことがある。1932年には、ルネ・アランディ博士を精神分析医として紹介して、ニンに日記の他にも自己を探求する分野があることを示した人である。『日記』第1巻が1966年に出版される前に、この日記の原稿をサンチェスは読み、自分の実名、匿名に特定される箇所を削除するように、ニンに強く要望する手紙を送っている。この問題に関する1964年から1965年にわたるニンとサンチェスとの書簡が『頁の中のカフェ　アナイス・ニン文芸ジャーナル』第14号 (*A Café in Space*, 2017) に掲載されている。ニンは最終的に同意して、『日記』全7巻はサンチェスの名前は削除されている。（山本）

▼ルーパート・ポール　Rupert Pole (1919-2006)

ニンの通称、西海岸の夫。シェイクスピア劇の俳優、レジョナルド・ポール (Reginald Pole) とヘレン・タガー (Helen Taggart) を両親としてロサンゼルスに生まれる。1923年の離婚後、母方に育てられる。ニンと、1947年2月に、ニューヨークのパーティで互いにひと目惚れの出会いをし、以後ニンが亡くなるまで、ロサンゼルスにて、夫婦同然の関係を続ける。ニン没後も生涯をかけて、ニンの著書出版に尽くしている。世界的建築家、フランク・ロイド・ライトの長男であるロイド・ライトを継父に持つ。1961年秋に完成した、ニンとの家は、異父弟の建築家エリック・ロイド・ライト (Eric Lloyd Wright, 1929-) の設計による、水、木、ガラス、光などを駆使した建物で、ロサンゼルス、シルヴァーレイクに現存している。ポールは、ハーヴァード大学を卒業後、カリフォルニア大学バークレー校にて、森林学を学び、南カリフォルニア州の森林監督官（フォレストレインジャー）となり、後に、ロサンゼルスの中学校の生物の教師として勤務する。1966年夏のニン来日の際には同行した。（山本）

●アメリカの文学者・文化人

▼ジョン・アースキン　John Erskine (1879-1951)

作家・評論家。コロンビア大学教授。ヒューゴーの師であり、パリのガイラー夫妻をたびたび訪ね、フランスの文学者、芸術家を紹介した。『初期の日記』第4巻では、ニンが著作活動を励まされ、敬愛する関係から愛人関係になっていった様子が描かれている。代表作は、『トロイのヘレンの私的生活』(*The Private Life of Helen of Troy*, 1925)。（三宅）

▼シャーウッド・アンダーソン　Sherwood Anderson (1876-1941)

作家。1940年4月、アンダーソンが亡くなる一年前に、批評家のポール・ロゼンフェルド (Paul Rosenfeld) の紹介でニューヨークで会っている。ニンは、フランスでアンダーソンの翻訳をしていたエレーヌ・ブシネスク (Hélène Boussinesq) が友人であったことや、フランス人たちやニン自身も『暗い笑い』(*Dark Laughter*, 1925) をエキゾチックな作品だと感じて好きなこと、アンダーソンが好きだというフランス人読者が多くいることなどを話している。彼は医者とか銀行家のような感じのする人で、同時にとても人間味のある優しさと見識にたけた人だという印象を記している【『日記』第3巻】。代表作は短編連作の『ワインズバーグ・オハイオ』(*Winesburg Ohio*, 1919)。（山本）

▼ゴア・ヴィダル　Gore Vidal (1925-2012)

作家。1945年11月、ニューヨークにて、20歳のゴアに出会う。フランスの王侯貴族の雰囲気を持ち、11歳で実母が家出をして捨てられた生い立ちも、ニンの父との関係に似て、ニンは魅かれていく経過が、また、ホモセクシュアルであったゴアは、もし女性を愛せるなら、それはニンであると語ったと、そして、ゴアの作品『都市と柱』(*The City and the Pillar*, 1948) でニンの素晴らしい肖像を描いたと言われたが、ニン自身は表面的でカリカチュア、戯画化されたように受け取ったことなどが、無削除版日記『蜃気楼』に記されている。ヴィダルの紹介によりニンの『火への梯子《はしご》』や『信天翁《あほうどり》の子供たち』がダットン社から出版された。代表作は『マイラ』(*Myra Breckinridge*, 1968)。（山本）

▼ウィリアム・カーロス・ウィリアムズ　William Carlos Williams (1883-1963)

詩人。1942年、『新思潮』(*New Directions*) に記載される『人工の冬』の書評の執筆者にウィリアムズを選んだのはニンだが、彼の解釈の誤りをやんわりと伝える書簡を、同年4月頃に送ったと記されている【『日記』第3巻】。ニンはウィリアムズの詩人としての芸術性に敬意を持っていた。代表作は『パターソン』(*Paterson*, 1946-58)。（山本）

▼テネシー・ウィリアムズ　Tennessee Williams (1911-83)

劇作家。詩人のロバート・ダンカンを通じて知り合う。1941年の初夏、マサチューセッツ州プロヴィンスタウンでの初対面の印象は、目を合わさない、自分を出さない喋り方など、気脈が通じる人ではないとしている。その後、ニューヨークで、ウィリアムズは自作の演劇の券をニンに送ったりしている【『日記』第3巻】。代表作は『欲望という名の電車』(*A Streetcar Named Desire*, 1947)。（山本）

▼エドマンド・ウィルソン　Edmund Wilson (1895-1972)

評論家。1944年4月の『ニューヨーカー』誌に『ガラスの鐘の下で』の書評を掲載したことによってニンを文壇に押し上げた。その当時、ニンと恋愛関係にあった。（三宅）

▼ユージン・オニール　Eugene O'Neill (1888-1953)

劇作家。1941年の夏、プロヴィンスタウンにある彼の別荘をニンが訪問している。1936年にノーベル文学賞を受賞。代表作は、『楡《にれ》の木陰の欲望』(*Desire Under the Elms*, 1924)。（三宅）

▼マックスウェル・ガイスマー　Maxwell Geismar (1909-79)

著述家、評論家。ブラック・パンサー党の初期の指導者であったエルドリッジ・クリーヴァー (Eldridge Cleaver, 1935-98) が書いた『氷の上の黒人魂』(*Soul on Ice*, 1968) に序文を書いた。ガイスマー夫妻とは1950年に知り合い、ガイスマーが教鞭を執っていたサラ・ローレンス大学（ニューヨーク、ウェストチェスター郡にある。特に芸術、創作科が有名）で、ニンの作品講読会を主催したり、ヒューゴーのフィルムを上映したりとかなり親交を深めたが、文学的見解の相違で決裂した【『日記』第5巻】。（三宅／山本）

▼カルロス・カスタネダ　Carlos Castaneda (1925-98)

文化人類学者。中南米の呪術師に弟子入りし《ドン・ファン・シリーズ》を書いた。UCLA（カリフォルニア大学ロサンゼルス校）の学生時代、ニンと親交があった。（三宅）

▼トルーマン・カポーティ　Truman Capote (1924-84)

作家。独自性と繊細な感受性をニンは評価している。1945年12月、ニューヨークでニンが開いたパーティで出会っている。おどおどした印象を受けたと記している【『日記』第4巻】。代表作『ティファニーで朝食を』(*Breakfast at Tiffany's*, 1958)、『冷血』(*Cold Blood*, 1966)。（山本）

▼アレン・ギンズバーグ　Allen Ginsberg (1926-97)

詩人。ニュージャージー州出身で、1954年にサンフランシスコに移り、ビート・ジェネレーションの詩人、ケネス・レックスロス (Kenneth Rexroth, 1905-82) やゲーリー・スナイダー (Gary Snyder, 1930-) らと交友、カウンター・カルチャーの旗手とされる。反戦運動、社会批判の手段としての詩作を示した。1956年にロサンゼルスで詩の朗読会を開いてほしいと依頼され、知り合いになる。代表作は、『吠える』(*Howl*, 1956)。他に『カディッシュ』(*Kaddish*, 1961)、詩集『アメリカの崩壊』(*The Fall of America: Poems of These States*, 1973) などがある。（三宅／山本）

▼フランシス・ステロフ　Frances Steloff (1887-1989)

ニューヨーク西47街にあった「作家のための書店」ゴッサム書店（1920-2007）を創設した店主。店の2階に、ジェイムズ・ジョイス研究会の集会所を設置した。E. E. カミングズ (E. E. Cummings, 1894-1962)、ガートルード・スタイン (Gertrude Stein, 1874-1946)、テネシー・ウィリアムズなど多くの作家たちの出版を支援した。アナイスとフランシスが会話する書店内のドキュメンタリーが『アナイス・ニン、自己を語る』(*Anaïs Nin Observed*, 1974) に撮られている。『人工の冬』ニューヨーク版を出版、ニンの日記は自分を80歳にして解放してくれた、と語る。（矢口／山本）

▼ロバート・ダンカン　Robert Duncan (1919-88)

詩人。ニンと共にエロティカ執筆に参加。無削除版日記『蜃気楼』では、ゲイである彼とニンがかなり親密であったことが窺える。代表作は『H. D. ブック』(*The H. D. Book*, 2011)。（三宅）

▼シオドア・ドライサー　Theodore Dreiser (1871-1945)

作家。1935年1月、ニンはブロードウェイのアンソニア・ホテル (Ansonia Hotel) にドライサーを訪

問。歓談の最後にドライサーは、「私と一夜を共にする気はないということか」と言い、ニンは礼儀正しく断っている【『日記』第2巻】。代表作『アメリカの悲劇』(*An American Tragedy*, 1925) は自然主義文学の傑作とされる。（佐竹）

▼ジューナ・バーンズ　Djuna Barnes (1892-1982)

小説家・ジャーナリスト。1920～30年代はパリに、1940～82年は、ニューヨーク、グリニッジ・ヴィレッジに住んだ。代表作『夜の森』(*Nightwood*, 1936) は、T. S. エリオットが37年に寄せた序文で「詩によって鍛えられた感性のみが理解できる優れた小説である」と述べるなど、モダニズム文学の傑作とされる。また、近年クィア批評的アプローチによる読み直しも盛んである。ニンは彼女に熱烈なファンレターを送り、『夜の森』は「女について、そして愛しあう女たちについて、わたしがこれまでに読んだ、最も美しい作品です」と述べた」【『日記』第2巻】。（矢口／山本）

▼シルヴィア・ビーチ　Sylvia Beach (1887-62)

パリで英語圏作家の拠点となった書店『シェイクスピア＆カンパニー』の店主。1922年、ジェイムズ・ジョイスの『ユリシーズ』を出版し、文学史にその名を残す。回想録『シェイクスピア・アンド・カンパニー書店』(*Shakespeare and Company*, 1959) のなかで、ニンとヘンリー・ミラーが訪れたときのことに触れている。（矢口）

▼ケイ・ボイル　Kay Boyle (1902-92)

作家。1930年代に、パリのカフェで会ったのが最初だったが、ボイルの小説『月曜の夜』(*Monday Night*, 1938) をヘンリー・ミラーと共に絶賛していた。1941年、ニンはボイルに、ニューヨークはハーレムで再会したことを祝しているが、人間らしい表情や感情の無さを、40年代半ばには、芸術家の仲間としては希薄さを感じると記している【『日記』第3巻、無削除版日記『蜃気楼』】。代表作は『ナイチンゲールに悩まされて』(*Plagued by the Nightingale*, 1931)。（山本）

▼ジェイムズ・ボールドウィン　James Baldwin (1924-87)

作家。1947年5月、ニンはボールドウィンの作品は政治概念に執着していると述べ、反戦主義者であり、人間性や心理学に言及するニン自身の文学との差異を記している【『日記』第4巻】。代表作は『山にのぼりて告げよ』(*Go Tell It on the Mountain*, 1953)。（佐竹）

▼ヘンリー・ミラー　Henry Miller (1891-1980)

作家。1931年、パリでニンと出逢い、1939年に二人がパリを去るまでの期間、公私ともに濃密な関係を築いた。恋愛関係が終わったのちも、交友は断続的ながら生涯続いた。1944年、ウォレス・ファウリー (Wallace Fowlie) 宛の手紙で「彼女はぼくにとって、これまでもいまも、知りうる限り最も偉大な人物です。〔……〕ぼくは彼女にすべてを負っています」と記している。代表作は『北回帰線』(*Tropic of Cancer*, 1934) など。（矢口）

▼ジェイムズ・メリル　James Merrill (1926-95)

詩人。メリルリンチ証券会社のメリル・リンチ (Merrill Lynch) と共に携わったチャールズ・メリル

(Charles Merrill) の息子。古典的な韻を踏む詩から現代的な韻を踏まない、フリーヴァースの詩まで自在に詩作し、神秘主義的作風とゲイであることで知られる。自宅が火事にあった際、ジミーは原稿だけもってわれ先に逃げ出した、と『日記』第4巻に書かれている。代表作は『イーフレイムの書』(*The Book of Ephraim*, 1976) のほか、「黒鳥」("The Black Swan," 1946)、「翻訳をしながら見失いて」("Lost in Translation," 1974)、「ミラベルの数の書」("Mirabell," 1978) などがある。 （三宅／山本）

▼リチャード・ライト　Richard Wright (1908-60)
作家。『アメリカの息子』(*Native Son*, 1940) が脚光をあびた頃から、以後長く、ニンは黒人文学の作家ライトの良き理解者である。グリニッジ・ヴィレッジ時代に会っていて、1954年に渡欧した際、パリ在住の彼を訪ねている。 （三宅）

◉イギリス・フランスその他の文学者・文化人……………………………………………………………

▼ルネ・アランディ　René Allendy (1989-1942)
精神分析医。『日記』第1巻・2巻に登場。1926年、精神分析学の創始者ジークムント・フロイト (Sigmund Freud, 1856-1939) の弟子であるマリー・ボナパルト (Marie Bonaparte, 1882-1962) と共にパリ精神分析学会を設立した。錬金術、占星術、神秘主義、シュルレアリスムに関心があり、夢の映像化を試みた。1932年5月、ニンはアランディの患者になり、アルトーや従弟のサンチェス、夫のガイラーもアランディの患者だった。1933年4月、ニンとアランディは短期間恋愛関係にあった。 （佐竹）

▼クリストファー・イシャウッド　Christopher Isherwood (1904-86)
イギリスの作家で、のちにアメリカに移住。ゲイとして知られる。1950年、ロサンゼルスの「山の隠れ家」にニンを訪ねて以来、親交があった【『日記』第5巻】。代表作は『さらばベルリン』(*Goodbye to Berlin*, 1939)。 （矢口）

▼ルイーズ・ド・ヴィルモラン　Louise de Vilmorin (1902-69)
作家・詩人。サン＝テグジュペリ、ジャン・コクトー、アンドレ・マルローをはじめ多くの文学者の恋人でありミューズだったと言われる。1935年、パリでヴィルモラン所有の家にガイラー夫妻は住み、上流階級、知識階級の洗礼を受ける。『近親相姦の家』のジャンヌのモデルが自分だと知り憤慨し、疎遠になった。「ガラスの鐘の下で」のヒロインも彼女がモデルである。 （三宅）

▼レベッカ・ウェスト　Rebecca West (1892-1983)
イギリスの作家・ジャーナリスト・批評家。本名はシシリー・イザベル・フェアフィールド (Cicely Isabel Fairfield)。1932年にニンのD. H. ロレンスの本について好意的な手紙を書いてきて、初めて会い、1935年4月、二人は会って食事をしている【『日記』第2巻】。代表作は『黒い仔羊と灰色の鷹』(*Black Lamb and Grey Falcon*, 1941)。 （佐竹）

▼アンナ・カヴァン　Anna Kavan (1901-68)
イギリスの作家。本名はヘレン・エミリー・ウッズ (Helen Emily Woods)。カフカにも比される幻想的作風で、ブライアン・オールディス (Brian Aldiss, 1925-2017) 等、SF作家にも大きな影響を与

えた。近年邦訳が進み、日本でも再評価の気運が高まっている。ニンは1958年、カヴァンに賞賛の手紙を書き【『日記』第6巻】、彼女の芸術活動を励ました。代表作は『アサイラム・ピース』(*Asylum Piece*, 1940)、『氷』(*Ice*, 1967)。 （山本）

▼ジャック・カヘイン　Jack Kahane (1887-1939)

1929年、オベリスク出版をパリに創設。D. H. ロレンス『チャタレー夫人の恋人』(1928)、ジェイムズ・ジョイス『フィネガンズ・ウェイク（部分）』(1930)、ヘンリー・ミラー『北回帰線』(1934)、ニン『人工の冬』(1939)、ロレンス・ダレル『黒い本』(1938)等、禁書を含む問題作を出版した。自身セシル・バー(Cecil Barr)の筆名でソフトポルノを執筆した。 （矢口）

▼ジャン・カルトレ　Jean Carteret (1906-80)

フランスの占星術師、冒険家。1937年、初めて会ったニンに「ぼくの眼にあなたは、曇りなく磨き込まれた鏡――他者がみずからを見ることのできる、純粋な鏡と写る」と語った【『日記』第2巻】。『ガラスの鐘の下で』所収の「すべてを見るもの」のモデルとされる。1954年、パリ再訪時に再会した彼の姿は、分裂病の症候のあるコミュニケーション不能な人物として描かれている【『日記』第5巻】。（矢口）

▼ロレンス・ダレル　Lawrence Durrell (1912-90)

イギリスの作家。1937年、パリにて出会う。以後1970年代半ば過ぎに、『アナイス・ニンを見つめて』(*Anaïs Nin Observed*, 1976)の中に、二人の文学論についての対談が記されているように、途切れた時期があっても、長く文芸仲間としての関係は継続した。ニンは、ダレルの最初の妻、ナンシー(Nancy)とは書簡のやりとりをし、1958年には、南フランスに住むダレル一家を訪問している。代表作は『アレキサンドリア四重奏』(*The Alexandria Quartet*, 1957-60)。 （山本）

▼マルグリット・デュラス　Marguerite Duras (1914-96)

フランスの作家。1964年のパリ訪問中に意気投合。『愛の家のスパイ』の映画化企画中に脚本化を引き受けたが、映画は実現しなかった。代表作は『愛人　ラマン』(*L'Amant*, 1984)。 （三宅）

▼オルダス・ハクスリー　Aldous Huxley (1894-1963)

イギリスの作家。カリフォルニアで晩年を過ごしていた。ルヴシエンヌ時代に知り合ったローラ・アーチェラ(Laura Archera, 1911-2007)（二度目の妻）を通して1958年から親交があった。代表作は『すばらしい新世界』(*Brave New World*, 1932)。 （三宅）

▼アンドレ・ブルトン　André Breton (1896-1966)

フランスの詩人・シュルレアリスト。1940年7月、カレス・クロスビー(Caresse Crosby, 1892-1970)のハンプトン屋敷でのサロンとしての集まりのなかで出会った。1941年10月にはニューヨークのニン宅への訪問を受けて、彼の書き物における力強い言葉は詩人のものであるが、話し言葉はきわめて明晰、論理的かつ分析的と、思想家としての対面の印象を記している【『日記』第3巻】。1945年まで、ニューヨークでの芸術家たちのパーティで、何回か同席している。代表作は『ナジャ』(*Nadja*, 1928／1963年に著者による改訂版)。 （山本）

▼アルフレッド・ペルレス　Alfred Perles (1897-1990)

オーストリア人の作家。ニンとヘンリー・ミラー共通の友人。ミラーはペレルスの紹介で『シカゴ・トリビューン』誌に校正の職を得たし、二人の共同生活をもとに『クリシーの静かな日々』(*Quiet Days in Clichy*, 1956) を描いた。『日記』第1巻には、労働者の街クリシーの安アパートでの生活の様子が描かれている。代表作は『我が友ヘンリー・ミラー』(*My Friend Henry Miller*, 1955)。　（矢口）

▼アンドレ・マルロー　André Malraux (1901-76)

フランスの作家・政治家。1964年春、マルローの『人間の条件』(*La Condition humaine*, 1933) の映画化を希望しているプロデューサーのジェリー・ビック (Jerry Bick) と一緒に彼を訪ねている【『日記』第6巻】。　（佐竹）

▼アンリ・ミショー　Henri Michaux (1899-1984)

ベルギー生まれのフランスの詩人・画家。アンドレ・ブルトンなど、シュルレアリストたちと知り合う。ニンは1960年春、パリ左岸のベル・エポック (Bell Époque) 時代に建てられた美術工芸を駆使した壮大な、寂れた家を訪問して会っている。ミショーの作品はアメリカでの翻訳は限られており多くの読者が得られていない状況や、麻薬を常用したことはないと語る本人に理解を示し、麻薬による感覚をミショーほどの詩人こそ適格に表現できるのだと励ましたと記されている【『日記』第6巻】。代表作は『わが領土』(*Mes propriétés*, 1929)、『みじめな奇蹟』(*Misérable Miracle*, 1956)。　（山本）

▼ゴンザロ・モレ　Gonzalo Moré (1897-1966)

ペルーの政治運動家。大農場主の家に生まれ、ダンサーのエルバ・ウアラと結婚、1936年、パリでニンと出逢うと、二人は恋に落ち、ハウスボートを逢瀬の場所とした。ペルー共産党、スペイン内戦、パリの共産主義運動に関わり、キューバの作家カルペンティエール (Alejo Carpentier y Valmont, 1904-80)、チリの詩人ネルーダ(Pablo Neruda, 1904-73)等スペイン語圏の芸術家とも親交があった。一方、定職をもたず酒に浸る駄目男の面もあり、ニンがニューヨークで彼と印刷・出版の事業「ジーモア・プレス」を始めたのは、彼に仕事を与えるためでもあった。　（矢口）

▼オットー・ランク　Otto Rank (1884-1939)

オーストリアの精神分析医。存在論的心理療法の先駆者。1933年11月7日、ニンは初めてパリのランクの家を訪問し、彼の患者となり、後に恋愛関係になった。ニンはランクの下で精神分析の勉強をし、1934年11月から一時期ニューヨークで彼の助手を務めた。ニンはランクの分析を受け、彼をモデルに短編「声」を書いた【『日記』第1巻・2巻】。　（佐竹）

◉芸術家・映画・音楽関係……………………………………………………………

▼アントナン・アルトー　Antonin Artaud (1896-1948)

フランスの俳優・詩人・小説家・劇作家。残酷演劇で有名。1933年3月、アランディ博士は彼の長年の患者であるアルトーをガイラー家に紹介した。その後すぐニンに著書『芸術と死』(*L'Art et la Mort*, 1929) および『ヘリオガバルスまたは体感セルアナーキスト』(*Heliogabalus, ou l'Anarchiste Couronné*, 1934) の一節を贈る【『日記』第1巻】。ガイラーは一時期、アルトーの実験劇場を支援し

ている。俳優としての代表作は映画『裁かるゝジャンヌ』(*La Passion de Jeanne d'Arc*, 1927)。(佐竹)

▼ケネス・アンガー　Kenneth Anger (1927-)
アメリカの実験映画作家。ゲイの立場から、耽美的かつ神秘主義的とも、エログロともとれる作品を制作。ニンの愛読者だったアンガーが彼女をサンフランシスコのロシア・レストランに招待して、ふたりは出逢った。アンガー監督作『花火』(*Fireworks*, 1947)についてニンは「サディズムと暴力にはぞっとしたが、力のある映画で、芸術的には完璧だ」と述べている(『アナイス・ニンの日記』四三五)。『快楽殿の創造』(*Inauguration of the Pleasure Dome,* 1954)にはニンとルーパート・ポールが出演。(矢口)

▼エルバ・ウアラ　Helba Huara (1900-86)
ペルー人のダンサー。『近親相姦の家』の腕のない踊り子は彼女がモデルとされる。ゴンザロの妻。(佐竹)

▼エドガー・ヴァレーズ　Edgar Varèse (1883-1965)
フランス出身のアメリカの作曲家。ドビュッシーと親交があり、後期ロマン派の影響を受けた。その後、ストラヴィンスキーの影響もあり、《アメリカ》(*Amériques*, 1920)以降は、多数の打楽器を使用し、電子音楽を主流とする現代音楽を創り上げている。ニンは『ニューミュージックに関する洞察』にヴァレーズの斬新な芸術性を讃えるエッセイを寄稿している。ここから一部がニンの『心やさしき男性を讃えて』の中に「エドガー・ヴァレーズ」として掲載されている。(山本)

▼ペギー・グランヴィル=ヒックス　Peggy Glanville-Hicks (1912-90)
オーストラリアの女性作曲家。1950年冬、ニューヨークで知り合い、1960年代を通して、芸術魂をニンと共有し、二人の友情はヒュー・ガイラーやホアキン・ニン=クルメルらにも広がった。(山本)

▼マーサ・グレアム　Martha Graham (1894-1991)
アメリカのモダンダンスの先駆者的舞踏家。ロバート・スナイダーは、制作したニンのドキュメンタリー映画、『アナイス・ニン、自己を語る』(*Anaïs Nin Observed*)にもグレアムを起用している。1952年に出会い、ニンはグレアムに手紙や本を送っている。(山本)

▼ジュディ・シカゴ　Judy Chicago (1939-)
アメリカのフェミニズム女性アーティスト。「ウーマンハウス」「ディナー・パーティ」等の作品で知られる。ロサンゼルスでニンと親交があった。2004年にはニンのエロティカに絵を添えたトリビュート本 *Fragments from the Delta of Venus* を出版、序文でニンとの友情を回想し、感謝の意を表している。女性アーティストとしての苦闘を描いた自伝『花もつ女』(1975)はニンの励ましによって書かれたもので、序文もニンが寄せている。(佐竹/矢口)

▼サルバドール・ダリ　Salvador Dali (1904-89)
スペインのシュルレアリスムの画家。カレス・クロスビーのハンプトン屋敷での芸術家たちが集う

滞在型サロンで、1940年夏に知り合う。ダリは歌を歌ったりしながら、上機嫌で絵を描くので、嫌がる人もいるが、自分は嫌いではない。ダリは自分のことを好いてくれているし、制作中の絵を私に見せてくれる、ダリ夫人(Gala Dali)は、このサロンを夫、ダリの王国にしたがっているなどと記している【無削除版日記『蜃気楼』】。（山本）

▼マルセル・デュシャン　Marcel Duchamp (1887-1968)

ダダイストでコンセプトアートの先駆けと言われるフランスの美術家。便器を展示した《泉》(*Fontaine*, 1917)が有名。1935年8月、ニンとはカフェで同席して芸術家についてなどの話をしている【『日記』第2巻】。（佐竹）

▼マヤ・デレン　Maya Deren (1917-61)

アメリカの実験映画作家。『変形された時間での儀式』(*Ritual in Transfigured Time*, 1946)にニンが出演している。実験映画・女性映画作家の先駆者。『日記』第4巻で、『午後の網目』(*Meshes of the Afternoon*, 1943)を撮影中のデレンと夫のサシャ・ハミド(Alexander Hammid, 1907-2004)にニューヨーク州ロングアイランドで遭遇した様子が描かれている。（矢口）

▼イサム・ノグチ　Isamu Noguchi (1904-88)

日本人詩人、野口米次郎（1875-1947）とアメリカ人、レオニー・ギルモア(Léonie Gilmour, 1873-1933)との長男でロサンゼルスで生まれた、日系アメリカ人の彫刻家・画家・造園家。金属、石、木などによる抽象彫刻を中心に、舞台装置やインテリアも製作した。ニューヨークのロング・アイランド・シティに、1985年イサム・ノグチ庭園美術館が設立された。1940年半ば、ニンはノグチのアトリエ（ニューヨークのグリニッジ・ヴィレッジ）を何回か訪問している。ニンは、「すべてのものに、関心を持って意識して見ることを私に教えてくれたのは、ノグチだった」、「この形態について、私を開眼させてくれたのは、実にノグチだった」と記し、ノグチからの影響力を語っている（『アナイス・ニンを見つめて』(*Anaïs Nin Observed*, 1976)）。ニンはノグチの発案で製作された、和紙と電球を組み合わせた照明器具を紹介し、「Acari（あかり）ランプ」として紙張り子(papier-maché)と電気との合体から、輝く彫刻作品をみんなの「家」の中の灯りとして生み出したかったというノグチの創作意識を掲載している。ノグチの斬新な芸術をニンは高く評価し、ドウス昌代『イサム・ノグチ——宿命の越境者』下巻（講談社、2000）には、1943年のニンとの「アヴァンチュール」が記されている。母ギルモアを中心に描いた映画『レオニー』（松井久子監督、2010）がある。（山本）

▼ルイス・ブニュエル　Luis Buñuel (1900-83)

スペインの映画監督（のちにメキシコに帰化）。1941年の夏、ニューヨーク近代美術館(MOMA)でブニュエルの作品が上映され、ブニュエル自身が自作を気味の悪いぞっとする作品なのだと言ったことなどに『日記』第3巻で言及している。サルバドール・ダリと共同監督した『アンダルシアの犬』(*Un Chien Andalou*, 1928)はシュルレアリスム映画の金字塔的作品。スペインにとどまらずメキシコ、フランスと活動の場を広げ、幻想的、耽美的、官能的または（反）キリスト教的な多彩な作品を制作、世界的な影響と人気を誇った。他の主な作品に『黄金時代』(*L'Age d'Or*, 1930)、『忘れられた人々』(*Los Olvidados*, 1950)、『昼顔』(*Belle de Jour*, 1967)、『ブルジョワジーの秘かな愉しみ』(*Le*

Charme Discret de la Bourgeoisie, 1972)等。（矢口）

▼ジューン・ミラー（ジュリエット・イーディス・スミス） June Miller (1902-79) (Juliette Edith Smerth)
ヘンリー・ミラーの2番目の妻。1923年、ブロードウェイのダンスホールで職業ダンサーをしていたときミラーと出逢い、翌年、ミラーの離婚を待って結婚。1930年、ミラーに作家修業のためパリに渡ることを勧め、自分はニューヨークに残った。1931年、パリ訪問中にニンと出逢う。1934年、ミラーと離婚するが、ミラーはその後も経済的支援を続けた。1950年代、精神病院入院中に電気ショック療法を受け身体を損傷、退院後、ニューヨーク市のソーシャルワーカーとして働く。1960年代にアリゾナに移り、その地で亡くなった。（矢口）

▼フランク・ロイド・ライト Frank Lloyd Wright (1867-1959)
ニンは1966年夏の来日の際、帝国ホテル旧館（ライトによる設計）に宿泊し、旧館取り壊し計画中止を犬丸徹三取締役社長に直に懇願している。長男、ロイド・ライトはルーパート・ポールの継父。ロサンゼルスのニン邸は異父弟のエリック・ロイド・ライトの設計。ニンはロイド・ライトとエリックとたびたび会っている。（山本）

▼ルイーゼ・ライナー Luise Rainer (1910-2014)
ドイツ出身の女優。1935年、アメリカに移り、アカデミー主演女優賞を2度受賞。37年から40年までアメリカの劇作家クリフォード・オデッツ (Clifford Odets, 1906-63) と結婚しており、離婚後の1940年頃にニンと知り合い、一時かなり親しくしていた。短編「ステラ」のモデルと言われる。（矢口）

◉日本人

▼出光真子 Mako Idemitsu (1940-)
映像作家。画家サム・フランシス (Sam Francis, 1923-94) と結婚してロサンゼルスにいた1967年、ニンと知り合い、親交があった。シルヴァーレイクのニン邸に招かれたときの様子は、『日記』第7巻にも、出光の自伝『ホワット・ア・うーまんめいど——ある映像作家の自伝』（岩波書店、2003）にも描かれている。出光真子の父、佐三は出光興産の創業者。（矢口）

▼大江健三郎 Kenzaburo Oe (1935-)
『飼育』（1958）により史上最年少で芥川賞を受賞。以降『個人的な体験』（1964）、『万延元年のフットボール』（1967）、『新しい人よ眼ざめよ』（1983）等、社会的問題意識と自伝性、英仏文学の深い素養に裏打ちされた作品を発表し続け、1994年、日本人として二人目となるノーベル文学賞を受賞した。（矢口）

▼江藤淳 Jun Eto (1932-99)
小林秀雄と並び、戦後日本を代表する文芸評論家。英文科出身で、アメリカ留学の経験もあり、保守の立場から日本とアメリカの関係についても発言を続けた。代表作に『小林秀雄』（1961）、『成熟と喪失』（1967）、『漱石とその時代』（1970-99）等。夫人を亡くした一年後に自死。1966年夏の来日の

際、大江と江藤両氏と対談した内容は『文芸』(1967年2月号、「座談会　アメリカ文学を考える　A.ニン／江藤淳／大江健三郎」)に記載されている。（矢口／山本）

▼ノブコ・オールベリィ（旧姓：上西信子）　(Lady) Nobuko Albery (1940-)

『コラージュ』に登場するNobukoのモデルとなった日本人女性でヒューやアナイスとの親交が記されている【『日記』第7巻】。1960年代のニューヨークでの猪熊弦一郎（洋画家、1902-92）のサロンにて、河出朋久に『愛の家のスパイ』を渡したことにより邦訳が河出書房新社より出版された。アナイス・ニンを日本へ最初に紹介した人となる。日本文学者アイヴァン・モリス(Ivan Morris)と離婚後、ドナルド・オールベリィ卿(Sir Donald Albery)と再婚。劇作家、菊田一夫（1908-73）に抜擢され、戦後初の輸入ミュージカルを『ミス・サイゴン』に至るまで日本へ紹介した。作家として、英文による著作4作品を発表している。（山本）

▼杉崎和子　Kazuko Sugisaki (1932-)

元アナイス・ニン・トラスト理事。岐阜聖徳学園大学名誉教授。1960年代、大学院生として留学中のアメリカでニンと出会う。『日記』第7巻に登場。『ヘンリー＆ジューン』、『インセスト』、『リノット』、『リトル・バード』、『デルタ・オヴ・ヴィーナス』の翻訳者。（矢口）

▼ホキ徳田　Hoki Tokuda (1937-)

ヘンリー・ミラーの最後の妻で、1967年から1978年まで結婚していた。ホキ・ミラー(Hoki Miller)として『日記』第7巻に記された印象はあまりよくないが、ピアノの弾き語りとDJを担当した、60年代の深夜ラジオ番組を記憶している日本のファンもいるだろう。2010年5月から2014年12月まで、インターFMにて「ホキ徳田のYummy Music」のパーソナリティを務めた。2018年現在、六本木にバー「北回帰線」を営業、彼女のピアノ演奏もある。（佐竹）

▼藤田嗣治（レオナール・フジタ）　Tsuguharu Fujita (Léonard Foujita) (1886-1968)

フランスで活躍した、エコール・ド・パリを代表する画家。『日記』第2巻で、ニンは藤田を訪ねている。（佐竹）

◉アナイス・ニン書誌◉

◉主要作品ビブリオグラフィ（ジャンル別）◉

【日記】

＊以下はいずれも New York: Harcourt, Brace and World より出版された。

The Diary of Anaïs Nin Volume 1: 1931-1934 (1966)

The Diary of Anaïs Nin Volume 2: 1934-1939 (1967)

The Diary of Anaïs Nin Volume 3: 1939-1944 (1969)

The Diary of Anaïs Nin Volume 4: 1944-1947 (1971)

The Diary of Anaïs Nin Volume 5: 1947-1955 (1974)

The Diary of Anaïs Nin Volume 6: 1955-1966 (1976)

The Diary of Anaïs Nin Volume 7: 1966-1974 (1980)

【初期の日記】

Linotte: The Early Diary of Anaïs Nin, 1914-1920. New York: Harcourt Brace Jovanovich, 1978.

The Early Diary of Anaïs Nin. New York: Harcourt Brace Jovanovich.

Volume 2: 1920-1923 (1982)

Volume 3: 1923-1927 (1983)

Volume 4: 1927-1931 (1985)

【無削除版日記】

Henry and June: From "A Journal of Love": The Unexpurgated Diary of Anaïs Nin, 1931-1932. San Diego: Harcourt Brace Jovanovich, 1986.

Incest: From "A Journal of Love": The Unexpurgated Diary of Anaïs Nin, 1932-1934. San Diego: Harcourt Brace Jovanovich, 1992.

Fire: From "A Journal of Love": The Unexpurgated Diary of Anaïs Nin, 1934-1937. San Diego: Harcourt Brace, 1995.

Nearer The Moon: From "A Journal of Love": The Unexpurgated Diary of Anaïs Nin, 1937-1939. New York: Harcourt Brace and Company, 1996.

Mirages: The Unexpurgated Diary of Anaïs Nin, 1939-1947. Athens, Ohio: Swallow Press / Ohio University Press, 2013.

Trapeze: The Unexpurgated Diary of Anaïs Nin, 1947-1955. Athens, Ohio: Swallow Press / Ohio University Press, 2017.

【小説、短編集、エッセイ等】

＊日記以外の作品のリストは以下のとおりである（出版年順）。初版本には自費出版も含まれており、内容がその都度変更されている場合もある。

▼散文詩

House of Incest. Paris: Siana Editions, 1936.

▼小説

The Winter of Artifice. Paris: The Obelisk Press, 1939 / *Winter of Artifice*. New York: Gemor Press, 1942.

This Hunger.... New York: Gemor Press, 1945.

＊のちに *Ladders to Fire* として加筆した作品で、"Hedja", "Stella", "Lillian and Djuna" を含む。

Ladders to Fire. New York: E. P. Dutton, 1946.

A Child Born Out of the Fog. New York: Gemor Press, 1947.

＊のちに *Under a Glass Bell* に収録される同タイトルの短編を全6頁の小冊子にしたもの。

Children of the Albatross. New York: E. P. Dutton, 1947.

The Four-Chambered Heart. New York: Duell, Sloan and Pearce, 1950.

A Spy in the House of Love. New York: British Book Centre, 1954.

Solar Barque. New York: Anaïs Nin Press, 1958.

Cities of the Interior. Denver: Alan Swallow, 1959.

＊ *Ladders to Fire*, *Children of the Albatross*, *The Four-Chambered Heart*, *A Spy in the House of Love, Seduction of the Minotaur* を含む。

Seduction of the Minotaur. Denver: Alan Swallow Press, 1961.

＊ *Solar Barque* (1958) に加筆したもの。

Collages. Denver: Swallow Press, 1964.

▼短編集

Under a Glass Bell. New York: Gemor Press, 1944 / Denver: Alan Swallow, 1948.

Waste of Timelessness and Other Early Stories. Athens: Ohio University Press, 1977.

▼エロティカ

Delta of Venus: Erotica. New York and London: Harcourt Brace Jovanovich, 1977.

Little Birds: Erotica. New York: Harcourt Brace Jovanovich, 1979.

▼エッセイ

D. H. Lawrence: An Unprofessional Study. Paris: Edward W. Titus, 1932.

Realism and Reality. Yonkers: Alicat Bookshop, 1946.

＊1940年代にニンは自らの前衛的な手法について解説するため、二冊の小冊子を出版した。このエッセイでは詩的表現とシンボリズムについて説明している。

On Writing. Yonkers: Alicat Bookshop, 1947.

＊ *Realism and Reality* に続き、創作の意図を詳細にわたり説明した小冊子。この時代、ニンは自ら

の手法が誤解を受け、文学界から誤ったカテゴリー化をされている、と感じ、自らの姿勢を明らかにする必要に迫られていた。

The Novel of the Future. New York: Macmillan, 1968.

A Woman Speaks. Chicago: The Swallow Press, 1975.

In Favor of the Sensitive Man and Other Essays. 1976. San Diego: Harcourt Brace and Company, 1994.

The White Blackbird and Other Writings. Santa Barbara: Capra Press, 1985.

＊ The Back-to-Back Series 収録。この作品は二種類の書物の合本で、表紙と裏表紙の双方から読めるように構成されている。反対側は、杉崎和子英訳 *Kanoko Okamoto The Tales of an Old Geisha and Other Stories* になっている。

The Mystic of Sex and Other Writings. Santa Barbara: Capra Press, 1995.

▼書簡集

Miller, Henry. *Letters to Anaïs Nin.* Ed. Gunther Stuhlmann. Paragon House Publishers, 1965.

Stuhlmann, Gunther, ed. *A Literate Passion: Letters of Anaïs Nin and Henry Miller, 1932-1953*. San Diego: Harcourt Brace and Company, 1987.

Mason, Gregory H., ed. *Arrows of Longing: The Correspondence Between Anaïs Nin and Felix Pollak, 1952-1976*. Athens: Swallow Press, 1998.

【アナイス・ニン作品を掲載するアンソロジー】

Gilbert, Sandra M. and Gubar, Susan. *The Norton Anthology of Literature by Women: The Traditions in English*. New York: W. W. Norton & Company, 2007.

【伝記】

Fitch, Noel Riley. *Anaïs: The Erotic Life of Anaïs Nin*. Boston: Little Brown, 1993.

Bair, Deirdre. *Anaïs Nin: A Biography.* New York: Putnam, 1995.

Raphael, Maryanne. *Anaïs Nin: The Voyage Within*. NY: iUniverse, Inc., 2003.

【戯曲】

Beckett, Wendy. *Anïs Nin: One of Her Lives*. NSW, Australia: Pascal Press, 1998.

【アナイス・ニンを舞台化した作品】

Anaïs Nin: Woman of the Dream (a play by Doraine Poretz) Electric Stage, CA 8/1/2010.

Anaïs: A Dance Opera (director: Janet Roston; composer/lyricist: Cindy Shapiro Greenway Court Theatre, CA 8/27-9/24/2016.

【研究雑誌】

Under the Sign of Pisces: Anaïs Nin and Her Circle. Eds. Richard R. Centing and, Benjamin Franklin V（1973年まで） Quarterly. Vols. 1-12 (1970-1981).

Seahorse: The Anaïs Nin / Henry Miller Journal. Ed. Richard R. Centing. The Ohio State University Libraries.

Quarterly. Vols. 1-2 (1982-83).
Anaïs: An International Journal. Ed. Gunther Stuhlmann. Becket, MA. Annual. Vols. 1-19 (1983-2002).
A Café in Space: The Anaïs Nin Literary Journal. Ed. Paul Herron. Annual. Vols. 1-15. San Antonio: Texas (2003-2018).

【アナイス・ニンに関する書評集】

Holt, Rochelle Lynn. *Re-Viewing Anaïs*. San Bernardino: Scars Publications, 2015.

【アナイス・ニンに関するエッセイ】

Kraft, Barbara. *Anaïs Nin: The Last Days*. San Jose: Pegasus Book, 2013.
Rainer, Tristine. *Apprenticed to Venus: My Secret Life with Anaïs Nin*. NY: Arcade Publishing, 2017.

【アンソロジー、事典】

Franklin V, Benjamin. *Anaïs Nin Character Dictionary and Index to Diary Excerpts*. Troy: Sky Blue Press, 2009.
Franklin V, Benjamin. *The Portable Anaïs*. San Antonio: Sky Blue Press, 2011.
Heron, Paul, ed. *The Quotable Anaïs: 365 Quotations with Citations*. San Antonio: Sky Blue Press, 2015.

【フォトブック】

A Photographic Supplement to The Diary of Anaïs Nin. New York: Harcourt Brace Janovich, 1974.

【美術書/画集/アートブック】

Chicago, Judy. *Fragments from the Delta of Venus (Art and Introduction by Judy Chicago; Text Selection from Anaïs Nin)*. NY: Powerhouse Books, 2004.

【オーディオブック】

Essentials Anaïs Nin CD: Excerpts from her Diary and Comments. New York: Caedmon, 2007.

【レコード(LP版)】

The Diary of Anaïs Nin Volume One: 1931-1933 Read by Anais Nin, Directed by Arthur Luce Klein. New Rochelle, New York: Spoken Arts, 1966.

【電子書籍】

Arenander, Britt. *Anaïs Nin's Lost World: Paris in Words and Pictures 1924-1939*. San Antonio: Sky Blue Press, 2014.

◉出版社別作品リスト◉

アナイス・ニンが作品の出版に苦心していたことは、彼女がパリ時代に自ら印刷機を購入し、出版社を立ち上げたことからも窺い知ることができる。理解ある出版社との出会い、そして関係の継続は、ニンの作家人生に重要な役割を果たしている。さらに、ニンの作品は出版事情によって中身が異なるため、出版社はそれぞれの判断において版を改めている。ここでは、2018 年現在の出版事情の解説も含め、出版社別にリストを作成した。

【スワロー・プレス／オハイオ大学出版 (Swallow Press / Ohio University Press)】(出版年順)

Winter of Artifice: Three Novelettes (2016)

＊スワロー・プレスは 1945 年より、他のヴァージョンとは異なる、「ステラ」から始まるテクストを *Winter of Artifice* として出版してきた（収録されているのは、“Stella”, “Winter of Atifice”, “The Voice”）。2016 年の版では、ローラ・フロスト (Laura Frost) の序文とニンの夫のイアン・ヒューゴ (Ian Hugo) の版画を加えてある。

Ladders to Fire (2014)

＊ 1995 年にガンサー・ストゥールマン (Gunther Stuhlmann) の序文つきで出版したが、2014 年にはそれに加えて、ニンの研究者のベンジャミン・フランクリン 5 世 (Benjamin Franklin V) の紹介文をつけて出版した。

Seduction of the Minotaur (2014)

＊過去の版にアニータ・ジャークゾック (Anita Jarczok) の紹介文をつけて再版したもの。

The Novel of the Future (2014)

＊もともとは 1968 年に出版されたが、新たにニンの伝記作家ディアドル・ベア (Deirdre Bair) の紹介文をつけて再版された。

Under a Glass Bell (2014)

＊ 1995 年にストゥールマンの序文つきで出版した版は、もともと 1948 年にニンが自費出版したときの短編の並び順を意図的に変えたものであった。2014 年の版では、エリザベス・ポドニーク (Elizabeth Podnieks) の紹介文をつけ、13 の短編を 1948 年の元の順番に直してある。

A Spy in the House of Love (2013)

＊過去の版にジャークゾックの紹介文をつけて再版したもの。

Waste of Timelessness and Other Early Stories (2017)

＊過去の版にアリソン・ピース (Allison Pease) の紹介文をつけて再版したもの。

【すでにペーパーバックで入手可能な作品（スワロー・プレス／オハイオ大学出版）】(出版年順)

House of Incest (1958)

Ladders to Fire (1959)

The Four Chambered Heart (1959)

Children of the Albatross (1959)

Winter of Artifice: Three Novelettes (1961)

Seduction of the Minotaur (1961)
D. H. Lawrence: An Unprofessional Study (1964)
Collages (1964)
The Novel of the Future (1968)
A Woman Speaks (1975)
Cities of the Interior (1975)
Waste of Timelessness and Other Early Stories (1977)
A Spy in the House of Love (1984)
Under a Glass Bell (1995)

【スカイ・ブルー・プレス (Sky Blue Press)】
The Winter of Artifice (A Facsimile of the Original 1939 Paris Edition) (2007)
　* 1939 年の出版内容が再現され、"Djuna", "Lilith", "The Voice" が収録されている。

この出版社からは「真正な版」(the authoritative edition) として、以下の 3 冊が出された。いずれもベンジャミン・フランクリン 5 世による詳しい解説がつけられており、電子書籍でも入手可能である。
The Four-chambered Heart (2000)
Ladders to Fire (2000)
Children of the Albatross (2000)

【ピーター・オウエン (Peter Owen)】
ポール・ボウルズ、ジェーン・ボウルズの紹介などで有名なピーター・オウエン (Pete Owen) が率いるこの英国の伝説的出版社は、『ミノタウロスの誘惑』(1961) や『コラージュ』(1964) を出版するなど、ニンに協力的であった。以下は現在も入手可能な版である。
The Four Chambered Heart (Peter Owen Modern Classic) (2004)
Ladders to Fire (Peter Owen Modern Classic) (2004)
Incest: Unexpurgated Diaries 1932-1934 (2014)

【ペンギン・ブックス】(出版年順)
Delta of Venus (2000)
Henry and June:From the Unexpurgated Diary of Anaïs Nin (2001)
A Spy int the House of Love (2001)
Little Birds (2002)
Eros Unbound (2007)

【その他のペンギン・ブックス】(出版年順)
In Favour of the Sensitive Man: And Other Essays (Penguin Twentieth Century Classics) (1992)
A Woman Speaks: The Lectures, Seminars and Interviews of Anaïs Nin (Penguin Twentieth Century Classics) (1992)

Children of the Albatross (Penguin Twentieth Century Classics) (1993)
A Model and Other Stories (Penguin 60s) (2005)
Artists and Models (Pocket Penguins 70's) (2005)
A Spy in the House of Love (2006)
Delta of Venus (Popular Penguin) (2008)

◉研究書（出版年順）◉

Evans, Oliver. *Anaïs Nin*. Carbondale: Southern Illinois University Press, 1968.

Harms, Valerie, ed. *Celebration with Anaïs Nin*. Riverside: Magic Circle Press, 1973.

Hinz, Evelyn J. *The Mirror and the Garden: Realism and Reality in the Writings of Anaïs Nin*. New York: Harcourt Brace Jovanovich, 1973.

Jason, Philip K., ed. *Anaïs Nin Reader*. Denver: Swallow Press, 1973.

Zaller, Robert. *A Casebook on Anaïs Nin*. New York: New American Library, 1974.

Harms, Valerie. *Stars in My Sky: Maria Montessori, Anaïs Nin, Frances Steloff.* Riverside, Conn.: Magic Circle Press, 1976.

Snyder, Robert. *Anaïs Nin Observed: From a Film Portrait of a Woman as Artist*. Denver: Swallow Press, 1976.

Spencer, Sharon. *Collage of Dreams: the Writings of Anaïs Nin*. Chicago: Swallow Press, 1977.

Knapp, Bettina L. *Anaïs Nin*. New York: Frederick Ungar, 1978.

Deduck, Patricia A. *Realism, Reality, and the Fictional Theory of Alain Robbe-Grillet and Anaïs Nin*. Washington, D.C.: University Press of America, 1982.

Spencer, Sharon, ed. *Anaïs, Art and Artists. A Collection of Essays*. Greenwood: Penkeville, 1986.

Tytell, John. *Passionate Lives: D. H. Lawrence, F. Scott Fitzgerald, Henry Miller, Dylan Thomas, Syvia Plath ...in Love*. NY: St. Martin's Press, 1991.

Barillé, Elisabeth. *Anaïs Nin, Naked Under the Mask*. Trans. Elfre da Powell. London: Lime Tree, 1992.

Jason, Philip K. *Anaïs Nin and Her Critics*. Columbia, S.C.: Camden House, 1993.

DuBow, Wendy M., ed. *Conversations with Anaïs Nin*. Jackson: University Press of Mississippi, 1994.

Harms, Valerie. DuBow, Wendy M., ed. *Conversations with Anaïs Nin*. Jackson: University Press of Mississippi, 1994.

Nalbantian, Suzanne. *Aesthetic Autobiography: from Life to Art in Marcel Proust, James Joyce, Virginia Woolf, and Anaïs Nin*. New York: St. Martin's Press, 1994.

Schneider, Duane. *An Interview with Anaïs Nin*. London: Village Press, 1994.

Franklin V., Benjamin, ed. *Recollections of Anaïs Nin by her Contemporaries*. Athens: Ohio University Press, 1996.

Herron, Paul, ed. *Anaïs Nin: A Book of Mirrors*. Troy: Sky Blue Press, 1996.

Jason, Philip K. *The Critical Response to Anaïs Nin*. Westport: Greenwood Press, 1996.

Holt, Rochelle Lynn. *Anaïs Nin: Understanding of Her Art*. Chicago: Scars Publishing, 1997.

Nalbantian, Suzanne, ed. *Anaïs Nin: Literary Perspectives*. New York: Macmillan Press, 1997.

Richard-Allerdyce, Diane. *Anaïs Nin and the Remaking of Self: Gender, Modernism, and Narrative Identity*. Dekalb: Northern Illinois University Press, 1997.

Johnson, Alexandra. *The Hidden Writer*. Angola: Anchor, 1998.

Jong, Erica. *What Do Woman Want?: Bread, Roses, Sex, Power*. NY: Harper Collins, 1998.

Wilson, Frances. *Literary Seductions: Compulsive Writers and Diverted Readers*. NY: St. Maratin's Press, 1999.

Henke, Suzette A. *Shattered Subjects: Trauma and Testimony in Women's Life-Writing*. New York: Palgrave Macmillan, 2000.

Podnieks, Elizabeth. *Daily Modernism: the Literary Diaries of Virginia Woolf, Antonia White, Elizabeth Smart, and Anaïs Nin*. Montreal: McGill-Queen's University Press, 2000.

Salvatore, Anne T., ed. *Anaïs Nin's Narratives.* Gainesville: University Press of Florida, 2001.

Duxler, Margot Beth. *Seduction: A Portrait of Anaïs Nin*. Shoreline: Edgework Books, 2001.

Felber, Lynette. *Literary Liaisons: Auto/biographical Appropriations in Modernist Womens's Fiction*. Dekalb: Northern Illinois University Press, 2002.

Taylor, Clare L. *Women, Writing, and Fetishism: 1890-1950 Female Cross Gendering*. Oxford: Oxford University Press, 2003.

Tookey, Helen. *Anaïs Nin, Fictionality and Femininity*. New York: Oxford University Press, 2003.

Britt, Arenander. *Anaïs Nin's Lost World: Paris in Words and Pictures 1924-1939*. Gaithersburg: Sky Blue Press. 2017.

Jarczok, Anita. *Writing an Icon: Celebrity Culture and the Invention of Anaïs Nin*. San Antonio: Sky Blue Press, 2017.

◉論文（発表年順）◉

McEvilly, Wayne. "The Bread of Tradition: Reflections on *The Diary of Anaïs Nin*." *Prarie Schooner*. 45 (1971): 161-167.

Spacks, Patricia Meyer. "Free Women." *The Hudson Review*. 24 (1971): 559-573.

Killoh, Ellen Pech. "The Woman Writer and the Element of Destruction." *College English*. 34 (1972): 31-38.

Spencer, Sharon. "'Feminity' and the Woman Writer: Doris Lessing's *The Golden Notebook* and *The Diary of Anaïs Nin*." *Women's Studies*. Vol.1 (1973): 247-257.

Demetrakopoulos, Stephanie A. "Anaïs Nin and the Feminine Quest for Consciousness: The Quelling of the Devouring Mother and the Ascension of the Sophia." *Bucknell Review: A Scholarly Journal of Letters, Arts and Science*. 24: 1 (1978): 119-136.

Demetrakopoulos, Stephanie A. "Archetypal Constellations of Feminine Consciousness in Nin's First Diary." *Mosaic: A Journal for the Comparative Study of Literature and Ideas*. 11: 2 (1978): 121-137.

Shneider, Duane. "Anaïs Nin in The Diary: the Creation and Development of a Persona." *Mosaic: A Journal for the Comparative Study of Literature and Ideas*. 11: 2 (1978): 9-19.

Bloom, Lynn L. and Orlee Holder. "Anaïs Nin's Diary in Context." *Mosaic: A Journal for the Comparative Study of Literature and Ideas*. 11: 2 (1978): 191-202.

Broderick, Catherine. "Anaïs Nin's Diary and Japanese Literary Tradition." *Mosaic: A Journal for the Comparative Study of Literature and Ideas*. 11: 2 (1978): 177-189.

Vermont, Killington. "Introduction." *Mosaic: A Journal for the Comparative Study of Literature and Ideas*. 11: 2 (1978): 1-3.

Andersen, Margret. "Critical Approaches to Anaïs Nin." *The Canadian Review of American Studies*. 10: 2 (Fall, 1979): 255-265.

Bobbit, Joan. "Truth and Artistry in *The Diary of Anaïs Nin*." *Journal of Modern Literature*. 9: 2 (May, 1982): 267-276.

Knapp, Bettina L. "The Diary as Art: Anaïs Nin, Thornton Wilder, Edmund Wilson." *World Literature Today: A Literary Quarterly of the University of Oklahoma*. 61: 2 (Spring, 1987): 223-230.

Benstock, Shari, ed. "Women's Autobiographical Selves: Theory and Practice." *The Private Self: Theory and Practice of Women's Autobiographical Writings*. Chapel Hill: The University of North Carolina Press, 1988, 34-62.

John-Steiner, Vera. "From Life to Diary to Art in the Work of Anaïs Nin." *Creative People at Work*. Ed. Doris B. Wallace New York: Oxford University Press, 1989, 209-226.

Spencer, Sharon. "The Music of the Womb: Anaïs Nin's 'Feminine' Writing." *Breaking the Sequence: Women's Experimental Fiction*. Friedman, Ellen G. and Miriam Fuchs, eds. New Jersey: Princeton University Press, 1989, 161-173.

Kennedy, J. Gerald. "Place, Self, and Writing." *The Southern Review*. 26: 3 (Summer, 1990): 496-516.

Spencer, Sharon. "The Feminine Self: Anaïs Nin." *The American Journal of Psychoanalysis*. 50: 1 (1990): 57-62.

Roof, Judith. "The Erotic Travelogue: The Scopophilic Pleasure of Race vs. Gender." *Arizona Quarterly* 47: 4 (Winter, 1991): 119-135.

Pineau, Elyse Lamm. "A Mirror of Her Own: Anaïs Nin's Autobiographical Performances." *Text and Performances Quarterly*. 12: 2 (April, 1992): 97-112.

Harper, Phillip Brian, ed. "Anaïs Nin, Djuna Barnes, and the Critical Feminist Unconscious." *Framing the Margins: The Social Logic of Postmodern Culture*. New York: Oxford University Press, 1994, 55-89.

Felber, Lynette. "Mentors, Proteges, and Lovers: Literary Liaisons and Mentorship Dialogues in *Anaïs Nin's Diary* and Dorothy Richardson's *Pilgrimage*." *Frontiers: A Journal of Women Studies*. 15: 3 (1995): 167-185.

——. "The Three Faces of June: Anaïs Nin's Appropriation of Feminine Writing." *Tulsa Studies in Women's Literature*. 14: 2 (1995): 309-324.

Spencer, Sharon. "Beyond Therapy: The Enduring Love of Anaïs Nin for Otto Rank." Ed. Nalbantian, Suzanne. *Anaïs Nin: Literary Perspectives*. New York: Macmillan Press, 1997, 97-111.

Franklin V, Benjamin. "Advertisement for Herself: Anaïs Nin Press." *The Papers of the Bibliographical Society of America*. 91: 2 (1997): 159-190.

Kimura, Junko. "Between Two Languages: The Translation and reception of Anaïs Nin in Japan." Ed. Nalbantian, Suzanne. *Anaïs Nin: Literary Perspectives*. New York: Macmillan Press, 1997, 211-220.

Miyake, Atsuko. "Anaïs Nin's Words of Power and the Japanese Sybil Tradition." Ed. Nalbantian, Suzanne. *Anaïs Nin: Literary Perspectives*. New York: St. Maratin's Press, 1997, 187-198.

Yamamoto, Toyoko. "Anaïs Nin's Femininity and the Banana Yoshimoto Phenomenon." Ed. Nalbantian, Suzanne. *Anaïs Nin: Literary Perspectives*. New York: St. Maratin's Press, 1997, 199-210.

Franklin V, Benjamin and Gabriel Austin. "Correspondence." *The Papers of the Bibliographical Society of America*. 92: 2 (1998): 237-239.

Powell, Anna. "Heterotica: The 1000 Tiny Sexes of Anaïs Nin." *Deleuze and Sex*. Frida Beckman, ed. Edinburgh: Edinburgh University Press. 2011, 50-68.

Yaguchi, Yuko. "Anaïs Nin's Buried Child: Translator's Afterword to the Japanese Version of *The Winter's Artifice* (the Paris Edition, 1939)." *Nexus: The International Henry Miller Journal* 10 (2013): 135-146.

Schmidt, Michael. "Teller and Tale: D. H. Lawrence, John Cowper Powys, T. F. Powys, Sylvia Townsend Warner, Henry Miller, Anaïs Nin, Lawrence Durrell, Richard Aldington, Williams S. Burroughs, Jack Kerouac." *The Novel*. Harvard: Harvard University Press, 2014, 671-701.

◉国内で出版された英語論文（発表年順）◉

Broderick, Catherine. "Anaïs Nin, Her Life and Work: An Introduction." *Kobe College Studies* 22 (1) (1975): 1-15.

Broderick, Catherine. "Structual Similarities in the Work of Anaïs Nin and Natsume Soseki." *Kobe College Studies* 22 (3) (1976): 209-221.

Yamamoto, Toyoko. "Literary Orbits – Anaïs Nin's Diary and Fiction." *Essays and Studies in British & American Literature Tokyo Woman's Christian University* 32 (1986): 57-80.

Yaguchi, Yuko. "Anaïs Nin: Another Woman Not in the Novels (I)." *Bulletin of Graduate Studies / Hosei University* 28 (1992): 67-84.

Kato, Maiko. "The Conflicts of Women's Selves in Anaïs Nin's Works." *Bulletin of Tokyo Women's College* 43 (2) (1993): 69-88.

Yaguchi, Yuko. "Anaïs Nin: Another Woman Not in the Novels (II)." *Bulletin of Graduate Studies / Hosei University* 30 (1993): 55-74.

Miyake, Atsuko. "Anaïs Nin's Experimental Expedition as a Modernist in *Cities of the Interior*." *Edgewood Review* 21 (1994): 21-55

Yamamoto, Toyoko. "Continuity in Anaïs Nin's Roman Fleuve, *Cities of the Interior*. " *Essays and Studies in British & American Literature Tokyo Woman's Christian University* 45 (1999): 23-43.

Watabe, Asami. "On Anaïs Nin's Pregnancy Narrative: Approaching Her Voices of Public and Private." *Hokkaido American Literature* 17 (2001): 17-33.

Semoto, Aya. "The Femme-Enfant in Anaïs Nin's *House of Incest*." *Studies in Comparative Culture*. 88 (2009): 153-162.

◉論文（邦文、発表年順）◉

二宮尊道「二つの「非学究的」ローレンス論――ヘンリー・ミラーとアナイス・ニン」『Kobe miscellany』2 (1963): 43-69.
柄谷真佐子「『愛の家のスパイ』試論」『フェリス女学院論文集　百年記念』(1970): 189-230.
木村淳子「アナイス・ニンの日記について」『北海道武蔵女子短期大学紀要』4 (1971): 74-91.
――「アナイス・ニンの世界」『北海道武蔵女子短期大学紀要』5 (1972): 107-122.
原真佐子「ヘンリー・ミラーとの出逢い（アナイス・ニンの日記 -1-）」『文芸』13 (5) (1974): 272-286.
――「ヘンリー・ミラーとの出逢い（アナイス・ニンの日記 -2-）」『文芸』13 (6) (1974): 272-286.
――「アナイス・ニンの娘たち」『崩壊する女らしさの神話』牧神社 (1978): 8-21.
朝原早苗「サビーナの分裂――アナイス・ニンの『愛の家のスパイ』と R. D. レインの『ひき裂かれた自己』」『サイコアナリティカル英文学論叢』2 (1979): 69-83.
木村淳子「アナイス・ニン」福田陸太郎編著『アメリカ女流作家群像』駸々堂 (1980): 213-223.
野島秀勝「日記の女　アナイス・ニン」『迷宮の女たち』TBS ブリタニカ (1981): 473-530.
木村淳子「アナイス・ニンとシュルレアリスム」『北海道武蔵女子短期大学紀要』15 (1983): 25-34.
杉崎和子「アナイス・ニン研究――文学の錬金術師（アルケミスト）、そして女性」『名城大学人文紀要』30 (1983): 1-14.
――「アナイス・ニン研究――文学の錬金術師（アルケミスト）、そして女性 2」『名城大学人文紀要』32 (1984): 1-16.
キャサリン・ブロデリック「第 3 章　アナイス・ニン」渡辺和子、中道子編著『現代アメリカ女性作家の深層』ミネルヴァ書房 (1984): 59-90.
秋山さと子「アナイス・ニン――ヘンリー・ミラー、ジューンとの三角関係」（25 人の恋人たち〈特集〉）『ユリイカ』17 (10) (1985): 179-183.
金原正彦「アナイス・ニンの日記」『慶應義塾大学日吉紀要　英語英米文学』2 (1985): 163-184.
山本豊子「女性作家への幕開け――アナイス・ニンとその家族」江口裕子先生退任記念論文集編集委員会編『アメリカ文学における家族』山口書店 (1987): 97-115.
秋山安永「Anaïs Nin と Henry Miller」『九州国際大学論集』1 (1989): 149-162.
木村淳子「『人工の冬』詩論」『北海道武蔵女子短期大学紀要』25 (1993): 41-50.
加藤麻衣子「Anaïs Nin の音楽体験とその作品への影響――近代音楽を中心に」『東京女子大学紀要』44 (2) (1994): 133-153.
三宅あつ子「Anaïs Nin の *House of Incest* とシュルレアリズム」『比較文化研究』28 (1995): 21-28
矢川澄子「「父の娘」さまざま――アナイス・ニンの「インセスト」をめぐって『新潮』92 (9) (1995): 326-338.
――「お友達はダイナマイト――『アナイス・ニンの日記』の問題点」『新潮』93 (5) (1996): 220-229.
加藤麻衣子「Anaïs Nin の作品における「象徴的母性」と女主人公たちの精神的自立」*Tsuda Inquiry* 19 (1998): 29-40.
樋口覚「書物合戦 (16) 星に憑かれたアナイス・ニンの「日記」」『すばる』25 (8) (2003): 166-174.
矢口裕子「性／愛の家のスパイ―― Henry & June から読み直す Anaïs Nin」『英文学研究』第 80 号 (2003):

13-25.
陸川博「日本におけるアナイス・ニン書誌・補遺（書誌・書誌論の部）」『文献探索』2003 年 (2003): 429-441.
矢口裕子「アナイス・ニンの娘たち——冥王まさ子と矢川澄子のグリンプス」『新潟ジェンダー研究』第 5 号 (2004): 5-12.
佐竹由帆「アナイス・ニンに見る外見と自己認識の関係」『アメリカ文学』67 (2006): 43-47.
矢口裕子「アナイス・ニンの「ジューナ」——『人工の冬』パリ版から」（研究ノート）『新潟国際情報大学情報文化学部紀要』10 (2007): 57-60.
中村亨「ヘンリー・ミラーのテクストに響くアナイス・ニンの声」本田康典、松田憲次郎編『ヘンリー・ミラーを読む』水声社 (2008): 145-182.
三宅あつ子「アナイス・ニンとヘンリー・ミラー」本田康典、松田憲次郎編『ヘンリー・ミラーを読む』水声社 (2008): 125-144.
ルッケル瀬本 阿矢「女性の役割—— 1960 年代におけるアナイス・ニンと日本女性」『比較文化研究』102 (2012): 77-86.
加藤麻衣子「非アメリカ的な「夢」と前衛映画と抵抗と——第二次世界大戦前後のアナイス・ニン」吉田迪子編著『ターミナル・ビギニング——アメリカの物語と言葉の力』論創社 (2014): 50-68.
山本豊子「アナイス・ニンにおけるモビリティ——旅と異文化の表象を中心に」『東京女子大学　英米文学評論』60 (2014): 65-99.
大野朝子「心的外傷からの回復—— *Seduction of the Minotaur* の自伝的背景」『総合政策論集　東北文化学園大学総合政策学部紀要』16 (2017): 37-56.

◉アナイス・ニン作品の邦訳（ジャンル別、年代順）◉

【全集】

鳥影社より、「アナイス・ニンコレクション』として全 5 巻、別巻 1 冊が出版されている。なお、コレクションの第 2 巻から第 5 巻までは小説（『近親相姦の家』は散文詩）、第 1 巻、別巻はエッセイとなっている。

木村淳子訳『アナイス・ニンコレクション (1)　私の D. H. ロレンス論』（鳥影社、1997）
木村淳子訳『アナイス・ニンコレクション (2)　近親相姦の家』（鳥影社、1995）
木村淳子訳『アナイス・ニンコレクション (3)　人工の冬』（鳥影社、1994）
木村淳子訳『アナイス・ニンコレクション (4)　ガラスの鐘の下で』（鳥影社、1994）
木村淳子訳『アナイス・ニンコレクション (5)　コラージュ』（鳥影社、1993）
山本豊子訳『アナイス・ニンコレクション（別巻）心やさしき男性を讃えて』（鳥影社、1997）

【日記】

原真佐子訳『アナイス・ニンの日記　1931-1934 ヘンリ —・ミラーとパリで』（河出書房新社、1974）
　＊のちに原麗衣訳（筑摩書房、1991）として再版された。
矢口裕子編訳『アナイス・ニンの日記』（水声社、2017）

【初期の日記】
杉崎和子訳『リノット　少女時代の日記　1914-1920』(水声社、2014)

【無削除版日記】
杉崎和子訳『ヘンリー&ジューン』(角川書店、1990)
杉崎和子編訳『インセスト――アナイス・ニンの愛の日記【無削除版】1932～1934』(彩流社、2008)

【小説・散文詩】
中田耕治訳『愛の家のスパイ』(河出書房新社、1966)
菅原孝雄訳『近親相姦の家』(太陽社、1969)
西谷けい子訳『愛の家のスパイ』(本の友社、2000)
中田耕治ほか訳『ガラスの鐘の下で　アナイス・ニン作品集』(響文社、2005)
矢口裕子訳『人工の冬』(水声社、2009)
大野朝子訳『ミノタウロスの誘惑』(水声社、2010)
山本豊子訳『信天翁の子供たち』(水声社、2017)

【エロティカ】
高見浩、杉崎和子訳『デルタ・オブ・ヴィーナス』(二見書房、1980)
杉崎和子訳『リトル・バード　アナイス・ニンのエロチカ 13 篇』(富士見書房、1982)
高見浩、杉崎和子訳『ヴィーナスの戯れ　アナイス・ニンのエロチカ二部作』(富士見書房、1985)
矢川澄子訳『小鳥たち』(新潮社、2003、新潮文庫、2006)

【書簡集】
小林美智代訳『ヘンリーからアナイスへ』(鳥影社、2005)

【エッセイ】
柄谷真佐子訳『未来の小説』(晶文社、1970)
中村義弘編訳『ロレンス芸術とフェミニズム批評』(千城、1992)
松本完治訳『巴里ふたたび』(エディション・イレーヌ、2004)

◉アナイス・ニンに関するエッセイ◉

中田耕治『エロス幻論』(青弓社、1974)
原真佐子「最後のアナイス・ニン」『学燈』74 (3) (1978): 12-15.
秋山さと子「精神分析運動と新たな女性たち —— フリーダ・ロレンスとアナイス・ニン」『メタ・セクシュアリティ』(朝日出版社、1985)
矢川澄子『「父の娘」たち――森茉莉とアナイス・ニン』(新潮社、1997 ／平凡社、2006)
矢川澄子『アナイス・ニンの少女時代』(河出書房新社、2002)

鹿島茂『パリの異邦人』(中央公論新社、2008)
矢口裕子「魂の実験室を訪ねて——アナイス・ニンのルヴシエンヌへの旅(小特集 昏い部屋の女たち)」
　『早稲田文学』〔第 10 次〕(12) (2015): 284-287.

◉アナイス・ニン特集の雑誌◉

『AU-DELA 403vie 季刊　第 2 号』(鳥影社、1982)
『季刊ブッキッシュ 2』(ビレッジプレス、2002)
『水声通信　no.31　2009 年 7/8 月合併号』(水声社、2009)

◉アナイス・ニン関連の論集◉

『デルタ　ヘンリー・ミラー、アナイス・ニン、ロレンス・ダレル研究論集』
日本ヘンリー・ミラー協会　第 1 号— 10 号 (1998–)

◉アナイス・ニン関連の映画◉

『変形された時間での儀礼』(*Ritual in Transfigured Time*) (1946)
　製作国：アメリカ　上映時間：15 分　監督：マヤ・デレン
『快楽殿の創造』(*Inauguration of the Pleasure Dome*) (1954)
　製作国：アメリカ　上映時間：38 分　監督：ケネス・アンガー
The Henry Miller Odyssey (1969)
　製作国：アメリカ　上映時間：60 分　監督：ロバート：スナイダー
『ヘンリー&ジューン／私が愛した男と女』(*Henry & June*) (1990)
　製作国：アメリカ　上映時間：136 分　監督：フィリップ・カウフマン
『デルタ・オブ・ヴィーナス』(*Delta of Venus*) (1995)　日本未公開
　製作国：アメリカ　上映時間：102 分　監督：ザルマン・キング
『アナイス・ニン、自己を語る』(*Anaïs Nin Observed*) (2017)
　製作国：アメリカ　上映時間：149 分　監督：ロバート・スナイダー
＊ 1974 年製作のドキュメンタリーで、2017 年にオンリー・ハーツより日本語字幕付 DVD が発売された。ニンの翻訳者、中田耕治、杉崎和子へのインタヴュー併録。

(大野朝子)